河南大学文学院学术出版基金资助

《文选》研究书系

《文选》成书研究

王立群 著

中原出版传媒集团
大地传媒

大象出版社
·郑州·

图书在版编目(CIP)数据

《文选》成书研究 / 王立群著.— 郑州 : 大象出版社, 2015. 2
(《文选》研究书系)
ISBN 978-7-5347-8250-3

Ⅰ. ①文…　Ⅱ. ①王…Ⅲ. ①《文选》—古典文学研究　Ⅳ. ①I206. 2

中国版本图书馆 CIP 数据核字(2015)第 000259 号

《文选》研究书系

《文选》成书研究

王立群　著

出 版 人　王刘纯
特约编辑　谢景和
责任编辑　卢海山
责任校对　裴红燕　安德华　牛志远　李婧慧
封面设计　王莉娟

出版发行　大象出版社(郑州市开元路 16 号　邮政编码 450044)
　　　　　发行科　0371-63863551　总编室　0371-65597936
网　　址　www.daxiang.cn
印　　刷　河南省瑞光印务股份有限公司
经　　销　各地新华书店经销
开　　本　787mm×1092mm　1/16
印　　张　22.75
字　　数　332 千字
版　　次　2015 年 11 月第 1 版　2015 年 11 月第 1 次印刷
定　　价　48.00 元

印厂地址　郑州市二环支路 35 号
邮政编码　450012　　　　电话　0371-63956290

目　录

序　　一

曹道衡

《文选》一书自产生后不久，就引起了广大士人的推崇。在隋代，萧统之从侄萧该，就曾撰《文选音义》。稍后的曹宪活到唐初。《旧唐书·儒林》本传说他“所撰《文选音》甚为当时所重。初，江淮间为《文选》学者，本之于宪。又有许淹、李善、公孙罗相继以《文选》教授，由是大兴于代”。此时上距萧统之卒，尚不足百年。入唐，《文选》学尤盛，李善《上〈文选注〉表》说：“后进英髦，咸资准的。”张鷟《朝野佥载》还说到当时乡学中亦讲授《文选》。《文选》学之盛，一直延续至宋代，直到科举考试的改变，才一度中衰。但到了清朝，由于考证之学的兴起，《文选》及李善注又重新成为学者重视的宝典。所以，过去不少人认为，《文选》和群经、诸子、四史同为治文史之学必读的书。

然而唐、宋以前人读《文选》，多半是从中学习诗赋骈文的写作技巧；清人治《文选》学似更着重在训诂、辑佚方面。至于有关《文选》一书的成书情况及其体例，则较少有人谈到。这也难怪，由于历来的战乱，典籍散佚,使后人难于发现和提出这类问题;同时,有些珍贵的写本、刻本及史料,都有一部分残存域外,使有些外国学者在某些问题上着我先鞭,不免令人遗憾。所幸的是近年来各门学术都有蓬勃发展,流失国外的珍本亦多有影印之本,给我们提供了极大方便。因此,当前正是研究者大展身手的极好时机。

在这方面,王立群先生正是一位具有突出成就的学者。他潜心《文选》之学多年,曾撰著《现代〈文选〉学史》,深得学林的好评。他还亲自指导研究生,对清代朱珔、张云璈、胡克家等人的著作,一部部地细读,指出其各自特点及成就。这些学生中有些人业已崭露头角。王先生对前人成果不但能细心勘研,且能表彰幽微。例如近人周贞亮的《文选学》一书,过去知者甚少,正是王先生在《文学遗产》上撰文介绍,才引起人们的注意。王先生的《现代〈文选〉学史》,收罗材料宏富,而选择精审,实为力作。我国幅员辽阔,刊物众多,散见各地的文章数量甚大,质量却未必都精,撰写这样的史书,必须披沙拣金,用力甚劬,而给后来研究者提供极大方便。

王先生的第二部力作《〈文选〉成书研究》更显示了他功力之深厚,眼光之敏锐。此书主要围绕《文选》一书的编者、成书年代、编纂方法、体例以及《文选》之文体分类与《文选》和《文章流别集》等前代总集的关系等问题展开探讨。例如:关于《文选》是从前人选本中二次编选之说,在国内学者中是王先生首发此论。他细读了《文选》李善注及当时出版不久的《唐钞〈文选集注〉汇存》,发现李善和陆善经二人的注释往往征引原作者本集,而其文字与《文选》颇多出入。这说明萧统编《文选》多采自晋挚虞《文章流别集》、李充《翰林论》和宋刘义庆《集林》等书。他撰写此文后,曾以打印稿相示,我读后深感钦佩。此时日本学者冈村繁先生的论著虽已出版,但孤陋如我尚未得知,且不识日文,未能拜读。后来在镇江《文选》学会上,始知冈村先生宏论,中外学者,异地同符,可谓美谈!

王先生不但证明了萧统编《文选》取材于前人总集,并据此解释《文选》中有些卷关于作家次序的排列时有混乱、颠倒的问题。这个问题,我过去也多次谈过，但未能究其原因。现在王先生对《文选》中出现这种现象的诸卷一一进行统计和研究，指出其原因在于萧统所据之本，有的依作者卒年排列，有的依作者地位尊卑排列。“萧统的责任在于他依据前贤总集编纂《文选》时，未能在成书后统一全书的体例。”王先生之说显然是有道理的，对解决这问题较过去大大前进了一步。不过，我觉得官爵尊卑为序，涉及各代官制，且有时两个官职同属一个品级，其先后就不好判断。一般习惯常依生卒年为准。例如左思生年早于陆机而卒年晚于陆机。《文选》中有时左居陆前，有时又居陆后，大约就是王先生谈到的原因。但像潘岳，生卒年均早于陆，而《文选》卷十六和卷二十四却是陆在潘前，不知何故？我想，不论挚虞、李充或萧统都可能对同时代两位作家的先后问题不太经心，认为无关大局。这猜想未知可通否，乞王先生指正。

关于《文选》成书时间，王先生认为是南朝梁武帝普通三年至七年间，并认为《文选》的断限基本上为梁武帝天监末。此说极有见地。我过去和亡友沈玉成先生也猜想其断限当在天监中，只是由于《文选》中有刘峻、陆徐悱的六篇作品，而不敢自信，未能进一步深究。现在看来，这六篇恐是特例，或可另作探讨。

王先生本书探讨的问题很多，且都很深入。例如关于《文选》分体问题，他把《文选》和《文心雕龙》《文章缘起》，以至《隋书·经籍志》《旧唐书·经籍志》《新唐书·艺文志》及《文苑英华》等一一作了对比，其学风之谨严笃实，立论之精，使我十分钦佩。

王先生的大著完成后，决定交商务印书馆出版，嘱我为序。我自唯于《文选》学所知甚少，但作为老朋友，自无推辞之理。谨献芜辞，不妥之处请王先生和大家批评。

2004 年 6 月于中国社会科学院文学所，

时年七十有六

序　　二

王运熙

王立群先生的《〈文选〉成书研究》是近年来《文选》研究方面一部有系统的著作。全书共分八章,前五章以《文选》成书过程、《文选》所选文章先后安排次序的原则、参与《文选》编纂的文人学士、《文选》成书时间等问题进行探讨。后三章又分别对《文选》多录常用文体与历代名作的状况、《文选》与南朝其他总集、诗文评著关系等进行论述。

立群先生在论述各种问题时,大抵能注意收集、整理丰富翔实的材料,进行细致深入的考察分析,视野开阔,态度客观,因而所作出的论断,往往比较合理而具有说服力。关于《文选》成书过程、参与《文选》编纂人员、《文选》成书时间等问题,前人早有一些说法与推测,前几年学界对这些问题讨论颇为热烈,推动了这方面研究的深入。但在讨论中也出现了一些貌似新颖、实际陷于主观片面的言论。本书在开头着重指出研究中的一些失误后,力图以大量事实为依据,进行全面细致的考察分析,因而论断往往较为客观合理。如本书第二章第三节的"《文选》据前贤总集再选编之内证”，归纳《文选》李善注所提供的许多材料，说明《文选》所选不少篇章，均与李善所见各家别集不同，而是据挚虞《文章流别集》、李充《翰林》等总集选录，证据确凿，很有说服力，令人首肯。其他文章也往往显示出以事实为依据、客观全面地论述的科学精神。

中国古代史籍，大抵对政治、军事、典章制度等记载详细，对学术文化记载简略。唐、宋以前更是如此。《文选》的成书情况，也属于这一类。由于记载简略，语焉不详，某些现象易引起后人的疑问与猜测，《文选》的成书过程、参与编纂的人员等问题就是如此。对于诸如此类的问题，我们今天进行探讨，必须尽可能地占有相关材料，进行全面深入的考察和分析，在提出较充分证据的基础上作出论断；证据不足时则宜审慎地进行推论，不宜轻率地下结论。学术研究固然贵在有新见，贵在创新，但创新应在实事求是的前提下进行，才具有科学性，否则将成为主观臆断，是经不起考验的。立群先生在这方面做得相当好，值得称道。

立群先生对《文选》的研究已有多年，去年他出版了《现代〈文选〉学史》一书，系统梳理、介绍了现代《文选》学研究的状况与成果，内容详赡，显示出他对过去百年多来《文选》研究具有全面深入的了解。现在的这本《〈文选〉成书研究》是《文选》研究领域中的一部专题著作，因为他对过去的《文选》研究了解得全面深入，所以这本专题研究新著显得基础扎实，对过去的成果能适当地加以取舍，并提出自己比较客观合理的看法。立群先生的这两部著作，无疑是近年来《文选》和《文选》学研究的重要成果，也标志着《文选》和《文选》学研究正在进一步迈向深入。作为《文选》的爱好者，我为此感到十分高兴，并期望他今后在这一领域继续探讨，写出新的有分量的著作。

自 序

本书主要探讨四大问题:第一,《文选》成书研究中的非逻辑因素(第一章);第二,《文选》是据前贤总集二次选编的再选本(第二章、第三章);第三,对《文选》成书研究中的两大成说——"昭明太子十学士"说与"不录存者"说——的考辨(第四章、第五章);第四,《文选》成书的继承与创新(第六章、第七章)。本书所论,是《文选》成书研究中较有争议的几个问题,并非《文选》成书研究的全部课题,如《文选》产生的背景,因学林未有较多争议,故本书不论。

《文选》成书研究中存在的逻辑误区,主要表现为依据他人、他书的成书过程推测《文选》的成书过程和编纂者。《文选》成书研究本应当依据《文选》自身的情况展开,虽然这种研究具有一定难度,但并非不可操作。现代《文选》学研究者,或据魏晋南北朝典籍编纂的状况推论《文选》的成书,或据萧统编纂的其他选集推论《文选》的编纂。反对这种推论的研究者,则依据当代或后代大型典籍的编纂状况进行反驳,但反驳者的逻辑推理与主张者的逻辑推理都混淆了必然性因果关系与或然性因果关系的界限。只有廓清这些非逻辑因素的干扰,《文选》成书研究才能真正建立在理性科学的基础之上。本书第一章"《文选》成书研究中的逻辑误区"即为此而撰。

依据魏晋南北朝文章总集、选集的编纂规律,特别是根据现存于《文选》中的大量内证,可以确定《文选》并非先成长编而后删节成书,而是依据挚虞《文章流别集》、李充《翰林》、刘义庆《集林》等前贤总集进行二次选编的再选本。确定这一成书过程至关重要,一切有关《文选》编纂者的研究如果不能与《文选》成书过程联系起来,都将难以成立。确立了《文选》是再选本,则《文选》的编纂者研究、《文选》的成书时间研究都将会重新得到阐释。本书第二章专论《文选》据前贤总集二次成书的过程,第三章则通过对《文选》次文类编序的研究进一步考证《文选》的成书过程,并作为第二章的重要补充,力求证成《文选》为二次选编的再选本。

《文选》成书研究中成说颇多。在编纂者研究中影响最大的是"昭明太子十学士"编纂说。此说延续数百年,并为诸多现代《文选》研究者信奉。在成书时间研究中影响最大的是窦常的"不录存者"说,此说得到现代《文选》研究界大多数研究者的信从。本书对这两种成说进行了认真的梳理。

尽管"昭明太子十学士"成书说和刘孝绰实操编务书说是《文选》编纂者研究中影响最大的两说,但是,比较而言,"昭明太子十学士"成书说影响更为巨大。多数研究者都默认《文选》为初选本,既然如此,那么选编从先秦至齐梁三十九种文体、一百三十多位作家、七百多篇作品的巨大工作量是不言而喻的。既然工作量如此之大,昭明太子诸学士承担《文选》编纂自在情理之中。如果本书的《文选》是据前贤总集进行再选编的二次选编说可以成立,那么现代《文选》学研究者所认定的《文选》编纂的巨大工作量实际上就并不存在了。笔者为研究"昭明太子十学士"成书说,专门撰写了《先唐学士考》[1]作为背景论文，本书选择其与《文选》成书关系密切的相关部分写成了第四章"'昭明太子十学士'与《文选》编纂"。

《文选》成书研究中另一重要成说，即中唐窦常的《文选》编辑"不录存者"说。本书第五章"《文选》成书时间研究"是对这一问题的专论。提出窦常说的初衷是要解释何逊未被《文选》采录的问题，但是，窦常说并不能为何逊未入选《文选》作解，同时，与何逊情况类似的柳恽、吴均、王僧孺何以不能入选《文选》的问题亦不能用窦常说得到合理解释。因此，这一流传数百年的成说其实并不能成立。廓清了"昭明太子十学士"编纂说和窦常说的影响，《文选》的成书时间将会重新得到界定。

《文选》成书研究的另一重大课题是《文选》成书的继承与创新问题。它包含了两个子课题：一是《文选》所选文体、所选作家作品与魏晋南北朝文学传统的关系；二是《文选》成书与《文心雕龙》《文章流别集》《翰林》《集林》《杂体诗》《诗品》《宋书·谢灵运传论》《文章缘起》诸书的相互关系。

本书第六章是对《文选》所选文体、所选作家作品与魏晋南北朝文学传统关系的专论，第七章是对《文选》成书与《文心雕龙》《文章流别集》《翰林》《集林》《杂体诗》《诗品》《宋书·谢灵运传论》《文章缘起》诸书相互关系的专论。《文选》作为一部据前贤总集二次选编的再选本，较之先成长编再筛选成书的初选本，工作量要小很多。但是，这部并未特别费时费力的选本，却取得了骄人的成功。这得力于《文选》所选文体是通行常用文体，也得力于《文选》所选作品是历代传诵的名作，即使编纂者自选的齐梁之作，也是已有世评的佳构。

《文选》成书研究中最有争议的问题是作者研究、成书时间研究和《文选》成书与《文心雕龙》诸书的关系研究三大课题。其中，又以《文选》成书与《文心雕龙》诸书的相互关系最为纷繁，而且这一研究是一个开放的过

---

① 载《中国典籍与文化论丛》第七辑，北京大学出版社 2002 年版。

程。在《文选》成书研究中最早为人们关注的是《文选》和《文心雕龙》的相互关系，进而是《文选》和《诗品》、《文选》和《宋书·谢灵运传论》、《文选》和江淹《杂体诗》、《文选》和《文章缘起》的相互关系，最后进入这一专题的是《文选》和挚虞《文章流别集》、李充《翰林》、刘义庆《集林》的相互关系。这一专题的核心是《文选》编纂的创新和继承问题。《文选》的编纂离不开对前代文学遗产的继承，亦离不开自身的创新。《文选》选择常用文体、选录历代名作，均是对前代文学遗产的继承，同时，《文选》亦表达了编纂者个人独到的见解。因此，《文选》是继承性与独创性相互统一的产物。

第八章"《文选》出现的理论意义"是全书的附论。《文选》摒弃挚虞《文章流别集》、李充《翰林》中的文体论内容而只选文学作品，意味着文学与文学批评的界限已为文坛所关注，这是当时文学和文学批评的双重进步。

王立群

2004 年 4 月于河南大学

再版前言

岁月倏忽，转眼十年。当年为拙著作序的曹道衡先生、王运熙先生均已过世，此书面世亦逾十载。据“中国知网”统计，拙著被引26次，可见此书在我国“选学”界还是受到一定程度关注的。回想十年的《文选》研究，笔者仍然认为：提出《文选》是在前人总集基础上编纂而成的二次成书说是正确的。

当然，拙著问世后，我国“选学”界出现了《文选》成书研究的热潮，出现了一批此方面的研究文章与专著。我想，这也算是此书的点滴贡献吧。能够引发这么多“选学”家关注《文选》的成书，对推动《文选》研究的深入，也是一件幸事。

一部学术著作的再版，说明它虽然不再年轻，却尚有可供参考的作用。如果它仍然有生命力，那么，它的贡献就不仅仅在于它的结论是什么，而在于它从哪个角度挑战了成说，它用什么方式挑战了成说，它的挑战对于学术研究有何意义。

王立群

2014 年 10 月于北京

第一章
《文选》成书研究中的逻辑误区

现代《文选》学的《文选》成书研究在诸多研究者的精心努力下取得了丰硕成果。但是,并未取得它应有的重大突破。一个重要原因是研究中存在一些逻辑误区。著者以为,只有认真清理这些研究中的逻辑误区,方能使《文选》成书研究取得更大进展。

世界上一切事物都存在着和它事物的种种关系。在纷纭多变的诸种关系中,最为人们所稔知并常用者是因果关系。由于它广泛存在于日常生活与科学研究之中,最为人们所熟用,因而也最容易误用。所以,在处理因果关系时更应当严肃认真,细致谨慎。因果关系就其本体而言,存在着两种情况,即必然性因果关系与或然性因果关系。必然性因果关系的原因只能推导出一种结果,而或然性因果关系所得出的结论往往不止一种,故其不具备必然性。如果我们使用具有或然性的因果关系进行推论,而且仅仅就其一种可能而不顾及其他可能立论,就很容易陷入虚假因果论的泥淖。

《文选》编纂者研究是整个《文选》成书研究的核心。在这一研究领域,日本学者清水凯夫进行了极富挑战性的研究——刘孝绰实操《文选》编务而萧统徒具虚名。

由于清水凯夫提出《文选》的实际编纂者为刘孝绰这一极富挑战性的研究课题，导致目前现代《文选》学界关于《文选》编纂与刘孝绰的关系出现了三种学术观点：一曰《文选》编纂者为刘孝绰，二曰《文选》编纂者为萧统，三曰《文选》编纂者为萧统与刘孝绰。在第三种观点中，尚有萧统为主、刘孝绰为辅与萧统为辅、刘孝绰为主两种主张。

而主张《文选》编纂者为刘孝绰或主张《文选》编纂者为萧统与刘孝绰的研究者，特别注重发掘有关帝王、太子著述的史料。他们以为只要证明历史上的帝王、太子编纂典籍时仅具其名而非亲自编纂，即可证明萧统《文选》亦是如此。

如《法宝联璧》三百卷的编纂。《南史・陆罩传》明确记载了陆罩与群贤“抄撰区分者数岁”，至中大通六年始完成《法宝联璧》一书的编纂；尚记载了侍中国子祭酒兰陵萧子显等三十人为实际的编纂者。《广弘明集》卷二十湘东王萧绎的《梁简文帝法宝联璧序》亦记述了萧子显以下三十位文士是该书的实际编纂者。但是，这样一部由三十位文士编纂的《法宝联璧》在《梁书・简文帝纪》却明确记载为萧纲所撰。① 可见，“一般在史书中，即使有所谓帝、太子、王撰的记载，实际上也是帝、太子、王只下达编辑的命令，而把编辑委任给臣下，完成后或只冠以代表者之名”②，即使史书记载为撰者的皇帝、王公贵族也并不担任实际撰录的任务。

再如萧衍《通史》的编纂。《梁书・武帝纪（下）》《隋书・经籍志（二）》（卷三十三）俱明确记载为梁武帝所撰。但据《梁书・吴均传》（卷四十九）载，吴均为实际的编纂者。

还有萧纲的《长春义记》。据《隋书・经籍志（一）》（卷二十七）、《论语》等载，梁简文帝萧纲撰《长春义记》一百卷。但据《南史・许懋传》（卷

① 参见《〈文选〉编辑的周围》，［日］清水凯夫撰，韩基国译：《六朝文学论文集》，重庆出版社1989年版。

② 参见《〈文选〉撰（选）者考——昭明太子和刘孝绰》，［日］清水凯夫著，韩基国译：《六朝文学论文集》，重庆出版社1989年版，第4页。

五十）载，皇太子萧纲召许懋与诸儒录《长春义记》一百卷。此书实际是以许懋为首的诸儒所撰，萧纲并未从事实际编务。

另如萧绎的《西府新文》。《隋书·经籍志（四）》（卷三十五）载梁代萧淑撰《西府新文》十一卷，但颜之推的《颜氏家训·文章篇》却记为萧绎在蕃邸时撰《西府新文》。

萧绎的《金楼子·著书篇》（卷五）记载了《梁书·元帝纪》（卷五）、《隋书·经籍志》中自己著作的五种类型：金楼（元帝号）自撰，金楼撰，金楼付某撰，金楼自为序付某撰，金楼为序。这一记载受到学林特别的重视，因为《金楼子·著书篇》的记载出自萧绎本人，而其著述的复杂情况尤可成为推论帝王、太子、诸王虽挂名作者却非实际撰述者的最佳推论基础，故力主《文选》非萧统所撰的研究者对萧绎著述的这一情况均格外留意。

上述这些材料无非说明《法宝联璧》为群贤所撰，萧绎窃其名；《通史》为吴均所撰，萧衍窃其名；《长春义记》为许懋为首的诸儒所撰，萧纲窃其名；《西府新文》为萧淑所撰，萧绎窃其名；萧绎《金楼子》之言，说明萧绎之作有诸多复杂情况，并非均为萧绎一人所撰。但是，这些史料只能证明萧衍、萧纲、萧绎窃取了他人的著述之名，并不能必然地证明萧统编纂《文选》亦是如此。因为，史书署名为萧衍、萧纲、萧绎的著作并非全出于他们之手，并不能必然地推论出署名萧统的著作亦非全出于萧统之手，二者仅有或然性因果关系，而非具有必然性因果关系。

论者为了使这一因果推论更具说服力，还将研究的对象从萧衍、萧纲、萧绎发展到萧统，力图证明萧统署名的《古今诗苑英华》一书并非其一人所撰。据颜之推《颜氏家训·文章篇》的记载，《古今诗苑英华》为刘孝绰所编纂。其中，最为有力的证据是唐人刘孝孙有《沙门慧净〈诗英华〉序》[1]，该文称慧净"自刘廷尉所撰《诗苑》后，纂而续焉"。刘孝绰当过廷尉，故称刘廷尉。因慧净所编称为《续古今诗苑英华》，故刘孝绰所编只能

---

① （清）董浩等：《全唐文》，上海古籍出版社1990年版影印本，第692~693页。

是《古今诗苑英华》。所以,颜之推《颜氏家训》所云刘孝绰所编《古今诗苑英华》当为署名萧统的《古今诗苑英华》;换言之,署名萧统的《古今诗苑英华》实际上是刘孝绰编纂的。然而,即使署名萧统的《古今诗苑英华》有刘孝绰参编,甚或为刘孝绰所编,这与《文选》编纂亦无必然性联系。因为我们不能据刘孝绰编《古今诗苑英华》而推论出《文选》也必然由刘孝绰所编,二者同样不具备必然性因果关系,而仅具或然性因果关系罢了。

现代《文选》学研究者在《文选》成书研究中如此集中精力地进行这类研究,是因为他们坚信,通过这种论证,借助于因果推论可以得出《文选》亦仅仅是萧统挂名而由刘孝绰实操编务的结论。笔者并不反对刘孝绰参与《文选》编纂之说,遍照金刚(弘法大师)《文镜秘府论·南卷·集论》:"或曰,晚代铨文者多矣。至如梁昭明太子萧统与刘孝绰等,撰集《文选》,自谓毕乎天地,悬诸日月。然于取舍,非无舛谬。"此文为唐代日僧所记,非常值得重视。这一记载也仅说明刘孝绰参与了《文选》的编纂,但刘孝绰参与到何种程度,《文选》究竟是如何编纂成的,此文仍语焉不详。因此,不能由此断定刘孝绰架空萧统而实操编务。

不仅是提出刘孝绰为《文选》的实际编选者的研究者在推论中不恰当地将或然性因果当作了必然性因果,而且连反对《文选》的实际编选者为刘孝绰的研究者在推论中亦不恰当地将或然性因果当成了必然性因果使用。

如某些研究者在探讨帝王、诸王命臣下修(编)类书、总集,并非帝王署名时举了四例:

第一,曹魏时期的刘劭、桓范、王象等奉魏文帝曹丕之命所著《皇览》,《隋志》子部杂类著录为缪袭所著,而非曹丕。

第二,唐高祖诏命欧阳询等修《艺文类聚》,唐玄宗令徐坚等修《初学记》,宋太宗诏李昉等修《太平御览》,宋真宗命王钦若等修《册府元龟》等类书,清圣祖命彭定求等编《全唐诗》等总集,署名者全是领修(编)者。

第三,梁安成王萧秀命刘孝标撰《类苑》,亦并未署萧秀之名;而《隋志》子部杂类著录《类苑》，署名刘孝标。

第四，梁武帝敕徐勉领衔编纂《华林遍略》，徐勉推举何思澄、刘杳、顾协、王子云、锺屿等五学士参与。但是，《梁书》《南史》《隋志》并未署名梁武帝。据此，推论出帝王、诸王命臣下修（编）类书、总集时，并非总由帝王署名。

这种驳论亦存在着同样的逻辑误区。因为《皇览》《艺文类聚》《初学记》《太平御览》《册府元龟》《全唐诗》《类苑》《华林遍略》等典籍由帝王、诸王命臣下修（编）而署名却非帝王、诸王，并不能必然地推导出萧统《文选》亦是如此。其中同样不存在必然性因果关系。

由此可见，在《文选》成书研究中，尽管学界特别重视研究帝王、诸王在历史上编纂典籍的情况，或以此证明帝王、诸王编书仅挂其名，不掌实际编务；或以此证明帝王、诸王编书并未窃掠他人成果而自署其名。尽管二者持论相反，而思维逻辑并无二致，皆将或然性因果视为必然性因果。事实上，无论历史上的帝王、诸王编纂典籍是否署名，都与《文选》的编纂没有必然性联系。即使将这种研究扩展到萧统的著作中去，论证出萧统的某些著作如《古今诗苑英华》为刘孝绰所编，亦不能必然地断言《文选》亦为刘孝绰所编。因为，二者同样不具备必然性因果关系。

笔者认为，关于《文选》编纂者的研究如果不能与《文选》成书过程的研究结合起来，则对于《文选》编纂者的研究取得突破性成果的机会十分渺茫。在《文选》学史上，真正将《文选》成书过程与编纂者相联系的是“昭明太子十学士”与《文选》成书说。

在《文选》成书研究中，“昭明太子十学士”编纂《文选》是一种流传极广、影响极大的学术流派。学者多以为：大型总集的编撰，一般要包含两个阶段——首先必须广泛阅览，搜集大量的作品资料；尔后才根据一定的选文标准加以甄别删裁，选编成集。不过，这一研究前提既存在着某种逻辑误区，同时亦有悖于大型典籍编纂的实践。因为，大型总集编纂的本身并非仅有先纂长编，再行删选裁定一途，尚有据现存总集与各种选集进行再删选一途。若视大型典籍编纂仅有一途，则会极大地限制了研究者的视野。

有些研究者列举了梁代设立学士编纂大型典籍的实例，如《梁书·徐勉传》记载为修五礼而设学士，《沈峻传》载中书舍人贺琛奉敕撰《梁官》亦启奏峻及孔子祛补西省学士，助撰录；《南史·刘峻传》载梁武帝命诸学士撰《华林遍略》，《沈峻传》载峻子文阿助撰《长春义记》等。由此而得出学士的设置往往标志着一部大型书籍编撰的开始，文学总集的情况自不例外的结论。笔者以为，当时学士的设置未必标志着一部大型书籍编撰的开始；即使其标志着一部大型典籍编撰的开始，亦未必文学总集的情况不能例外。因为，据笔者《先唐学士考》[①]考察，先唐学士尽管存有不少编纂典籍的记载，但从未有过编纂文学总集的先例，故以学士的设置往往标志着一部大型书籍编撰的开始为因，推论文学总集的编纂亦应如此，其实并不具备必然性因果关系。当然，魏晋南北朝从未有过学士编纂文学总集的记载，也不能必然地推论出《文选》非诸学士编纂，但是，它说明了由诸学士编纂《文选》的概率较小。何融的《〈文选〉编撰时期及编者考略》[②]率先在现代《文选》学史上提出《文选》卷帙繁重，故不可能由萧统一人独担编纲。且不说《文选》在魏晋南北朝编纂的总集之中，是否为卷帙繁重之总集；即使三十卷的《文选》确是如此，亦未必一定要由大量学士协助编纂。因为，总集编纂途径不一，除了先成长编再成选本的初选本，尚有据前贤总集进行二次编纂的再选本，认定编纂《文选》非一人之力所能完成的认知同样存在着上述逻辑误区。

关于《文选》成书研究的另一重要观点是：《文选》为再选本说。这亦是《文选》成书研究中一个极具潜力的学术流派。有的学者提出，在《文选》编纂之前，已有诸多先贤对古今诗、赋、文做过整理，并已编纂成集。

---

① 载《中国典籍与文化论丛》第七辑，北京大学出版社 2002 年版。

② 《国文月刊》1949 年 2 月第 76 期；又见《中外学者文选学论集》，中华书局 1998 年版。

据《隋志》总集类载，距昭明太子并不很远的宋齐以后几十年中所编纂的总集与选集即相当可观。并推测《隋志》所载刘义庆《集林》后，所载某氏《集林抄》十一卷，沈约《集抄》十卷，丘迟《集钞》四十卷，某氏编《集略》二十卷，均应为据刘义庆《集林》重编的同类选集。南齐孔逭《文苑》一百卷成书后，接着亦出现了某氏所编的《文苑钞》三十卷。①

《文选》并非先成长编再行删选的初选本，而是借鉴前贤总集进行二次选编的再选本，这是现代《文选》学史上关于《文选》成书研究所出现的又一重要观点。但是，相关学者在论证这一问题时同样存在着逻辑上的误区。因为，即使刘义庆《集林》、孔逭《文苑》成书后出现了一批据此类总集进行再选编的再选本，亦不能必然地推论出《文选》是据前贤总集进行二次选编的再选本，二者同样不具备必然性。如想认定《文选》是据前贤总集进行再选编的二次选编本，唯一可靠的方法是从《文选》一书中举出大量的《文选》为再选编本的内证，否则，由这一根据或然性因果关系所推导出来的结论亦难为学林接受。

《文心雕龙》（以下简称《文心》）与《文选》的关系问题，是现代《文选》学史上的讨论热点之一。这一研究课题的实质是《文选》和成书是否受到《文心》的影响，因此，两书的相互关系研究仍然属于《文选》成书研究的范畴。

《文选》与《文心》这两部先后编撰成书的著作，其间的关系，历来为学界注目，但在相关研究中，却出现了两种截然相反的意见。主张二者有联系的学者，列举《文心》所举作家、作品与《文选》所选大多相同以证明之。主张二者没有联系的学者，则又说二者的相同只是因为所举或所选作家、作品俱为久经传诵之名篇；所谓相同，不过是共识罢了。要之，《文心》所论作家、作品与《文选》采录作家、作品有相同之处是一客观事实，但是，对

① ［日］冈村繁：《〈文选〉编纂的实际情况与成书初期所受到的评价》，载《中外学者文选学论集》，中华书局1998年版。

这种现象应当进行严肃探讨,而不能随意解释。如果这也算是一个“因”,那么其“果”则至少有两个:一个是《文选》受《文心》影响;一个是《文选》未受《文心》影响,二者同受时代共论的影响。就逻辑上来说,二者一是一非,或者二者全非,决不可能二者皆是。但不论是耶非耶,其逻辑思维模式则是一致的,都是按因果关系来推论的。遗憾的是,以上二说都只说出了这种或然性因果关系的一个方面。因此,尽管双方论辩激烈,其实都不可能说服对方。因为,双方的因果推论均不具备必然性。

同样,以《文选》和《文心》的文体分类大体相似来论证《文选》或受其影响,或不受其影响,也是采用了与上文同样的思维方式。主张《文选》分体受到《文心》影响者认为:《文心》文体论二十篇,分文体为三十二类,如果加上《辨骚》篇中所论述的“骚”体,则为三十三类。《文选》之文体分为三十九类①,所分文体与《文心》大体相同,故《文选》在文体分类上深受《文心》的影响。主张二书没有联系的学者则强调:《文选》与《文心》分体皆受时代共论之影响。或因二书在文体分类上的相似论证《文选》受到影响,或认定二书分类上的相似只是一种不谋而合,是同受当时文体分类成说影响的结果。这种论证,无疑与上述论证同样无法解决问题。

江淹《杂体诗》与《文选》的相互关系,亦是《文选》成书研究中最为重要的问题之一。

有的论者通过研究,注意到江淹《杂体诗》与《文选》的一致性。如江淹《杂体诗》所揭示的要旨与《文选序》相较可以发现,前者对后者的取舍标准、选录范围及编排义例,曾产生过直接的影响。《文选》录五首诗以上的作者凡十八位,其中十四位在江淹《杂体诗》所拟诗人序列中;故江淹《杂体诗》实为《文选》诗类撰集的凡例与导引。这种据《文选》与江淹《杂体诗》的一致性来论证萧统《文选》受到江淹《杂体诗》影响的结论也不具备必然性的因果关系,如上所述,二者的一致尚有受时代共论影响的一

---

① 此以今传宋刊陈八郎本《五臣注文选》计之。

面。有的学者即认为江淹《杂体诗》所拟三十家中,《文选》收录其诗者二十六家;且江淹《杂体诗》所拟之作,《文选》中往往可以找到原作者的诗。这说明萧统对前代作家的看法大部分与江淹一致。不但如此,萧统心目中的某个作家代表作应为哪篇,亦多与江淹一致。根据现有史料,江淹与萧统并无联系。江淹下世之时,萧统年仅五岁,不可能受到江淹指授,故最大的可能当是二人都接受了南朝以来大多数人的共识。[①] 可见,以《文选》与江淹《杂体诗》的共性来论证《文选》编纂受到江淹《杂体诗》的影响并不具备必然性因果关系。

《文选》成书研究的另一重要课题是《文选》成书时间研究。其中,晁公武《郡斋读书志》的李善注《文选》条所载窦常"不录存者"说使用得非常广泛,多数现代《文选》学研究者在研究《文选》成书时间时均不加论证地使用了这一前提。率先应用此说而研究《文选》成书的是何融,他在《〈文选〉编撰时期及编者考略》[②]中考察了《文选》中收录的梁代作家卒年与梁代作家作品的作年。因为何融默认《文选》"不录存者"这一重要前提,所以他认为据《文选》中梁代作家的卒年与梁代作品的作年可以给《文选》成书时间划出一个区间。窦常说的核心是:"以何逊在世,不录其文。其人既往,而后其文刻定,然则所录皆前人作也。"[③]但是,何融在实际考察生前诗名极盛且卒年在陆倕卒年(普通七年,526)之前的何逊未能入选时,已发现"不录存者"说无法对此进行解释。何融在其专著《何水部年谱》考订何逊卒于天监、普通年间中,这明显早于《文选》中卒年最晚的陆倕的普通七年(526)。且何融个人考定的《文选》收录梁代作品作年最晚者为刘峻在天监十五年(516)所著的《辨命论》[④],至此,窦常所谓"不录存

① 曹道衡:《〈文选〉对魏晋以来文学传统的继承和发展》,《文学遗产》2000 年第 1 期。

② 《国文月刊》1949 年 2 月第 76 期;又见《中外学者文选学论集》,中华书局 1998 年版。

③ 晁公武:《昭德先生郡斋读书志》卷四下,商务印书馆 1937 年影印版,第 497 页。

④ 这一考证并不确实,刘峻《辨命论》的写作时间当以曹道衡《关于〈文选〉中六篇作品的写作年代》一文论定的天监初至天监七年为的论。

者”的这一观点可以宣告寿终正寝了。不过，何融囿于对窦常说的笃信，却未能实事求是，破除窦常说。于是，这篇现代《文选》学史上最早研究《文选》成书时间的名文也就错过了破除窦常说的绝佳时机，致使后来的学者仍然多奉窦常“不录存者”说为梁人编纂总集之通例。

何融之后研究《文选》成书时间的学者，不但多数人完全相信窦常所谓“不录存者”的编纂原则，而且认为“不录存者”是魏晋南北朝文章总集编纂的通例。据笔者目及，魏晋南北朝典籍真正提出这一观点并身体力行者唯有锺嵘《诗品》。锺氏《诗品序》：“又其人既往，其文克定；今所寓言，不录存者。”①刘勰《文心雕龙·序志》：“详观近代之论文者多矣，至于魏文述典，陈思序书，应玚《文论》，陆机《文赋》，仲治《流别》，弘范《翰林》，各照隅隙，鲜观衢路。或臧否当时之才，或铨品前修之文，或泛举雅俗之旨，或撮题篇章之意。”②据刘勰所言，魏晋南北朝文论家并非均如锺嵘那样“不录存者”，因为“或臧否当时之才，或铨品前修之文”，本身即是古今兼论。因此，“不录存者”之例是否为魏晋南北朝文章总集编纂的通例，尚难论断。况且当年所编总集大多已经亡佚，今已难详其例。即使其他总集的编纂遵循了这一体例，是否必然存在于萧统的《文选》之中，亦是一个需要周密论证之后方能使用的前提；而且萧统《古今诗苑英华》是否“不录存者”还值得研究，即使该书遵循了“不录存者”的编纂原则，仍不能必然地推出《文选》亦“不录存者”的结论。何况，魏晋南北朝总集编纂尚有附作家小传的通例，上文提及的《古今诗苑英华》即然。《文选》卷二十二王康琚《反招隐》诗李善注：“《古今诗英华》题云：晋王康琚，然爵里未详也。”③此注中提及的《古今诗英华》即萧统《答湘东王求文集及〈诗苑英华〉书》中提及的《诗苑英华》。李善注中明明提及《古今诗苑英华》附有

---

① （梁）锺嵘著，曹旭集注：《诗品集注》，上海古籍出版社1994年版，第173页。

② （梁）刘勰著，詹锳义证：《文心雕龙义证》卷十《序志》，上海古籍出版社1989年版，第1915页。

③ （梁）萧统编，（清）胡克家校刻：《文选》，中华书局1977年影印本，第310页下。

作家小传。而到了《文选》编纂时，这一普遍采用的体例被打破了。《文选》摒弃了此前诸多总集兼附作家小传的做法，不立作家小传了。虽然我们不能据《文选》改动了《古今诗苑英华》不立作家小传的编纂体例而必然地推导出《文选》亦改动了《古今诗苑英华》的其他编纂体例的结论，但是，也至少不能根据可能存在于萧统《古今诗苑英华》中“不录存者”的体例而断言《文选》亦必然地“不录存者”了。

总之，《文选》成书研究中存在着较为严重的混淆必然性因果与或然性因果的诸多推论，这些貌似有理而存在诸多漏洞的推论结果严重制约了《文选》成书研究的深入。

混淆必然性因果关系与或然性因果关系并非《文选》研究界所独有，中国古代文学研究中历来存着这种现象。可以说，它是困扰中国古代文学研究的怪圈之一。

笔者认为，造成中国古代文学研究存在逻辑误区的原因有三：一是研究的不深入，导致某些学者凭想当然地得出结论；二是材料的匮乏；三是推理缺乏逻辑性。古代文学的研究对象及学科的性质，决定了它所面临的难题之一即是由于时代久远所导致的材料匮乏。面对较少的材料而又要作出各种解释，诸多问题的探讨不得不依赖推论进行，而于各种推论中，使用概率最多的是因果推论。这种推论诚如笔者以上所言，有必然性与或然性之别。研究者如果不细心区别，谨慎使用，就有可能误入盲区，产生自以为是的推理，陷入虚假因果的泥淖。

第二章
《文选》成书过程研究

第一节 朱彝尊《文选》成书两阶段说辨

在《文选》成书研究中,《文选》的成书过程是个至关重要的问题,论者若忽视《文选》成书过程的考辨,则极难讲清《文选》的编者问题。长期以来,"昭明太子十学士"编纂《文选》说与刘孝绰编纂《文选》说在现代《文选》学界相当盛行,但是,学界对《文选》的成书过程却缺乏真正的研究。这是现代《文选》学研究中的一个重大缺失。

《文选》的成书过程,《梁书》《南史》失载,对《文选》流传贡献极大且对《文选》文本下过极大功夫的唐人李善为《文选》作注时亦未有一语涉及。唐代其他《文选》注释者如五臣、陆善经等亦对此无言。

遍照金刚(弘法大师)的《文镜秘府论·南卷·集论》:"或曰:晚代铨文者多矣。至如梁昭明太子萧统与刘孝绰等,撰集《文选》,自谓毕乎天地,悬诸日月。然于取舍,非无舛谬。"①

---

① [日]遍照金刚:《文镜秘府论》,人民文学出版社 1975 年版,第 163 页。

遍照金刚作为唐代到中国来的日本僧人，他的《文镜秘府论》是传世唐代文献中唯一记载刘孝绰参与《文选》编纂的重要史料，因此，这一记载可以为论证刘孝绰是《文选》的实际编纂者之一说提供佐证。但是，《文镜秘府论》仅涉及《文选》的编纂者而未涉及《文选》的成书过程。

宋代王应麟《玉海》卷五十四引《中兴书目》："《文选》，昭明太子萧统集子夏、屈原、宋玉、李斯及汉迄梁文人才士所著赋、诗、骚、七、诏、册、令、教、表、书、启、笺、记、檄、难、问、议论、序、颂、赞、铭、诔、碑志、行状等为三十卷。"注："与何逊、刘孝绰等选集。"[①]此中虽语涉刘孝绰与何逊参与编纂《文选》，但亦未言及《文选》的成书过程。

一向不为学界所重视的唐人五臣之一的刘良，在《文选》诗类"赠答二"张华《答何劭》题下注："良曰：何劭，字敬祖。赠华诗，则此诗之下是也。赠答之体，则赠诗当为先。今以答为先者，盖依前贤所编，不复追改也。"[②]刘良之言非常值得注意，因为他未坚持萧统在《文选序》提出来的"类分之中各以时代相次"的编序原则，反倒认为依照赠诗在前、答诗在后的通例，何劭的《赠张华》当居前，而张华的《答何劭》应居后。更为重要的是，刘良认为：《文选》"赠答"类中张华、何劭的编序有误，且其误非萧统所致，而是《文选》据以选编的前贤总集所致。

刘良提出的赠诗在前、答诗在后的编序的确是赠答诗的一种排列方法，但是，刘良忽略了《文选序》明确提出的"类分之中各以时代相次"的编序总则，因此，刘良提出的赠诗在前、答诗在后的编序并不符合《文选》编纂者的排列顺序，但刘良提出的《文选》应依前贤总集编纂的观点是唐人对《文选》成书过程的重要认识。

刘良"盖依前贤所编，不复追改也"之语道出了唐人对《文选》中作品编次淆乱的看法。五臣之一的刘良为唐玄宗开元时人，其说为唐人之说，

---

① （宋）王应麟：《玉海》，广陵书社 2003 年影印本，第 1017 页。

② （梁）萧统编，（唐）六臣注：《文选》，中华书局 1987 年影印本，第 448 页上。

应当引起学界的高度重视。可是,由于五臣注长期得不到应有的公正对待,故历来研究《文选》者从未注意过五臣注,即使读五臣注,亦不注意历来为人鄙视的作为五臣之一刘良的这一观点。笔者以为:刘良此说极是。《文选》出现作品次序颠倒的特殊现象,应是《文选》成书时"依前贤所编"总集抄录且"不复追改"所致。

清人朱彝尊(1629~1709)是首次明确提出《文选》成书过程的学者。朱氏在《书〈玉台新咏〉后》说:"昭明《文选》初成,闻有千卷,既而略其芜秽,集其清英,存三十卷。"①朱彝尊在刘良之后提出了《文选》成书的另一重要观点,即《文选》是先成长编再删繁就简而成三十卷的选集。

朱氏此说,干系甚大。若此说成立,则千卷长编必假手于人而绝非昭明一人可成。故先成长编,再行删选之《文选》成书两阶段说的面世,为《文选》成于昭明诸学士之手的观点提供了证据,后之论《文选》编者系成于诸学士之手者无不征此为据。《文选》作为一部自周秦至齐梁,选录作品达七百馀篇的选集,若真如朱氏所说先成长编、再成选集,则其非昭明一人之力可成,几乎可不加论证即可成立。故《文选》的成书过程与《文选》的编者关系极大,因而论及《文选》的编者问题绝对不可忽略对《文选》成书过程的考辨。

不过,朱彝尊此论颇多可疑之处。

第一,朱氏此言的前二句与末一句,出自宋人吴棫《宋本韵补·书目》:"《类文》,此书本千卷,或云梁昭明太子作《文选》时所集,今存止三十卷。本朝陶内翰穀所编。"中间二句"略其芜秽,集其清英"出自昭明《文选序》,与《韵补》所言毫不相干②;但经朱氏贯通相联,罗致因果,则先撰资料长编,再行删选定稿即成为《文选》的成书过程最有力的证据。

第二,吴氏《韵补》"或云",明告此仅为传言,可信度若何,实难判断。

---

① (清)朱彝尊:《曝书亭集》卷五十二,四部业刊初编集部,第410页。

② (宋)吴棫:《韵补·书目》,中华书局1985年版,第5页。

吴氏生当两宋之交，如吴氏尚可目睹梁昭明太子所编千卷《类文》，则《隋志》、两《唐志》理当著录。今考《隋志》未著录《类文》，两《唐志》著录庾自直《类文》三百七十七卷，《宋志》亦著录庾自直《类文》三百六十二卷。庾自直乃隋人，《隋书·文学·庾自直传》："陈亡，入关，不得调。晋王广闻之，引为学士。大业初，授著作佐郎。自直解属文，于五言诗尤善。性恭慎，不妄交游，特为帝所爱。帝有篇章，必先示自直，令其诋诃。自直所难，帝辄改之，或至于再三，俟其称善，然后方出。其见亲礼如此。后以本官知起居舍人事。化及作逆，以之北上，自载露车中，感激发病卒。有文集十卷行于世。"①《北史·文苑·庾自直传》与《隋志》所载无大异。

《北史·文苑·虞绰传》尚载庾自直任著作佐郎时，与虞世南、虞绰撰《长洲玉镜》等书十馀部。两《唐志》《宋志》著录之庾自直《类文》三百馀卷，但此与《韵补》所言之《类文》千卷相距甚远，故两《唐志》《宋志》所载庾自直《类文》与《韵补》所载《类文》当非一书，因隋人庾自直《类文》绝不可能为萧梁时昭明纂集《文选》之资料长编。以今传世文献的史志目录所载，《韵补》所言的《类文》无考。

第三，《宋本韵补》明言"本朝陶内翰穀所编"，陶穀为宋人，所编《类文》虽不排除其据前贤遗文所编之可能，但断言宋人陶穀所编《类文》为昭明所集，似嫌武断。

第四，《文选序》所云"略其芜秽，集其清英"，道出《文选》选录作品的筛选原则为"集清英""略芜秽"，但《文选序》并未明言据何而进行的。其中，固有朱彧《韵补》所言据《类文》千卷资料长编进行之可能，亦有据前贤总集"集清英""略芜秽"之可能。岂可因"集其清英，略其芜秽"而断言必据资料长编筛选？萧统选编《文选》的萧梁中期，先贤总集已大量问世，此为据他人所编总集进行再筛选提供了可能。故朱氏《文选》成书两阶段说难以成立。

---

① （唐）魏徵等：《隋书》卷七十六，中华书局1982年版，第1742页。

第二节　南朝总集编纂多据前贤总集再编纂论

一　南朝总集据前贤总集抄撰编纂例

《文选》卷四十七史岑《出师颂》作者史孝山下李善注："范晔《后汉书》曰：'王莽末，沛国史岑，字孝山，以文章显。'《文章志》及《集林》《今书七志》并同，皆载岑《出师颂》，而《流别集》及《集林》又载岑《和熹邓后颂并序》。计莽之末，以讫和熹，百有馀年。又《东观汉记》曰：东平王苍上《光武中兴颂》，明帝问校书郎此与谁等，对云前世史岑之比。斯则莽末之史岑，明帝之时已云前世，不得为和熹之颂明矣。然盖有二史岑，字子孝者仕王莽之末，字孝山者当和熹之际，但书典散亡，未详孝山爵里，诸家遂以孝山之文，载于子孝之集，非也。"①中华书局标点本《后汉书·文苑·王隆传》载："初，王莽末，沛国史岑子孝亦以文章显，莽以为谒者。"②可证善注不诬。

胡克家《文选考异》："陈云'孝山'当作'子孝'，是也。各本皆误。"③陈，即清人陈景云，陈氏据李善注作出此校，其说颇中肯綮。唐钞《文选集注》卷九三载此颂，作者亦作"史孝山"，可知此误始自《文选》原貌而非后世传抄、版刻致误。据李善注可知汉代曾有二史岑，一位生当王莽之末，字子孝；一位生当东汉，字孝山。晋挚虞《文章志》，南朝宋刘义庆《集林》，南齐王俭《今书七志》均将史孝山的《出师颂》误载于史子孝名下。挚虞《文章流别集》、刘义庆《集林》又将《和熹邓后颂并序》误载于史子孝名下。其实，这两篇作品的作者、时代并不难辨明。《出师颂》有"历纪十二，天命中

---

① （梁）萧统编，（清）胡克家校刻：《文选》，中华书局 1977 年影印本，第 661 页上。
② （刘宋）范晔撰，（唐）李贤等注：《后汉书》，中华书局 1973 年版，第 2610 页。
③ （梁）萧统编，（清）胡克家校刻：《文选》，中华书局 1977 年影印本，第 959 页下。

易”之句,李善注:“《汉书》曰,汉起元高祖,终于孝平王莽之诛,十有二世也。”①善注所释极是。既言“历纪十二”,必为东汉之作无疑。《和熹邓后颂并序》所颂扬的和熹邓后为东汉和帝之后,其为东汉人亦必无疑。作为西汉王莽末的史子孝,绝不可能写出歌颂东汉和帝皇后之兄邓骘的《出师颂》与歌颂和帝皇后的《和熹邓后颂并序》。因此,诸集所载皆误。

诸记皆误,颇可玩味。若刘义庆编纂长达二百卷的《集林》(《隋志四》)时,先编长编,再成总集,当不会重蹈挚虞之误。总集类的《集林》与目录学著作《今书七志》同误,只能说明后出的总集与目录学著作是据前贤总集选编或著录而成。即挚虞误编于前,刘义庆《集林》、王俭《今书七志》承误于后。刘义庆、王俭编纂著录汉魏晋作品,皆当参考西晋挚虞《文章流别集》与《文章流别志》。挚虞《文章流别志》误判《出师颂》为西汉史岑,《文章流别集》又误置《和熹邓后颂并序》于西汉史岑名下,刘义庆纂集《集林》、王俭撰写《今书七志》,又循挚虞之误,遂形成以讹沿讹之局。

刘义庆《集林》,《隋志四》著录为一百八十一卷,小注:“梁二百卷。”可见,《集林》部帙极其浩博。如此部帙的总集尚不采用朱彝尊先纂长编、再行选编之两阶段编纂法,萧统《文选》不仅无法与《集林》相抗衡,且无法与梁代尚存六十卷(《隋志四》)的挚虞《文章流别集》相颉颃,故萧统《文选》的编纂是否采用了两阶段选编法,还应当进行科学的论证。

二　南朝选集据总集抄撰例

魏晋南北朝为总集编纂的高峰期。此期总集编纂的显著特点为数量众多,某些作家甚至一人即编纂数部总集。如谢灵运即编有《赋集》九十二卷,《诗集》五十卷,《回文集》十卷,《七集》十卷(均据《隋志四》)。锺嵘《诗品序》称:“至于谢客集诗,逢诗辄取。”②可见谢灵运确曾大量搜集诗

① (梁)萧统编,(清)胡克家校刻:《文选》,中华书局1977年影印本,第661页下。

② (梁)锺嵘撰,曹旭集注:《诗品集注》,上海古籍出版社1994年版,第186页。

作并编纂了《诗集》。

除《赋集》《诗集》《回文》《七集》之类大全集式的总集外,谢灵运(下称"大谢")尚编纂《诗集钞》十卷、《诗英》九卷(小注:梁十卷)两种诗歌选集。以大谢四十九岁的生涯,完成上述众多总集的编纂,还须完成《诗集钞》之类的选集,如准朱彝尊每部选集皆先纂长编、再行选编之例,则穷大谢一生亦绝不可能完成。且《诗集钞》之著录在《隋志四》中紧接于《诗集》之后,《诗英》又位次《诗集钞》之后,可见,这两种诗歌选本当为大谢据其本人所编《诗集》的再选本。同理,《隋志》著录的无名氏《赋集钞》一卷,亦应是大谢《赋集》的再选本。

谢氏所编《诗集钞》尚属据个人所编总集进行再编选之例,实际上还有不少总集(包括《文选》)为选编者据他人所编总集进行再选编者。首倡此说者为日本学者冈村繁[①],他认为:《隋志四》在著录刘义庆《集林》之后紧接着著录了无名氏《集林钞》十一卷,另著录沈约《集钞》十卷,小注:"梁有《集钞》四十卷,丘迟撰,亡。"[②]另著录无名氏《集略》二十卷。揆之《隋志》体例,可推知《集林》后著录的《集林钞》诸作当为《集林》的再选本。《隋志四》著录南齐孔逭《文苑》一百卷,紧随其后著录无名氏《文苑钞》三十卷。揆之上例,《文苑钞》亦应为《文苑》的再选本。

中国学者力之《关于〈文选〉的编者问题》[③]在论及《文选》的编纂时,亦以挚虞《文章流别集》与此后出现的其他总集为例,推论《文选》为再选本。所不同者,力之并未详引《隋志》著录为例,但其总括之言,亦认为《文选》为据前贤总集的再选本。

魏晋南北朝利用前贤总集进行再选编的做法并非个别现象。以著录上述诸作的《隋志》而言,亦非唐初史家完全据唐初宫廷藏书逐一著录的,

---

① [日]冈村繁:《〈文选〉编纂的实际情况与成书初期所受到的评价》,载《日本中国学会报》1986年第38集;又载俞绍初、许逸民主编:《中外学者文选学论集》,中华书局1998年版,第1047页。

② (唐)姚思廉撰:《梁书》,中华书局1973年版,第1082页。

③ 见《文学评论》1999年第1期。

而是抄录了大量前贤的目录学著述。《隋志四》在总集乐府歌曲之属下以小注的形式著录了谢灵运《回文集》十卷,无名氏《回文诗》八卷,苏蕙《织锦回文诗》一卷。姚振宗《隋书经籍志考证》(以下简称《考证》):"案此《回文集》三家在梁代书目自为一类,而乃杂置之乐府歌诗类中,又不与前《五岳七星回文诗》为伍。盖当属稿之时,唯取诸家书目节节钞入,于前后流别部居,未尝措意及之也。"①姚氏所言极是。《隋志》将此三部回文诗著录于《乐府歌辞钞》等九部总集之后,显系错置。因《隋志》此前曾著录过《五岳七星回文诗》,此三部回文诗未能一并著录于《五岳七星回文诗》之后,却著录于乐府诗之末,明显有误。"属稿之时,唯取诸家书目,节节钞入,于前后流别部居,未尝措意",正是对此现象的最好说明。《隋志四》于此小注之中,又著录《颂集》二十卷、王僧绰《木连理颂》二卷。姚振宗《考证》:"案此两书前已附注于《靖恭堂颂》一卷条下。此复重出,岂前所云梁有为《七录》,此梁有又一《七录》欤?是亦足证注梁有者不尽《七录》一书也。盖梁有书目有以颂一类列封禅文之后者,如前所载是也。又有列于回文诗之后者,则此所载是也。诸家部居不一律,故本志钞取亦两歧。"②姚氏考证颇精。《隋志四》此前已著录《靖恭堂颂》一卷,小注:"梁有《颂集》二十卷,王僧绰撰;《木连理颂》二卷,太元十九年群臣上。亡。"③揆之《隋志》体例,《颂集》与《木连理集》已经著录,此处不当重加著录,但《隋志》却于总集乐府类中再次以小注形式作了著录。这就再次说明《隋志》并非逐一据唐初宫廷藏书进行著录,而是抄纂前贤目录学著述而汇编成书的。

虽然《隋志》利用前贤目录进行著录,与《文选》据前贤总集进行再选编并无必然性联系,但是,这一现象的存在至少说明利用前人著作进行著

① (清)姚振宗:《隋书经籍志考证》卷四十集部三,《二十五史补编》,中华书局 1985 年版,第 852 页。另见开明书店上海总店 1936 年版,第 5890 页。

② (清)姚振宗:《隋书经籍志考证》卷四十集部三,《二十五史补编》,中华书局 1985 年版,第 853 页。另见开明书店上海总店 1936 年版,第 5891 页。

③ (唐)魏徵撰:《隋书》卷三十五《隋志经籍四》,中华书局 1982 年版,第 1083~1084 页。

录是当时一种著述风气。

第三节 《文选》据前贤总集再选编之内证

梁代总集的大量涌现固然为萧统选辑《文选》提供了诸多便利，但亦仅只是可能，而非必然。冈村繁率先提出《文选》为再选本，但其结论仅仅是据魏晋南北朝总集编纂的惯例，而未举出《文选》为再选本的内证。笔者以为《文选》系据前贤所纂总集选编成书的重要依据尚有以下四点重要内证。

一 《文选》中不少作品据其注文可知已为晋代挚虞《文章流别集》、李充《翰林》与刘宋刘义庆《集林》所选

今据中华书局1977年影印胡克家本《文选》，说明如次：

1.张衡《南都赋》题下注："挚虞曰：南阳郡治宛，在京之南，故曰南都。"[①]据李善之注，此赋当为挚虞《文章流别集》所载。

2.班彪《北征赋》题下注："《流别论》曰：更始时，班彪避难凉州，发长安，至安定，作《北征赋》也。"[②]据李善此注，该赋载于挚虞《文章流别集》。

3.班昭《东征赋》题下注："《流别论》曰：发洛至陈留，述所经历也。"[③]据李善此注，该赋载于挚虞《文章流别集》。

4.木华《海赋》"品物类生，何有何无"句善注："李尤[④]《翰林论》曰：木氏《海赋》，壮则壮矣，然首尾负揭，状若文章，亦将由未成而然也。"[⑤]据李

---

① (梁)萧统编，(清)胡克家校刻：《文选》，中华书局1977年影印本，第68页下。
② (梁)萧统编，(清)胡克家校刻：《文选》，中华书局1977年影印本，第142页下。
③ (梁)萧统编，(清)胡克家校刻：《文选》，中华书局1977年影印本，第144页下。
④ 当为充，李尤，东汉辞赋家。李充，晋诗人、文论家，所作《翰林》五十四卷，为世所重。
⑤ (梁)萧统编，(清)胡克家校刻：《文选》，中华书局1977年影印本，第183页上。

善此注，该赋载于李充《翰林》。[①]

5.张衡《思玄赋》题下注：善曰："未详注者姓名。挚虞《流别》题云衡注。详其义训，甚多疏略，而注又称愚以为疑，非衡明矣。但行来既久，故不去。"[②]据李善此注，该赋载于挚虞《文章流别集》。

6.应璩《百一诗》题下注："李充《翰林论》曰：应休琏五言诗百数十篇，以风规治道，盖有诗人之旨焉。"[③]据李善此注，该诗载于李充《翰林》。

7.扬雄《剧秦美新》题下注："李充《翰林论》曰：扬子论秦之剧，称新之美，此乃计其胜负，比其优劣之义。"[④]据李善此注，该文载于李充《翰林》。

8.李康《运命论》作者李康下注："《集林》曰：李康，字萧远，中山人也。性介立，不能和俗，著《游山九吟》。魏明帝异其文，遂起家为寻阳长，政有美绩。病卒。"[⑤]据李善此注，该文载于刘义庆《集林》。

《文选》与《文章流别集》（以下简称《流别集》）《翰林》《集林》入选作品的雷同，可理解为《文选》选录作品时，曾参考《文章流别集》《翰林》《集林》诸辨体选文之作，亦可理解为《文选》与挚虞、李充、刘义庆皆受时代共识的影响而同时选录了部分相同的作品。但若结合本章第二部分"南朝总集编纂多据前贤总集再编纂论"，则可知《文选》与挚虞、李充、刘义庆所编纂诸总集的雷同实为《文选》受挚虞、李充、刘义庆所编总集的影响所致。

除上述可考《文选》与《流别集》《翰林》《集林》之承传关系外，尚有一例可说明《文选》是据《流别集》《翰林》诸总集编纂，即《文选·序》中有关颂、诔、诰三种文体的论述皆祖承《文章流别论》与《翰林论》。《文选·

① 本书视挚虞《文章流别集》为文章总集，《文章流别论》为附于总集中的文体论，《文章流别志》为附于总集中的作家小传。另外，视李充《翰林》为文章总集，《翰林论》为附于总集中的文体论。

② （梁）萧统编，（清）胡克家校刻：《文选》，中华书局 1977 年影印本，第 213 页下。

③ （梁）萧统编，（清）胡克家校刻：《文选》，中华书局 1977 年影印本，第 305 页下。

④ （梁）萧统编，（清）胡克家校刻：《文选》，中华书局 1977 年影印本，第 678 页下。

⑤ （梁）萧统编，（清）胡克家校刻：《文选》，中华书局 1977 年影印本，第 730 页上。

序》:“颂者,所以游扬功业,褒赞成功。”[①]挚虞《文章流别论》:“成功臻而颂兴。……颂,诗之美者也。古者圣帝明王,功成治定而颂声兴。……故颂之所美者,圣王之德也。”[②]《文选·序》言“美终则诔发”亦源于挚虞“嘉美终而诔集”。《文选·序》标举“戒出于弼匡”,则源于李充《翰林论》:“戒诰施于弼违。”[③]此一麟半爪之迹,亦可说明《文选》的选文定篇与分体之论皆曾受到前贤总集的影响。

二 《文选》中部分作品的篇题与该作家别集之篇名有别,此为《文选》据前贤总集选录而非据作者别集选录之力证

今依其题下李善注、五臣注、陆善经注说明如次:

1.曹植《赠丁仪》题下注:“《集》云:与都亭侯丁翼,今云仪,误也。”[④]

今案:据善注,《文选》此诗诗题与《曹植集》相异且误,可知《文选》此篇非选自《曹植集》,而是另有所本。

2.曹植《又赠丁仪、王粲》题下注:“《集》云:答丁敬礼、王仲宣。翼字敬礼,今云仪,误也。”[⑤]

今案:据善注,《文选》此诗诗题与《曹植集》相异且误,可知此篇非选自《曹植集》,而另有所本。

3.陆机《于承明作与士龙》题下注:“《集》云:与士龙于承明亭作。”[⑥]

今案:据善注,《文选》此诗诗题与陆机本集有异,可知此诗亦非直接选自《陆机集》。

4.陆机《为顾彦先赠妇二首》题下注:“《集》云:为全彦先作,今云顾彦

---

① (梁)萧统编,(清)胡克家校刻:《文选》,中华书局1977年影印本,第2页上。
② (宋)李昉等:《太平御览》第585卷,中华书局1985年影印本,第2635页。
③ (宋)李昉等:《太平御览》第593卷,中华书局1985年影印本,第2671页。
④ (梁)萧统编,(清)胡克家校刻:《文选》,中华书局1977年影印本,第339页下。
⑤ (梁)萧统编,(清)胡克家校刻:《文选》,中华书局1977年影印本,第340页上。
⑥ (梁)萧统编,(清)胡克家校刻:《文选》,中华书局1977年影印本,第347页上。

先,误也。且此上篇赠妇,下篇答,而俱云赠妇,又误也。”①

今案:据善注,《文选》此诗诗题与《陆机集》相异,非自《陆士衡集》直接选出者甚明。

5.陆云《为顾彦先赠妇二首》题下李善注:“《集》亦云:为顾彦先,然此二篇并是妇答,而云赠妇,误也。”②

今案:据李善此注,《文选》此诗诗题与《陆机集》相异,可知此诗直接选自《陆士衡集》。

6.卢谌《赠崔温》题下注云:“《集》曰:与温太真、崔道儒。”李善不但据《卢谌集》注明本集之题,而且据何法盛《晋录》注明了温太真与崔道儒其人:“何法盛《晋录》曰:温峤,字太真。又曰:崔悦,字道儒。”③

今案:据善注,《文选》此诗诗题与《卢谌集》相异且误,可知《文选》此诗非直接选自《卢谌集》。

7.范云《古意赠王中书》题下注:“《集》曰:览古赠王中书融。”④

今案:据李善此注,《文选》该诗诗题与《范云集》相异,可知此篇非直接选自《范云集》。

8.陆机《赴洛二首》题下注:“《集》云:此篇赴太子洗马时作,下篇云东宫作,而此同云赴洛,误也。”⑤张铣注:“后篇意乃在东宫作,盖撰者合也。”⑥

今案:据善注,《文选》此诗诗题与《陆机集》相异且误,可知此诗非直接选自《陆机集》。五臣张铣之说,意为总集编撰者将陆机此二诗合为一题,此总集编纂者当在昭明之前。

---

① (梁)萧统编,(清)胡克家校刻:《文选》,中华书局1977年影印本,第348页下。
② (梁)萧统编,(清)胡克家校刻:《文选》,中华书局1977年影印本,第353~354页。
③ (梁)萧统编,(清)胡克家校刻:《文选》,中华书局1977年影印本,第361页上。
④ (梁)萧统编,(清)胡克家校刻:《文选》,中华书局1977年影印本,第372页下。
⑤ (梁)萧统编,(清)胡克家校刻:《文选》,中华书局1977年影印本,第375页上。
⑥ (梁)萧统编,(唐)六臣注:《文选》,中华书局1987年影印本,第492页上。

9.鲍照《还都道中作》题下注:“《集》曰:上浔阳还都道中作。”①

今案:据李善此注,《文选》该诗诗题与《鲍参军集》有异,故此篇非直接选自《鲍参军集》。

10.谢朓《鼓吹曲》题下注云:“《集》云:奉隋王教,作《古入朝曲》。”②

今案:据李善此注,《文选》该诗诗题与小谢别集相异,可知其非从《谢朓集》直接选出者。

11.刘琨《扶风歌》题下注:“《集》云:《扶风歌》九首,然以两韵为一首,今此合之,盖误。”③

今案:据李善此注,《文选》该诗诗题与刘琨别集相异,可知其非从《刘琨集》直接选出者。

12.谢朓《和徐都曹》题下注:“《集》云:《和徐都曹勉昧旦出新渚》。”④

胡克家《文选考异》“昧旦出新渚”句:“案:‘新’下当有‘亭’字。各本皆脱。《谢集》有。”⑤

今案:据李善此注,《文选》该诗诗题与小谢别集相异,可知此诗非直接选自《谢朓集》。

13.陈琳《为曹洪与魏文帝书》题下注:“《陈琳集》曰:琳为曹洪《与文帝笺》。”⑥

今案:据善注,《文选》此篇篇题与《陈琳集》有异,说明此诗并非直接选自《陈琳集》。且李善此注明确说出《陈琳集》,而非通常所云之“集”,这在《文选》李善注中较为罕见,但却更准确地说明此诗诗题与《陈琳集》所载同篇诗题相异。

14.沈约《和谢宣城》诗,刘盼遂《文选篇题考误》:“按唐写本注引李善

---

① (梁)萧统编,(清)胡克家校刻:《文选》,中华书局 1977 年影印本,第 383 页下。
② (梁)萧统编,(清)胡克家校刻:《文选》,中华书局 1977 年影印本,第 405 页下。
③ (梁)萧统编,(清)胡克家校刻:《文选》,中华书局 1977 年影印本,第 408 页上。
④ (梁)萧统编,(清)胡克家校刻:《文选》,中华书局 1977 年影印本,第 432 页下。
⑤ (梁)萧统编,(清)胡克家校刻:《文选》,中华书局 1977 年影印本,第 927 页上。
⑥ (梁)萧统编,(清)胡克家校刻:《文选》,中华书局 1977 年影印本,第 585 页下。

曰:'《集》云《和谢宣城朓疾卧》。'今按:宋本敓此注。"①

今案:周勋初辑《唐钞〈文选集注〉汇存》卷五十九沈约《和谢宣城》诗诗题下注:"李善曰:《集》云《和谢宣城朓疾卧》。"②刘盼遂之论当本此。可见,沈约此诗亦非直接选自《谢宣城集》。

15.陆机《挽歌诗》三首,《文选集注》引陆善经注:"陆善经曰:《集》曰《王侯挽歌》。"③

据陆善经此注,陆机《挽歌诗》在《陆士衡集》中的原名为《王侯挽歌》,故可知《文选》所录陆机《挽歌诗》非直接选自《陆士衡集》。

以上诸作,李善注、陆善经注均已注明《文选》之题与《集》中之题相异,但欲明李善注、陆善经注之原意,必先明李善注、陆善经注中之"集"字何意。《隋志四》别集类小序:"别集之名,盖汉东京之所创也。自灵均已降,属文之士众矣,然其志尚不同,风流殊别。后之君子,欲观其体势,而见其心灵,故别聚焉,名之为'集'。"④据《隋志》所释,"集"即"别集"。故上引崇贤之注中所云之《集》均为作家别集。《文选》卷十一《芜城赋》题名下注:"《集》云:登广陵故城。"⑤清胡克家《考异》:"《集》者,《鲍明远集》。"⑥胡氏《考异》之言,可为佐证,说明善注所用之"集",确指作家别集而言。

《文选》选篇之名与《集》(别集——笔者)有别,正说明《文选》采录之文并非从作家别集中直接筛选者。选本之选,不据作家别集而选,除未有别集的少数作家外,馀者其选录唯有据现存总集进行再选编。由于李善、陆善经作注之时,尚可见到汉魏晋南北朝作家别集,且李善、陆善经为《文选》作注极为慎重,凡有别集存世者李善、陆善经均将《文选》所选与诸家

---

① 《国学论丛》1928年10月第1卷第4号,第180页。

② 周勋初辑:《唐钞文选集注汇存》第1册,上海古籍出版社2000年版,第601页。

③ 周勋初辑:《唐钞文选集注汇存》第1册,上海古籍出版社2000年版,第663页。

④ (唐)魏徵等撰:《隋书》,中华书局1973年版,第1081页。

⑤ (梁)萧统编,(清)胡克家校刻:《文选》,中华书局1977年影印本,第166页下。

⑥ (梁)萧统编,(清)胡克家校刻:《文选》,中华书局1977年影印本,第877页上。

别集一一核对，故其注《文选》诸作之篇题有误或与作家别集有异亦当极可靠。这为我们今天正确判断《文选》是据总集进行再编之选本提供了极为可贵的内证史料。

如《文选》卷二十五陆云《为顾彦先赠妇二首》注云："《集》亦云为顾彦先，然此二篇并是妇答，而云赠妇，误也。"①

今案：善注言是，诗题有误。李善此注，虽未能说明《文选》据何而选，但此条的存在说明李善注《文选》时的确将《文选》所选诸作与入选作家的别集一一核对，唯其如此，方能发现《文选》与《陆机集》诗题同误。

三 据李善注可知，《文选》中某些作品本有序文，但是，《文选》收录此类作品时反而未收原序

征之《文选》体例，不收序文为破例。这类作品共十例，涉及魏晋南北朝的曹植、应璩、潘岳、束晳、陶渊明、谢瞻、谢灵运、江淹、任昉九位作家。考《隋书·经籍志》，这九位作家均有别集传世："魏《陈思王曹植集》三十卷"，"魏卫尉卿《应璩集》十卷（注：梁有录一卷）"，"晋著作郎《束晳集》七卷（注：梁五卷，录一卷）"，"晋黄门郎《潘岳集》十卷"，"宋徵士《陶潜集》九卷（注：梁五卷录一卷）"，"宋豫章太守《谢瞻集》三卷"，"宋临川内史《谢灵运集》十九卷（注：梁二十卷，录一卷）"，"梁金紫光禄大夫《江淹集》九卷（注：梁二十卷）、《江淹后集》十卷"，"梁太常卿《任昉集》三十四卷"。② 所以，上述九位作家的作品当时均有单独流传的别集可供《文选》编纂时使用。若《文选》均据作家别集选编成长编再行删选，当不致录其文而遗其序。这种现象只能是选编者据某些删除了作品小序的总集选编所致，李善注所补作品原序，当系据作家别集校补。

1.《文选》卷九潘岳《射雉赋》题下注："善曰：《射雉赋序》曰：'余徙家

---

① （梁）萧统编，（清）胡克家校刻：《文选》，中华书局1977年影印本，第353～354页。

② 以上所引，见（唐）魏徵等撰：《隋书》，中华书局1982年版，第1059～1077页。

于琅琊，其俗实善射，聊以讲肄之馀暇，而习媒翳之事，遂乐而赋之也。'"①

据李善此注，该赋原有序，但《文选》失收。《文选》既失收原序，揆之其选录作品例收小序的体例，该赋当非从《潘岳集》直接采录者。

2.《文选》卷十九束皙《补亡诗》题下李善注："《补亡诗序》曰：皙与司业畴人，肄脩乡饮之礼。然所咏之诗，或有义无辞，音乐取节，阙而不备。于是遥想既往，存思在昔，补著其文，以缀旧制。"②

束皙此诗序，《文选》失收，善注补其序于注文中，可见该诗非选自《束皙集》。

3.《文选》卷十九谢灵运《述祖德诗》题下李善注："灵运《述祖德诗序》曰：太元中，王父龛定淮南，负荷世业，尊主隆人。逮贤相徂谢，君子道消，拂衣蕃岳，考卜东山，事同乐生之时，志期范蠡之举。"③

可见，大谢此诗原有小序，《文选》失收，李善作注时补于注文之中，故《述祖德诗》非自《谢灵运集》直接选录者。

4.《文选》卷二十潘岳《关中诗》李善注："岳上诗表曰：诏臣作《关中诗》，辄奉诏竭愚，作诗一篇。"④

潘岳《关中诗表》原有小序，但昭明未选录，可见《文选》收录此诗非据《潘岳集》直接选录。

5.《文选》卷二十谢瞻《王抚军庾西阳集别时为豫章太守庾被徵还东》诗题下李善注："《集序》曰：谢还豫章，庾被徵还都，王抚军送至湓口南楼作。"⑤

据李善此注，谢瞻此诗原有序，而《文选》失收，善注据《谢瞻集》补注。在《文选》所收录的十篇当有小序而缺失小序的作品中，此诗序是第一篇

---

① （梁）萧统编，（清）胡克家校刻：《文选》，中华书局1977年影印本，第139页上。
② （梁）萧统编，（清）胡克家校刻：《文选》，中华书局1977年影印本，第272页上。
③ （梁）萧统编，（清）胡克家校刻：《文选》，中华书局1977年影印本，第273页下。
④ （梁）萧统编，（清）胡克家校刻：《文选》，中华书局1977年影印本，第280页上。
⑤ （梁）萧统编，（清）胡克家校刻：《文选》，中华书局1977年影印本，第294页上。

由李善注说明据《谢瞻集》补充了小序的作品，其他未注明据作家别集补充小序的九篇作品当亦同此例。因此，凡本有小序而《文选》未收其序的十篇作品均非据作家别集选录者。

6.《文选》卷二十一应璩《百一诗》题下善注："据《百一诗序》云：'时谓曹爽曰：公今闻周公巍巍之称，安知百虑有一失乎？'百一之名，盖兴于此也。"①可见，应璩《百一诗》原有诗序，而《文选》却未收，故应璩《百一诗》非据《应璩集》选录。

7.《文选》卷二十四曹植《赠白马王彪》诗题下善注："《集》曰：于圈城作。又曰.黄初四年五月，白马王、任城王与余俱朝京师，会节气。日不阳，任城王薨。至七月，与白马王还国。后有司以二王归蕃，道路宜异宿止。意毒恨之。盖以大别在数日，是用自剖，与王辞焉，愤而成篇。"②

此为著名的《赠白马王彪序》，但《文选》失收，李善注补充之。其补注文字值得玩味："《集》曰……又曰……"的表述方式说明前后两段文字均出自《陈思王曹植集》，故曹植此诗非直接选自《陈思王曹植集》。

8.《文选》卷三十一江淹《杂体诗三十首》题下李善注："《杂体诗序》曰：关西、邺下，既已罕同；河外、江南，颇为异法。今作三十首诗，敩其文体，虽不足品藻渊流，庶亦无乖商榷。"③

江淹此诗原有小序，《文选》却未收此序，李善注补充了此序。但是，李善的补注并非该序的全文。

《文选集注》本、建州本《六臣注文选》、明人胡之骥《江文通集汇注》卷四《杂体三十首》详载了此序：

> 夫楚谣汉风，既非一骨；魏制晋造，固亦二体。譬犹蓝朱成彩，杂错之变无穷；宫商为音，靡曼之态不极。故蛾眉讵同貌，而俱动于魄

---

① （梁）萧统编，（清）胡克家校刻：《文选》，中华书局 1977 年影印木，第 305 页下。
② （梁）萧统编，（清）胡克家校刻：《文选》，中华书局 1977 年影印本，第 340 页下。
③ （梁）萧统编，（清）胡克家校刻：《文选》，中华书局 1977 年影印本，第 444 页上。

(《文选集注》本作“魂”——笔者);芳草宁共气,而皆悦于魂(《文选集注》本作“魄”——笔者),不其然欤?至于世之诸贤,各滞所迷,莫不论甘而(《文选集注》本作“则”——笔者)忌辛,好丹而(《文选集注》本作“则”——笔者)非素。岂所为(《文选集注》本、建州本作“谓”,是——笔者)通方广恕,好远兼爱者哉?及公幹仲宣之论,家有曲直;安仁士衡之评,人立矫抗。况复殊于此者乎?又贵远贱近,人之常情;重耳轻目,俗之恒弊。是以邯郸托曲于李奇,士季假论于嗣宗,此其效也。然五言之兴,谅非夐古。但关西邺下,既已罕同;河外江南,颇为异法。故玄黄经纬之辨,金碧沉浮之殊,仆以为亦合其美并善而已。今作三十首,斆(《文选集注》本作“效”——笔者)其文体,虽不足品藻渊流,庶亦无乖(《文选集注》本“乖”下有“于”——笔者)商榷云尔。①

江淹此诗别集中本有诗序,从上述李善之注、五臣之注与今传《江文通集汇注》三方面均可得到验证。萧统《文选》选录江淹这一诗歌代表作却遗其原序,殊乖体例,亦系自前贤总集选编而非自江淹别集直接选录所致。

9.《文选》卷三十九任昉《奉答勅示七夕诗启》诗题下李善注:“《任昉集》诏曰:‘聊为《七夕诗》五韵,殊未近咏歌,卿虽讷于言,辩于才,可即制付使者。’”②

此诗如据《任昉集》所选,亦应选录此序,今此序载《任昉集》而不载《文选》,故此诗当非据《任昉集》直接选入。

10.《文选》卷四十五陶渊明《归去来》题下李善注:“《序》曰:余家贫,又惮远役,彭泽县去家百里,故便求之。及少日,眷然有归与之情,自免去

① (明)胡之骥注:《江文通集汇注》,中华书局1984年版,第136页。
② (梁)萧统编,(清)胡克家校刻:《文选》,中华书局1977年影印本,第555页下。

职。因事顺心,命篇曰《归去来》。”①

今案:据李善此注,该赋本有序,《文选》失收,李善注并未将此序补为全秩,但此赋有序,当是事实。可见,陶渊明这篇名作亦非《文选》自陶集中直接筛选者。萧统是首部《陶渊明集》的编纂者,对陶集自然十分熟悉。但是,《归去来》这篇名赋却未从陶集直接筛选,可见,《文选》据前贤总集编纂时对诸家别集似未曾参阅。《归去来》序全文为:

> 余家贫,耕植不足以自给。幼稚盈室,缾无储粟,生生所资,未见其术。亲故多劝余为长吏,脱然有怀,求之靡途。会有四方之事,诸侯以惠爱为德,家叔以余贫苦,遂见用为小邑。于时风波未静,心惮远役,彭泽去家百里,公田之秫,过足为润,故便求之。及少日,眷然有归欤之情。何则?质性自然,非矫励所得。饥冻虽切,违己交病。尝从人事,皆口腹自役。于是怅然慷慨,深愧平生之志。犹望一稔,当敛裳宵逝。寻程氏妹丧于武昌,情在骏奔,自免去职。仲秋至冬,在官八十余日。因事顺心,命篇曰《归去来兮》。乙巳岁十一月也。②

四 《文选》中尚有个别作品与原作家别集所载同作详略不同

如卷三十八任昉《为褚谘议蓁让代兄袭封表》一文,李善注:“然此表与《集》详略不同,疑是稿本,辞多冗长。”③

李善将任昉此作与《任昉集》同作核对后,发现二者文字详略差距较大。崇贤以为:此乃稿本与定本之异。笔者以为,不管李善判断如何,但他肯定了《文选》收录的任昉此表与《任昉集》中所载的此表文字详略不同,这就足以说明《文选》选录此表时并不是从《任昉集》中直接选录,而是另

① (梁)萧统编,(清)胡克家校刻:《文选》,中华书局1977年影印本,第636页下。
② 袁行霈:《陶渊明集笺注》,中华书局2003年版,第460页。
③ (梁)萧统编,(清)胡克家校刻:《文选》,中华书局1977年影印本,第541页上。

有所本。

五 《文选》作品的编序原则

《文选·序》言及《文选》中作品的排列时曾谈到“类分之中各以时代相次”的编序原则,准此,《文选》中作品的排列顺序从理论上讲当有三种情况:或以作者卒年先后为序,或以作者生年先后为序,或以作者生年、卒年先后为序。李善在为《文选》作注时指出了《文选》中有六篇作品的编序有误。虽然李善在不加论证的情况下将“类分之中各以时代相次”界定为以作家卒年先后排列略嫌武断,但李善指出的六篇作品的编序仍值得我们认真研判。

1.曹植《公讌诗》李善注:“赠答、杂诗,子建在仲宣之后,而此在前,疑误。”①

今案:王粲的生年(汉灵帝熹平六年,177)②比曹植的生年(汉献帝兴平二年,195)早十八年,王粲的卒年(汉献帝建安二十二年,217)比曹植的卒年(汉明帝太和六年,232)早十五年,如果《文选》以作家卒年先后排序,曹植之诗理当列王粲之诗后,但“公讌”诗却将曹植置于王粲之前,显然有误。李善之所以发现曹植与王粲两位作家的编序有误,是因为他看到在诗类的“赠答”与“杂诗”中,曹植均列王粲之后,而“公讌”诗中曹植又置王粲之前。两位作家在同一部书中次文类③的编序或前或后,显然有误。

2.左思《招隐诗》注:“杂诗左居陆后,而此在前,误也。”④

今案:陆机的生年(魏元帝景元二年,261)比左思的生年(魏齐王嘉平

---

① (梁)萧统编,(清)胡克家校刻:《文选》,中华书局1977年影印本,第282页下。

② 本书作家生卒年,均据曹道衡、沈玉成《中国文学家大辞典·先秦汉魏晋南北朝卷》,中华书局1996年版。

③ 本文所言的“次文类”指《文选》赋、诗、文三大部类中的具体分类,如《文选》赋分为“京都”“郊祀”等次文类,诗分为“补亡”“述德”等次文类,文分为“诏”“册”“令”“教”等次文类。

④ (梁)萧统编,(清)胡克家校刻:《文选》,中华书局1977年影印本,第309页下。

四年,252)约晚九年,陆机的卒年(晋惠帝太安二年,303)比左思的卒年(晋惠帝永兴三年,306)约早三年,如果以作家卒年先后排列,左思理应排在陆机之后,但"招隐"诗中左思却居陆机之前,显然有误。

3.曹植《七哀诗》注:"赠答,子建在仲宣之后,而此在前,误也。"①

今案:王粲的生年(汉灵帝熹平六年,177)比曹植的生年(汉献帝兴平二年,195)早十八年,王粲的卒年(汉献帝建安二十二年,217)比曹植的卒年(汉明帝太和六年,232)早十五年。如果以作家卒年先后排列,曹植理当列居王粲之后,但"哀伤"诗中曹植却居王粲之前。李善对此诗位序错误的判断源自他对"赠答"诗中曹植居瑑之后和"哀伤"诗中曹植居王粲之前的发现,两位作家在《文选》次文类的位次或前或后,显然有误。

4.潘岳《河阳县作二首》注:"哀伤、赠答,皆潘居陆后,而此在前,疑误也。"②

今案:潘岳的生年(魏齐王正始八年,247)比陆机的生年(魏元帝景元二年,261)早十四年,潘岳的卒年(晋惠帝永康元年,300)比陆机的卒年(晋惠帝太安二年,303)早三年,如果"类分之中各以时代相次"是指以作家卒年先后排列,潘岳之作当居陆机之作前,故此诗位次不误。《文选》"哀伤"赋中陆机《叹逝赋》位居潘岳《怀旧赋》《寡妇赋》之前,《文选》诗中"赠答(二)"陆机诗十二首皆位居潘岳《为贾谧作赠陆机》一诗前,误。李善疑《河阳县作二首》位次有误是因为"哀伤"赋与"赠答"诗中,陆机之作均居潘岳之前,因此,李善疑"行旅"诗中潘岳《河阳县作二首》居陆机《赴洛诗二首》《赴洛道中作二首》《吴王郎中时从梁陈作》之前有误。其实,李善怀疑有误的《河阳县作二首》的位次不误,李善未加怀疑的"哀伤"赋与"赠答"诗中陆机之作居潘岳之作前反倒不合以作家卒年先后排列的编序。李善为《文选》作注时注意到了《文选》次文类中陆前潘后与潘前陆后

① (梁)萧统编,(清)胡克家校刻:《文选》,中华书局 1977 年影印本,第 329 页上。
② (梁)萧统编,(清)胡克家校刻:《文选》,中华书局 1977 年影印本,第 373 页上。

的两种编序，但对这两种编序的正误并未详加研判。

5.何劭《杂诗》注云："赠答，何在陆前，而此居后，误也。"①

今案：此与上例相仿。李善作注时发现了《文选》次文类中何劭与陆机的两种编序，即何前陆后与陆前何后。因此，李善根据同一部书中两位作家的两种不同编序，指出何劭《杂诗》在"杂诗"类中位次有误。何劭与陆机在"赠答二"中的排列是何前陆后，在"杂诗（上）"中的排列是陆前何后。何劭的生年（魏明帝青龙四年，236）比陆机的生年（魏元帝景元二年，261）早二十五年，何劭的卒年（晋惠帝永宁二年，302）比陆机的卒年（晋惠帝太安二年，303）早一年，如果《文选》次文类是以作家卒年先后排列，则何劭当列陆机之前。"赠答"诗何居陆前，是；"杂诗"，何居陆后，误。应当指出的是，李善判断二者正误的方法似有缺失。他为何劭《杂诗》作注时仅据"赠答何在陆前"判断"而此居后误也"，其实，决定二者正误的是哪一种排列更符合《文选序》"类分之中各以时代相次"的编序原则。

6.枚乘《上书谏吴王》李善注："然乘之卒在相如之前，而今在后，误也。"②

今案：枚乘与司马相如的生年均无考，枚乘的卒年（汉武帝建元元年，前140）早于司马相如的卒年（汉武帝元狩五年，前118）二十二年。如果《文选》次文类以作家卒年先后排列，则枚乘之作当居司马相如之作前，但《文选》卷三十九司马相如《上书谏猎》却置于枚乘《上书谏吴王》《上书重谏吴王》之前，显然有误。

在李善指出的《文选》次文类编序有误的六组作家中，有五组是以两位作家在《文选》不同次文类中排序或前或后推断其有误，唯此一例完全以卒年先后论断是非，弥足珍贵。

除此之外，还有李康的《运命论》。骆鸿凯称：

---

① （梁）萧统编，（清）胡克家校刻：《文选》，中华书局1977年影印本，第419页上。

② （梁）萧统编，（清）胡克家校刻：《文选》，中华书局1977年影印本，第551页上。

> 论类李萧远《运命论》一首，文列《养生论》后。按叔夜卒于魏常道乡公景元三年，而萧远为魏明帝时人，前后倒置，亦误。[①]

今案：魏明帝读李康《游山九吟》而异之，因擢其为寻阳长，李康病卒于明帝世。嵇康的卒年为魏元帝景元四年(263)，故嵇康之卒年当在李康之后。如《文选序》"类分之中各以时代相次"指以作家卒年为序，则嵇康《养生论》当居李康《运命论》之后。今李康《运命论》居嵇康《养生论》之后，故骆鸿凯言其前后倒置。

除上述为唐人李善与近人骆鸿凯所明言的诸作次序外，建安作家王粲、曹植，在"公讌""咏史""哀伤""杂诗上"的位次本不应有异却明显有异。

公讌	曹植、王粲
咏史	王粲、曹植
哀伤	曹植、王粲
杂诗上	王粲、曹植

曹植与王粲的位次先后十分值得关注。据《文选序》"类分之中各以时代相次"的原则，如果"以时代相次"是指依作家卒年先后编序，曹植理当居王粲之后；如果"以时代相次"是指依作家生年先后排列，曹植理当居王粲之后。无论如何不应当出现"公讌"诗、"哀伤"诗中曹植居王粲之前，"咏史"诗、"杂诗"中曹植居王粲之后。出现这种情况的理由仅有一个，即《文选》是据前贤总集进行再选编的二次选编本。前贤总集有的依作家卒年先后编序，有的依作家地位尊卑编序。依作家卒年先后编序，则王粲居前；依作家地位尊卑编序，则曹植居前。《文选》同时依据了这两种总集进行二次选编，又未能改正先贤总集编序原则不一所导致的曹植与王粲的两种不同位次，同时保存了这两种编序，形成今本《文选》中曹植与王粲此

① 骆鸿凯：《文选学》，中华书局1989年版，第40~41页。

前彼后或此后彼前的位次。

太康作家潘岳、陆机在“赠答二”与“行旅上”的位次亦不应有异却明显有异。

赠答二	陆机、潘岳
行旅上	潘岳、陆机

潘岳(247~300)的生年比陆机(261~303)的生年早十四年,潘岳的卒年比陆机的卒年早三年。“赠答”诗陆前潘后的位次是既不论作家生年先后又不论作家卒年先后的排列,这种次文类编序明显有悖于《文选序》“类分之中各以时代相次”的原则;“行旅”诗潘前陆后显然是以作家卒年先后排列,这种次文类编序符合以卒年先后的排列。潘岳与陆机在同一部《文选》的不同次文类中或前或后的位次,亦当是《文选》依据不同的前贤总集抄撰编集时既遵从了按作家卒年先后排列的某总集,又遵从了既不论作家卒年先后排列又不论作家生年先后排列的某总集,抄撰成书后又未能统一体例所致。

总之,《文选》并非朱彝尊所说先成长编再选编成书,而是据前贤总集二次选编成书的再选本。

第三章
《文选》次文类编序与《文选》成书研究

关于《文选》次文类的编序,《文选・序》明确指出:“凡次文之体,各以汇聚。诗赋体既不一,又以类分;类分之中,各以时代相次。”①但是,对于“类分之中各以时代相次”的具体内涵,《文选・序》并未明言。细而析之,《文选》次文类可以分为在作家层面上“以时代相次”与在作品层面上“以时代相次”两个层次。在作家层面上的“各以时代相次”有三种可能:一是以作者卒年先后为序,二是以作者生年先后为序,三是同时以作者生年、卒年先后为序。在作品层面上的“各以时代相次”具有双重含义:一是指同一次文类中收录多位作家的多篇作品的编序,二是指同一次文类中收录一位作家多篇作品的编序,本文对《文选》次文类在作品层面上“各以时代相次”暂不讨论。

讨论《文选・序》提出的《文选》次文类“以时代为序”的前提是对《文选・序》中“时代”一词的解读。《北史・儒林传序》:“自魏梁越已下,传授讲议者甚众,今各依时代而次,以备《儒林》云尔。”②下列北魏、东魏、西

① (梁)萧统编,(清)胡克家校刻:《文选》,中华书局1977年影印本,第2页下。

② (唐)李延寿撰:《北史》卷八十一《列传第六十九・儒林上》,中华书局1974年版,第2709页。

魏、北齐、北周直至隋的儒士梁越、卢丑等五十二人，因此，《北史·儒林传序》所云“各依时代而次”，实际是以诸儒的生活时间相次。《北史·循吏列传序》：“案魏立《良吏传》，有张恂、鹿生、张膺、宋世景、路邕、阎庆胤、明亮、杜纂、裴佗、窦瑗、羊敦、苏淑。齐立《循吏传》，有张华原、宋世良、郎基、孟业、崔伯谦、苏琼、房豹、路去病。《周书》不立此篇。隋《循吏传》有梁彦光、樊叔略、赵轨、房恭懿、公孙景茂、辛公义、柳俭、刘旷、王伽、魏德深。其张恂、鹿生、宋世景、裴佗、羊敦、宋世良、郎基、崔伯谦、房豹、赵轨、房恭懿，各附其家传，其馀皆依时代编辑，以备《循吏篇》云。”①《北史·循吏列传》所列作家，实皆依北魏、北齐、北周、隋四朝编辑。故上述两条文献所云“依时代而次”“依时代编辑”实际上是以朝代相次。

以时代相次除上文所言以朝代相次外，尚有以作家生卒年先后相次的另一种解读。《四库全书总目》卷一百八十九集部总集类四宋《艺圃集》提要：

> 明李蓘编。蓘有《黄谷琐谈》，已著录。是集选录宋人之诗，殚力蒐罗，凡十三载，至隆庆丁卯而后成。所列凡二百三十有六人，而核其名氏，实二百三十有七人，盖编目时误数一人。末卷附释衲三十三人，宫闺六人，灵怪三则，妓流五人，不知名四人，通上当为二百八十八人。而注曰共二百八十四人，则除不知姓名四人不数耳。王士祯《香祖笔记》称所选凡二百八十人，亦误数也。书中编次后先，最为颠倒。如以苏轼、苏辙，列张咏、余靖、范仲淹、司马光前；陈与义、吕本中、曾幾列蔡襄、欧阳修、黄庭坚、陈师道前；秦观列赵抃、苏颂前；杨万里列杨蟠、米芾、王令、唐庚前；叶采、严粲列蔡京、章惇前；林景熙、谢翱列陆游前者，指不胜屈。其最诞者莫若以徽宗皇帝与邢居实、张栻、刘子翚

① (唐)李延寿撰：《北史》卷八十六《列传第七十四·循吏》，中华书局1974年版，第2868页。

合为一卷。夫《汉书·艺文志》以文帝列刘敬、贾山之间，武帝列蔡甲、倪宽之间；《玉台新咏》以梁武帝及太子诸王列吴均等九人之后，萧子显等二十一人之前，以时代相次，犹为有说。至邢居实为邢恕之子，年十八早夭，在徽宗以前；刘子翚为刘韐之子，张栻为张浚之子，皆南宋高孝时人，在徽宗以后。乃君臣淆列，尤属不伦。殆由选录时随手杂抄，未遑铨次。①

四库馆臣所撰《艺圃集》提要中谈及的诸多"编次后先"的问题，均为赵宋一代作家的失序问题。因此，提要中所谓"以时代相次"显然是指以作家的生卒年相次。

总集编纂中难免会存有种种失序问题，《文选》亦不例外。今传日本镰仓时代正安四年(1304)钞本《文选·序》"各以时代相次"作"略以时代相次"。如果"各"确作"略"，则《文选》次文类编次亦应允许有一定程度的失序存在。但是，这不等于说对《文选》次文类编序的研究毫无意义。研究《文选》次文类编序的失序现象，特别是探讨《文选》次文类在哪些时代哪些作家中存在失序现象，在哪些时代哪些作家中不存在失序现象，有助于我们探讨《文选》的成书过程。这正是《文选》次文类编序研究的价值所在。

李善在指出曹植《公宴诗》、左思《招隐诗》、曹植《七哀诗》、潘岳《河阳县作》、何劭《杂诗》、枚乘《上书谏吴王》六篇作品编序的错误时，采用了两种方法：一是对两位作家(如曹植与王粲、左思与陆机、潘岳与陆机、何劭与陆机)在《文选》不同次文类中的编序相互对比，二是以卒年为序判断《文选》次文类作家编序的正误(如枚乘与司马相如在"上书"体中的位次)。值得注意的是，李善在提出枚乘与司马相如编序有误的理由时，明

① 见(清)永瑢等编：《四库全书总目》卷一百八十九集部，中华书局1965年版，第1718页。

确指出:“然乘之卒在相如之前,而今在后,误也。”①因此,李善判断正误的依据是《文选》次文类以作者卒年先后的编序。但是,《文选》次文类未遵从以作者卒年先后编序的作品远远不止此一篇,且有大量作家的排列是既不依作家生年先后排列又不依作家卒年先后排列的乱序。本章将在李善研判《文选》次文类编序的基础之上,全面清理《文选》次文类的编序中存在的诸多问题,并进而研讨《文选》次文类编序混乱的形成原因。

《文选》所收七百余篇作品按赋、诗、文三大文类编排,每大文类之中再划分为若干次文类。《文选》共有七十六种次文类。其中,“骚”为“楚辞”,“七”为赋体,不能计入赋、诗、文三大类之中。其余七十四种次文类,赋分十五种,诗分二十四种②,文分三十五种③。

《文选》有二十二种次文类每类仅收录一位作家的作品,因此,它们不存在次文类的编序问题。这二十二种次文类是,赋类的“郊祀”“耕藉”“论文”,诗类的“补亡”“述德”“百一”“反招隐”“临终”“军戎”与“郊庙”,文类的“诏”“册”“令”“教”“启”“奏记”“难”“对问”“连珠”“箴”“墓志”与“行状”。

《文选》有三十一种次文类,所收作家无论从生年考察,或者从卒年考察,均符合时代先后的顺序。它们既可理解为以作家生年先后编序,又可理解为以作家卒年先后编序,这些次文类对于考察《文选》“类分之中各以时代相次”的编序原则亦无意义。其中,赋有十种次文类:“京都”“畋猎”“纪行”“游览”“宫殿”“江海”“物色”“鸟兽”“志”“情”。诗有八种次文类:“劝励”“献诗”“咏史”“游仙”“咏怀”“乐府”“挽歌”“杂歌”。文有十三种次文类:“移”“檄”“设论”“辞”“颂”“赞”“符命”“史论”“史述赞”“铭”“诔”“哀”“吊文”。

《文选》“上书”体较为特殊。该类收录五位作家的作品:李斯(? ~前

---

① (梁)萧统撰,(清)胡克家校刻:《文选》,中华书局 1977 年影印本,第 551 页上。
② 诗类在胡克家刻本《文选》的基础上增加“临终”一个次文类。
③ 文类在胡克家刻本《文选》的基础上增加“移”“难”两个次文类。

208)，邹阳(生卒不详)，司马相如(？~前118)，枚乘(？~前140)与江淹(444~505)。

"上书"体五位作家基本以生年、卒年先后排列。其中，司马相如的卒年(汉武帝元狩五年，前118)晚于枚乘的卒年(汉武帝建元元年，前140)二十二年，置司马相如于枚乘之前，显然系不计作家卒年先后的编序。但是，由于司马相如与枚乘的生年均难以确考，不便将其列入既不计生年先后又不计卒年先后的乱序。因此，"上书"体无法归入下文对研究《文选》次文类具有重大意义的十九种次文类中。

上述五十四种次文类约占《文选》次文类总数的71%。真正对研究《文选》次文类编序规则有价值的是只占《文选》次文类总数25%的十九种次文类。本文将这十九种次文类分为三种类型：1.含有乱序的次文类(十种)；2.含有以生年先后编序的次文类(四种)；3.含有以卒年先后编序的次文类(六种)。

本书研究《文选》次文类的编序，特别重视分析含有乱序的次文类，因此，只要《文选》某次文类中含有乱序，即使该次文类同时含有以生年先后编序或者含有以卒年先后编序的作家组，或同时含有以生年先后编序和以卒年先后编序的作家组，亦一律划入含有乱序的次文类中。本书所论"含有以生年先后编序的次文类"与"含有以卒年先后编序的次文类"，均指不含有任何乱序的次文类。

第一节　含有乱序的次文类

本书所谓"乱序"，有两种涵义：一是指《文选》同一次文类中两个作家既不按生年先后排列又不按卒年先后排列的编序，二是指《文选》同一次文类中两个作家卒年相同却未按生年先后排列的编序。

如果两个作家未按卒年先后排列，而且这两个作家中有一个生年难以确定而无法相互比较，那么，这种排序即不符合本文所说的"乱序"，故不列入“含有乱序的次文类”中。诗类的“哀伤”“杂诗”，文类的“笺”“论”中的某些作家组即不符合本书所谓的“乱序”。

“哀伤”诗中，张载的生卒不详，但据《晋书·张载传》，长沙王司马乂执政时张载尚为官，后见政局混乱始称病辞官，卒于家，故其最早卒于晋惠帝后期，比潘岳之卒晚若干年。《文选》“哀伤”诗将其置于潘岳之前，显然未按卒年先后编序，但因其生年无法确考，故在研究《文选》次文类编序原则时不将张载与潘岳的排列作为乱序论列。

“杂诗”中枣据的生年难以确考，其卒年大体在晋武帝太康十年（289）前后，卒时约五十馀岁，故其生年约在魏明帝景初三年（239）之前。张华、陆机的卒年（晋惠帝太安二年，303）晚于枣据的卒年十四年，曹摅的卒年（晋怀帝永嘉二年，308）晚于枣据的卒年十九年，何劭的卒年（晋惠帝永康二年，301）晚于枣据的卒年十二年，王瓒的卒年（晋怀帝永嘉五年，311）晚于枣据的卒年二十二年，因此，将枣据置于上述五位作家之后显然是未按作家卒年先后排列，但因枣据的生年难以确考，因此，枣据与张华、陆机、曹摅、何劭、王瓒的编序亦非本书所说的“乱序”。

“笺”体中繁钦的生年今已难于确考，其卒年（汉献帝建安二十三年，218）比杨修的卒年（汉献帝建安二十四年，219）早一年，置繁钦于杨修之后，是不论作家卒年先后的排序。但因繁钦的生年无考而与杨修无法比较，所以，繁钦与杨修仅是卒年未按时代先后编序，尚不是本书所谓的“乱序”。同样，繁钦的卒年比陈琳的卒年（汉献帝建安二十二年，217）晚一年，置繁钦于陈琳之前是不论卒年先后的编序，但因繁钦生年难以确考，故繁钦与陈琳的排列亦非本书所谓的“乱序”。

“论”体《运命论》李萧远下胡刻本李善注引刘义庆《集林》：“李康字萧远，中山人也。性介立，不能和俗。著《游九山吟》，魏明帝异其文，遂起家为寻阳长。政有美绩，病卒。”[①]前文已论，李康为魏明帝时人，其卒年亦

① （梁）萧统撰，（清）胡克家校刻：《文选》，中华书局1977年影印本，第730页上。

在明帝之世。嵇康被杀于魏元帝景元四年(263),已是元帝末而非明帝世。所以,今胡刻本与传世诸宋本《文选》嵇康置于李康之前是不以卒年先后为序。骆鸿凯对于这一编序早已提出质疑:“论类李萧远《运命论》一首,文列《养生论》后。按叔夜卒于魏常道乡公景元三(当为‘四’——笔者)年,而萧远为魏明帝时人,前后倒置,亦误。”①

尽管“论”体中李康与嵇康的排列不以卒年先后编序,但因李康生年不详,难以与嵇康比较,故不能列入本文的乱序之列。

本文所指含有乱序的次文类,仅指赋中的“哀伤”“音乐”,诗中的“公宴”“游览”“哀伤”“赠答”“杂诗”,文中的“笺”“序”“书”,共十种次文类。

一 《文选》次文类的乱序

(一)“哀伤”赋

《文选》有两个“哀伤”类,一是“哀伤”赋,二是“哀伤”诗。这两种“哀伤”类都是含有乱序的次文类。本章先讨论“哀伤”赋。“哀伤”赋共收录五位辞赋家:司马相如(? ~前118),向秀(生卒年不详),陆机(261~303),潘岳(247~300)与江淹(444~505)。

“哀伤”赋中潘岳的生年(魏齐王正始八年,247)比陆机的生年(魏元帝景元二年,261)早十四年,潘岳的卒年(晋惠帝永康元年,300)比陆机的卒年(晋惠帝太安二年,303)早三年,将晚生晚卒的陆机排在早生早卒的潘岳之前,是既未以作家生年先后编序又未以作家卒年先后编序的乱序。

(二)“音乐”赋

《文选》“音乐”赋收录六位辞赋家:王褒(西汉宣帝时辞赋家,生卒年不详),傅毅(? ~90?),马融(79~166),嵇康(224~263),潘岳(247~300)与成公绥(231~273)。

成公绥的生年(魏明帝太和五年,231)比潘岳的生年(魏齐王正始八

① 骆鸿凯:《文选学》,中华书局1989年版,第41页。

年,247)早十六年,成公绥的卒年(晋武帝泰始九年,273)比潘岳的卒年(晋惠帝永康元年,300)早二十七年。因此,无论以生年先后排列或以卒年先后排列,成公绥皆不应置于潘岳之后。"音乐"赋成公绥置潘岳之后的编序是乱序。

(三)"公宴"诗

"公宴"诗收录十三位诗人,他们依次是:曹植(192~232),王粲(177~217),刘桢(? ~217),应玚(? ~217),陆机(261~303),陆云(262~303),应贞(? ~269),谢瞻(383? ~421?),范晔(398~445),谢灵运(385~433),颜延之(384~456),丘迟(464~508),沈约(441~513)。

其中,曹植与王粲、刘桢、应玚的编序,陆机、陆云与应贞的编序,范晔与谢灵运的编序都是乱序。谢灵运与颜延之、丘迟与沈约的编序又依卒年先后排列。

1."公宴"诗乱序者如下:

(1)王粲的生年(汉灵帝熹平六年,177)比曹植的生年(汉献帝初平三年,192)早十五年,王粲的卒年(汉献帝建安二十二年,217)比曹植的卒年(魏明帝太和六年,232)早十五年。"公宴"诗将早生早卒的王粲排在晚生晚卒的曹植之后,是既不论作家生年先后又不论作家卒年先后的乱序。

(2)刘桢卒时年约五十馀岁,则其生当在汉桓帝延熹十年(167)之前,至少比曹植的生年(汉献帝初平三年,192)早二十五年,刘桢的卒年(汉献帝建安二十二年,217)至少比曹植的卒年(魏明帝太和六年,232)早十五年。"公宴"诗将早生早卒的刘桢置于晚生晚卒的曹植之后是乱序。

(3)应玚卒时年近五十,故其生年接近汉桓帝延熹十年(167),约比曹植的生年(汉献帝初平三年,192)早二十五年;应玚的卒年(汉献帝建安二十二年,217)比曹植的卒年(魏明帝太和六年,232)早十五年。"公宴"诗置早生早卒的应玚于晚生晚卒的曹植之后是乱序。

(4)应贞的生年虽难以确考,但其卒时约五十岁左右,其生年约在汉献帝建安二十四年(219)左右,当比陆机的生年(魏元帝景元二年,261)早四十二年,比陆云的生年(魏元帝景元三年,262)早四十三年;应贞的卒年(晋武帝泰始五年,269)比二陆的卒年(晋惠帝太安二年,303)早三十四年;故“公宴”诗把早生早卒的应贞置于晚生晚卒的二陆之后的编序属于乱序。

(5)谢灵运的生年(晋孝武帝太元十年,385)比范晔的生年(晋安帝隆安二年,398)早十三年,谢灵运的卒年(宋文帝元嘉十年,433)比范晔的卒年(宋文帝元嘉二十二年,445)早十二年。“公宴”诗将早生早卒的谢灵运排在晚生晚卒的范晔之后是乱序。

2.“公宴”诗以卒年先后编序者如下:

(1)谢灵运的生年(晋孝武帝太元十年,385)晚于颜延之的生年(晋孝武帝太元九年,384)一年,谢灵运的卒年(宋文帝元嘉十年,433)早于颜延之的卒年(宋孝武帝孝建三年,456)二十三年。“公宴”诗将晚生早卒的谢灵运置于早生晚卒的颜延之之前,说明“公宴”诗谢灵运与颜延之的排列是以卒年先后编序。

(2)沈约的生年(宋文帝元嘉十八年,441)早于丘迟的生年(宋孝武帝大明八年,464)二十三年,沈约的卒年(梁武帝天监十二年,513)晚于丘迟的卒年(梁武帝天监七年,508)五年,将早生晚卒的沈约置于晚生早卒的丘迟之后,说明“公宴”诗沈约与丘迟的排列是以作家卒年先后编序。

(四)“游览”诗

“游览”诗收录十一位诗人:曹丕(187~226),殷仲文(?~407),谢混(381?~412),谢惠连(407~433),谢灵运(385~433),颜延之(384~456),鲍照(?~466),谢朓(464~499),江淹(444~505),沈约(441~513),徐悱(494?~524)。

其中,谢惠连与谢灵运的编序是乱序。谢灵运与颜延之,江淹与沈约的排列又以卒年先后编序。

1.“游览”诗乱序者如下:

谢惠连的生年(晋安帝义熙三年,407)比谢灵运的生年(晋孝武帝太元十年,385)晚二十二年,谢惠连的卒年(宋文帝元嘉十年,433)与谢灵运的卒年在同一年。卒年相同时将晚生的谢惠连置于早生的谢灵运之前符合本书规定的乱序。

2."游览"诗以卒年先后编序者如下:

(1)颜延之的生年(晋孝武帝太元九年,384)比谢灵运的生年(晋孝武帝太元十年,385)早一年,颜延之的卒年(宋孝武帝孝建三年,456)比谢灵运的卒年(宋文帝元嘉十年,433)晚二十三年。"游览"诗将早生晚卒的颜延之排在晚生早卒的谢灵运之后,极为典型地表明是以作家卒年先后编序。

(2)谢朓的生年(宋孝武帝大明八年,464)比江淹的生年(宋文帝元嘉二十一年,444)晚二十年,谢朓的卒年(齐东昏侯永元元年,499)比江淹的卒年(梁武帝天监四年,505)早六年,"游览"诗将晚生早卒的谢朓排在早生晚卒的江淹之前,说明"游览"诗谢朓与江淹的排列是以卒年先后编序。

(3)沈约的生年(宋文帝元嘉十八年,441)比江淹的生年(宋文帝元嘉二十一年,444)早三年,沈约的卒年(梁武帝天监十二年,513)比江淹的卒年(梁武帝天监四年,505)晚八年。将早生晚卒的沈约置于晚生早卒的江淹之后,清楚地说明"游览"诗江淹与沈约的排列是以作家卒年先后编序。

(五)"哀伤"诗

"哀伤"诗收录九位诗人:嵇康(224~263),曹植(192~232),王粲(177~217),张载(生卒年不详,至早卒于晋惠帝后期),潘岳(247~300),谢灵运(385~433),颜延之(384~456),谢朓(464~499),任昉(460~508)。

其中,前三位诗人嵇康、曹植、王粲的编序是乱序;后四位诗人谢灵运、颜延之、谢朓、任昉又以作家卒年先后排列。

1."哀伤"诗乱序者如下:

(1)嵇康的生年(魏文帝黄初五年,224)晚于曹植的生年(汉献帝初平三年,192)三十二年,嵇康的卒年(魏元帝景元四年,263)晚于曹植的卒年(魏明帝太和六年,232)三十一年。“哀伤”诗将晚生晚卒的嵇康排在早生早卒的曹植之前是乱序。

(2)嵇康的生年(魏文帝黄初五年,224)晚于王粲的生年(汉灵帝熹平六年,177)四十七年,嵇康的卒年(魏元帝景元四年,263)晚于王粲的卒年(汉献帝建安二十二年,217)四十六年。“哀伤”诗将晚生晚卒的嵇康排在早生早卒的王粲之前是乱序。

(3)王粲的生年(汉灵帝熹平六年,177)比曹植的生年(汉献帝初平三年,192)早十五年,王粲的卒年(汉献帝建安二十二年,217)比曹植的卒年(魏明帝太和六年,232)早十五年。“哀伤”诗将晚生晚卒的曹植排在早生早卒的王粲之前是乱序。

2.“哀伤”诗以卒年先后编序者如下:

(1)谢灵运的生年(晋孝武帝太元十年,385)比颜延之的生年(晋孝武帝太元九年,384)晚一年,谢灵运的卒年(宋文帝元嘉十年,433)比颜延之的卒年(宋孝武帝孝建三年,456)早二十三年,《文选》“哀伤”诗将晚生早卒的谢灵运排在早生晚卒的颜延之之前,说明“哀伤”诗谢灵运与颜延之的排列是以作家卒年先后编序。

(2)任昉的生年(宋孝武帝大明四年,460)早于谢朓的生年(宋孝武帝大明八年,464)四年,任昉的卒年(梁武帝天监七年,508)晚于谢朓的卒年(齐东昏侯永元元年,499)九年。早生晚卒的任昉排在晚生早卒的谢朓之后,说明“哀伤”诗谢朓与任昉的排列是以作家卒年先后编序。

(六)“赠答”诗

“赠答”诗是《文选》诗类收诗数量仅次于“杂诗”的大类,胡刻本《文选》将赠答诗分为“赠答一”“赠答二”“赠答三”“赠答四”四个小类,分占第二十三卷、第二十四卷、第二十五卷与第二十六卷。

“赠答”诗共收录二十四位诗人:王粲(177~217),刘桢(? ~217),曹植(192~232),嵇康(224~263),司马彪(241? ~305?),张华(232~300),

何劭(236～301),陆机(261～303),潘岳(247～300),潘尼(247? ～311?),傅咸(239～294),郭泰机(生卒年不详),陆云(262～303),刘琨(271～318),卢谌(284～350),谢瞻(383? ～421?),谢惠连(407～433),谢灵运(385～433),颜延之(384～456),王僧达(423～458),谢朓(464～499),陆厥(472～499),范云(451～503),任昉(460～508)。

《文选》"赠答"诗的编序最为混杂,其中,既有司马彪与张华等十组乱序,又有张华与傅咸等七组以生年先后排列的编序,还有陆机与潘尼等八组以卒年先后排列的编序。

1."赠答"诗乱序者如下:

(1)张华的生年(魏明帝太和六年,232)比司马彪的生年(魏齐王正始二年,241)约早九年,张华的卒年(晋惠帝永康元年,300)比司马彪的卒年(晋惠帝永兴二年,305)约早五年。可见,晚生晚卒的司马彪列早生早卒的张华之前,是既不论生年先后又不论卒年先后的乱序。

(2)司马彪的生年(魏齐王正始二年,241)比何劭的生年(魏明帝青龙四年,236)约晚五年,司马彪的卒年(晋惠帝永兴二年,305)比何劭的卒年(晋惠帝永宁元年,301)约晚四年。"赠答"诗置晚生晚卒的司马彪于早生早卒的何劭之前是乱序。

(3)潘岳的生年(魏齐王正始八年,247)比陆机的生年(魏元帝景元二年,261)早十四年,潘岳的卒年(晋惠帝永康元年,300)比陆机的卒年(晋惠帝太安二年,303)早三年。"赠答"诗将晚生晚卒的陆机排在早生早卒的潘岳之前是乱序。

(4)司马彪的生年(魏齐王正始二年,241)比傅咸的生年(魏明帝景初三年,239)约晚两年,司马彪的卒年(晋惠帝永兴二年,305)比傅咸的卒年(晋惠帝元康四年,294)约晚十一年。"赠答"诗置晚生晚卒的司马彪于早生早卒的傅咸之前是乱序。

(5)陆机的生年(魏元帝景元二年,261)比傅咸的生年(魏明帝景初三年,239)晚二十二年,陆机的卒年(晋惠帝太安二年,303)比傅咸的卒年

(晋惠帝元康四年,294)晚九年。“赠答”诗置晚生晚卒的陆机于早生早卒的傅咸之前是乱序。

(6)潘岳的生年(魏齐王正始八年,247)比傅咸的生年(魏明帝景初三年,239)晚八年,潘岳的卒年(晋惠帝永康元年,300)比傅咸的卒年(晋惠帝永康四年,294)晚六年。“赠答”诗置晚生晚卒的潘岳于早生早卒的傅咸之前是乱序。

(7)潘尼的生年(魏齐王正始八年,247)比傅咸的生年(魏明帝景初三年,239)晚八年,潘尼的卒年(晋惠帝永康元年,300)比傅咸的卒年(晋惠帝元康四年,294)晚六年。“赠答”诗置晚生晚卒的潘尼于早生早卒的傅咸之前是乱序。

(8)谢惠连的生年(晋安帝义熙三年,407)比谢灵运的生年(晋孝武帝太元十年,385)晚二十二年,谢惠连的卒年(宋文帝元嘉十年,433)与谢灵运的卒年(宋文帝元嘉十年,433)同年。在卒年相同的情况下,“赠答”诗将晚生的谢惠连置于早生的谢灵运之前,依本书规定是乱序。

张华与何劭的两种编序:

从逻辑上看,张华与何劭在“赠答”诗中存在着两种排列,一以作家生卒年先后为序,一以赠诗在前答诗在后的顺序排列。前者是《文选·序》明确提出的“类分之中各以时代为序”的体现,后者是唐人吕向在为何劭《赠张华》一诗作注时提出的编序原则。

张华的生年(魏明帝太和六年,232)比何劭的生年(魏明帝青龙四年,236)早四年,张华的卒年(晋惠帝永康元年,300)比何劭的卒年(晋惠帝永宁元年,301)早一年,因此,《文选》“赠答”诗置早生早卒的张华于晚生晚卒的何劭之前,是以生年、卒年先后编序。

依照唐人吕向所言赠答诗赠诗在前答诗在后的通则,何劭《赠张华》当列于前,张华《答何劭》当置其后。

2.“赠答”诗以生年先后编序者如下:

(1)张华的生年(魏明帝太和六年,232)比傅咸的生年(魏明帝景初三年,239)早七年,张华的卒年(晋惠帝永康元年,300)比傅咸的卒年(晋惠帝元康四年,294)晚六年。“赠答”诗置早生晚卒的张华于晚生早卒的傅咸之前是按作家生年先后编序。

(2)司马彪的生年(魏齐王正始二年,241)比潘岳的生年(魏齐王正始八年,247)约早六年,司马彪的卒年(晋惠帝永兴二年,305)比潘岳的卒年(晋惠帝永康元年,300)晚五年。“赠答”诗置早生晚卒的司马彪于晚生早卒的潘岳之前是按作家生年先后编序。

(3)何劭的生年(魏明帝青龙四年,236)比潘岳的生年(魏齐王正始八年,247)早十一年,何劭的卒年(晋惠帝永康二年,301)比潘岳的卒年(晋惠帝永康元年,300)晚一年。“赠答”诗置早生晚卒的何劭于晚生早卒的潘岳之前是按作家生年先后编序。

(4)何劭的生年(魏明帝青龙四年,236)比傅咸的生年(魏明帝景初三年,239)早三年,何劭的卒年(晋惠帝永康二年,301)比傅咸的卒年(晋惠帝元康四年,294)晚七年。“赠答”诗置早生晚卒的何劭于晚生早卒的傅咸之前是按作家生年先后编序。

(5)张华的生年(魏明帝太和六年,232)比傅咸的生年(魏明帝景初三年,239)早七年,张华的卒年(晋惠帝永康元年,300)比傅咸的卒年(晋惠帝元康四年,294)晚六年。“赠答”诗置早生晚卒的张华于晚生早卒的傅咸之前是按作家生年先后编序。

(6)司马彪的生年(魏齐王正始二年,241)比陆机的生年(魏元帝景元二年,261)约早二十年,司马彪的卒年(晋惠帝永兴二年,305)比陆机的卒年(晋惠帝太安二年,303)约晚两年。“赠答”诗置早生晚卒的司马彪于晚生早卒的陆机之前是以作家生年先后编序。

(7)潘尼的生年(约魏齐王正始八年,247)比陆云的生年(魏元帝景元三年,262)约早十五年,潘尼的卒年(约晋怀帝永嘉五年,311)比陆云的卒年(晋惠帝太安二年,303)约晚八年。“赠答”诗置早生晚卒的潘尼于晚生早卒的陆云之前是按作家生年先后编序。

3."赠答"诗以卒年先后编序者如下:

(1)潘尼的生年(约魏齐王正始八年,247)比陆机的生年(魏元帝景元二年,261)约早十四年,潘尼的卒年(约晋怀帝永嘉五年,311)约比陆机的卒年(晋惠帝太安二年,303)晚八年。"赠答"诗置晚生早卒的陆机于早生晚卒的潘尼之前,表明"赠答"诗陆机与潘岳的排列是以作家卒年先后编序。

(2)潘岳与潘尼约同年(魏齐王正始八年,247)而生,潘尼的卒年(约晋怀帝永嘉五年,311)比潘岳的卒年(晋怀帝永康元年,300)约晚十一年。"赠答"诗在生年相同的情况下将卒年在前的潘岳置于卒年在后的潘尼之前,表明该次文类潘岳与潘尼的排列是以卒年先后编序。

(3)谢灵运的生年(晋孝武帝太元十年,385)比颜延之的生年(晋孝武帝太元九年,384)晚一年,谢灵运的卒年(宋文帝元嘉十年,433)比颜延之的卒年(宋孝武帝孝建三年,456)早二十三年。"赠答"诗置晚生早卒的谢灵运于早生晚卒的颜延之之前,表明"赠答"诗谢灵运与颜延之的排列是以卒年先后编序。

(4)谢朓与陆厥同年(齐东昏侯永元元年,499)而卒,但谢朓的生年(宋孝武帝大明八年,464)比陆厥的生年(宋明帝泰豫元年,472)早八年。"赠答"诗将生年在前的谢朓排在生年在后的陆厥之前,表明"赠答"诗在谢朓与陆厥卒年相同时以生年先后编序。这种编序从本质上看,仍然是依照次文类中作家的卒年先后排列。[①]

(5)范云的生年(宋文帝元嘉二十八年,451)比谢朓的生年(宋孝武帝大明八年,464)早十三年,范云的卒年(梁武帝天监二年,503)比谢朓的卒年(齐东昏侯永元元年,499)晚四年。"赠答"诗置晚生早卒的谢朓于早生晚卒的范云之前,表明"赠答"诗谢朓与范云的排列是按作家卒年先后编序。

---

① 详见"含有以生年先后编序的次文类"说明。

(6)任昉的生年(宋孝武帝大明四年,460)比谢朓的生年(宋孝武帝大明八年,464)早四年,任昉的卒年(梁武帝天监七年,508)比谢朓的卒年(齐东昏侯永元元年,499)晚九年。“赠答”诗置晚生早卒的谢朓于早生晚卒的任昉之前,表明“赠答”诗谢朓与任昉的排列是按作家卒年先后编序。

(7)范云的生年(宋文帝元嘉二十八年,451)比陆厥的生年(宋明帝泰豫元年,472)早二十一年,范云的卒年(梁武帝天监二年,503)比陆厥的卒年(齐东昏侯永元元年,499)晚四年。“赠答”诗置晚生早卒的陆厥于早生晚卒的范云之前,表明“赠答”诗陆厥与范云的排列是按作家卒年先后编序。

(8)任昉的生年(宋孝武帝大明四年,460)比陆厥的生年(宋明帝泰豫元年,472)早十二年,任昉的卒年(梁武帝天监七年,508)比陆厥的卒年(齐东昏侯永元元年,499)晚九年。“赠答”诗置晚生早卒的陆厥于早生晚卒的任昉之前,表明“赠答”诗陆厥与任昉的排列是按作家卒年编序。

(七)“杂诗”

“杂诗”是《文选》诗类的第一大类,共收录二十七位作家(《古诗十九首》按一人计——笔者)。

他们依次是:《古诗十九首》,李陵(? ~前74),苏武(? ~前60),张衡(78~139),王粲(177~217),刘桢(? ~217),曹丕(187~226),曹植(192~232),嵇康(224~263),傅玄(217~278),张华(232~300),陆机(261~303),曹摅(? ~308),何劭(236~301),王赞(? ~311),枣据(? ~289?),左思(252? ~306?),张翰(生卒年不详),张协(生卒年不详),卢谌(284~350),陶渊明(365~427),谢惠连(407~433),谢灵运(385~433),王微(415~453),鲍照(? ~466),谢朓(464~499),沈约(441~513)。

“杂诗”中既有何劭与陆机、谢惠连与谢灵运这样的乱序组,又有傅玄与嵇康、谢朓与沈约以卒年先后排列的作家组,但更多者是以生年、卒年先后排列的编序组。

1.“杂诗”中乱序者如下:

(1)何劭的生年(魏明帝青龙四年,236)比陆机的生年(魏元帝景元二年,261)早二十五年,何劭的卒年(晋惠帝永宁元年,301)比陆机的卒年(晋惠帝太安二年,303)早两年。“杂诗”将早生早卒的何劭置于晚生晚卒的陆机之后,是既不论生年先后又不论卒年先后的乱序。

(2)谢惠连与谢灵运同年(宋文帝元嘉十年,433)而卒,但是,因为谢惠连的生年(晋安帝义熙三年,407)晚于谢灵运的生年(晋孝武帝太元十年,385)二十二年。所以,在卒年相同的情况下,“类分之中各以时代相次”是将生年在前的谢灵运排在生年在后的谢惠连之前,故“杂诗”将谢惠连置于谢灵运之前是乱序。

2.“杂诗”中以卒年先后编序者如下:

(1)傅玄的生年(汉献帝建安二十二年,217)比嵇康的生年(魏文帝黄初五年,224)早七年,傅玄的卒年(晋武帝咸宁四年,278)比嵇康的卒年(魏元帝景元四年,263)晚十五年。早生晚卒的傅玄排在晚生早卒的嵇康之后,说明“杂诗”中嵇康与傅玄的排列是以作家卒年先后编序。

(2)沈约的生年(宋文帝元嘉十八年,441)比谢朓的生年(宋孝武帝大明八年,464)早二十三年,沈约的卒年(梁武帝天监十二年,513)比谢朓的卒年(齐东昏侯永元元年,499)晚十四年。早生晚卒的沈约排在晚生早卒的谢朓之后,说明“杂诗”谢朓与沈约的排列是以作家卒年先后编序。

(八)“笺”

《文选》“笺”体收载七位作家:杨修(175~219),繁钦(? ~218),陈琳(156~217),吴质(178~230),阮籍(210~263),谢朓(464~499),任昉(460~508)。“笺”体入选作家虽少,却既有杨修与陈琳的乱序组,又有谢朓与任昉以卒年先后排列的作家组。

1.“笺”体乱序者如下:

陈琳的生年(汉桓帝永寿二年,156)比杨修的生年(汉灵帝熹平四年,175)早十九年,陈琳的卒年(汉献帝建安二十二年,217)比杨修的卒年(汉献帝建安二十四年,219)早两年。所以,无论《文选》“类分之中各以时代相次”是按生年先后编序或按卒年先后编序,陈琳均应当排在杨修之前,

“笺”体将早生早卒的陈琳置于晚生晚卒的杨修之后显为乱序。

2.“笺”体以卒年先后编序者如下:

任昉的生年(宋孝武帝大明四年,460)比谢朓的生年(宋孝武帝大明八年,464)早四年,任昉的卒年(梁武帝天监七年,508)比谢朓的卒年(齐东昏侯永元元年,499)晚九年。晚生早卒的谢朓置于早生晚卒的任昉之前,表明“笺”体谢朓与任昉的排列是以作家卒年先后编序。

(九)“序”

《文选》“序”体收录九位作家:卜商(前507~?),孔安国(西汉经学家),杜预(222~284),皇甫谧(215~282),石崇(249~300),陆机(261~303),颜延之(384~456),王融(467~493),任昉(460~508)。

“序”体中既有杜预与皇甫谧的乱序,又有王融与任昉以作家卒年先后排列的编序。

1.“序”体乱序者如下:

杜预的生年(魏文帝黄初三年,222)比皇甫谧的生年(汉献帝建安二十年,215)晚七年,杜预的卒年(晋武帝太康五年,284)比皇甫谧的卒年(晋武帝太康三年,282)晚两年。早生早卒的皇甫谧排在晚生晚卒的杜预之后明显是乱序。

2.“序”体以卒年先后编序者如下:

任昉的生年(宋孝武帝大明四年,460)比王融的生年(宋明帝泰始三年,467)早七年,任昉的卒年(梁武帝天监七年,508)比王融的卒年(齐武帝永明十一年,493)晚十五年。晚生早卒的王融排在早生晚卒的任昉之前,说明“序”体王融与任昉的排列是以作家卒年先后编序。

(十)“书”

“书”体是《文选》最为重要的文体之一,胡刻本《文选》共收录十六位作家:李陵(? ~前74),司马迁(前145或前135~?),杨恽(? ~前56),孔融(153~208),朱浮(东汉初年散文家,生卒年不详),陈琳(156~217),阮瑀(? ~217),曹丕(187~226),曹植(192~232),吴质(178~230),应璩

(190～252)，嵇康(224～263)，孙楚(？～293)，赵至(248？～285?)，丘迟(464～508)，刘峻(462～521)。

“书”体中既有曹植与吴质这样的乱序，又有曹丕与吴质、曹植与应璩、丘迟与刘峻三组以卒年先后排列的编序。但是，“书”体最为引人注目的编序是东汉前期的朱浮置于东汉后期的孔融之后。

1.“书”体乱序者如下：

吴质的生年(汉灵帝熹平七年，178)早于曹植的生年(汉献帝初平三年，192)十四年，吴质的卒年(魏明帝太和四年，230)早于曹植的卒年(魏明帝太和六年，232)两年。晚生晚卒的曹植排在早生早卒的吴质之前是既不论生年先后又不论卒年先后的乱序。

2.“书”体以卒年先后编序者如下：

(1)吴质的生年(汉灵帝熹平七年，178)早于曹丕的生年(汉灵帝中平三年，187)九年，吴质的卒年(魏明帝太和四年，230)晚于曹丕的卒年(魏文帝黄初七年，226)四年。早生晚卒的吴质排在晚生早卒的曹丕之后，表明“书”体曹丕与吴质的排列是以卒年先后编序。

(2)应璩的生年(汉献帝初平元年，190)早于曹植的生年(汉献帝初平三年，192)两年，应璩的卒年(魏齐王嘉平四年，252)晚于曹植的卒年(魏明帝太和六年，232)二十年。早生晚卒的应璩排在晚生早卒的曹植之后，表明“书”体曹植与应璩的排列是以卒年先后编序。

(3)刘峻的生年(宋孝武帝大明六年，462)比丘迟的生年(宋孝武帝大明八年，464)早两年，刘峻的卒年(梁武帝普通二年，521)比丘迟的卒年(梁武帝天监七年，508)晚十三年，晚生早卒的丘迟置于早生晚卒的刘峻之前，同样表明“书”体丘迟与刘峻的排列是按作家卒年先后编序。

本次文类最引人注目的失序是东汉前期朱浮的《为幽州牧与彭宠书》置于东汉后期孔融的《论盛孝章书》之后，详说见下。

二 关于《文选》次文类乱序的考察

以上讨论了对研究《文选》次文类编序规则有价值的十九种次文类中的二十五组乱序，以下将对此二十五组乱序进行多角度的考察。

（一）从《文选》次文类乱序在《文选》赋诗文三大文类的分布看《文选》次文类乱序

从文类看，赋类含有乱序的次文类有“哀伤”与“音乐”两种，约占赋体十五种次文类的13%；诗类含有乱序的次文类有“公宴”“游览”“哀伤”“赠答”“杂诗”五种，约占诗体次文类二十四种的21%；文类含有乱序的次文类有“笺”“序”“书”三种，约占文体三十五种次文类的9%。

（二）从《文选》次文类乱序在次文类中的分布看《文选》次文类乱序

《文选》七十六种次文类中共有二十五组乱序，它们分布在十种次文类中：

含有一组乱序的次文类共有六种：(1)“哀伤”赋；(2)“音乐”赋；(3)“游览”诗；(4)“书”体；(5)“笺”体；(6)“序”体。

含有两组乱序的次文类有一种：“杂诗”。

含有三组乱序的次文类有一种：“哀伤”诗。

含有六组乱序的次文类有一种：“公宴”诗。

含有八组乱序的次文类有一种：“赠答”诗。

（三）从《文选》次文类乱序在各次文类中的多寡看《文选》次文类乱序

“赠答”诗含有的乱序组最多，计达八组之高；“公宴”诗有六组；“哀伤”诗占居第三位，有三组；“杂诗”有两组。含有乱序组达十九组的这四种次文类均为诗体。加上有一组乱序的“游览”诗，诗体中的乱序组达到二十组，占全部乱序组二十五组的80%。

赋与文中的乱序组较少，共有五种次文类含有乱序组，其中，赋占两种，文占三种，但它们均只含有一组乱序。

三　从形成乱序组的作家看《文选》次文类乱序

《文选》次文类中存在的二十五组乱序，其形成原因是多方面的，以下将对导致次文类形成乱序组的作家进行考察。杨修、曹植、嵇康、应贞、杜预、潘岳、陆机、司马彪、潘尼、谢惠连、范晔十一位作家在《文选》次文类中的误排是《文选》次文类出现乱序的表层原因。

1.杨修（175～219）是导致《文选》次文类出现一组乱序的作家。《文选》“笺”体杨修误居陈琳（156～217）之前，导致杨修与陈琳的排列出现乱序。

2.曹植（192～232）是导致《文选》次文类出现五组乱序的重要作家。第二十卷“公宴”类中，由于曹植排在王粲（177～217）、刘桢（？～217）、应玚（？～217）之前，出现了三组乱序。第二十三卷“哀伤”诗中，曹植再居王粲之前，又形成一组乱序。“书”体曹植误排在吴质（178～230）之前，亦造成一组乱序。

3.嵇康（224～263）是导致《文选》次文类形成两组乱序的作家。“哀伤”诗生年、卒年均后于曹植、王粲的嵇康居曹植（192～232）、王粲（177～217）之前，导致嵇康与曹植、王粲形成两组乱序。

4.应贞（？～269）是导致《文选》次文类出现两组乱序的又一作家。《文选》“公宴”诗应贞排在陆机（261～303）、陆云（262～303）之前，形成两组乱序。

5.杜预（232～284）是导致《文选》次文类出现一组乱序的作家。“序”体中生年、卒年均居后的杜预排列在生年、卒年均居前的皇甫谧（215～282）之前，导致“序”体中杜预与皇甫谧形成一组乱序。

6.潘岳（247～300）是使《文选》次文类出现两组乱序的作家。“音乐”赋潘岳误居成公绥（231～273）之前形成一组乱序；“赠答”诗潘岳误居傅咸（239～294）之前又形成一组乱序。

7.陆机是导致《文选》次文类出现四组乱序的作家。潘岳与陆机三次同时出现于《文选》同一种次文类中，其中有两次形成乱序。潘岳（247～300）的生年、卒年均居陆机（261～303）之前，无论《文选》按生年先后或按卒年先后排列，都不可能出现陆前潘后的编序，如果出现，则一定是既不论生年先后又不论卒年先后的乱序。第十六卷“哀伤”赋中陆机居潘岳之前，在第二十四卷“赠答”诗中再次出现陆前潘后的排列，产生两组乱序。只有第二十六卷“行旅上”，潘岳居陆机之前，未出现乱序。第二十四卷至第二十五卷的“赠答”诗中，陆机居傅咸（239～294）之前，形成第三组乱序。第二十九卷“杂诗”中陆机居何劭（236～301）之前，形成第四组乱序。

8.司马彪（241？～305？）是导致《文选》出现三次乱序的作家。《文选》“赠答”诗司马彪误排于张华（232～300）、何劭（236～301）、傅咸（239～294）之前，产生三组乱序。

9.潘尼（247？～312？）与傅咸（239～294）在“赠答”诗中的误排使《文选》产生一组乱序。

10.谢惠连（407～433）是导致《文选》出现三组乱序的重要作家。谢惠连所产生的乱序全部是由于他误居谢灵运（385～433）之前所致。第二十二卷“游览”诗中，谢惠连误居谢灵运之前，产生第一组乱序；第二十五卷“赠答三”中，谢惠连再次误居谢灵运之前，产生第二组乱序；第三十卷“杂诗下”，谢惠连又一次误居谢灵运之前，产生第三组乱序。

11.范晔（398～445）与谢灵运（385～433）在“公宴”诗中的错位导致《文选》次文类又增加一组乱序。

四 《文选》次文类乱序与《文选》次文类的编序原则

《文选》十种次文类中的二十五组乱序与《文选·序》“类分之中各以时代相次”的编序原则明显相悖，但是，含有二十五组乱序的这十种次文类的编序原则仍值得深入研究。因为，这十种含有乱序的次文类除去“哀伤”赋与“音乐”赋外，其馀八种次文类同时存在着依照作家卒年先后排列的编序,“赠答”诗甚至还存在七组以生年先后排列的作家组。所以,在同时存在乱序组、以卒年先后排列的作家组,甚至还存在着以生年先后排列的作家组的次文类中,何者体现了《文选》次文类的编序原则,何者仅只是一种表象而未体现《文选》次文类的编序原则,尚须认真清理。

(一)“赠答”诗

“赠答”诗是《文选》中乱序最多的次文类,共八组;但是,“赠答”诗同时还有八组以卒年编序的作家和八组以生年编序的作家。

“赠答”诗含有的八组乱序实际上是由五位作家的位次造成的。一是司马彪,由于司马彪误居张华、何劭、傅咸三人之前,导致了三组乱序;二是陆机,由于陆机误居潘岳、傅咸之前,导致两组乱序;三是潘岳,由于潘岳误居傅咸之前,导致一组乱序;四是潘尼,由于潘尼误居傅咸之前,导致一组乱序;五是谢惠连,由于谢惠连误居谢灵运之前,导致一组乱序。这八组乱序涉及的作家除谢惠连与谢灵运为刘宋作家外,其馀皆为魏晋作家。

“赠答”诗以生年先后编序的八组作家是:张华(232~300)与傅咸(239~294),司马彪(241? ~305?)与潘岳(247~300),何劭(236~301)与潘岳(247~300),何劭(236~301)与傅咸(239~294),张华(232~300)与傅咸(239~294),司马彪(241? ~305?)与陆机(261~303),司马彪(241? ~305?)与潘岳(247~300),潘尼(247? ~311?)与陆云(262~303)。

上述以生年先后编序的八位作家司马彪、张华、何劭、陆机、潘岳、潘尼、傅咸、陆云全都是魏晋作家。

“赠答”诗以卒年先后编序的八组作家是:张华(232~300)与潘岳(247~300),陆机(261~303)与潘尼(247? ~311?),潘岳(247~300)与潘尼(247? ~311?),谢灵运(385~433)与颜延之(384~456),谢朓(464~499)与陆厥(472~499),谢朓(464~499)与范云(451~503),陆厥(472~499)与范云(451~503),谢朓(464~499)与任昉(460~508)。

上述以卒年先后编序的作家与乱序组作家和以生年编序的作家明显

不同，除了西晋的张华与潘岳、陆机与潘尼、潘岳与潘尼三组作家外，谢灵运（385~433）与颜延之（384~456）、谢朓（464~499）与陆厥（472~499）、谢朓（464~499）与范云（451~503）、陆厥（472~499）与范云（451~503）、谢朓（464~499）与任昉（460~508）全都是南朝宋、齐、梁三代的作家。谢灵运比颜延之生年仅晚一年，但是，谢灵运的卒年比颜延之的卒年早二十三年，所以，在以卒年编序时谢灵运必排在颜延之之前。谢朓与陆厥二人卒年相同，但谢朓的生年早于陆厥的生年八年，因此，谢朓排前，陆厥置后。这就揭示出《文选》"赠答"诗不仅以入选作家的卒年编序，而且在卒年相同时，再以入选作家的生年先后编序。早生晚卒的范云排在晚生早卒的谢朓之后，早生晚卒的任昉排在晚生早卒的谢朓之后，这种精细的编序说明《文选序》"类分之中各以时代相次"并非虚言。《文选》"赠答"诗以作家卒年先后编序的概率更大。至于以卒年先后编排的"赠答"诗何以出现八组乱序与八组以生年编序的作家组，则应再做具体分析。

（二）"公宴"诗

"公宴"诗的乱序组仅次于"赠答"诗，达六组之多。但是，这六组乱序实际上是由曹植、应贞与范晔三位作家位次的失当造成的。一是曹植误居王粲、刘桢、应玚之前，导致三组乱序；二是应贞误居陆机、陆云之前，导致两组乱序；三是范晔误居谢灵运之前，导致一组乱序。

"公宴"诗曹植与王粲、刘桢、应玚等"建安七子"由位次失当而导致的乱序，并非仅见，"哀伤"诗曹植居王粲之前，"书"体曹植居吴质之前，亦属此类。

应贞居二陆之前，尤其是范晔居谢灵运之前，则只能是编排粗疏所致。

"公宴"诗的乱序虽达六组之多，但是，"公宴"诗中谢灵运（385~433）与颜延之（384~456）、丘迟（464~508）与沈约（441~513）又依卒年先后编序。

比较"公宴"诗的乱序组作家和以卒年编序的作家，可知产生乱序组的曹植、王粲、刘桢、应玚是建安作家，应贞、陆机、陆云是西晋作家，唯范晔与谢灵运是南朝刘宋作家。以卒年编序的谢灵运与颜延之属于“元嘉三大家”，丘迟与沈约分别卒于梁武帝天监七年(508)与天监十二年(513)，他们是萧梁作家。上述四位南朝作家在“公宴”诗中以卒年先后编序，说明《文选》“公宴”诗以卒年先后排列的概率更大。至于“公宴”诗中乱序组作家产生的原因同样需要深入分析。

(三)“游览”诗

“游览”诗仅存有谢惠连与谢灵运一组乱序，但是，该次文类同时存有以卒年先后编序的三组作家，即谢灵运(385~433)与颜延之(384~456)、谢朓(464~499)与江淹(444~505)、江淹(444~505)与沈约(441~513)。这表明《文选》“游览”诗以卒年先后编序的概率更大。这不仅是因为“游览”诗仅有一组乱序，却有三组以卒年编序的作家组；更重要的是，谢灵运与颜延之继“公宴”诗之后在“游览”诗中再次以卒年先后排列，齐梁大家谢朓、江淹、沈约全部以卒年先后排列。

至于谢惠连与谢灵运的乱序亦应做具体分析，谢惠连与谢灵运在《文选》次文类三次同时出现于同一种次文类中，这三次都因谢惠连误居谢灵运之前而产生了乱序。

(四)“哀伤”诗

“哀伤”诗有三组乱序，但导致乱序的原因却是嵇康与曹植的错位。嵇康(224~263)生年、卒年均在曹植(192~232)、王粲(177~217)之后却误排在曹植、王粲之前形成两组乱序，曹植排在王粲之前形成“哀伤”诗的第三组乱序。

“哀伤”诗存在三组乱序的同时亦存在着谢灵运(385~433)与颜延之(384~456)、谢朓(464~499)与任昉(460~508)两组以卒年先后排列的编序。

“哀伤”诗乱序组的曹植、王粲、嵇康全部是魏晋作家，四位以卒年先后排列的谢灵运、颜延之、谢朓、任昉全都是宋、齐、梁作家。谢灵运与颜延之是继“公宴”诗、“游览”诗之后第三次以卒年先后编序；谢朓的卒年

(499)距梁代开国仅有三年,任昉是卒于梁代初年且为萧统深为敬仰的齐梁作家。比较乱序组作家和以卒年先后排列的作家组,宋、齐、梁作家以卒年先后为序说明《文选》"哀伤"诗以卒年先后排列的概率更大,因为宋、齐、梁作家的生卒年更容易为《文选》的编纂者所熟知,在《文选》次文类排列时亦更容易编排准确。至于《文选》"哀伤"类乱序组的魏晋作家缘何出现违反《文选·序》"类分之中各以时代相次"编排原则的现象,则应再做具体考察。

(五)"杂诗"

"杂诗"的两组乱序是由陆机与谢惠连两人所致。陆机(262~303)误居何劭(236~301)之前,产生一组乱序;谢惠连(407~433)误居谢灵运(385~433)之前,产生第二组乱序。

"杂诗"同时也存在着两组以卒年先后排列的编序:嵇康(224~263)与傅玄(217~278),谢朓(464~499)与沈约(441~513)。

"杂诗"中产生乱序的陆机与何劭是晋代作家,以卒年先后编序的嵇康、傅玄是魏晋作家,谢朓与沈约是齐梁作家。其中,谢朓卒于南齐末年,沈约跨宋、齐、梁三朝而卒于梁初。他们的生卒年最为《文选》的编纂者所熟知,因此,他们二人的编序说明《文选》"杂诗"以作家卒年先后排列的概率更大。

(六)"笺"

"笺"体既有杨修(175~219)与陈琳(156~217)一组乱序,同时也有谢朓(464~499)与任昉(460~508)一组以卒年排列的编序。杨修与陈琳是建安作家,谢朓与任昉是齐梁作家,因此,谢朓与任昉是《文选》的编纂者更为熟悉的作家,他们的编序说明《文选》"笺"体以作家卒年先后排列的概率更大。

(七)"序"

"序"体有杜预与皇甫谧一组乱序,但亦有王融(467~493)与任昉(460~508)一组以作家卒年先后排列的编序。王融卒于齐武帝永明十一年(493),距萧衍开国的天监元年(502)仅有八年;任昉卒于梁武帝开国之初的天监七年(508),他们都是距《文选》编纂时代最近的齐梁作家。《文选》"序"体中齐梁作家王融与任昉以卒年先后排列,西晋作家杜预与皇甫谧又形成乱序,说明《文选》"序"体以作家卒年先后编序的概率更大。

(八)"书"

"书"体既有曹植(192~232)与吴质(178~230)一组乱序,但同时亦有曹丕(187~226)与吴质(178~230)、曹植(192~232)与应璩(190~252)、丘迟(464~508)与刘峻(462~521)三组以卒年先后排列的编序。丘迟与刘峻均为梁代作家,他们与萧统是同时代人,他们的排列说明《文选》"书"体以作家卒年先后编序的概率更大。曹植与吴质是魏代作家,他们的乱序当做深入考察。

上述八种出现乱序但又含有以卒年先后编序的次文类,有四点值得重视。

第一,在"公宴"诗、"游览"诗、"哀伤"诗、"赠答"诗四组含有乱序的次文类中,谢灵运(385~433)均居颜延之(384~456)之前,形成典型的以卒年先后排列的编序。这说明刘宋作家已存在着较为精确的以卒年先后排列的编序。

第二,谢朓在上述八种次文类中共出现五组以卒年先后排列的编序,即"哀伤"诗谢朓(464~499)与任昉(460~508),"赠答"诗谢朓(464~499)与陆厥(472~499)、谢朓(464~499)与范云(451~503),"杂诗"谢朓(464~499)与沈约(441~513),"笺"体谢朓(464~499)与任昉(460~508)。其中,谢朓与任昉、范云、沈约的排列都是晚生早卒的谢朓在前,早生晚卒的任昉、范云、沈约居后,以卒年先后编序的原则极为清晰。谢朓与陆厥是卒年相同进而以生年编序。所以,上述八种含有乱序的次文类中,谢朓均以卒年先后编序。

在未出现乱序的"祖饯""游览""行旅"三种次文类中,如"祖饯"诗谢朓(464~499)与沈约(441~513),"游览"诗谢朓(464~499)与江淹(444~

505)、谢朓(464~499)与沈约(441~513),"行旅"诗谢朓(464~499)与江淹(444~505)、谢朓(464~499)与丘迟(464~508)、谢朓(464~499)与沈约(441~513),也都以卒年先后编序。"游览""行旅"诗的情况与此完全相类。谢朓与齐梁作家陆厥、范云、江淹、沈约、任昉、丘迟的排列表明《文选》"祖饯""游览""行旅"三种次文类以作家卒年先后排列的编序为原则。

第三,曹丕、曹植虽然导致了某些次文类的乱序,但是,并非收录曹植、曹丕的次文类皆因曹丕、曹植形成乱序。"书"体曹丕(187~226)与吴质(178~230)、曹植(192~232)与应璩(190~252)都以卒年先后编序。而且,这两个卒年编序意义重大。因为在这两例中,曹植都是晚生早卒而排在早生晚卒的作家吴质、应璩之后,这更能说明《文选》"书"体以作家卒年先后编序的原则。

第四,《文选》十种次文类中的二十五组乱序均出现于建安、曹魏、西晋三个时期,刘宋时期唯有谢惠连与谢灵运、范晔与谢灵运出现了两组乱序。齐梁作家王俭、王融、谢朓、陆厥、孔稚珪、范云、江淹、王巾、虞羲、丘迟、任昉、沈约、刘峻、徐悱、陆倕等十五人,在《文选》次文类中无一组乱序。

《文选》收录的齐梁作家无一例乱序且均按卒年先后排列的事实,说明《文选》所谓"类分之中各以时代相次"的含义是以收载作家的卒年先后编序的概率较大。

第二节　含有以生年先后编序的次文类

《文选》中含有以生年先后编序的次文类有两种类型:一是纯粹以作家生年先后编序的次文类(仅"招隐"诗一类),二是含有以生年先后编序的次文类(含"行旅""表""论"三类)。如果两位作家的卒年相同,生年以先后排列,本章将其视为按卒年先后排列的作家组中研判,不视为以生年先后编序的作家组。这是因为这种组合形式首先是确立了卒年相同,然后才以生年先后排列,它与只考虑生年先后而不考虑卒年先后的作家组不可视为同类。

一 “招隐”诗

“招隐”诗只收载左思与陆机两位诗人。左思的生年(魏齐王嘉平四年,252)约早于陆机的生年(魏元帝景元二年,261)九年,左思的卒年(晋惠帝永兴三年,306)约晚于陆机的卒年(晋惠帝太安二年,303)三年。“招隐”诗将早生晚卒的左思排在晚生早卒的陆机之前,表明“招隐”诗是以生年先后编序。

二 “行旅”诗

《文选》“行旅”诗共收录十一位作家:潘岳(247~300),潘尼(247? ~312?),陆机(261~303),陶渊明(365~427),谢灵运(385~433),颜延之(384~456),鲍照(? ~466),谢朓(464~499),江淹(444~505),丘迟(464~508),沈约(441~513)。

其中,既有以生年先后编序的潘尼与陆机,又有潘岳与潘尼、谢朓与江淹、谢朓与丘迟、江淹与沈约、丘迟与沈约五组以卒年先后排列的编序。

(一)以生年先后编序者

潘尼的生年(魏齐王正始八年,247)约早于陆机的生年(魏元帝景元二年,261)十四年,潘尼的卒年(晋怀帝永嘉六年,312)约晚于陆机的卒年(晋惠帝太安二年,303)九年。早生晚卒的潘尼排在晚生早卒的陆机之前是以生年先后编序。

(二)以卒年先后编序者

1.潘岳与潘尼的生年(魏齐王正始八年,247)大约同年,但潘尼的卒年(晋怀帝永嘉五年,311)比潘岳的卒年(晋惠帝永康元年,300)约晚十一年。“行旅”诗列潘岳于潘尼之前,表明“行旅”诗潘岳与潘尼的排列是以卒年先后编序。

2.江淹的生年(宋文帝元嘉二十一年,444)早于谢朓的生年(宋孝武帝大明八年,464)二十年,江淹的卒年(梁武帝天监四年,505)晚于谢朓的卒年(齐东昏侯永元元年,499)六年。早生晚卒的江淹排在晚生早卒的谢朓之后,说明"行旅"诗谢朓与江淹的排列是以卒年先后编序。

3.谢朓与丘迟生年(宋孝武帝大明八年,464)相同,但是,丘迟的卒年(梁武帝天监七年,508)晚于谢朓的卒年(齐东昏侯永元元年,499)九年。"行旅"诗置谢朓于丘迟之前,表明"行旅"诗谢朓与丘迟的排列是以卒年先后编序。

4.沈约的生年(宋文帝元嘉十八年,441)比江淹的生年(宋文帝元嘉二十一年,444)早三年,沈约的卒年(梁武帝天监十二年,513)比江淹的卒年(梁武帝天监四年,505)晚八年。早生晚卒的沈约排在晚生早卒的江淹之后,表明"行旅"诗江淹与沈约的排列是以作家卒年先后编序。

5.丘迟的生年(宋孝武帝大明八年,464)比沈约的生年(宋文帝天监十八年,441)晚二十三年,丘迟的卒年(梁武帝天监七年,508)比沈约的卒年(梁武帝天监十二年,513)早五年。"行旅"诗将早生晚卒的沈约置于晚生早卒的丘迟之后,表明"行旅"诗丘迟与沈约的排列是以卒年先后编序。

三 "表"

"表"是《文选》次文类中的大类,共收载十三位作家,他们依次是:孔融(153~208),诸葛亮(181~234),曹植(192~232),羊祜(217~278),李密(224~287),陆机(261~303),刘琨(271~318),张悛(生卒年不详),庾亮(289~340),桓温(369~404),殷仲文(? ~407),傅亮(374~426),任昉(460~508)。

上述十三位作家中有十一位作家的编序依据其生年与卒年的先后排列,唯诸葛亮与曹植两位作家的编序是以生年先后编序。

诸葛亮的生年(汉灵帝光和四年,181)早于曹植的生年(汉献帝初平三年,192)十一年,诸葛亮的卒年(魏明帝青龙二年,234)晚于曹植的卒年(魏明帝太和六年,232)两年。《文选》“表”体将早生晚卒的诸葛亮置于晚生早卒的曹植之前,形成“表”体诸葛亮与曹植以生年先后编序的排列。

四 “论”

《文选》的“论”体是继“书”体之后的另一大类,共收十一位作家,他们依次是:贾谊(前200~前168),东方朔(西汉武帝时辞赋家),王褒(西汉宣帝时辞赋家),班固(32~92),曹丕(187~226),曹冏(三国魏文人),韦昭(201~273),嵇康(224~263),李康(三国魏文人),陆机(261~303),刘峻(462~521)。

上述十一位作家大都依据生年、卒年先后编序,唯嵇康与韦昭的排列是以生年先后编序。

嵇康的生年(魏文帝黄初五年,224)比韦昭的生年(汉献帝建安六年,201)晚二十三年,嵇康的卒年(魏元帝景元四年,263)较韦昭的卒年(晋武帝泰始九年,273)早十年。早生晚卒的韦昭排在晚生早卒的嵇康之前,表明“论”体韦昭与嵇康是以生年先后编序。

上述四种次文类中的四组以生年排列的编序,有五点值得分析:

第一,“招隐”诗仅收载两位诗人,由于左思(252? ~306?)误居陆机(261~303)之前,形成了《文选》中唯一纯粹以生年先后编序的次文类;但是,这种纯粹以生年先后编序是因为“招隐”诗仅收录左思与陆机两人之作,且此二人以生年先后编序所致。

第二,“行旅”诗中潘尼(247? ~312?)与陆机(261~303)形成一组以生年先后排列的编序。但是,在“行旅”诗十一位作家中亦是一组特例。因为该次文类同时存在着五组以卒年先后排列的编序:潘岳(247~300)与潘尼(247? ~311?),谢朓(464~499)与江淹(444~505),谢朓(464~499)与丘迟(464~508),江淹(444~505)与沈约(441~513),丘迟(464~508)与沈约(441~513)。这五组以卒年先后排列的编序,除潘岳与潘尼外,其馀皆为齐梁作家。齐梁作家的编序应当较魏晋作家的编序更能表现《文选》次文类真正的编序原则,因为他们距离《文选》的编纂时间更近,体现《文选》次文类编序原则的概率亦更大。

第三,“表”体收录十三位作家,唯诸葛亮与曹植的编序是以生年先后排列,其馀绝大多数作家是以生年、卒年先后排列。因此,诸葛亮与曹植的排列仅是特例,多数作家并未以生年先后编序。

第四,“论”体所收十一位作家多以生年、卒年先后编序,唯嵇康(224~263)与韦昭(201~273)的排序是以生年先后排列。

第五,含有以生年先后排列的次文类在《文选》七十六种次文类仅占“招隐”“行旅”“表”“论”四类,此四种次文类亦仅有左思与陆机、潘尼与陆机、诸葛亮与曹植、嵇康与韦昭四组作家属于以生年先后排列的编序。值得注意的是上属四组八位作家全部是魏晋作家。

第三节 含有以卒年先后编序的次文类

本节讨论的含有以卒年先后编序的次文类,是指《文选》中只含有以卒年先后编序的次文类。含有乱序的“公宴”诗、“游览”诗、“哀伤”诗、“赠答”诗、“杂诗”、“笺”、“序”、“书”等八种次文类,含有以生年先后编序的“行旅”诗,均同时含有以卒年先后排列的编序,但它们皆不进入本节所论的范围之中。

一 “祖饯”诗

“祖饯”诗收录七位诗人:曹植(192~232),孙楚(? ~293),潘岳(247~300),谢瞻(383? ~421?),谢灵运(385~433),谢朓(464~499),沈约(441~513)。

沈约的生年(宋文帝元嘉十八年,441)早于谢朓的生年(宋孝武帝大明八年,464)二十三年,沈约的卒年(梁武帝天监十二年,513)晚于谢朓的卒年(齐东昏侯永元元年,499)十四年。早生晚卒的沈约置于晚生早卒的谢朓之后,说明“祖饯”诗谢朓与沈约的排列是依作家卒年先后编序的。

二 “杂拟”诗

“杂拟”诗共收载十位诗人:陆机(261~303),张载(生卒不详),陶渊明(365~427),谢灵运(385~433),袁淑(408~453),刘铄(431~453),王僧达(423~458),鲍照(? ~466),范云(451~503),江淹(444~505)。

1.袁淑与刘铄的卒年相同(宋文帝元嘉三十年,453),但是,因为袁淑的生年(晋安帝义熙四年,408)早于刘铄的生年(宋文帝元嘉八年,431)二十三年,因此,《文选》“杂拟”诗将袁淑排在刘铄之前。这反映了“杂拟”诗在安排袁淑与刘铄的次序时,首先考虑的是袁淑与刘铄的卒年,只是在卒年相同时,才按照两位作家生年的先后排序。

2.王僧达的生年(宋少帝景平元年,423)早于刘铄的生年(宋文帝元嘉八年,431)八年,王僧达的卒年(宋孝武帝大明二年,458)晚于刘铄的卒年(宋文帝元嘉三十年,453)五年。“杂拟”诗将早生晚卒的王僧达置于晚生早卒的刘铄之后,说明“杂拟”诗刘铄与王僧达的排列是按照作家卒年先后编序的。

3.江淹的生年(宋文帝元嘉二十一年,444)早于范云的生年(宋文帝元嘉二十八年,451)七年,江淹的卒年(梁武帝天监四年,505)晚于范云的卒年(梁武帝天监二年,503)两年。早生晚卒的江淹置于晚生早卒的范云之后,说明“杂拟”诗范云与江淹的排列是以作家卒年编序的。

三 “文”类

《文选》“文”类仅收录了王融(467~493)与任昉(460~508)两位作家的作品。

任昉生年(宋孝武帝大明四年,460)早于王融的生年(宋明帝泰始三年,467)七年,任昉的卒年(梁武帝天监七年,508)晚于王融的卒年(齐武帝永明十一年,493)十五年。早生晚卒的任昉置于晚生早卒的的王融之后,形成“文”类王融与任昉以作家卒年先后编序的排列。

四　“弹事”体

《文选》的“弹事”体收录任昉(460~508)与沈约(441~513)两位作家。

沈约的生年(宋文帝元嘉十八年,441)早于任昉的生年(宋孝武帝大明四年,460)十九年,沈约的卒年(梁武帝天监十二年,513)晚于任昉的卒年(梁武帝天监七年,508)五年。早生晚卒的沈约置于晚生早卒的任昉之后,形成“弹事”体任昉与沈约以作家卒年先后编序的排列。

五　“碑文”体

《文选》“碑文”体收录四位作家:蔡邕(133~192),王俭(452~489),王巾(? ~505),沈约(441~513)。

沈约的生年(宋文帝元嘉十八年,441)比王俭的生年(宋文帝元嘉二十九年,452)早十一年,沈约的卒年(梁武帝天监十二年,513)比王俭的卒年(齐武帝永明七年,489)晚二十四年。“碑文”体置早生晚卒的沈约于晚生早卒的王俭之后,形成“碑文”体王俭与沈约以作家卒年先后编序的排列。

六　“祭文”体

“祭文”体共收录三位作家:谢惠连(407~433),颜延之(384~456)与王僧达(423~458)。

颜延之的生年(晋孝武帝太元九年,384)早于谢惠连的生年(晋安帝义熙三年,407)二十三年,颜延之的卒年(宋孝武帝孝建三年,456)晚于谢惠连的卒年(宋文帝元嘉十年,433)二十三年。《文选》“祭文”体将早生晚卒的颜延之置于晚生早卒的谢惠连之后,形成“祭文”体中谢惠连与颜延之以作家卒年先后编序的排列。

综上可知,《文选》有六种次文类含有八组以作家卒年先后排列的编序,即"祖饯"诗的谢朓(464~499)与沈约(441~513),"杂拟"诗的袁淑(408~453)与刘铄(431~453)、刘铄(431~453)与王僧达(423~458)、范云(451~503)与江淹(444~505),"文"体的王融(467~493)与任昉(460~508),"弹事"体的任昉(460~508)与沈约(441~513),"碑文"体的王俭(452~489)与沈约(441~513),"祭文"体的谢惠连(407~433)与颜延之(384~456)。

此六种次文类中八组以卒年先后排列的作家组,均为宋、齐、梁三朝作家,他们距离《文选》编纂的时间较近,因此,他们体现《文选》次文类编序原则的概率更大。

第四节 《文选》次文类编序与《文选》成书

《文选》次文类编序的混乱包括两个方面:一是"哀伤"赋等十种次文类中存在的二十五组乱序,二是"招隐""行旅""表""论"四种次文类中存在的四组以作家生年先后排列的编序。

一 因曹植位次导致的五组乱序系由曹植在不同总集的不同编序所致

"哀伤"赋等十种次文类中存在的二十五组乱序,其中有因曹植位次不同所造成的五组乱序,即"公宴"诗中曹植位居王粲、刘桢、应玚之前,"哀伤"诗中曹植再居王粲之前,"书"体中曹植又居吴质之前,由此形成五组乱序。

笔者认为,这五组乱序当与《文选》所依据的前贤总集编纂体例有关。曹植的生年、卒年均在王粲、刘桢、应玚、吴质四人之后,将曹植列在此四人之前,显然是既不计生年先后又不计卒年先后的乱序。但是,如果《文选》

所依据进行二次选编的前贤总集并非依照作家生年、卒年先后编序，而是依照所录作家的地位尊卑编序，那么，贵为公子的曹植位居王粲、刘桢、应玚、吴质四人之前则是理所当然的了。

除去因曹植位次不同产生的五组乱序外，其馀二十组乱序主要是编纂匆忙导致的，四组以生年先后排列的编序亦只能是因编纂匆忙造成的。

《文选》作为据前贤总集进行二次选编的再选本，由于其所依据的总集或以作家卒年先后为序，或以作家地位尊卑为序，导致了曹植的位次以作家卒年先后排列时居王粲等建安作家之后，以地位尊卑排列时又居王粲等建安作家之前的乱序。《文选》成书时同时采用了以作家地位尊卑编序的总集和以作家卒年先后编序的总集，又未能按照“类分之中各以时代相次”的体例最终进行整理，故产生了五组曹植居王粲、刘桢、应玚、吴质之前而违背《文选・序》“类分之中各以时代相次”的乱序。同时，在“咏史”与“杂诗”中，曹植又分别居于王粲之后和王粲、刘桢之后，形成了以作家卒年先后排列的编序。

二　《文选》次文类出现的乱序和以生年编序的作家组均有可能为挚虞《文章流别集》、李充《翰林论》、刘义庆《集林》所收录

依李善为张衡《南都赋》、班彪《北征赋》、班昭《东征赋》、木华《海赋》、张衡《思玄赋》、应璩《百一诗》、李康《运命论》七篇作品作注时所引文献观之，挚虞《文章流别集》、李充《翰林论》、刘义庆《集林》均曾是萧统编纂《文选》时所依据的前贤总集。[①]

挚虞（？～311）编纂《文章流别集》的具体时间无考。但是，挚虞死于晋怀帝永嘉五年（311）石勒攻破洛阳之后的大饥之年，《文章流别集》编订的时间下限当在此年。其实，晋惠帝永兴元年（304），挚虞从惠帝被劫持到长安时，天下已开始大乱。挚虞身处乱中，已不可能编纂《文章流别

① 参阅本书第二章“《文选》成书过程研究”。

集》,所以,《文章流别集》的编纂下限尚可提前至此年。《文章流别集》一书今虽无存,但是,从其编纂年代看,东汉建安、三国魏正始,西晋武帝泰始、咸宁、太康时期的作品当有可能入选。

李充编纂《翰林论》的具体时间亦不可考。但是,李充于穆帝升平(357~361)年间卒于官。因此,李充《翰林论》所收载的作家可推至此前,《翰林论》中所收诸家当有东汉建安、三国魏正始、西晋的作者。

刘义庆(403~444)《集林》的具体编纂时间亦无考,但其卒年为宋文帝元嘉二十一年(444)。

《文选》次文类二十五组乱序的十一位作家中时代最晚的是刘宋的范晔与谢惠连二人。谢惠连(407~433)卒于刘义庆(403~444)之前,其作品有可能为皇皇二百卷的《集林》所收录。

范晔(398~445)入选《文选》的作品除《乐游应诏诗》外,其馀皆为《后汉书》的传论。范晔于宋文帝元嘉二十二年(445)以谋反罪被诛,卒时《后汉书》十志尚未写完,因此,全书不大可能在其生前流传,收入《文选》中的五篇《后汉书》传论当在其死后伴随着《后汉书》的流传始得流布。

刘义庆卒于宋文帝元嘉二十一年(444),第二年范晔始被诛,因此,《集林》不可能收录范晔《后汉书》的诸传论。但是,由范晔造成的乱序并非范晔颇为自负的《后汉书》诸传论,而是收入《文选》"公宴"诗中的《乐游应诏诗》。这首诗的具体写作时间虽不详,但绝非其被杀时所作。因此,此诗仍有可能为《集林》收录。

相反,《文章流别集》《翰林论》《集林》不可能收录的范晔《后汉书》诸传论,在"论"体中的排序只能由《文选》编纂者自己完成而不可能假手其他总集。但是,正是这些不可能借助于其他总集的诸传论在"史论"与"史述赞"中的排序均严格遵守了"类分之中各以时代相次"的编纂体例,倒是《集林》有可能收录的《乐游应诏诗》出现了乱序。虽然笔者尚无实据证明该诗的乱序应由《集林》负责,但是,范晔之作在《文选》"公宴"诗与"论"体的不同编序使笔者难释此疑。

因此,《文章流别集》《翰林论》《集林》三部总集实有可能将造成《文选》次文类的二十五个乱序组的十一位作家的相关作品囊括无馀。很可能是《文章流别集》《翰林论》《集林》的误排延续到了《文选》之中,导致了《文选》次文类编序出现了混乱。

《文选》次文类编序的混乱确有成书匆忙的原因,但是,这种成书匆忙从理论上讲有三种可能:一是萧统编纂《文选》时成书匆忙导致编序混乱,二是《文选》依据前贤总集进行再选编时由前贤总集成书匆忙导致编序混乱,三是既有萧统编纂《文选》成书匆忙导致编序混乱又有前贤总集成书匆忙导致编序混乱。笔者认为,《文选》十种次文类存在的二十五组乱序及四组依生年先后排列的作家组,并非全由萧统编纂《文选》成书匆忙所致,而是由萧统编纂《文选》时所依据的前贤匆忙编辑成书的总集与萧统编纂《文选》时成书匆忙的双重因素造成的。如曹植与王粲、刘桢、应玚、吴质形成的五组乱序,如果萧统依据进行二次选编的总集有的以作家卒年先后编序,有的以作家尊卑贵贱编序,那么《文选》次文类中曹植或居其他建安作家之前,或居其他建安作家之后的原因只能是《文选》的编纂者在同时依据这两种编序的总集再次选编后未能整齐划一所致。如果萧统所依据的前贤总集就未能严格执行或依作家卒年先后或依作家尊卑贵贱的编序,那么《文选》出现曹植或居其他建安作家之前或居其他建安作家之后的原因则应当由前贤总集与萧统《文选》同负其责。

《文选》次文类以生年编序的左思与陆机、潘尼与陆机、诸葛亮与曹植、韦昭与嵇康四组作家,全部为魏晋作家;因此,他们亦有可能是《文章流别集》《翰林论》《集林》所收录的作家。

《文章流别集》《翰林论》与《集林》不可能收录的齐梁作家中因绝无乱序,亦绝无以生年先后编序的作家组,故真正体现了《文选》次文类编序原则的是未被《文章流别集》《翰林论》《集林》收录的齐、梁作家。

三 《文选》次文类中以卒年先后排列的作家是南朝宋齐梁三代的作家与少数魏晋作家

《文选》次文类中以卒年先后排列的作家组分布最广，有纯粹以卒年先后排列的作家组，同时在含有乱序组的次文类与含有以生年先后排列的次文类中亦有以卒年先后排列的作家组。

纯粹以卒年先后排列的作家组有“祖饯”诗中的谢朓与沈约，“杂拟”诗中的袁淑与刘铄、刘铄与王僧达、范云与江淹，“文”体的王融与任昉，“弹事”体的任昉与沈约，“碑文”体的王俭与沈约，“祭文”体的谢惠连与颜延之。这些纯粹以卒年先后排列的作家组全部是宋、齐、梁三朝的作家，其中，袁淑、刘铄、王僧达、谢惠连、谢灵运是刘宋作家，王俭、谢朓、王融、范云、江淹、任昉、沈约均为齐梁作家。

《文选》次文类乱序组中以卒年先后排列的作家组有“公宴”诗中的谢灵运与颜延之、沈约与丘迟，“游览”诗中的谢灵运与颜延之、谢朓与江淹、江淹与沈约，“哀伤”诗中的谢灵运与颜延之、谢朓与任昉，“赠答”诗中的陆机与潘尼、潘岳与潘尼、谢灵运与颜延之、谢朓与陆厥、谢朓与范云、谢朓与任昉、陆厥与范云、陆厥与任昉，“杂诗”中的嵇康与傅玄、谢朓与沈约，“笺”体的谢朓与任昉，“序”体的王融与任昉，“书”体的曹丕与吴质、曹植与应璩、丘迟与刘峻。

其中，曹丕、吴质、曹植、应璩、陆机、潘岳、潘尼、嵇康、傅玄等九人为魏晋作家，谢灵运、颜延之是刘宋作家，王融、谢朓、陆厥、范云、江淹、任昉、丘迟、沈约、刘峻等九人是齐梁作家。

含有以生年先后排列的四种次文类中以卒年先后排列的作家组有“行旅”诗中的潘岳与潘尼、谢朓与江淹、谢朓与丘迟、江淹与沈约、丘迟与沈约，“表”体中的曹植与羊祜。上述六组以卒年先后排列的作家中，曹植、羊祜、潘岳、潘尼是魏晋作家，谢朓、江淹、丘迟、沈约均为齐梁作家。

综上所述，在纯粹以卒年先后排列的次文类，含有乱序的次文类和含有以生年先后排列的次文类当中，凡以卒年先后排列的作家组，除少数魏晋作者外，馀者均为南朝宋、齐、梁三代作家。与之相反，在乱序和以生年先后排列的次文类中，除“公宴”诗中的范晔与谢灵运及谢惠连与谢灵运外，馀者均为魏晋作家。

齐梁作家距《文选》成书年代最近，《文选》编纂者对他们的生卒年情况了解得最为清楚。齐梁作家又是挚虞《文章流别集》、李充《翰林论》和刘义庆《集林》不可能收录的作家，他们的编序应当是《文选》的编纂者亲自厘定的。齐梁作家一律采用以卒年先后排列的编序，说明《文选·序》“类分之中各以时代相次”是指以作家卒年先后编序的。

《文选》研究者对《文选》次文类中编序混乱的原因除了将其归结为成书匆忙外，还将其归结为成于众手，这又与“昭明太子十学士”之说有关。

萧统的责任在于他在据前贤编纂的总集进行选录后未能对选入《文选》的七百馀篇作品进行统一体例的工作，这种未能整齐划一的失误，部分原因在于对前贤总集的过度信任，当然亦有成书匆忙的因素。

《文选》编序之中，还有另一类不符合“类分之中各以时代相次”的作品，但是，此类作品的编序却非萧统编纂《文选》所致，而是由后世传抄的版本不同所致。

《文选》诗“挽歌”类陆机《挽歌诗》三首[①]“流离亲友思”句下胡克家《文选考异》云：“袁本、茶陵本此一首在‘重阜何崔嵬’一首之前。案：尤所见不同，以文义订之，当倒在上。且此句与第一首末句相承接，尤非，二本是也。”[②]

今案：陆机《挽歌诗》第三首首句“流离亲友思”与第一首末句“挥涕独流离”的确相承，胡果泉所言是。这一组诗第二、三首两首互乙。但是，这样编次非萧统编纂《文选》之误，而是《文选》流传过程中版本不同所致。

---

① (梁)萧统编，(清)胡克家校刻：《文选》，中华书局 1977 年影印本，第 406 页上。

② (梁)萧统编，(清)胡克家校刻：《文选》，中华书局 1977 年影印本，第 924 页下。

胡克家《考异》批评的尤刻本,为宋刊李善注《文选》单注本的唯一全帙本;这一谬误实为李善注的底本之误所致,五臣注的底本不误,故以五臣注本为底本的宋刊六家本、据宋刊六家本而翻刻的宋刊六臣本皆不误。今存六家本之奎章阁本、明州本,六臣本之赣州本、建州本皆不误足以为证。

《文选》次文类编序中最为引人注目的是东汉前期朱浮的《为幽州牧与彭宠书》置于东汉后期孔融的《论盛孝章书》之后。

据《后汉书》朱浮传与《光武本纪》,朱浮此文写于光武帝建武二年(26)二月彭宠反叛攻浮之时。据孔融《论盛孝章书》"五十之年忽焉已至公为始满融又过二"[①]十六字,可知孔融此文写于曹操五十岁孔融五十二岁的汉献帝建安九年(204),两文的写作时间相差一百七十八年。清人何焯率先指出了这一明显失误:"此书在建武中兴之初,而列建安七子之伍,误矣。"[②]胡克家《文选考异》对这种编序上的明显失误进行了辨证:"案:此书当在后,下《与彭宠书》当在前。今乃季汉之文,越居建武以上,必非善旧甚明。各本皆同,卷首子目亦然,未知其误始自何时也。"[③]在《为幽州牧与彭宠书》题下又注:"案:此书当在前,说见上。"[④]胡克家看出了这两篇写作年代相距甚远的文章的编序是将后者置前,这无论从作者的生年先后为序或从作者的卒年先后为序进行考察,都是一明显失序。但是,胡克家并不明白这种明显的失序是何种原因所致,以为这一失误绝非李善注《文选》原本之误,即所谓"必非善旧"。今传世宋刊《文选》诸本,李善注单注本的尤刻本,五臣注单注本的陈八郎本,六家本的明州本,六臣本的赣州本、建州本,孔融的《论盛孝章书》均置于朱浮的《为幽州牧与彭宠书》之前。唯五臣注单注本的陈八郎本书前总目与第二十一卷首目录却是朱浮在前孔融在后,但是,第二十一卷的正文仍然是孔融在前朱浮在后。因

---

① (梁)萧统编,(清)胡克家校刻:《文选》,中华书局1977年影印本,第583页上。

② (清)何焯:《义书读书记》卷四十九《文选·杂文》,中华书局1987年版,第956页。

③ (梁)萧统编,(清)胡克家校刻:《文选》,中华书局1977年影印本,第949页下。

④ (梁)萧统编,(清)胡克家校刻:《文选》,中华书局1977年影印本,第949页下。

此,学林或以为陈八郎本书前总目为后人所加。

陈八郎本第二十一卷首目录与正文不符的原因略显复杂。今传陈八郎本的第二十一卷为抄配,非原刻。陈八郎本原刻如何,抄配本与原刻本是否一致,今已无从得知。

近人刘盼遂《〈文选〉篇题考误》也指出了这一失误:"又案:朱浮、彭宠为东汉建武时人,不宜置于孔文举之后。此昭明误也。宜移此篇于杨子幼《报孙会宗书》之后。"①

上述诸项,今之学者俱已论及。笔者尚须郑重说明的两点是:

第一,朱浮与彭宠的编序之误是目前《文选》次文类二十五组乱序中最为明显的乱序,但是,初唐李善与盛唐五臣对此均未有言。李善曾指出了《文选》中六篇作品的编次有误,可见李善非常重视《文选》次文类的编序问题,而独对如此明显的乱序未置一词,率先指出其编序有误的反倒是清人,而多数清儒所见《文选》版本相当有限。因此,有可能是李善所见并据以作注的《文选》在朱浮与彭宠的编序上并未出现讹误。

第二,今传五臣注单注本的另一重要注本朝鲜正德本《文选》第二十一卷卷首目录与陈八郎本相同,即朱浮的《与彭宠书》置于孔融的《论盛孝章书》之前。而且,朝鲜正德本《文选》的正文与第二十一卷的卷首目录相应,即朱浮的《与彭宠书》置于孔融的《论盛孝章书》之前。朝鲜正德本关于朱浮《与彭宠书》和孔融《论盛孝章书》的编序是以作家生年、卒年先后编序,这为研究这两篇编序明显失误的文章原貌增加了新的变数。

由于朝鲜正德本与宋刊陈八郎本歧异之处较多,而与奎章阁本的底本即平昌孟氏五臣注本相近。平昌孟氏五臣注本的底本是蜀毋昭裔本,毋昭裔本的刊刻时代在五代之时,所用底本当为某唐抄五臣注本。朝鲜正德本的出现,使我们对朱浮《与彭宠书》和孔融《论盛孝章书》的编序问

① 见《国学论丛》1928 年 10 月第 1 卷第 4 期;又见《中外学者文选学论集》,中华书局 1998 年版,第 11 页。

题多了一层思考:这一明显编序之误,并非萧统《文选》原貌所致,而是《文选》至盛唐出现讹误所致。

总之,《文选》次文类编序的原则是据入选作家的卒年先后排列。体现《文选》次文类编序原则的是由《文选》编纂者自行选入的齐梁作家。《文选》次文类编序的混乱(乱序与以生年先后排列)绝大多数是魏晋作家,造成这一现象的原因主要是萧统依据的前贤总集或依作家卒年先后排列,或依作家地位尊卑排序,并且存在着较多的混乱。萧统的责任在于他依前贤总集编纂《文选》未能在成书后统一全书的体例。

第四章
“昭明太子十学士”与《文选》编纂

“昭明太子十学士”编纂《文选》说是《文选》成书研究中一个重要成说。由于现代《文选》研究者多以为《文选》选录自周秦至齐梁如此大跨度的一百三十多位作家的七百多篇作品,工作量极大,必须假手于东宫诸学士方能完功。因此,“昭明太子十学士”编纂《文选》说极为盛行。何融在其名文《〈文选〉编撰时期及编者考略》讲过一段极能反映多数现代《文选》学研究者对《文选》成书看法的观点:“卷帙既如此繁重,年代又如彼绵远,其非一人之力所能完成,自甚明显。”①

何融之言,道出了一般研究者首肯“昭明太子十学士”编纂《文选》说的逻辑根据。第二章已从《文选》成书过程方面论证了《文选》是一部据前贤总集二次选编的再选本。因此,刘宋以前的近六百篇名作可自前贤总集选定,齐梁作家十五人一百二十馀篇作品尚须萧统选定,最后由诸学士抄录成书即可,因此,《文选》成书并无太大的工作量。尽管《文选》编纂工作量的大小与《文选》成书并无必然性联系,但是,毕竟因工作量不大,“卷

① 《国文月刊》1949 年第 76 期;又载《中外学者文选学论集》,中华书局 1998 年版,第 102 页。

帙既如此繁重，年代又如彼绵远，其非一人之力所能完成，自甚明显”的观点难以成立。

以上论述只是从《文选》实际成书方面看《文选》编纂的，诸学士在《文选》编纂中的作用亦只是据此推测。本章将对南朝学士进行系统的历时性考索，从学士本身考察《文选》编纂与“昭明太子十学士”的关系。

南北朝学士盛行，太子、藩王、殿省多盛养学士，风气演进，蔚为大国。至唐代，门下省弘文馆、中书省集贤殿书院均设学士，其知院事者称大学士。新旧《唐书·职官志》对学士均有记述。但是，先唐学士尚未入百官之列，故《汉书·百官志》《宋书·百官志》《晋书·职官志》《魏书·官氏志》《隋书·百官志》于学士均无载。唯清人赵翼《陔馀丛考》卷二十六“学士”条以数百字略言之，先贤今彦亦多蔑如，遂使南朝学士发展沿革不明。今以南朝史部为主，兼及经、子、集诸部，勾稽排比，以期探明南朝学士的状况，在此基础之上再研究“昭明太子十学士”与《文选》编纂的关系。

第一节　宋齐梁学士考述

一　刘宋学士考述

本章考察刘宋学士以《宋书》《南史》《全上古三代秦汉三国六朝文·全宋文》为基本文献，兼及《南齐书》。

（一）学士职司

学士至南朝刘宋，最重要的是国家设立学士职司总明观。

《宋书·明帝本纪》：“（泰始六年）九月……戊寅，立总明观，征学士以充之。置东观祭酒。”①《南史·明帝本纪》亦载：“（泰始六年）九月戊寅，立总明观，征学士以充之。置东观祭酒、访举各一人，举士二十人，分为儒、

① （梁）沈约撰：《宋书》卷八《本纪第八·明帝》，中华书局1974年版，第167页。

道、文、史、阴阳五部学，言阴阳者遂无其人。”[①]《南齐书·百官志》：“（宋明帝）太始六年，以国学废，初置总明观，玄、儒、文、史四科，科置学士各十人。……建元中，掌治五礼。永明三年，国学建，省。”[②]《南史·王俭传》：“宋明帝泰始六年，置总明观以集学士，或谓之东观，置东观祭酒一人，总明访举郎二人；儒、玄、文、史四科，科置学士十人，其馀令史以下各有差。是岁（南齐永明三年——笔者），以国学既立，省总明观，于俭宅开学士馆，以总明四部书充之。又诏俭以家为府。”[③]

综上可知：总明观为宋、齐两代的国家学士职司。《三国志》所载的都尉设学士，虽为中国古代学士职司之祖，但它只是学士设置的一个特例。国家设专司以储学士，当以宋明帝泰始六年（470）所建总明观最早。据《南史·王俭传》载，永明三年（485），因国学既立而撤销总明观。故知萧齐代宋之后，总明观并未因朝代更迭而撤销，至南齐永明三年始罢。故宋、齐总明观成为“著撰文史，鸠聚学徒之所”，其基本职责为“详正图籍，教授生徒”[④]。自然，此非总明观学士的唯一职责，《南齐书·百官志》所载“掌治五礼”亦为其职责之一。

总明观学士有定员。赵翼《陔馀丛考》“学士”条谓：“第其时（六朝——笔者）所谓学士者，无定员，无定品。”[⑤]赵氏此论不确。总明观学士儒、玄、文、史四科每科定员十人。虽无定品，却有定员。赵氏之论，并非己创，《旧唐书·职官志二》“弘文馆”条已云“学士无员数”，赵氏广其论而已。

总明观学士分科。总明观设儒、道、文、史、阴阳五部学，虽“言阴阳者遂无其人”，但其馀四科均有学士之职。故学士可据其学业分职。

---

① （唐）李延寿撰：《南史》卷三《宋本纪下第三》，中华书局 1975 年版，第 82 页。

② （梁）萧子显撰：《南齐书》卷十六《志第八·百官》，中华书局 1971 年版，第 209～210 页。

③ （唐）李延寿撰：《南史》卷二十二《王俭传》，中华书局 1975 年版，第 595 页。

④ （后晋）刘昫等撰：《旧唐书·职官志》，中华书局 1975 年版，第 1847～1848 页。

⑤ （清）赵翼：《陔馀丛考》，商务印书馆 1957 年排印版，第 522～523 页。

总明观即东观。《宋书·明帝本纪》《南史·明帝本纪》记载设置总明观之时，皆曰“置东观祭酒、访举各一人”，实谓刘宋总明观即汉代东观，故有东观祭酒之设。东观，原为汉洛阳南宫内观名。汉明帝诏班固等修撰《汉纪》于此，书遂名《东观汉纪》。章和二年成为皇宫藏书之府，后因称国史修撰之所为东观。《旧唐书·职官志二》“弘文馆”条注：“后汉有东观……宋有玄、史二馆，南齐有总明馆。”[①]可见，《旧唐志》亦将汉代东观与刘宋玄、史二馆并提。但刘宋玄、史二馆，实即总明观，唯其时总明观职分儒、玄、文、史四科，故《旧唐书·职官志二》将刘宋总明观称为“玄、史二馆”，至南齐始言“有总明馆”，此言有疏。其实，总明观为刘宋所立，儒、玄、文、史四科为总明观的分科。明确宋、齐总明馆实为东观，即可知总明观亦即宋、齐时期聚书修史之所。

（二）学士职责

刘宋学士的职责概而言之有四：

一曰分掌儒、玄、文、史四科，此已见上文。

二曰职掌礼仪。《宋书·礼志三》载：“宋太祖（刘裕——笔者注）在位长久，有意封禅。遣使履行泰山旧道，诏学士山谦之草封禅仪注。其后索虏南寇，六州荒毁，其意乃息。”[②]刘宋武帝刘裕诏学士山谦之草封禅仪注一事虽不行，但学士职掌礼仪可由此窥见一斑。学士因“博涉多闻”，包括封禅大典在内的各种礼仪的修撰，自然非其莫属。

三曰备帝顾问。《南史·文学·贾希镜传》：“贾希镜，平阳襄陵人也。祖弼之，晋员外郎。父匪之，骠骑参军。家传谱学。宋孝武时，青州人发古冢，铭云：‘青州世子，东海女郎。’帝问学士鲍照、徐爰、苏宝生，并不能悉。希镜对曰：‘此是司马越女嫁苟晞儿。’检访果然，由是见遇，敕希镜注《郭子》。”[③]《南齐书·文学·贾渊传》载同。帝王有疑难咨询学士，是对学士

① （后晋）刘昫等撰：《旧唐书·职官志二》，中华书局1975年版，第1847页。
② （梁）沈约撰：《宋书》卷十六《志第六·礼志三》，中华书局1974年版，第439页。
③ （梁）李延寿撰：《南史》卷七十二《贾希镜传》，中华书局1975年版，第1776页。

博学多闻的认同，亦说明学士可具顾问之职。贾渊因博通谱学而“由是见遇”，并受命注《郭子》。学士这种帝王顾问的特殊身份如能得以充分发展，即可接近权力中枢。此为学士至唐演进为机要官员、地位显赫的重要缘由。刘宋著名作家鲍照为治文学史者耳熟能详的名家，但鲍照曾为宋孝武帝学士之职则鲜有人提及。

四曰修撰国史。历代王朝对修撰国史皆极重视。《旧唐书·职官志》“中书省”“国史”条：“历代史官，隶秘书省著作局，皆著作郎掌修国史。”①《宋书·百官志》：“汉东京图籍在东观，故使名儒硕学，著作东观，撰述国史。著作之名，自此始也。”②《宋书·徐爰传》：“先是元嘉中，使著作郎何承天草创国史，世祖初，又使奉朝请山谦之、南台御史苏宝生踵成之。六年，又以爰领著作郎，使终其业。”③徐爰谙悉朝章仪礼，为学士，又领著作郎，遂成为宋世修当代史的纂修官。

（三）学士官员意义的强化

刘宋承魏晋之风，总明馆设置学士，且有定员，并设儒、道、文、史四科，足见此时总明馆学士已非原始意义的“读书之士”，而成为中央政府所设立的官员（虽其尚未明确列入百官之列，但已非一般读书之士）。当然，官员学士本身虽为官员，但是官员学士毕竟还是学士，因此，官员学士非读书之士不能充任。《三国志·魏书·邓艾传》《三国志·蜀书·杜周杜许孟来尹李谯郤传》所载的邓艾、许慈、来敏、孟光、尹默、李谯诸学士尚有临时设置的性质，而刘宋总明观学士已为常设机关，总明观学士的官员色彩亦更为浓烈。

刘宋学士官员意义日显，并不排除作为读书之士的学士存在。《全宋文》卷五十六崔凯《丧服驳》：“儒林椽谢袭称学士张担之从祖母丁丧，本是

---

① （后晋）刘昫等撰：《旧唐书》卷四十三《职官志》，中华书局1975年版，第1852页。
② （梁）沈约撰：《宋书》卷四十《编官下》，中华书局1974年版，第1246页。
③ （梁）沈约撰：《宋书》卷九十四《恩幸·徐爰传》，中华书局1974年版，第2308页。

亲祖母。亡父出后,求详礼典,辄敕助教陈福议。”[1]可见张担之虽被称为学士,但无任职职司,仍应为一般读书之士。

《全宋文》卷六十三释焦镜《后出杂心序》:“于宋元嘉十一年甲戌之岁,有外国沙门,名曰三藏,观化游此。其人先于大国综习斯经,于是众僧请令出之。即以其年九月,于宋都长千寺,集诸学士法师云公译语。法师观公笔受,考校治定,周年乃讫。”[2]文中所集“诸学士”,即诸读书之士。

(四)学士素质

自三国学士由泛称转为专称后,学士素质渐可考知。故考察学士素质遂成为研究学士演变的另一重要方面。据《南史·文学·贾希镜传》可考知之刘宋学士有山谦之、鲍照、徐爰、苏宝生四人。

《宋书·鲍照传》:“鲍照字明远,文辞赡逸,尝为古乐府,文甚遒丽。”[3]《宋书·徐爰传》:“时世祖将即大位,军府造论,不晓朝章,爰素谙其事,(世祖)既至,莫不喜说,以兼太常丞,撰立仪注。”[4]《宋书·苏宝生传》:“苏宝者,名宝生,本寒门,有文义之美。元嘉中立国子学,为《毛诗》助教。”[5]徐爰谙悉朝仪,苏宝生长于《毛诗》,鲍照以“文辞赡逸”“文甚遒丽”擅长。故刘宋学士在以经学为主之时,已兼及文学,此与两汉学士纯以经学名世已有重大差异。

二　萧齐学士考述

本节考察萧齐学士以《南齐书》《南史》《全上古三代秦汉三国六朝文·全齐文》为基本文献。

---

① (清)严可均校辑:《全上古三代秦汉三国六朝文》,《全宋文》卷五十六,中华书局1985年影印本,第2740页。

② (清)严可均校辑:《全上古三代秦汉三国六朝文》,《全宋文》卷六十三,中华书局1985年影印本,第2781页。

③ (梁)沈约撰:《宋书》卷五十一《宗室》,中华书局1974年版,第1477页。

④ (梁)沈约撰:《宋书》卷九十四《恩幸·徐爰》,中华书局1974年版,第2307页。

⑤ (梁)沈约撰:《宋书》卷七十五《苏宝生》,中华书局1974年版,第1958页。

学士至齐,更为鼎盛,表现有四:

(一)学士职司普及

中国古代学士于刘宋始有总明观为其职司。但是,刘宋学士职司仍嫌单一,即仅有国家专设的总明观。职司过少,无法吸纳更多的学士,限制了学士的发展。学士作为封建官僚队伍的成员,必须职有专司,司有其员,员有其责,方能蔚为大国。

萧齐学士职司计有治礼乐职局、总明馆、学士馆、西邸、尚书省五处:

一曰治礼乐职局。《南齐书·礼志上》:“永明二年,太子步兵校尉伏曼容表定礼乐。于是诏尚书令王俭制定新礼,立治礼乐学士及职局,置旧学四人,新学六人,正书令史各一人,干一人,秘书省差能书弟子二人。因集前代,撰治五礼,吉、凶、宾、军、嘉也。”[①]魏晋至宋,朝代更迭,礼仪多阙,五礼尤甚。治礼乐学士缘此而生,制礼乐职局亦缘此而设。《隋书·礼仪志一》:“吉礼敬鬼神”“凶礼哀邦国”“宾礼亲宾客”“军礼诛不虔”“嘉礼合姻好”。[②] 五礼为国家朝仪,非仪莫行。文中“旧学”“新学”当指原有学士与新增学士。《南齐书·礼志上》:“仪曹称治礼学士议曰……”[③]结合上列二则可知,萧齐设有治礼学士,其职司当为治礼乐制局。

二曰总明馆。《南史·王俭传》:“是岁(南齐永明三年——笔者),以国学既立,省总明观,于俭宅开学士馆,以总明四部书充之。又诏俭以家为府。”[④]萧齐代宋,总明观仍得以保存。《梁书·何佟之传》载:“起家扬州从事,仍为总明馆学士。”是为一证。[⑤]《南史·文学·司马宪传》:“宪字景思,河内温人,待诏东观为学士,至殿中郎,口辩有才地,使魏见称于

---

① (梁)萧子显撰:《南齐书》卷九《志第一》,中华书局 1971 年版,第 81 页。

② (唐)魏徵等撰:《隋书》卷六《礼仪志一》,中华书局 1982 年版,第 105 页。

③ (梁)萧子显撰:《南齐书》卷九《志第一》,中华书局 1971 年版,第 137 页。

④ (唐)李延寿撰:《南史》卷二十二《王俭传》,中华书局 1975 年版,第 595 页。

⑤ (唐)姚思廉撰:《梁书》卷四十八《儒林·何佟之传》,中华书局 1973 年版,第 664 页。

北。"[①]司马宪为东观学士，萧齐东观为总明馆，故宪亦当为总明学士。《南齐书·谢超宗传》："有司奏撰立郊庙歌，敕司徒褚渊，侍中谢朏，散骑侍郎孔稚珪，太学博士王咺之，总明学士刘融、何法冏、何昙秀十人并作，超宗辞独见用。"[②]《南史·谢超宗传》所载同，唯何法冏作何法图。据此，则萧齐立国之后，继总明馆学士一仍其旧，至永明三年始罢。今可考知之的南齐总明学士有何佟之、司马宪、刘融、何法冏(图)、何昙秀等。

三曰学士馆。据上文《南齐书·王俭传》载南齐永明三年省总明观，于俭宅开学士馆。中国古代国家设学士职司始于刘宋总明观，但其并未以"学士"命名，以"学士"命名为学士职司者，南齐王俭宅学士馆当为第一。总明观之后，此为专储学士者又一职司。

四曰西邸。齐竟陵文宣王萧子良，字云英，齐武帝萧赜穆皇后所生第二子，文惠太子之弟。齐武帝薨，文惠太子长子、皇太孙郁林王昭业嗣位，子良为太傅。隆昌元年四月竟陵王萧子良薨。《南齐书》本传载："子良少有清尚，礼才好士，居不疑之地，倾意宾客，天下才学皆游集焉。"[③]《梁书·文学下·刘峻传》："时竟陵王子良博招学士，峻因人求为子良国职，吏部尚书徐孝嗣抑而不许，用为南海王侍郎，不就。"[④]齐竟陵王萧子良开南北朝藩王设学士的先例，对南北朝学士的发展起了极为重要的作用。

西邸学士甚多，子良本传多未载。现勾勒如次：

《南齐书·陆慧晓传》："子良于西邸抄书，令慧晓参知其事。"[⑤]

《南齐书·刘绘传》："永明末，京邑人士盛为文章谈义，皆凑竟良王西

---

① (唐)李延寿撰:《南史》卷七十二《司马宪传》,中华书局1975年版,第1771页。

② (梁)萧子显撰:《南齐书》卷三十六《谢超宗传》,中华书局1974年版,第636页。

③ (梁)萧子显撰:《南齐书》卷四十《竟陵文宣王子良传》,中华书局1974年版,第694页。

④ (唐)姚思廉撰:《梁书》卷五十《文学下·刘峻传》,中华书局1973年版,第701~702页。

⑤ (梁)萧子显撰:《南齐书》卷四十六《陆慧晓传》,中华书局1974年版,第806页。

邸。绘为后进领袖,机悟多能。”[①]《南史·刘绘传》所载略同。

《梁书·武帝本纪》:“竟陵王子良开西邸,招文学,高祖与沈约、谢朓、王融、萧琛、范云、任昉、陆倕等并游焉,号曰八友。”[②]《南史·梁本纪》所载略同。

《梁书·沈约传》:“时竟陵王亦招士,约与兰陵萧琛、琅邪王融、陈郡谢朓、南乡范云、乐安任昉等皆游焉。”[③]《南史·沈约传》所载略同。

《梁书·任昉传》:“始高祖与昉遇竟陵王西邸,从容谓昉曰:‘我登三府,当以卿为记室。’昉亦戏高祖曰:‘我若登三事,当以卿为骑兵。’谓高祖善骑也。”[④]《南史·任昉传》所载略同。

《梁书·王亮传》:“齐竟陵王子良开西邸,延才俊以为士林馆,使工图画其像,亮亦预焉。”[⑤]

《梁书·萧琛传》:“高祖在西邸,早与琛狎,每朝谦,接以旧恩,呼为宗老。”[⑥]《南史·萧琛传》载:“梁武在西邸,与琛有旧。梁台建,以为御史中丞。”[⑦]

《梁书·陆倕传》:“刺史竟陵王子良开西邸,延英俊,倕亦预焉。”[⑧]《南史·陆倕传》载同。

《梁书·王僧孺传》:“司徒竟陵王子良开西邸招文学,僧孺亦游焉。……初,僧孺与乐安任昉遇竟陵王西邸,以文学友会,及是将之县,昉赠诗。”[⑨]《南史·王僧孺传》载:“司徒竟陵王子良开西邸,招文学,僧孺与

---

① (梁)萧子显撰:《南齐书》卷四十八《刘绘传》,中华书局 1974 年版,第 841 页。
② (唐)姚思廉撰:《梁书》卷一《武帝本纪》,中华书局 1973 年版,第 2 页。
③ (唐)姚思廉撰:《梁书》卷十三《沈约传》,中华书局 1973 年版,第 233 页。
④ (唐)姚思廉撰:《梁书》卷十四《任昉传》,中华书局 1973 年版,第 253 页。
⑤ (唐)姚思廉撰:《梁书》卷十六《王亮传》,中华书局 1973 年版,第 267 页。
⑥ (唐)姚思廉撰:《梁书》卷二十六《萧琛传》,中华书局 1973 年版,第 397 页。
⑦ (唐)李延寿撰:《南史》卷十八《萧琛传》,中华书局 1975 年版,第 506 页。
⑧ (唐)姚思廉撰:《梁书》卷二十七《陆倕传》,中华书局 1973 年版,第 401 页。
⑨ (唐)姚思廉撰:《梁书》卷三十三《王僧孺传》,中华书局 1973 年版,第 469~470 页。

太学生虞羲、丘国宾、萧文琰、丘令楷、江洪、刘孝孙并以善辞藻游焉。”①

《梁书·孔休源传》:“琅邪王融雅相友善,乃荐之于司徒竟陵王,为西邸学士。”②《南史·孔休源传》所载略同。

《梁书·江革传》:“司徒竟陵王闻其名,引为西邸学士。”③《南史·江革传》所载同。

《梁书·范缜传》:“于时竟陵王子良盛招宾客,缜亦预焉。……高祖与缜有西邸之旧,见之甚悦。及建康城平,以缜为晋安太守。”④《南史·范缜传》载:“时竟陵王子良盛招宾客,缜亦预焉。……梁武至,缜墨缞来迎。武帝与缜有西邸之旧,见之甚悦。”⑤

《梁书·宗夬传》:“齐司徒竟陵王集学士于西邸,并见图画,夬亦预焉。”⑥《南史·宗夬传》所载同。

《梁书·范云传》:“初,云与高祖遇于齐竟陵王子良邸,又尝接里闬,高祖深器之。”⑦《南史·范云传》:“初,梁武为司徒祭酒,与云俱在竟陵王西邸,情好欢甚。”⑧

尽管上文所及诸人并未尽言为西邸学士,但据各项史料观之,西邸学士数量众多,笔者对此采录从宽。故今可考知之齐竟陵王萧子良西邸学士计有陆慧晓、刘绘、萧衍、沈约、谢朓、王融、萧琛、范云、任昉、王亮、陆倕、王僧孺、孔休源、江革、范缜、宗夬凡十六人。《南史·王僧孺传》所载太学生虞羲、丘国宾、萧文琰、丘令楷、江洪、刘孝孙等六人尚不计其列。藩王招揽学士,子良首开其端,此举大开学士职司的范围,对于壮大学士队伍,扩

---

① (唐)李延寿撰:《南史》卷五十九《王僧孺传》,中华书局1975年版,第1460页。
② (唐)姚思廉撰:《梁书》卷三十六《孔休源传》,中华书局1973年版,第519页。
③ (唐)姚思廉撰:《梁书》卷三十六《江革传》,中华书局1973年版,第523页。
④ (唐)姚思廉撰:《梁书》卷四十八《范缜传》,中华书局1973年版,第665页。
⑤ (唐)李延寿撰:《南史》卷五十七《范缜传》,中华书局1975年版,第1421~1422页。
⑥ (唐)姚思廉撰:《梁书》卷十九《宗夬传》,中华书局1973年版,第299页。
⑦ (唐)姚思廉撰:《梁书》卷十三《范云传》,中华书局1973年版,第230页。
⑧ (唐)李延寿撰:《南史》卷五十七《范云传》,中华书局1975年版,第1418页。

大学士的影响,最终为学士进入国家官僚机构贡献不菲。

五曰尚书省。《南齐书·陆澄传》:“俭在尚书省,出巾箱机案杂服饰,令学士隶事,事多者与之,人人各得一两物,澄后来,更出诸人所不知事复各数条,并夺物将去。”[①]《南史·陆澄传》所载略同。王俭在尚书省时令学士隶事竞物,其学士当为尚书省学士。另,《南齐书·陆澄传》尚载:“俭自以博闻多识,读书过澄。澄曰:‘仆年少来无事,唯以读书为业。且年已倍令君,令君少便鞅掌王务,虽复一览便谙,然见卷轴未必多仆。’俭集学士何宪等盛自商略,澄待俭语毕,然后谈所遗漏数百千条,皆俭所未睹,俭乃叹服。”[②]故知南齐尚书省学士人数不少,今可考知者唯有陆澄、何宪二人。

(二)学士初见定员

学士至三国邓艾始由泛称改为专称,但此时学士的设立往往有很大的随意性。至刘宋时期总明观学士始有定员:儒、玄、文、史四科各置学士十人。《南齐书·礼志上》载“立治礼乐学士及职局,置旧学四人,新学六人”。故南齐修五礼所设制礼乐制局之学士亦有定员,即旧学士四人,新学士六人。此为中国古代典籍中学士定员的再现。《梁书·处士·何胤传》:“尚书令王俭受诏撰新礼,未就而卒,又使特进张绪续成之,绪又卒,属在司徒竟陵王子良,子良以让胤;乃置学士二十人,佐胤撰录。”[③]这是为撰礼而置学士,且有定员的记录。

(三)学士职责渐繁

据今文献可知南齐学士的职责有三:

一曰撰写郊庙雅乐歌辞。《南齐书·乐志》:“建元二年,有司奏,郊庙雅乐歌辞旧使学士博士撰,搜简采用,请敕外,凡义学者普令制立。参议:太庙登歌宜用司徒褚渊,馀悉用黄门郎谢超宗辞。”[④]可见,刘宋时期已使

① (梁)萧子显撰:《南齐书》卷三十九《陆澄传》,中华书局1974年版,第685页。
② (梁)萧子显撰:《南齐书》卷三十九《陆澄传》,中华书局1974年版,第685页。
③ (唐)姚思廉撰:《梁书》卷五十一《处士·何胤传》,中华书局1973年版,第735页。
④ (梁)萧子显撰:《南齐书》卷十一《乐志》,中华书局1974年版,第167页。

学士与博士共同修撰郊庙歌辞。前文论及南齐总明馆学士曾引《南齐书·谢超宗传》撰写郊庙歌辞事,故知总明学士有撰写郊庙雅乐歌辞之职。

二曰修礼。自刘宋时期设学士修五礼以来,齐、梁、陈皆因之。《南齐书·礼志上》载"治礼学士",可见治礼为学士的专职。《南齐书·孝义·杜栖传》:"竟陵王子良数致礼接。国子祭酒何胤治礼,又重栖,以为学士,掌婚冠仪。"①杜栖因此任国子祭酒何胤的学士,掌婚冠仪。《南史·隐逸上·杜栖传》所载略同。

前引《梁书·处士·何胤传》:"尚书令王俭受诏撰新礼,未就而卒,又使特进张绪续成之,绪又卒,属在司徒竟陵王子良,子良以让胤;乃置学士二十人,佐胤撰录。"《南史·何胤传》载同。此为撰礼而置学士,亦为南朝通例。

三曰著书抄书。

南齐学士参与著书,开魏晋南北朝学士著书风气之先。

类书《四部要略》。魏晋南北朝帝王、太子、藩王集文士以编书,首推魏文帝曹丕集诸文士以编《皇览》。魏晋南北朝用典隶事之风极盛,以汇集典故事类为能事的类书,对文人创作带来了极大的便利,故后世以《皇览》为例编纂类书之风甚盛,萧子良集学士编《四部要略》为继轨《皇览》者之首。《南齐书·武十七王·萧子良传》:"(永明)五年……移居鸡笼山邸,集学士……依《皇览》例为《四部要略》千卷。"②《南史·齐武帝诸子·萧子良传》所载略同。今按:《四部要略》,《隋志》无载。魏晋南北朝学士受命编书以此为先,于后世影响颇大。

类书《史林》。《南史·齐高帝本纪》:"又诏东观学士撰《史林》三十篇,魏文帝《皇览》之流也。"③今按:《史林》,《隋志》亦无载。但据《南史》

---

① (梁)萧子显撰:《南齐书》卷五十五《孝义·杜栖传》,中华书局1974年版,第966页。

② (梁)萧子显撰:《南齐书》卷四十列传第二十一《武十七王·竟陵文宣王子良传》,中华书局1974年版,第698页。

③ (唐)李延寿撰:《南史》卷四《齐高帝本纪》,中华书局1975年版,第113页。

所载,当亦为《皇览》类的类书。

集学士抄书。《南齐书·高逸·沈驎士传》:“驎士少好学,家贫,织廉诵书,口手不息。宋元嘉末,文帝令尚书仆射何尚之抄撰《五经》,访举学士,县以驎士应选。”[①]《南史·隐逸下·沈麟士传》:“宋元嘉末,文帝令仆射何尚之抄撰《五经》,访举学士,县以麟士应选。不得已至都,尚之深相接。及至,尚之谓子偃曰:‘山薮故多奇士,沈麟士,黄叔度之流也,岂可澄清淆浊邪。汝师之。’……隐居馀不吴差山,讲经教授,从学士(读书之士——笔者)数十百人,各营屋宇,依止其侧,时为之语曰:‘吴差山中有贤士,开门教授居成市。’”[②]尚书仆射何尚之奉命访举学士抄撰《五经》,县以沈驎士应选。故此“访举学士”绝非一般访举,而是动用国家机器访举学士抄书。学士职司至齐发展较快,其中一个重要原因即是国家对学士的使用范围扩大。《五经》至汉已成为儒家经典,故在雕版印刷出现之前,集中学士抄书是国家保存图书的有效方法,也成为学士发挥其才智的新途径。

《南齐书·武十七王·竟陵文宣王子良传》载萧子良“移居鸡笼山邸,集学士抄《五经》、百家”,[③]此为集学士抄书又一例。不同者沈驎士抄书乃应国家之征,萧子良集学士抄书却出于藩王之举。

(四)学士的官员性质渐显

此可从南齐学士职司、定员、职责诸方面见之。南齐学士职司为治礼乐制局、总明馆、学士馆、西邸、尚书省,其中除西邸为藩王府所设学士职司,馀皆为国家所设。由于学士职司多为国家所设,较之刘宋时期,南齐学士的官员性质更为明显。且总明馆学士有定员,治礼乐之学士亦有定员,

---

① (梁)萧子显撰:《南齐书》卷五十四《高逸·沈驎士传》,中华书局 1974 年版,第 943 页。

② (唐)李延寿撰:《南史》卷七十六《隐逸下》,中华书局 1975 年版,第 1891 页。

③ (梁)萧子显撰:《南齐书》卷四十《武十七王·竟陵文宣王子良传》,中华书局 1974 年版,第 698 页。

此皆为魏晋南北朝官员学士转变为唐代列入正史《职官志》官员学士的先兆。

但是，"学者"作为"学士"一词的基本意义仍旧得到了保留。《南史·梁宗室上·永阳昭王敷传》："永阳昭王敷字仲达，文帝第二子也。少有学业，仁齐为随郡内史。招怀远近，士庶安之，以为前后之政莫及。明帝谓徐孝嗣曰：'学士旧闻例不解理官，闻萧随郡唯置酒清言，而路不拾遗，行何风化以至于此？'答曰：'古者修文德以来远人，况止郡境而已。'帝称善。"①此条齐明帝称永阳昭王萧敷为"学士"即为一例。萧敷此时为随郡内史，并非专任学士，但因萧敷"少有学业"，故明帝称其为"学士"，此可见"学者"作为"学士"一词的基本含义仍保留于萧齐社会。

《全齐文》卷二十周颙《抄成实论序》："《成实》既有功于正篆，事不可阙。学者又遂流于所赴，此患宜裁。今欲内全《成实》之功，外蠲学士之虑。故诠引论才，备详切缓。"②此中"学士"亦即"学者"。

（五）学士素质较高

一曰谙熟典故。

自"学士"一词出现之始，学士即与读书博学结下不结之缘。但先秦两汉与魏晋南北朝之博学差异极大。先秦两汉学士之博学要在熟悉经书，魏晋南北朝学士之博学要在熟悉典故，长于隶事。此亦一代学风所致。魏晋南北朝骈文兴盛，讲求对偶、用典、声律，隶事之风日炽。故学士之博学已演变为谙熟事典。前引《南齐书·陆澄传》载陆澄因隶事两胜诸学士事，可见此风之炽："俭自以博闻多识，读书过澄。澄曰：'仆年少来无事，唯以读书为业。且年已倍令君，令君少便鞅掌王务，虽复一览便谙，然见卷轴未必多仆。'俭集学士何宪等盛自商略，澄待俭语毕，然后谈所遗漏数百千条，皆俭所未睹，俭乃叹服。俭在尚书省，出巾箱机案杂服饰，令学士隶

---

① （唐）李延寿撰：《南史》卷五十一《梁宗室上》，中华书局1975年版，第1273页。

② （清）严可均校辑：《全上古三代秦汉三国六朝文》，《全齐文》卷二十，中华书局1985年影印本，第2907页。

事，事多者与之，人人各得一两物，澄后来，更出诸人所不知事复各数条，并夺物将去。”①

王俭喜考校隶事，不仅让陆澄尽占鳌头，亦使另一位博学者王摛独领风骚。《南史·王摛传》：“谌从叔摛，以博学见知。尚书令王俭尝集才学之士，总校虚实，类物隶之，谓之隶事，自此始也。俭尝使宾客隶事多者赏之，事皆穷，唯庐江何宪为胜，乃赏以五花簟、白团扇。坐簟执扇，容气甚自得。摛后至，俭以所隶示之，曰：‘卿能夺之乎？’摛操笔便成，文章既奥，辞亦华美，举坐击赏。摛乃命左右抽宪簟，手自掣取扇，登车而去。俭笑曰：‘所谓大力者负之而趋。’”②此与《陆澄传》所载雷同，皆可见南朝隶事之风。

无独有偶，南齐竟陵王萧子良亦用此游戏试诸学士。《南齐书·王摛传》：“时东海王摛，亦史学博闻，历尚书左丞。竟陵王子良校试诸学士，唯摛问无不对。”③《南史·王摛传》所载同。

二曰文思敏捷。

此为南齐对学士素质的另一要求。《南史·虞羲、丘国宾、萧文琰、丘令楷、江洪传》：“虞羲字士光，会稽馀姚人，盛有才藻，卒于晋安王侍郎。丘国宾，吴兴人，以才志不遇，著书以讥扬雄。萧文琰，兰陵人。丘令楷，吴兴人。江洪，济阳人。竟陵王子良尝夜集学士，刻烛为诗，四韵者则刻一寸，以此为率。文琰曰：‘顿烧一寸烛，而成四韵诗，何难之有。’乃与令楷、江洪等共打铜钵立韵，响灭则诗成，皆可观览。”④萧子良令学士刻烛为诗已近乎苛刻，萧文琰主动提出以“打铜钵立韵”更为新奇，且较“刻烛为诗”对诗人构思敏捷的要求更高。《世说新语》已有曹植七步为诗之载，揆之此则，当不为过。

① (梁)萧子显撰：《南齐书》卷三十九《陆澄传》，中华书局1974年版，第685页。
② (唐)李延寿撰：《南史》卷四十九《王摛传》，中华书局1975年版，第1213页。
③ (梁)萧子显撰：《南齐书》卷三十九《王摛传》，中华书局1974年版，第686页。
④ (唐)李延寿撰：《南史》卷五十九，中华书局1975年版，第1436页。

谙熟典故与文思敏捷为南齐学士素质中最为突出的两点，此与两汉魏晋学士通经习儒相距极大，而与整个时代重视隶事用典、重视文思迅捷的风气相关。

南齐学士虽大盛于前，但于帝王眼中，学士仍然只是会读书知礼仪的文士而已。述及治国，学士辈则不足挂齿。《南齐书·幸臣·刘系宗传》："系宗久在朝省，闲于职事。明帝曰（原书校：《南史》作"武帝常云"）：'学士不堪治国（原书校："学士"下南监本及《南史》并有"辈"字），唯大读书耳。一刘系宗足持如此辈五百人。'（原书校：文有脱讹。南监本作："一刘系宗足恃，如此辈数人，于事何用。"《南史》作："一刘系宗足矣。沈约、王融数百人，于事何用。""持当依南监本改'恃'，'五百人'当依《南史》作'数百人'，'五百人'下当依南监本、《南史》补'于事何用'四字，文义乃顺。"）"①

故在齐明（武）帝目中，学士非治国之才。这种期待视野，无疑封杀了学士的进身之阶。学士勉力读书，本在任官为宦，若仅能备顾问，待咨询，则失去为学的初衷。南朝帝王对学士抱此认识，则无怪学士在南朝虽久处官员之列，却始终未能进入《百官志》。

三 萧梁学士考述

本编考察梁代学士以《梁书》《南史》《全上古三代秦汉三国六朝文·全梁文》为基本文献，因部分学士由梁入陈，故兼及《陈书》。

（一）学士职司

梁代学士继萧齐之后，发展迅猛。萧齐学士集中于制礼乐制局、总明观、学士馆、西邸、尚书省五处。梁代学士职司则有东宫、西省、藩王、士林馆、寿光殿、秘书监、上林馆七处。

一曰东宫（学士省、侍读省）。

---

① （梁）萧子显撰：《南齐书》卷五十六，中华书局1974年版，第976页。

梁代东宫有三，一为昭明太子萧统所居之东宫，一为昭明卒后晋安王萧纲（简文帝）所居之东宫，一为元帝萧绎太子元良所居之东宫。但，元良遭逢末世，未闻集聚学士之事，故梁代东宫学士当以萧统、萧纲为大宗。

梁代东宫学士的第一个聚集地是昭明太子萧统的东宫。《梁书·昭明太子传》“或与学士商榷古今”，明确道出东宫盛储“学士”。作为东宫太子，接纳学士的目的，《昭明太子传》讲得极为明白：“讨论篇籍”与“商榷古今”。① 但此处“讨论篇籍”与“商榷古今”，均系泛指，即讨论古今文章的优劣。

关于萧统东宫设置学士的时间，《梁书·明山宾传》载：

> （普通）四年（523），迁散骑常侍，领青冀二州大中正。东宫新置学士，又以山宾居之，俄以本官兼国子祭酒。②

《梁书·殷芸传》：“普通六年，直东宫学士省。”③故东宫设置学士最迟亦当在普通四年，此年萧统二十三岁。普通六年又以殷芸为学士。《梁书·殷钧传》：“东宫置学士，复以钧为之。”④则殷钧亦曾为萧统东宫学士。

《陈书·文学·杜之伟传》：

> 中大通元年（529），梁武帝幸同泰寺舍身，勅勉撰定仪注，勉以台阁先无此礼，召之伟草具其仪。乃启补东宫学士，与学士刘陟等钞撰群书，各为题目。所撰《富教》《政道》二篇，皆之伟为序。⑤

---

① （唐）姚思廉撰：《梁书》卷八《昭明太子传》，中华书局1973年版，第167页。
② （唐）姚思廉撰：《梁书》卷二十七《明山宾传》，中华书局1973年版，第406页。
③ （唐）姚思廉撰：《梁书》卷四十一《殷芸传》，中华书局1973年版，第596页。
④ （唐）姚思廉撰：《梁书》卷二十七《殷钧传》，中华书局1973年版，第407～408页。
⑤ （唐）姚思廉撰：《陈书》卷三十四《文学·杜之伟传》，中华书局1972年版，第454页。

《南史·文学·杜之伟传》同。杜之伟于中大通元年为东宫学士，刘陟为昭明东宫学士至少当在此年。

在昭明东宫诸学士中，《南史·王锡传》所述最为引人注目：

> 铨弟锡字公嘏，幼而警悟，与兄弟受业，至应休散，辄独留不起，精力不倦，致损右目。十二为国子生，十四举清茂，除秘书郎，再迁太子洗马。时昭明太子尚幼，武帝敕锡与秘书郎张缵使入宫，不限日数。与太子游狎，情兼师友。又敕陆倕、张率、谢举、王规、王筠、刘孝绰、到洽、张缅为学士，十人尽一时之选。①

学界遂有“昭明太子十学士”之说。

侍读省。《南史·到洽传》：

> 后为太子中舍人，与庶子陆倕对掌东宫管记。俄为侍读，侍读省仍置学士二人，洽充其选。②

据上文可知，梁代东宫曾设侍读省，侍读学士当入东宫学士之列。

今可考知的昭明太子萧统东宫学士计有：明山宾、殷芸、殷钧、陆倕、张率、谢举、王规、王筠、刘孝绰、到洽、张缅、杜之伟、刘陟等十三人。

梁代东宫学士的第二个集中地是梁晋安王萧纲处。晋安王萧纲所设学士职司有高斋、东宫、文德省三处：

高斋。《南史·庾肩吾传》：

> 在雍州被命与刘孝威、江伯摇、孔敬通、申子悦、徐防、徐摛、王囿、

① （唐）李延寿撰：《南史》卷二十三《王锡传》，中华书局1975年版，第640~641页。
② （唐）李延寿撰：《南史》卷二十五《到洽传》，中华书局1975年版，第681页。

孔铄、鲍至等十人抄撰众籍，丰其果馔，号高斋学士。[①]

明人杨慎将“高斋十学士”误为“昭明十学士”，高步瀛《文选李注义疏》辨之甚详。

东宫。《南史·文学·纪少瑜传》：

大同七年(541)，始引为东宫学士。邵陵王在郢，启求学士，武帝以少瑜充行。[②]

萧统于中大通三年(531)四月下世，晋安王萧纲同年五月继皇太子位，故纪少瑜大同七年(541)只能为萧纲的东宫学士。

《周书·庾信传》：

摛子陵及信，并为抄撰学士。……聘于东魏。文章辞令，盛为邺下所称。还为东宫学士，领建康令。[③]

《陈书·文学·颜晃传》：

时东宫学士庾信尝使于府中，王使晃接对，信轻其尚少，曰：“此府兼记室几人?”晃答曰：“犹当少于宫中学士。”当时以为善对。[④]

《南史·文学·颜晃传》同。今可考知之萧纲东宫学士有纪少瑜、徐

---

① (唐)李延寿撰:《南史》卷五十《庾肩吾传》,中华书局 1975 年版,第 1246 页。

② (唐)李延寿撰:《南史》卷七十二《文学·纪少瑜传》,中华书局 1975 年版,第 1786 页。

③ (唐)令狐德棻等撰:《周书》卷四十一《庾信传》,中华书局 1974 年版,第 733 页。

④ (唐)姚思廉撰:《陈书》卷三十四《文学·颜晃传》,中华书局 1972 年版,第 455 页。

陵、庾信等三人。

文德省。《梁书·文学上·庾肩吾传》:

> 初,太宗在藩,雅好文章士,时肩吾与东海徐摛,吴郡陆杲,彭城刘遵、刘孝仪,仪弟孝威,同被赏接。及居东宫,又开文德省置学士,肩吾子信、摛子陵、吴郡张长公、北地傅弘、东海鲍至等充其选。①

《南史·庾肩吾传》所载同。文德省实为文德殿所置学士省。②《梁书·王僧孺传》:天监初,除临川王后军记室参军,待诏文德省。《梁书·张率传》:"天监初……直文德待诏省,敕使抄乙部书。"③《隋志一》:

> 梁初,秘书监任昉,躬加部集,又于文德殿内列藏众书,华林园中总集释典。……梁有秘书监任昉、殷钧《四部目录》,又《文德殿目录》。"④

《全梁文》卷六十六阮孝绪《七录序》:

> 齐末兵火,延及秘阁。有梁之初,缺亡甚众。爰命秘书监任昉,躬加部集。又于文德殿内,别藏众书,使学士刘孝标等重加校进。乃分数术之文,更为一部,使奉朝请祖暅,撰其名录。其尚书阁内,别藏经史杂书。华林园又集释氏经论,自江左篇章之盛,未有逾于当今

---

① (唐)姚思廉撰:《梁书》卷四十九《文学上·庾肩吾传》,中华书局 1973 年版,第 690 页。

② (唐)李延寿撰:《南史》卷五十《庾肩吾传》,中华书局 1975 年版,第 1246~1247 页。

③ (唐)姚思廉撰:《梁书》卷三十三《张率传》,中华书局 1973 年版,第 475 页。

④ (唐)魏徵等撰:《隋书》卷三十二《经籍志一·经》,中华书局 1982 年版,第 907 页。

者也。[①]

《旧唐书·职官志二》“中书省”“集贤殿书院”条:“梁于文德殿内藏聚群书。”[②]故知文德殿为梁代朝廷藏书之所。萧纲于文德殿设省以储学士,其意当在整理图书。今可考知的梁代文德省学士计有庾信、徐陵、张长公、傅弘、鲍至等五人。据《梁书·刘峻传》,峻卒于普通二年,《南史》本传称其卒于普通三年,但无论普通二年抑或普通三年,刘峻俱不能于昭明卒后任萧纲文德省学士。阮孝绪《七录序》称峻曾于文德殿任学士,当为萧纲未入东宫前文德殿已设学士,刘峻任职于此,至萧纲为太子后广其事而置文德省。

二曰西省。西省之称,宋、齐、梁、陈四代皆有,为南朝各代撰史校书之所。《梁书·文学下·任孝恭传》:“高祖闻其有才学,召入西省撰史。”[③]《梁书·文学下·刘峻传》:“天监初,召入西省,与学士贺踪典校秘书。”[④]《梁书·儒林·沈峻传》:“时中书舍人贺琛奉敕撰《梁官》,乃启峻及孔子祛补西省学士,助撰录。”[⑤]《南史·儒林·沈峻传》载同。《梁书·儒林·孔子祛传》:“中书舍人贺琛受敕撰《梁官》,启子祛为西省学士,助撰录。书成,兼司文侍郎,不就,久之兼主客郎、舍人,学士如故。”[⑥]《陈书·儒林·郑灼传》:“简文在东宫,雅爱经术,引灼为西省义学士。”[⑦]《南史·儒林·郑灼传》同。今可知梁代西省学士有贺踪、沈峻、孔子祛、郑灼四人。

---

① (清)严可均校辑:《全上古三代秦汉三国六朝文》,《全梁文》卷六十六,中华书局1985年影印本,第3345~3346页。

② (后晋)刘昫等撰:《旧唐书》卷四十三《职官志二》,中华书局1975年版,第1851页。

③ (唐)姚思廉撰:《梁书》卷五十《文学下·任孝恭传》,中华书局1973年版,第726页。

④ (唐)姚思廉撰:《梁书》卷五十《文学下·刘峻传》,中华书局1973年版,第702页。

⑤ (唐)姚思廉撰:《梁书》卷四十八《儒林·沈峻传》,中华书局1973年版,第679页。

⑥ (唐)姚思廉撰:《梁书》卷四十八《儒林·孔子祛传》,中华书局1973年版,第680页。

⑦ (唐)姚思廉撰:《陈书》卷三十三《儒林·郑灼传》,中华书局1972年版,第441页。

刘峻与任孝恭按西省撰史校书通例,当为学士,但因史无明载,故未计入。

三曰藩王。《南史·文学·纪少瑜传》:"邵陵王在郢,启求学士,武帝以少瑜充行。"邵陵王萧纶,梁武帝第六子,天监十三年封邵陵郡王,纪少瑜曾为其学士。此为梁代藩王设立学士的唯一史料。

四曰士林馆。《陈书·虞荔传》:"梁武帝于城西置士林馆,荔乃制碑,奏上,帝命勒之于馆,仍用荔为士林学士。"①《陈书·儒林·张讥传》:"服阕,召补湘东王国左常侍,转田曹参军,迁士林馆学士。"②《南史·儒林·张讥传》:"为士林馆学士。简文在东宫,出士林馆,发《孝经》题,讥论义往复,甚见嗟赏。"③今可考知的士林馆学士有虞荔、张讥二人。

五曰寿光(殿)。《陈书·文学·岑之敬传》:"寻为寿光学士、司义郎。"④《南史·文学·岑之敬传》同。《梁书·张率传》:"俄有敕直寿光省,治丙丁部书抄。"⑤故可知寿光省亦为抄书之所,寿光学士岑之敬的职责大概主要是抄书。

六曰秘书监。《隋书·百官志上·南朝梁官制》:

> 秘书省置监、丞各一人,郎四人,掌国之典籍图书。著作郎一人,佐郎八人,掌国史,集注起居。著作郎谓之大著作,梁初周舍、裴子野,皆以他官领之。又有撰史学士,亦知史书。⑥

故秘书监虽非学士专司,但亦设学士修史。

七曰上林馆。《全梁文》卷一梁武帝《制旨解释天象》:

---

① (唐)姚思廉撰:《陈书》卷十九《虞荔传》,中华书局1972年版,第256页。

② (唐)姚思廉撰:《陈书》卷三十三《儒林·张讥传》,中华书局1972年版,第443页。

③ (唐)李延寿撰:《南史》卷七十一《儒林·张讥传》,中华书局1975年版,第1750~1751页。

④ (唐)姚思廉撰:《陈书》卷三十四《文学·岑之敬传》,中华书局1972年版,第462页。

⑤ (唐)姚思廉撰:《梁书》卷三十三《张率传》,中华书局1973年版,第478页。

⑥ (唐)魏徵等撰:《隋书》卷二十六《百官志上》,中华书局1982年版,第723页。

> 金刚山自近天之南，黑山则近天之北。极准于金刚为偏，而于南北为一心。令上林馆学士虞履及上林馆倪徽仁、刘乂道等，具其度数，开列于后。[①]

今可考知的士林馆学士仅有虞履一人。

梁代学士尽管职司有七，但实际多集中于梁武帝萧衍、昭明太子萧统与晋安王萧纲三处。梁代学士的这种集中现象，又与梁代文坛三派分野不谋而合。集中于昭明太子萧统身边的学士为折衷派作家，集中于梁简文帝萧纲身边的“高斋十学士”为新变派作家，集中于梁武帝萧衍身边者为传统派作家。《梁书》于武帝身边学士记载多阙，《梁书·文学下·刘峻传》：“高祖招文学之士，有高才者，多被引进，擢以不次。”[②]其中，当涉学士之设。《陈书·虞荔传》之虞荔即为梁武帝身边的学士。当然，在文学理论上更能代表梁武帝身边传统派的文论家当为裴子野与刘之遴。

（二）学士职责

一曰编纂类书。

梁代学士的兴盛同样表现在梁代学士的典籍编纂上，纵观整个魏晋南北朝学士著书，梁代学士著述居整个魏晋南北朝学士著述之冠。

刘孝标编纂《类苑》。

《梁书·太祖五王·安成王秀传》：

> （秀）精意术学，搜集经记，招学士平原刘孝标，使撰《类苑》，书未及毕，而已行于世。[③]

---

① （清）严可均校辑：《全上古三代秦汉三国六朝文》，《全梁文》卷一，中华书局 1985 年影印本，第 2951 页。

② （唐）姚思廉撰：《梁书》卷五十《文学下·刘峻传》，中华书局 1973 年版，第 702 页。

③ （唐）姚思廉撰：《梁书》卷二十二《太祖五王·安成王秀传》，中华书局 1973 年版，第 345 页。

《南史·梁宗室下·安成康王秀传》载同。《梁书·文学下·刘峻传》:

> 安成王秀好峻学,及迁荆州,引为户曹参军,给其书籍,使抄录事类,名曰《类苑》,未及成,复以疾去。①

今按:《隋志三》著录:

> 《类苑》一百二十卷梁征虏刑狱参军刘孝标撰。梁《七录》八十二卷。②

此书为梁代编纂的首部类书,"抄录事类",说明此书的类书性质,亦为此书命名《类苑》所本。

徐勉等编纂《华林遍略》。

《南史·刘峻传》:

> 初,梁武帝招文学之士,有高才者多被引进,擢以不次。峻率性而动,不能随众沉浮。武帝每集文士策经史事,时范云、沈约之徒皆引短推长,帝乃悦,加其赏赉。会策锦被事,咸言已罄,帝试呼问峻,峻时贫悴冗散,忽请纸笔,疏十馀事,坐客皆惊,帝不觉失色。自是恶之,不复引见。及峻《类苑》成,凡一百二十卷,帝即命诸学士撰《华林遍略》以高之,竟不见用。"③

---

① (唐)姚思廉撰:《梁书》卷五十《文学下·刘峻传》,中华书局1973年版,第702页。
② (唐)魏徵等撰:《隋书·经籍志三》,中华书局1982年版,第1009页。
③ (唐)李延寿撰:《南史》卷四十九《刘峻传》,中华书局1975年版,第1219~1220页。

《梁书·文学·何思澄传》:

天监十五年,敕太子詹事徐勉举学士入华林撰《遍略》,勉举思澄、顾协、刘杳、王子云、锺屿等五人以应选。八年书乃成,合七百卷。①

《梁书·文学下·刘杳传》:

詹事徐勉举杳及顾协等五人入华林撰《遍略》。②

《梁书·文学上·锺嵘弟屿》:

天监十五年,敕学士撰《遍略》,屿亦预焉。③

故徐勉领衔编纂的《华林遍略》,有何思澄、刘杳、顾协、王子云、锺屿等五位学士参与。《隋志三》著录《华林遍略》六百二十卷,小注:“梁绥安令徐僧权等撰。”④徐勉,字脩仁。姚振宗《隋书经籍志考证》:“《唐日本国见在书目》:《华林遍略》六百廿卷。梁绥安令徐僧权等撰。”⑤《南史·文学·徐伯阳传》:“父僧权,梁东宫通事舍人,领秘书,以善书知名。”⑥《旧

① (唐)姚思廉撰:《梁书》卷五十《文学下·何思澄传》,中华书局1973年版,第714页。

② (唐)姚思廉撰:《梁书》卷五十《文学下·刘杳传》,中华书局1973年版,第716页。

③ (唐)姚思廉撰:《梁书》卷四十九《文学上·锺嵘传》,中华书局1973年版,第697页。

④ (唐)魏徵等撰:《隋书》卷三十四《经籍志三》,中华书局1982年版,第1009页。

⑤ (清)姚振宗:《隋书经籍志考证》卷三十子部七,见《二十五史补编》,开明书店1936年版,第5525页。

⑥ (唐)李延寿撰:《南史》卷七十二《文学·徐伯阳传》,中华书局1975年版,第1790页。

唐志下》类事类:"《华林编略》六百卷徐勉撰。"[①]《新唐志三》类书类:"徐勉《华林遍略》六百卷。"[②]两《唐志》均作徐勉而非徐僧权。本文据《梁书》之《何思澄传》《刘杳传》《锺屿传》及两《唐志》,定《华林遍略》作者为徐勉等,不从《隋志》。

故徐勉领衔编纂《华林遍略》,何思澄、刘杳、顾协、王子云、锺屿等五学士参与。这五位学士均为梁武帝敕诏的学士,故均为官员学士。

二曰助编删改。

梁代学士尚有协助他人编纂与修改著述之务。

西省学士沈峻、孔子袪助贺琛撰《梁官》。孔子袪助梁武帝撰《五经讲疏》《孔子正言》。

《梁书·儒林·沈峻传》:"时中书舍人贺琛奉敕撰《梁官》,乃启峻及孔子袪补西省学士,助撰录。"[③]《南史·儒林·沈峻传》载同。

《梁书·儒林·孔子袪传》:

> 中书舍人贺琛受敕撰《梁官》,启子袪为西省学士,助撰录。……高祖撰《五经讲疏》及《孔子正言》,专使子袪检阅群书,以为义证。[④]

《南史·儒林·孔子袪传》略同。

《梁官》《隋志》无载,今已无考。但准以《隋志二》应劭注《汉官》、应劭撰《汉官仪》诸书,《梁官》当为史部职官类之作。"义证",即书证。

萧子恺与诸学士删改顾野王《玉篇》。《梁书·萧子恺传》:

---

① (后晋)刘昫等撰:《旧唐书·职官志下》,中华书局1975年版,第2046页。

② (宋)欧阳修、宋祁撰:《新唐书》卷五十九《艺文志三》,中华书局1975年版,第1562页。

③ (唐)姚思廉撰:《梁书》卷四十八《儒林·沈峻传》,中华书局1973年版,第679页。

④ (唐)姚思廉撰:《梁书》卷四十八《儒林·孔子袪传》,中华书局1973年版,第680页。

先是时太学博士顾野王奉令撰《玉篇》，太宗嫌其书详略未当，以恺博学，于文字尤善，使更与学士删改。①

《南史·齐高帝诸子上·萧子恺传》所载同。

三曰典校书籍。

《梁书·文学下·刘峻传》：

天监初，召入西省，与学士贺踪（《梁书·任昉传》“踪”作“纵”）典校秘书。②

可知，西省学士贺踪日常职责为“典校秘书”。

四曰抄录群书。

《梁书·文学上·袁峻传》：“除员外散骑侍郎，直文德学士省，抄《史记》《汉书》各为二十卷。”③《南史·文学·袁峻传》同。

《陈书·文学·杜之伟传》载杜之伟与学士刘陟“钞撰群书”，④《南史·庾肩吾传》载“高斋学士”“抄撰众籍”，⑤俱可证抄录群书是梁代学士的职责之一。

五曰草拟仪礼。

《南史·许懋传》：

梁天监初……吏部尚书范云举懋参详五礼，除征西鄱阳王咨议

① （唐）姚思廉撰：《梁书》卷三十五《萧子恺传》，中华书局1973年版，第513页。

② （唐）姚思廉撰：《梁书》卷五十《文学下·刘峻传》，中华书局1973年版，第702页。

③ （唐）姚思廉撰：《梁书》卷四十九《文学上·袁峻传》，中华书局1973年版，第689页。

④ （唐）姚思廉撰：《陈书》卷三十四《文学·杜之伟传》，中华书局1972年版，第454页。

⑤ （唐）李延寿撰：《南史》卷五十《庾肩吾传》，中华书局1975年版，第1246页。

参军，兼著作郎，待诏文德省。时有请会稽封禅者，武帝因集儒学士草封禅仪，将行焉，懋建议独以为不可。帝见其议，嘉纳之，由是遂停。①

《陈书·文学·杜之伟传》亦载杜之伟因中大通元年梁武帝舍身同泰寺而奉命草拟仪礼。

六曰撰史。

《全梁文》卷二十七沈约《上言宜校勘谱籍》："是事不举，宜选撰史学士，谙究流品者，为左民郎、左民尚书，专共校勘。"②《隋书·百官志上·南朝梁官制》："秘书省……又有撰史学士，亦知史书。"③故秘书监设撰史学士修史。

（三）学士素质

梁代学士远迈刘宋、萧齐两朝，当与梁代学士学养攸关。梁代学士多以苦读博学、文思敏捷、富于文学才华著称。

《梁书·傅昭传》：

十一，随外祖于朱雀航卖历日。为雍州刺史袁顗客，顗尝来昭所，昭读书自若，神色不改。顗叹曰："此儿神情不凡，必成佳器。"④

《梁书·陆倕传》：

倕少勤学，善属文。于宅内起两间茅屋，杜绝往来，昼夜读书，如此者数载。所读一遍，必诵于口。⑤

---

① （唐）李延寿撰：《南史》卷六十《许懋传》，中华书局1975年版，第1487页。

② （清）严可均校辑：《全上古三代秦汉三国六朝文》，《全梁文》卷二十七，中华书局1985年影印本，第3110页。

③ （唐）魏徵等撰：《隋书》卷二十六《百官志上》，中华书局1982年版，第723页。

④ （唐）姚思廉撰：《梁书》卷二十六《傅昭传》，中华书局1973年版，第392~393页。

⑤ （唐）姚思廉撰：《梁书》卷二十七《陆倕传》，中华书局1973年版，第401页。

《梁书·王筠传》：

筠幼警寤，七岁能属文。年十六，为《芍药赋》，甚美。①

《南史·王锡传》：

铨弟锡字公嘏，幼而警悟，与兄弟受业，至应休散，辄独留不起，精力不倦，致损右目。②

《梁书·萧子范传》：

（南平）王爱文学士，子范偏被恩遇，尝曰：‘此宗室奇才也。’使制《千字文》，其辞甚美。③

《南史·齐高帝诸子上·萧子恺传》：

时中庶子谢嘏出守建安，于宣猷堂饯饮，并召时才赋诗，同用十五剧韵。恺诗先就，其辞又美。简文与湘东王令曰：“王筠本自旧手，后进有萧恺可称，信为才子。”④

《梁书·朱异传》：

---

① （唐）姚思廉撰：《梁书》卷三十三《王筠传》，中华书局1973年版，第484页。
② （唐）李延寿撰：《南史》卷二十三《王锡传》，中华书局1975年版，第640页。
③ （唐）姚思廉撰：《梁书》卷三十五《萧子范传》，中华书局1973年版，第510页。
④ （唐）李延寿撰：《南史》卷四十二《萧子恺传》，中华书局1975年版，第1074页。

既长,乃折节从师,遍治《五经》,尤明《礼》《易》,涉猎文史,兼通杂艺,博弈书算,皆其所长。①

《梁书·宗懔传》:

懔少聪敏好学,昼夜不倦,乡里号为"童子学士"。②

《梁书·殷芸传》:"殷芸……励精勤学,博洽群书。"③
《梁书·儒林·何佟之传》:

佟之少好《三礼》,师心独学,强力专精,手不辍卷,读《礼》论三百篇,略皆上口。④

《梁书·儒林·沈峻传》:

沈峻字士嵩,吴兴武康人。家世农夫,至峻好学,与舅太史叔明师事宗人沈驎士,在门下积年,昼夜自课,时或睡寐,辄以杖自击,其笃志如此。驎士卒后,乃出都,遍游讲肆,遂博通《五经》,尤长《三礼》。⑤

《梁书·儒林·孔子袪传》:

孔子袪,会稽山阴人。少孤贫好学,耕耘樵采,常怀书自随,投闲

---

① (唐)姚思廉撰:《梁书》卷三十八《朱异传》,中华书局 1973 年版,第 537 页。
② (唐)姚思廉撰:《梁书》卷四十一《宗懔传》,中华书局 1973 年版,第 584 页。
③ (唐)姚思廉撰:《梁书》卷四十一《殷芸传》,中华书局 1973 年版,第 596 页。
④ (唐)姚思廉撰:《梁书》卷四十八《何佟之传》,中华书局 1973 年版,第 663 页。
⑤ (唐)姚思廉撰:《梁书》卷四十八《沈峻传》,中华书局 1973 年版,第 678 页。

则诵读。勤苦自励,遂通经术,尤明《古文尚书》。①

《梁书·文学上·到沆传》:

沆幼聪敏,五岁时,抝于屏风抄古诗,沆请教读一遍,便能讽诵,无所遗失。既长勤学,善属文,工篆隶。……时高祖宴华光殿,命群臣赋诗,独诏沆为二百字,三刻使成。沆于坐立奏,其文甚美。②

《梁书·文学上·袁峻传》:

峻早孤,笃志好学,家贫无书,每从人假借,必皆抄写,自课日五十纸,纸数不登,则不休息。讷言语,工文辞。③

《梁书·文学上·庾肩吾传》:

肩吾字子慎,八岁能赋诗,特为兄于陵所友爱。④

《梁书·文学下·刘峻传》:

峻好学,家贫,寄人庑下,自课读书,常燎麻炬,从夕达旦……终夜不寐,其精力如此。齐永明中,从桑乾得还,自谓所见不博,更求异书,闻京师有者,必往祈借,清河崔慰祖谓之“书淫”。⑤

---

① (唐)姚思廉撰:《梁书》卷四十八《孔子祛传》,中华书局1973年版,第680页。
② (唐)姚思廉撰:《梁书》卷四十九《到沆传》,中华书局1973年版,第686页。
③ (唐)姚思廉撰:《梁书》卷四十九《袁峻传》,中华书局1973年版,第688页。
④ (唐)姚思廉撰:《梁书》卷四十九《庾肩吾传》,中华书局1973年版,第690页。
⑤ (唐)姚思廉撰:《梁书》卷五十《刘峻传》,中华书局1973年版,第701页。

《梁书·何思澄传》:“思澄少勤学,工文辞。”①

《梁书·张缅传》:

缅性爱坟籍,聚书至万馀卷。抄《后汉》《晋书》众家异同,为《后汉纪》四十卷,《晋抄》三十卷。②

《梁书·张缵传》:

缵好学,兄缅有书万馀卷,昼夜披读,殆不辍手。秘书郎有四员,宋、齐以来,为甲族起家之选,待次入补,其居职,例数十百日便迁任。缵固求不徙,欲遍观阁内图籍。尝执四部书目曰:“若读此毕,乃可言优仕矣。”③

第二节 “昭明太子十学士”与《文选》编纂

一 梁代“学士”的三重涵义

赵翼《陔馀丛考》卷二十六“学士”条:

学士之名,其来最久,裴松之《三国志注》“正始中,诏议圜丘普延学士”。是曹魏时已有学士之称也。晋宋以后,增置渐多,宋泰始六年置总明观学士,后省总明观,于王俭宅开学士馆,以总明四部书充之。齐高帝诏东观学士撰《史林》三十篇。永明中,置新旧学士十人修五礼。又竟陵王子良,集学士抄五经百家。梁武时,沈约等又请五

① (唐)姚思廉撰:《梁书》卷五十《何思澄传》,中华书局1973年版,第713页。
② (唐)姚思廉撰:《梁书》卷三十四《张缅传》,中华书局1973年版,第492页。
③ (唐)姚思廉撰:《梁书》卷三十四《张缵传》,中华书局1973年版,第493页。

> 礼各置旧学士一人。人各举学士二人相助。又命庾肩吾、刘孝威等十人为高斋学士。简文为太子,又开文德省置学士。刘孝标撰《类苑》,梁武又命诸学士撰《华林遍略》以高之。陈武帝亦诏依前代置西省学士,其他散见于《南、北史》各传者,如虞荔、张讥俱为士林馆学士,蔡翼、纪少瑜、庾信为东宫学士,傅縡、顾野王、阮卓为撰史学士,沈峻、孔子祛为西省学士,陆琰、沈不害为嘉德殿学士,岑之敬为寿光殿学士,阮卓又为德教殿学士。是六朝时或省或观或殿或馆随所用各置学士。第其时所谓学士者,无定员,无定品。《隋书·柳𧦬传》,晋王广招引文学之士百馀人充学士,以师友处之。于时诸王皆有学士。晋王广以庾自直为学士,秦王俊以潘徽为学士,此藩王亦得置学士也。《韦孝宽传》,孝宽虽在军中,笃意文史,末年患眼,犹令学士读而听之,是节帅亦得置学士也。隋文帝令段文操督秘书省学士,文操性刚严,学士颇存儒雅,文操辄鞭挞之,前后或至千数,则学士且不免受挞矣。盖其时所谓学士,不过如文人云尔。①

作为清代著名史学家,赵翼《陔馀丛考》“学士”条所言,为后世文史研究者奉为圭臬者有二:一曰“第其时所谓学士者,无定员,无定品”;二曰“第其时所谓学士,不过如文人云尔”。要而言之,学士与文士等同。《文选》学研究界论及梁代学士与《文选》编纂,亦将“学士”视为一般“文士”,其根据即清人赵翼《陔馀丛考》“学士”条之论。

赵氏之论重在官员学士,但典籍中的“学士”则是一个具有多重涵义的概念。

先秦“学士”仅为一集合名词,先秦典籍中涉及此词时俱非确指某人,而是概指“读书之士”。汉代沿袭先秦“学士”的原始意义,至隋,“学士”仍保留“读书之士”的原始意义,且作为“学士”一词的基本意义长期留存,

① (清)赵翼:《陔馀丛考》,商务印书馆1957年排印本,第522~523页。

而作为官员意义用法的“学士”已相当普遍。

梁代“学士”与魏晋南北朝学士一样，是一个具有三重涵义的概念，即读书之士、学者、官员学士。

梁代“学士”的第一层涵义是“读书之士”。

《文选》卷五十六陆倕《石阙铭》：“于是天下学士，靡然向风，人识廉隅，家知礼让。”①陆氏《石阙铭》为梁代名作，此文对“学士”一词的使用代表了梁代文人对“学士”一词基本涵义的认同。此文“学士”的涵义是“学士”一词的原始意义——“读书之士”。

梁代“学士”的第二层涵义是学者。

萧统《陶渊明传》：“时周续之入庐山，事释惠远。彭城刘遗民亦遁迹匡山，渊明又不应征命，谓之浔阳三隐。后刺史檀韶，苦请续之出州，与学士祖企、谢景夷三人，共在城北讲礼，加以雠校。”②萧统《陶渊明传》提到的祖企、谢景夷、周续之三“学士”，应当不是一般的“读书之士”，而是饱学之士——学者。他们承担的任务是“讲礼”与“雠校”典籍。

梁代“学士”的第三层涵义是官员学士。

梁代“学士”虽未进入《隋书·百官志(上)》的记载。但是，从文献记载来看，梁代“学士”与一般文士已迥然有别。这种区别表现有二：

第一，梁代部分学士或由帝王任命，或由他官迁转、兼任，绝非一般文士。

《南史·王锡传》：“昭明太子尚幼，武帝敕锡与秘书郎张缵使入宫，不限日数。与太子游狎，情兼师友。又敕陆倕、张率、谢举、王规、王筠、刘孝绰、到洽、张缅为学士，十人尽一时之选。”③此即著名的“昭明太子十学士”之出典。笔者须郑重指出的是陆倕、张率、谢举、王规、王筠、刘孝绰、到洽、

---

① (梁)萧统编，(清)胡克家校刻：《文选》，中华书局1977年影印本，第774页上。

② (清)严可均校辑：《全上古三代秦汉三国六朝文》，《全梁文》卷二十，中华书局1985年影印本，第3069页。

③ (唐)李延寿撰：《南史》卷二十三《王锡传》，中华书局1975年版，第640~641页。

张缅等八人为梁武帝亲敕所封的“学士”，他们与文士意义的“学士”迥然有别。再者，徵之史传，陆倕、张率、谢举、王规、王筠、刘孝绰、到洽、张缅等八人，均非一般文士，而是正式官员，故《南史·王锡传》记载的官员学士仅有八人，而非十人。

但是，“昭明太子十学士”之说，亦非绝无道理。“昭明太子十学士”的“学士”是在“学士”涵义的第一层意义（读书之士）上使用。所谓“昭明太子十学士”，实即梁武亲敕所封的八位官员学士，与太子洗马王锡、秘书郎张缵两位文士的总称，“昭明太子十学士”只有在这一意项上方可存在。

《南史·到洽传》：“后为太子中舍人，与庶子陆倕对掌东宫管记。俄为侍读，侍读省仍置学士二人，洽充其选。”①这条重要记载亦说明梁代学士决非一般文士，而是非常明确的正式官员。据《隋书·百官志（上）》，到洽所任太子中舍人为梁代职官十八班的第八班，②地位虽不高，但无论如何毕竟是列在职官志中的正式官员，而非随用而设的一般文士。到洽由太子中舍人迁侍读，为侍读省学士，当然不可能由正式官员降为一般文士。

明山宾为萧统东宫学士中有明确记载的学士。《梁书·明山宾传》：“（普通）四年（523），迁散骑常侍，领青冀二州大中正。东宫新置学士，又以山宾居之，俄以本官兼国子祭酒。”③明山宾任东宫学士之前，曾任散骑常侍，领青冀二州大中正。据《隋书·百官志（上）》梁代散骑常侍属集书省，设四人，是为显职，列为十二班。天监六年后，散骑常侍视为侍中。可见，明山宾任东宫学士之前，已位高望隆。自散骑常侍调任东宫学士，绝非由十二班之高官降为一般文士。且明山宾任东宫学士不久，又兼任国子祭酒。《隋书·百官志（上）》载国子祭酒为十三班，位在散骑常侍之上，与

① （唐）李延寿撰：《南史》卷二十五《到洽传》，中华书局1975年版，第681页。

② 梁武帝天监七年（508）正月，吏部尚书徐勉受诏定百官九品为十八班，以班多者为贵。事见《隋书·百官志（上）》。

③ （唐）姚思廉撰：《梁书》卷二十七《明山宾》，中华书局1973年版，第406页。

中书令等同班。身兼国子祭酒的明山宾在东宫非普通文士当毋须证明。

殷钧亦为萧统东宫学士中有明确记载者。据《梁书·殷钧传》殷钧之妻为梁武帝女永兴公主。

> 天监初,拜驸马都尉,起家秘书郎,太子舍人,司徒主簿,秘书丞。……迁骠骑从事中郎,中书郎,太子家令,掌东宫书记。顷之,迁给事黄门侍郎,中庶子,尚书吏部郎,司徒左长史,侍中。东宫置学士,复以钧为之。①

据《隋书·百官志(上)》,太子家令、给事黄门侍郎为十班,(太子)中庶子、尚书吏部郎为十一班,司徒左长史、侍中为十二班。殷钧任东宫学士之前,已步步转阶,贵为十二班,尔后始任东宫学士,故其所任东宫学士亦绝非一般文士。

《梁书·殷芸传》:

> 天监初,为西中郎主簿,后军临川王记室。七年,迁通直散骑侍郎,兼中书通事舍人。十年,除通直散骑侍郎,兼尚书左丞,又兼中书舍人,迁国子博士,昭明太子侍读,西中郎豫章王长史,领丹阳尹丞。累迁通直散骑常侍,秘书监,司徒左长史。普通六年,直东宫学士省。②

据《隋书·百官志(上)》,秘书监、通直散骑常侍均为十一班,司徒左长史为十二班,殷芸任司徒左长史后方直东宫学士省任学士,故其非由正式官员降为一般文士亦甚明。

---

① (唐)姚思廉撰:《梁书》卷二十七《殷钧传》,中华书局 1973 年版,第 407~408 页。
② (唐)姚思廉撰:《梁书》卷四十一《殷芸传》,中华书局 1973 年版,第 596 页。

第二,梁代部分学士已有定员。

《南史·到洽传》:

> 后为太子中舍人,与庶子陆倕对掌东宫管记。俄为侍读,侍读省仍置学士二人,洽充其选。[①]

此可证侍读省学士确有定员。这是梁代学士设有定员的唯一记载,这一文献说明赵翼关于学士无定员之说并不确切。实际上,魏晋南北朝之学士并非均无定员,某些学士职司已确定了学士的员数。

二 “昭明太子十学士”考辨

(一)“昭明太子十学士”之称的由来及意义

宋人邵思《姓解》卷二《弓》部“张”字下:“张缵、张率、张缅并为梁昭明太子及兰台两处十学士。”[②]《刀》部“刘”字下:“刘孝绰为昭明太子十学士。孝绰与刘苞、刘显、刘孺又为兰台十学士。”“到”字下:“梁有到溉为兰台十学士,到洽为昭明太子十学士。”《阜》部“陆”字下:“又陆倕为梁昭明太子十学士之一,又为兰台十学士之一。”卷三《一》部“王”下:“王筠为梁昭明太子十学士。”综上,《姓解》言及之“昭明太子十学士”有张缵、张率、张缅、刘孝绰、到洽、陆倕、王筠等七人。

《姓解》尚谓张缵、张缅为“兰台十学士”。《南史·到溉传》:

> 梁天监初,(任)昉出守义兴,要溉、洽之郡,为山泽之游。昉还为御史中丞,后进皆宗之。时有彭城刘孝绰、刘苞、刘孺,吴郡陆倕、张

① (唐)李延寿撰:《南史》卷二十五《到洽传》,中华书局1975年版,第681页。

② (宋)邵思:《姓解》,商务印书馆1935年版,《丛书集成初编》本,第55页。下引《姓解》诸条分别见该书第55~83页。

率，陈郡殷芸，沛国刘显及溉、洽，车轨日至，号曰兰台聚。[①]

此即《姓解》所谓“兰台十学士”。

从邵思《姓解》“兰台十学士”与“昭明太子十学士”的提法看来，邵思并不明了“学士”尚有官员一义，故其仅视“学士”为一般文士。邵思之书成于宋仁宗景祐二年（1035），这是“昭明太子十学士”之说的首次亮相。但《姓解》所称“昭明太子十学士”是从上文所言“学士”三重涵义的第一层意义（读书之士）立言，《南史·王锡传》的记载却是从“学士”涵义的第三层意义（官员学士）立言，二者涵义迥异，不当混淆。

《南史·王锡传》记载王锡、张缵与陆倕、张率、谢举、王规、王筠、刘孝绰、到洽、张缅等人的用语极有讲究。《南史·王锡传》记载上述十人受梁武帝之命任职东宫时，梁武帝的敕命有二：一、“敕锡与秘书郎张缵使入宫，不限日数。与太子游狎，情兼师友”。二、“又敕陆倕、张率、谢举、王规、王筠、刘孝绰、到洽、张缅为学士”。[②] 前“敕”说明王锡、张缵并非作为官员学士进入东宫，后“敕”由梁武帝正式任命八位东宫学士。学士由梁武帝亲“敕”所封，故此八位东宫学士决非一般文士而是正式官员。

世人习称的“昭明太子十学士”是指梁武帝亲敕所封的八位官员学士，与太子洗马王锡、秘书郎张缵两位文士的总称。

《南史·王锡传》中“武帝敕锡与秘书郎张缵使入宫”与“又敕陆倕、张率、谢举、王规、王筠、刘孝绰、到洽、张缅为学士”是两次“敕”命。如果作为一次“敕”命理解，虽然可以证明王锡、张缵与“又敕”所封的陆倕等八学士同为官员学士，但这并不符合《南史》的原意。

《南史·王锡传》记载武帝两次敕命的句式为“敕……又敕”，今考《南史》一书使用“敕……又敕”之句式凡六条：

---

① （唐）李延寿撰：《南史》卷二十五《到溉传》，中华书局1975年版，第678页。

② （唐）李延寿撰：《南史》卷二十三《王锡传》，中华书局1975年版，第640~641页。

1.《南史·王筠传》：

后为中书郎，奉敕制开善寺宝志法师碑文，辞甚丽逸。又敕撰《中书表奏》三十卷，及所上赋颂都为一集。①

2.《南史·何胤传》：

杲之还，以胤意奏闻，有敕给白衣尚书录，胤固辞。又敕山阴库钱月给五万，又不受。乃敕何子朗、孔寿等六人于东山受学。②

3.《南史·裴子野传》：

普通七年，大举北侵，敕子野为《移魏文》，受诏立成。武帝以其事体大，召尚书仆射徐勉、太子詹事周捨、鸿胪卿刘之遴、中书侍郎朱异集寿光殿以观之，时并叹服。武帝目子野曰：“其形虽弱，其文甚壮。”俄又敕为书喻魏相元叉。其夜受旨，子野谓可待旦方奏，未之为也，及五鼓，敕催令速上。子野徐起操笔，昧爽便就。及奏，武帝深嘉焉。自是诸符檄皆令具草。③

4.《南史·荀伯玉传》：

时武帝在东宫，自以年长，与高帝同创大业，朝事大小悉皆专断，多违制度。左右张景真偏见任遇，又多僭侈。武帝拜陵还，景真白服

---

① （唐）李延寿撰：《南史》卷二十三《王筠传》，中华书局1975年版，第610页。

② 此例为三次敕命。见（唐）李延寿撰：《南史》卷三十《何胤传》，中华书局1975年版，第791页。

③ （唐）李延寿撰：《南史》卷三十三《裴子野传》，中华书局1975年版，第866~867页。

乘画舴艋，坐胡床。观者咸疑是太子，内外祇畏，莫敢有言者。骁骑将军陈胤叔先已陈景真及太子前后得失，伯玉因武帝拜陵之后，密启之，上大怒。豫章王嶷素有宠，政以武帝长嫡，又南郡王兄弟并列，故武帝为太子，至是有改易之意。武帝东还，遣文惠太子、闻喜公子良宣敕诘责，并示以景真罪状，使以太子令收景真杀之。胤叔因白武帝，皆言伯玉以闻。武帝忧惧，称疾月馀日。上怒不解，昼卧太阳殿，王敬则直入叩头，启请往东宫以慰太子。高帝无言，敬则因大声宣旨往东宫，命装束。又敕太官设馔，密遣人报武帝，令奉迎。因呼左右索舆，高帝了无动意。敬则索衣以衣高帝，仍牵上舆。遂幸东宫，召诸王宴饮，因游玄圃园。①

5.《南史·昭明太子传》：

（普通）七年十一月，贵嫔有疾，太子还永福省，朝夕侍疾，衣不解带。及薨，步从丧还宫，至殡，水浆不入口，每哭辄恸绝。武帝敕中书舍人顾协宣旨曰："毁不灭性，圣人之制，不胜丧比于不孝。有我在，那得自毁如此。可即强进饮粥。"太子奉敕，乃进数合，自是至葬，日进麦粥一升。武帝又敕曰："闻汝所进过少，转就羸瘦。我比更无馀病，政为汝如此，胸中亦填塞成疾。故应强加饘粥，不俟我恒尔悬心。"虽屡奉敕劝逼，终丧日止一溢，不尝菜果之味。②

6.《南史·姚察传》：

---

① （唐）李延寿撰：《南史》卷四十七《荀伯玉传》，中华书局1975年版，第1168～1169页。

② （唐）李延寿撰：《南史》卷五十三《昭明太子传》，中华书局1975年版，第1309～1310页。

> 陈亡入隋，诏授秘书丞，别敕成梁、陈二史。又敕于朱华阁长参。①

据上述六条文献看来，《南史》使用“敕……又敕”的句式时，均为两次“敕”命而非一次“敕”命。可见，《南史·王锡传》记载的当为二敕，一敕王锡、张缵入宫，与太子萧统以师友之礼相处，一敕陆倕、张率、谢举、王规、王筠、刘孝绰、到洽、张缅等八人为东宫官员学士。因此，王锡、张缵不是梁武帝亲命敕封的东宫官员学士，不能和陆倕、张率、谢举、王规、王筠、刘孝绰、到洽、张缅等八位东宫官员学士并提。

（二）关于《梁书·王锡传》《南史·王锡传》的解读

《梁书·王锡传》：

> 十二，为国子生。十四，举清茂，除秘书郎，与范阳张伯绪齐名，俱为太子舍人。丁父忧，居丧尽礼。服阕，除太子洗马。时昭明尚幼，未与臣僚相接。高祖敕：“太子洗马王锡、秘书郎张缵，亲表英华，朝中髦俊，可以师友事之。”②

《南史·王锡传》云：

> 十二为国子生，十四举清茂，除秘书郎，再迁太子洗马。时昭明太子尚幼，武帝敕锡与秘书郎张缵使入宫，不限日数。与太子游狎，情兼师友。又敕陆倕、张率、谢举、王规、王筠、刘孝绰、到洽、张缅为学士，十人尽一时之选。③

---

① （唐）李延寿撰：《南史》卷六十九《姚察传》，中华书局 1975 年版，第 1691 页。
② （唐）姚思廉撰：《梁书》卷二十一《王锡传》，中华书局 1973 年版，第 326 页。
③ （唐）李延寿撰：《南史》卷二十三《王锡传》，中华书局 1975 年版，第 640~641 页。

对《梁书》《南史》所载王锡本传，学界理解颇为歧异，今辨之如次：

《南史·王锡传》载王锡卒于中大通六年(534)正月，时年三十六，逆推可知锡当生于齐东昏侯永元元年(499)。据《梁书·张缵传》，张缵于太清三年(549)被害，时年五十一，其生亦在齐东昏侯永元元年(499)，故王锡、张缵同庚。

《南史》《梁书》王锡本传的记载各有导致后人理解歧异的失误之处。《南史》之失在于王锡“除秘书郎”与“再迁太子洗马”之间尚有丁父忧三年未加记载，《梁书》之失在于“除秘书郎”与“丁父忧，居丧尽礼。服阕，除太子洗马”之间，突兀插入“与范阳张伯绪齐名，俱为太子舍人”二句。其实，此处插入的二句意为：王锡入仕较早，年十四除秘书郎，且与张缵(伯绪)齐名，二人后皆曾任太子舍人之职。并非先任太子舍人，再“丁父忧”，“服阕，除太子洗马”。

据《梁书·张缵传》：

> 秘书郎有四员，宋、齐以来，为甲族起家之选，待次入补，其居职，例数十百日便迁任。①

王锡以十四任秘书郎这一清要之职，史家特加表彰，故插入“与范阳张伯绪齐名，俱为太子舍人”二句。此二句，虽上承“十四，举清茂，除秘书郎”句，但不当理解为王锡十四岁任秘书郎之后旋与张缵同任太子舍人。因张缵十七岁始释褐任秘书郎，故其十四岁时不可能与同为十四岁已任秘书郎的王锡俱任太子舍人。二句插叙于《梁书》王锡本传“十四，举清茂，除秘书郎”与“丁父忧，居丧尽礼”之间，极易使读者产生误解。一是误以为王锡在秘书郎任后即任太子舍人，二是误以为王锡任太子舍人当在其居父丧之前。

---

① (唐)姚思廉撰：《梁书》卷三十四《张缵传》，中华书局1973年版，第493页。

《南史·张缵传》谓张缵起家秘书郎，时年十七（天监十四年——笔者）。《梁书·张缵传》：

> 秘书郎有四员，宋、齐以来，为甲族起家之选，待次入补，其居职，例数十百日便迁任。缵固求不徙，欲遍观阁内图籍。尝执四部书目曰：“若读此毕，乃可言优仕矣。”如此数载，方迁太子舍人，转洗马、中舍人，并掌管记。[①]

据《南史·张缵传》，张缵任秘书郎实为三载，故张缵秘书郎任上与萧统相处，尚须具体确定三载中的具体年份。张缵十七岁时，萧统已十五岁。此年，太子加元服。《梁书·昭明太子传》载：“太子自加元服，高祖便使省万机，内外百司奏事者填塞于前。”[②]《南史》王锡本传载王锡、张缵与太子交往之时，“时昭明太子尚幼”，若从张缵十七岁任秘书郎向后推断张缵与萧统交往的时间，则不得称“太子尚幼”。故张缵任秘书郎虽历时三载（天监十四年至天监十六年），但作为秘书郎与萧统交往，当以天监十四年（十七岁）可能性最大。

据上文推断，张缵天监十四年十七岁时受敕与萧统交往，故王锡亦当在十七岁任太子洗马时与张缵一同受敕入东宫。而王锡十四岁任秘书郎，十七岁任太子洗马，其间相隔四年，此四年中当有三年为王锡丁父忧之时。三年服阕，任太子洗马。“时昭明尚幼，未与臣僚相接。高祖敕：‘太子洗马王锡、秘书郎张缵，亲表英华，朝中髦俊，可以师友事之。’”可证王锡此时正式任职东宫，张缵以秘书郎兼职东宫。故王锡守父丧当在十四岁任秘书郎至十七岁任太子洗马间的前三年。

据《南史·张缵传》，张缵十七岁任秘书郎，“如此三载，方迁太子舍

---

① （唐）姚思廉撰：《梁书》卷三十四《张缵传》，中华书局1973年版，第493页。

② （唐）姚思廉撰：《梁书》卷八《昭明太子传》，中华书局1973年版，第167页。

人,转洗马,中舍人,并掌管记"。[①] 故张缵二十岁始专任太子舍人,后迁太子洗马,太子中舍人。

据《隋书·百官志(上)》,秘书郎为二班,太子舍人为三班,太子洗马为六班,(太子)中舍人为八班。张缵历此东宫数职,步步迁转,《梁书》《南史》本传所载当符合事实。但王锡何年任太子舍人,今已无考。

梁武帝之敕,要求萧统对待王锡、张缵,"以师友事之"。《晋书·职官志》:"王置师、友、文学各一个。"[②]藩王置师、友乃晋旧制。《隋书·百官志(上)》载"皇弟、皇子府置师",天监七年徐勉受诏所定班秩中,"皇弟、皇子师"为十一班之显职,"皇弟、皇子友"为七班。故梁代皇弟、皇子府确曾置有"师、友"两种正式官职。但萧统贵为太子,太子府例不设"师、友"二官,《南史·王锡传》所谓"情兼师友",仅从情谊而言,并非实设。《梁书·王锡传》"以师友事之",即以师友之身份相处,亦非实授。二史"情兼师友"与"以师友事之"均为一义,即二人入宫与太子萧统相处,如同诸皇弟、皇子所设之师、友。但王锡、张缵此时并非任太子之师、友,而是分别任太子洗马与秘书郎。故梁武帝仅要求萧统以对待"师、友"的礼仪对待王锡、张缵,故王锡、张缵既非萧统之"师、友",亦非受敕之东宫官员学士。

(三)关于"昭明太子十学士"担任东宫官员学士的时间

"昭明太子十学士"的"学士"在文人学士这一义项上可以成立。据上文可知,"十学士"中的陆倕、张率、谢举、王规、王筠、刘孝绰、到洽、张缅等八人是梁武帝敕封的官员学士,王锡、张缵是文人学士。

王锡、张缵入东宫与萧统交往的时间为天监十四年。陆倕、张率、谢举、王规、王筠、刘孝绰、到洽、张缅诸人任东宫学士的时间今可考辨者仅到洽一人。

《梁书·到洽传》载,天监初,到洽受梁武帝知赏,召为太子舍人(三

---

① (唐)李延寿撰:《南史》卷五十六《张缵传》,中华书局 1975 年版,第 1385 页。
② (唐)房玄龄等撰:《晋书》卷二十四《职官志》,中华书局 1974 年版,第 743 页。

班)。此为到洽首次任职东宫。《梁书》本传载到洽天监二年迁司徒主簿,故其任太子舍人当在天监元年。此年萧统二岁,到洽二十六岁。天监七年任太子中舍人(八班),掌东宫管记。天监九年至天监十一年任国子博士(九班),天监十四年入为太子家令(十班),天监十六年迁太子中庶子(十一班),普通五年复为太子中庶子(十一班)。故到洽五任东宫属官。《梁书》本传明确记载到洽为东宫学士则在天监七年至天监九年之间:“七年迁太子中舍人,与庶子陆倕对掌东宫管记。俄为侍读,侍读省仍置学士二人,洽复充其选。九年,迁国子博士。”故到洽当于天监七年(508)任太子中舍人时兼任东宫学士,此年萧统八岁。

《梁书·张率传》载张率天监八年(509)任晋安王萧纲云麾中记室,时年三十五岁。《梁书·简文帝纪》,萧纲此年任“云麾将军,领石头戍军事,量置佐吏”。天监九年(510),萧纲“迁使持节、都督南北兖州青徐冀五州诸军事、宣毅将军、南兖州刺史”。张率任宣毅咨议参军,并兼记室。天监十二年(513),萧纲“入为宣惠将军、丹阳尹”,率除中书侍郎。天监十三年,萧纲为荆州刺史,复以率为宣惠咨议,领江陵令。天监十四年(515)五月,萧纲从荆州刺史调任江州刺史,率以咨议领记室,出监豫章、临川郡。《梁书》本传谓:“率在府十年,恩礼甚笃。还除太子仆……俄迁太子家令,与中庶子陆倕、仆刘孝绰对掌东宫管记。”张率自天监八年随从萧纲,长达十年,天监十七年还都为太子仆。张率任东宫学士史无明文,但天监八年到洽任东宫学士之时,张率正随晋安王萧纲任中记室;天监十四年王锡、张缵受敕与萧统交游时,张率随萧纲在江州。

陆倕、张率、谢举、王规、王筠、刘孝绰、张缅诸人任东宫学士的时间均无考。如刘孝绰,《梁书·刘孝绰传》:“出为平南安成王记室(天监六年——笔者),随府之镇。寻补太子洗马,迁尚书金部郎,复为太子洗马,掌东宫管记。出为上虞令。”[①]故可知刘孝绰天监六年两任太子洗马。大

---

① (唐)姚思廉撰:《梁书》卷三十三《刘孝绰传》,中华书局1973年版,第480页。

通二年(528),刘孝绰复为太子仆。大通三年、中大通元年(529),刘孝绰丁母忧,辞去太子仆之职。刘孝绰深受萧统信任,但其为东宫学士的时间史籍缺载,今亦无考。

故"昭明太子十学士"进入东宫担任学士的时间,从史籍记载言之,最早者为到洽的天监七年,馀皆无考。天监十四年王锡、张缵受敕入东宫,但非任官员学士。曹道衡、沈玉成《读〈文选〉札记·昭明十学士》认为:"《南史》所谓学士十人,其入东宫当非一时,要之皆在天监十四年之后。史文概而书之,易滋疑惑耳。"①此说当最近史实。

至于萧统东宫其他官员学士任职东宫的时间,今可考知者如下。

《梁书·明山宾传》:"(普通)四年(523),迁散骑常侍,领青冀二州大中正。东宫新置学士,又以山宾居之,俄以本官兼国子祭酒。"②

《梁书·殷芸传》:"普通六年(525),直东宫学士省。"

故明山宾任东宫学士在普通四年,此年萧统二十三岁。普通六年殷芸为东宫学士,此年萧统二十五岁。

《陈书·文学·杜之伟传》:"中大通元年,梁武帝幸同泰寺舍身,敕勉撰定仪注,勉以台阁先无此礼,召之伟草具其仪。乃启补东宫学士,与学士刘陟等钞撰群书,各为题目。所撰《富教》《政道》二篇,皆之伟为序。"③《南史·文学·杜之伟传》同。杜之伟于中大通元年为东宫学士,刘陟为昭明东宫学士至少当在此年。此年萧统二十九岁。

三　梁代学士职责与《文选》成书

(一)魏晋南北朝学士与类书编纂

本篇所论魏晋南北朝学士,兼指文人学士与官员学士,但今传世文献所载多为官员学士。纵观整个魏晋南北朝学士的职责,编纂类书为其首

① 赵福海主编:《文选学论集》,时代文艺出版社 1992 年版,第 111 页。
② (唐)姚思廉撰:《梁书》卷二十七《明山宾传》,中华书局 1973 年版,第 406 页。
③ (唐)姚思廉撰:《陈书》卷三十四《杜之伟传》,中华书局 1972 年版,第 454 页。

要任务。萧子良集诸学士编《四部要略》,齐高帝诏诸学士撰《史林》,首开魏晋南北朝学士编纂类书之风。类书《修文殿御览》是魏晋南北朝编纂类书时动用学士最多的一部。

《北史·文苑传序》:

(北齐)后主虽溺于群小,然颇好咏诗……三年,祖珽奏立文林馆,于是更召引文学士,谓之待诏文林馆焉。珽又奏撰《御览》,诏珽及特进魏收、太子太师徐之才、中书令崔劼、散骑常侍张雕、中书监阳休之监撰。珽等奏追通直散骑侍郎韦道逊、陆乂,太子舍人王劭,卫尉丞李孝基,殿中侍御史魏澹,中散大夫刘仲威、袁奭,国子博士朱才,奉车都尉眭道闲,考功郎中崔子枢,左外兵郎薛道衡,并省主客郎中卢思道,司空东阁祭酒崔德立,太傅行参军崔儦,太学博士诸葛汉,奉朝请郑公超,殿中侍御史郑子信等入馆撰书,并敕放、悫、之推等同入撰例。复命散骑常侍封孝琰,前乐陵太守郑元礼,卫尉少卿杜台卿,通直散骑常侍杨训,前南兖州长史羊肃,通直散骑侍郎马元熙,并省三公郎中刘珉,开府行参军李师上、温君悠入馆,亦令撰书。后复命特进崔季舒、前仁州刺史刘逖、散骑常侍李孝贞、中书侍郎李德林续入待诏。寻又诏诸人各举所知,又有前济州长史李翥,前广武太守魏骞,前西兖州司马萧溉,前幽州长史陆仁惠,郑州司马江旰,前通直散骑侍郎辛德源、陆开明,通直郎封孝骞,太尉掾张德冲、并省右户郎元行恭,司徒户曹参军古道子,前司空功曹参军刘凯,获嘉令崔德儒,给事中李元楷,晋州中从事阳师孝,太尉中兵参军刘儒行,司空祭酒阳辟疆,司空士曹参军卢公顺,司空中兵参军周子深,开府行参军王友伯、崔君洽、魏师謇并入馆待诏。又敕仆射段孝言亦入焉。《御览》成后,所撰录人亦有不得待诏,付所司处分者。凡此诸人,亦有文学肤浅,附会亲识,妄相推荐者十三四焉。虽然,当时操笔之徒,搜求略尽。[①]

可见,为编纂此部大型类书前后入馆者凡五十四人之多。

《北史》记载入馆修纂《御览》者虽夥,但并未明言此辈皆为学士。《隋书·魏澹传》:"澹年十五而孤,专精好学,博涉经史,善属文,词采赡逸。齐博陵王济闻其名,引为记室。及琅邪王俨为京畿大都督,以澹为铠曹参军,转殿中侍御史。寻与尚书左仆射魏收、吏部尚书阳休之、国子博士熊安生同修《五礼》。又与诸学士撰《御览》,书成,除殿中郎中、中书舍人。"[②]《北史·魏澹传》称其"高才善属文,仕齐,殿中侍御史,预修五礼,及撰《御览》,除殿中郎、中书舍人,与李德林修国史"[③]。据"又与诸学士撰《御览》"句可知,参与编纂《御览》者皆为学士。此文所载的"学士",考之史籍,多为以他官兼学士之职的官员学士。

(二)梁代学士的职责

1.编纂类书

梁代学士上承南齐馀绪,其最重要的职责为编纂类书。梁代学士编纂的大型类书有两部,一是刘孝标编纂的《类苑》,二是徐勉等编纂的《华林遍略》。其中,徐勉领衔编纂《华林遍略》时,何思澄、刘杳、顾协、王子云、锺屿等五学士参与。这五位学士均为梁武帝敕诏的学士,故均为官员学士。

2.助编删改书籍

梁代学士尚有协助他人编纂之务和修改著述之务,据今传世文献可考知者有三:

一是西省学士沈峻、孔子袪助贺琛撰《梁官》。二是孔子袪助梁武帝撰《五经讲疏》《孔子正言》。据《梁书》孔子袪本传,子袪任西省学士助撰

① (唐)李延寿撰:《北史》卷八十三《文苑》,中华书局1974年版,第2780~2781页。
② (唐)魏徵等撰:《隋书》卷五十八《魏澹传》,中华书局1982年版,第1416页。
③ (唐)李延寿撰:《北史》卷五十六《魏澹传》,中华书局1974年版,第2044页。

录。《后汉书·孝仁董皇后纪》李贤注：“西省，即谓永乐宫之司。”[①]可见，西省之设，当始于东汉。《南齐书·百官志》：“自二卫、四军、五校已下，谓之‘西省’，而散骑为‘东省’。”[②]至梁，西省仍为中央政府校书修史的职司。沈峻及孔子袪补西省学士须得梁武帝敕命，故西省学士应当是官员学士。三是萧子恺与诸学士删改顾野王《玉篇》。删改顾野王《玉篇》之诸学士为简文帝萧纲所委派，准以南朝任用学士诸例，此类学士当亦为官员学士。

3.典校书籍

《梁书·文学下·刘峻传》载刘峻天监初奉召入西省，与学士贺踪典校秘书。

4.抄录群书

《梁书·文学上·袁峻传》载袁峻直文德学士省，抄《史记》《汉书》。

《陈书·文学·杜之伟传》载杜之伟与学士刘陟“钞撰群书”。

《南史·庾肩吾传》载“高斋十学士”“抄撰众籍”，俱可证梁代学士抄录群书为其职责之一。文德学士省为梁代文德殿所置学士职司，袁峻又以员外散骑侍郎的身份任文德省学士，其为官员学士当无疑义。关于“高斋十学士”，揆之南朝诸王设学士之惯例，高斋学士当亦为官员学士的概率较大。

5.草拟仪礼

《南史·许懋传》载梁武帝集儒学士草封禅仪，《陈书·文学·杜之伟传》亦载杜之伟因中大通元年梁武帝舍身同泰寺而奉命草拟仪礼。梁武帝召集商讨封禅仪的儒学士，奉命草拟仪礼以解梁武帝舍身同泰寺的杜之伟，均当为官员学士。

6.撰史

据《隋书·百官志(上)》载秘书监设撰史学士修史，秘书省撰史学士

---

① (刘宋)范晔撰，(唐)李贤等注：《后汉书》卷十下，中华书局1973年版，第447页。

② (梁)萧子显撰：《南齐书》卷十六《百官志》，中华书局1974年版，第326页。

当亦为官员学士。

考察魏晋南北朝全部学士,尤其是官员学士的职责可以得知,编纂典籍是官员学士的主要职责,但官员学士所编典籍主要是类书,而非文学总集。特别是集中大批官员学士所编的书,几乎全为类书。故梁代学士(含官员学士与文人学士)与魏晋南北朝其他各朝学士一样,似未编纂过文学总集。虽然文献记载中魏晋南北朝学士未编纂过文学总集,并不能必然地推导出"昭明太子十学士"亦未曾编纂过《文选》,但学林关于《文选》成于"昭明太子十学士"之手之说,概率不大。

第五章
《文选》成书时间研究

《文选》成书时间研究是与《文选》成书过程研究及《文选》编者研究鼎足而三的重大课题。《梁书》《南史》之萧统本传及其他诸传对此无载，唐代《文选》学家李善、五臣、公孙罗、陆善经等对此无言，历代传刻《文选》者亦对此无语。

现代《文选》学家研究《文选》成书时间的思路大体可分两种：一是从《文选》收录作家中卒年最晚者入手，一是从《文选》收录作品中写作时间最晚者下笔。因为，《文选》收录作家中卒年最晚者或收录作品写作时间最晚者均可为《文选》成书时间研究提供一个重要参数。

一 从《文选》收录作家中卒年最晚者入手研究《文选》成书时间者多深信窦常“不录存者”之说

晁公武《郡斋读书志》于李善注《文选》下有一条重要注释：“窦常谓统著《文选》，以何逊在世，不录其文。其人既往，而后其文刻定，然则所录皆前人作也。”[①]马端临《文献通考》卷二百四十八全面继承了晁公武《郡斋

① 晁公武：《昭德先生郡斋读书志》，商务印书馆 1937 年影印本，第 497 页。

读书志》的看法:“窦常谓统著《文选》,以何逊在世,不录其文。盖其人既往,而后其文克定。然则所录皆前人作也。”[①]窦常(747? ~825),中唐人,大历中进士及第,曾选唐诗为《南熏集》三卷。《文选》是否因何逊在世而不录其作,姑且存而不论。但《文选》不录存世者之作,却因窦常之言成为现代《文选》学史上研究《文选》成书时间的重要前提。造成这一现象的原因有三:

第一,晁公武《郡斋读书志》与马端临《文献通考》在学林俱享有盛誉,因此,二书所载窦常说在《文选》学界影响极大。

第二,锺嵘《诗品》卷中《序》亦载有“不录存者”之言:“又其人既往,其文克定;今所寓言,不录存者。”[②]窦常有关《文选》“不录存者”之说,因与《诗品序》之言相符而得到极大强化,并被现代《文选》学研究者视为梁人著书通例。

第三,现代《文选》学史上最为重要的两部《文选学》著作——周贞亮《文选学》与骆鸿凯《文选学》——都极力推崇窦常“不录存者”之说。周贞亮《文选学》上册第三章《文选之封域》:“若其文之入选,去取之间,尚有二义:一曰不录生存人。晁公武曰:‘窦常谓统著《文选》,以何逊在世,不录其文。盖其人既往,而后其文克定。’”[③]骆鸿凯《文选学·义例第二》亦曰:“其去取之准,尚有当知者二事。一曰不录生存。晁公武《郡斋读书志》曰:窦常谓统著《文选》,以何逊在世,不录其文。盖其人既往,而后其文克定,故所录皆前人作也。”[④]虽然周贞亮、骆鸿凯均非专文研究《文选》的成书时间,但是,由于现代《文选》学史上最为重要的两部有关《文选》的通论之作都高度肯定了窦常说,窦常说的地位由此得到进一步强化。

故现代《文选》学家研究《文选》成书时间多以此为重要切入点。因

① (宋)马端临:《文献通考》,商务印书馆1936年版,《万有文库》“十通”本,第1953页。

② (梁)锺嵘著,曹旭集注:《诗品集注》,上海古籍出版社1994年版,第173页。

③ 周贞亮:《文选学》,国立武汉大学1931年版,上册,第31页。

④ 骆鸿凯:《文选学》,中华书局1989年版,第34页。

为,根据《文选》"不录存者"的通则,《文选》所收梁代作家卒年最晚的陆倕的卒年(普通七年,526),即是《文选》成书时间的上限。缪钺的《〈文选〉与〈玉台新咏〉》①,何融的《〈文选〉编撰时期及编者考略》②,清水凯夫的《〈文选〉编辑的周围》③等,均循此思路做了深入探究。

但是,循此思路研究《文选》成书时间者似乎忽略了三点:

第一,窦常说与《诗品序》之言极为相似。二者是各自成说,抑或《诗品序》影响了窦常说?如果是《诗品序》影响了窦常说,则其价值必大打折扣;如果二者各自成说,则窦常说当受到学界相当的重视。

第二,窦常说无法解释何逊未能入选《文选》的问题。何逊(472?~519?)生前诗名极盛,深受范云、沈约激赏,本人又卒于陆倕之前。但是,何逊未有一篇作品选入《文选》,连一时传诵极广的《临行与故游夜别》诗亦未入选,这显然不能以"不录存者"为解。与何逊相似者尚有柳恽(465~517)、吴均(469~520)、王僧孺(463?~521?)诸人,窦常说对此亦无法解释。

第三,窦常"不录存者"说着眼于《文选》所录作家的卒年,但尚有着眼于《文选》所录作品编年的另一种思路的研究。况且立足于《文选》中作品编年考察《文选》的编纂时间,比着眼于《文选》所录作家卒年考察《文选》的编纂时间更为精细。

尽管窦常说有诸多疑点,但因窦常是中唐人,其说又得到《郡斋读书志》与《文献通考》的认同,故窦常说在上一世纪的绝大多数时间里仍然得到了现代《文选》学家较大的关注。

---

① 缪钺:《缪钺文论甲集》,成都路明书店1944年版;又载缪钺:《诗词散论》,上海古籍出版社1982年版。

② 《国文月刊》1949年2月第76期;又载《中外学者文选学论集》,中华书局1998年版。

③ 日本《立命馆文学》1976年11月12日第377、378期;又载[日]清水凯夫撰,韩基国译:《六朝文学论文集》,重庆出版社1989年版;复载《中外学者文选学论集》,中华书局1998年版。

缪钺的《〈文选〉与〈玉台新咏〉》①率先运用窦常说考定《文选》成书时间。缪钺排定的梁代作家卒年为：范云卒于武帝天监二年（503），江淹、王巾卒于天监四年（505），任昉、丘迟卒于天监七年（508），沈约卒于天监十二年（513），刘峻卒于普通二年（521），徐悱卒于普通五年（524），陆倕卒于普通七年（526）。据《文选》"不录存者"之例，可知《文选》编纂于普通七年后的大通元年（527）至萧统逝世的中大通三年（531）之间。

何融的《〈文选〉编撰时期及编者考略》②亦用同样的思路列出了《文选》中梁代作家的卒年序列：范云卒于天监二年，江淹卒于天监四年，丘迟卒于天监七年，任昉卒于天监七年，沈约卒于天监十二年，虞羲卒于天监中，刘峻卒于普通三年，徐悱卒于普通五年，陆倕卒于普通七年。因《文选》中所收梁代作家卒年最晚的陆倕卒于普通七年，依《文选》"不录存者"之例，《文选》编纂的时间上限不应早于普通七年（526）。

缪钺与何融开列的梁代作家均不完整，缪钺之文缺虞羲，何融之文缺王巾。

《文选》收录的梁代作家作品实为10人56篇：范云（3篇）、江淹（6篇）、王巾（1篇）、任昉（19篇）、丘迟（3篇）、沈约（17篇）、虞羲（1篇）、刘峻（3篇）、徐悱（1篇）、陆倕（2篇）。

他们的卒年分别是：范云天监二年，江淹天监四年，王巾天监四年，任昉天监七年，丘迟天监七年，沈约天监十二年，虞羲天监中，刘峻普通二年，徐悱普通五年，陆倕普通七年。其中，去世最晚的陆倕下世的普通七年成为《文选》成书的一个重要界碑：或认为《文选》编纂始于普通中，而终于普通七年；或认为《文选》编纂始于普通七年，而终于中大通三年萧统去世。总之，普通七年因窦常"不录存者"说而成为诸家研究者考察《文选》成书

① 缪钺：《缪钺文论甲集》，成都路明书店1944年版；又载缪钺：《诗词散论》，上海古籍出版社1982年版。

② 《国文月刊》1949年2月第76期；又载《中外学者文选学论集》，中华书局1998年版。

的一个重要参数。

除此之外,《文选》成书时间研究尚须兼顾以下诸项因素:

一、普通三年(522)萧统所写《答湘东王求文集及〈诗苑英华〉书》;

二、诸学士云集东宫的时间;

三、《文选序》透露的《文选》编纂时期及《文选》编纂完成后萧统闲适愉快的心情;

四、普通七年(526)丁贵嫔下世对萧统的影响;

五、腊鹅事件对萧统的影响;

六、刘孝绰中大通元年丁母忧去职守丧,中大通三年服阙。

现对上述影响《文选》成书时间研究的六因素考辨如下:

(一)关于萧统《答湘东王求文集及〈诗苑英华〉书》

普通三年萧统写下《答湘东王求文集及〈诗苑英华〉书》(下简称《书》),此系该年刘孝绰编辑《昭明太子集》始成之时,湘东王萧绎闻《昭明太子集》新成,欲兼《诗苑英华》同求而观之,昭明作《书》以答曰:"又往年因暇,搜采英华,上下数十年间,未易详悉,犹有遗恨,而其书已传,虽未为精核,亦粗足讽览。"①此中《英华》,当即《诗苑英华》,因昭明此《书》前言《英华》,后言"其书已传",合而观之,《英华》与"其书"当一,皆指《诗苑英华》。

可见,萧统在《书》中提及已经编成的《古今诗苑英华》与《昭明太子集》时,虽对《古今诗苑英华》不甚满意,但完全未提及编纂《文选》一事,故此时《文选》似乎尚未开始编纂。虽然萧统亦未提及《正序》之类著作的编纂,但昭明此札表露的是对《古今诗苑英华》编纂的不满,如果赋诗文兼收的《文选》编选在前,或已着手编录,似不应不置一词。收录古今典诰文言的《正序》与收录五言诗的《古今诗苑英华》相距甚远,在《书》中完全不提

① (梁)萧统著,俞绍初校注:《昭明太子集校注》,中州古籍出版社 2001 年版,第 156 页。

及并不奇怪。因此,该《书》不提及《文选》只能说明《文选》尚未编纂。这就为研究《文选》成书的时间设置了一个上限,即《文选》编纂时间的上限不应突破普通三年。

(二)关于诸学士云集东宫的时间问题

此事与《文选》成书过程密不可分。自普通三年至萧统下世的中大通三年仅有九年,加上此期对萧统而言是多事之秋,丁贵嫔病逝,腊鹅事件,均使他不可能倾力编纂《文选》,特别是《文选》研究者因默认《文选》为初编本而估算出此书编纂的巨大工作量,更使他们笃信《文选》编纂非萧统一人所为。因此,"昭明太子十学士"编纂《文选》说流传极广。虽然萧统此期并不能全力投入《文选》编纂,虽然九年时间对于编纂一部囊括上下千馀年的总集仍不宽馀,但因为有了"昭明太子十学士",毕竟为解决巨大的工作量与相对较短的编纂时间的矛盾提供了一个较好的诠释。这是"昭明太子十学士"说在《文选》研究界盛行的主观因素。

从客观上看,此说确有道理,一是据史书记载萧统身边确有一批文人学士;二是唐代《文选》盛行之时,就已有学士襄助萧统编纂《文选》之说。《梁书·王筠传》:"昭明太子爱文学士,常与筠及刘孝绰、陆倕、到洽、殷芸等游宴玄圃,太子独执筠袖抚孝绰肩而言曰:'所谓左把浮丘袖,右拍洪崖肩。'其见重如此。"①《梁书》《南史》这类记载甚多。[日]释空海《文镜秘府论·南卷·集论》:"或曰:晚代铨文者多矣。至如梁昭明太子萧统与刘孝绰等,撰集《文选》,自谓毕乎天地,悬诸日月。然于取舍,非无舛谬。"②(宋)王应麟《玉海》卷五十四引《中兴书目》:"《文选》,昭明太子萧统集子夏、屈原、宋玉、李斯及汉迄梁文人才士所著赋、诗、骚、七……行状等为三十卷。"文末注:"与何逊、刘孝绰等选集。"③可见,自唐至宋,诸学士襄助萧统编纂《文选》一说已悄然流行,尽管在这些记载中诸学士尚仅限于刘孝

① (唐)姚思廉撰:《梁书》卷三十三《王筠传》,中华书局1973年版,第485页。
② [日]遍照金刚:《文镜秘府论·南卷·集论》,人民文学出版社1975年版,第163页。
③ (宋)王应麟:《玉海》卷五十四,广陵书社2003年影印本,第1017页。

绰、何逊等人。

宋仁宗景祐二年(1035),宋人邵思在《姓解》①中率先提出了“昭明太子十学士”说。邵思在此书卷二《弓》部“张”字下提出张缵、张率、张缅为“昭明太子十学士”,《刀》部“刘”字下提出刘孝绰为“昭明太子十学士”,“到”字下提出到洽为“昭明太子十学士”,《阜》部“陆”字下提出陆倕为梁“昭明太子十学士”,卷三《一》部“王”下提出王筠为梁“昭明太子十学士”。故《姓解》言及之“昭明太子十学士”有张缵、张率、张缅、刘孝绰、到洽、陆倕、王筠等七人。这是“昭明太子十学士”之说的首次明确提出,此说对《文选》成书研究的意义在于它大大增强了昭明太子诸学士襄助萧统编纂《文选》说的分量,对《文选》成书研究的影响至巨。

《姓解》关于“昭明太子十学士”之说的根据是《南史·王锡传》的记载。《南史》王锡本传所记此十人中,陆倕、张率、谢举、王规、王筠、刘孝绰、到洽、张缅八人为梁武帝一敕所封的官员学士,王锡时任太子洗马,张缵时任秘书郎,并非官员学士。《姓解》从“文士”义项上泛称此十人为“十学士”,而非从“官员”意义上称此十人为“学士”,因此,“昭明太子十学士”之说在“学士”指代“文士”的意义上可以成立。

然而,认定《姓解》从“文士”意义上泛称王锡、张缵等十人为“昭明太子十学士”可以成立,不等于说即由此认可“昭明太子十学士”同时侍奉东宫,更不等于认可“昭明太子十学士”编纂《文选》。《南史·王锡传》所言“昭明太子十学士”给读者的印象似乎是十学士同时侍奉东宫。但据史料记载,这是一种误解。“昭明太子十学士”中最为典型者为张率。据《梁书》本传,张率天监四年因丁父忧去职,天监七年召出,天监八年随晋安王萧纲戍石头,任云麾中记室。天监十三年萧纲镇荆州,张率为宣惠咨议,领江陵令,此后他一直随萧纲外任(自天监八年至天监十八年的十年中,张率一直任萧纲僚属),天监十八年张率始任太子仆,供职东宫。因此,张率

① (宋)邵思撰:《姓解》,中华书局1987年版。

约有十年时间不可能与“昭明太子十学士”中的其他诸学士同侍东宫。

本书第二章《〈文选〉的成书过程》与第三章《〈文选〉次文类编序与〈文选〉成书》分别论证了《文选》并非从数量极大的作品中直接选录成书的初选本,而是据挚虞《文章流别集》、李充《翰林》、刘义庆《集林》等前贤总集进行二次选编的再选本。因此,《文选》成书的工作量并非如笃信《文选》为初选本者所预想的那么大。编纂《文选》未必需要诸学士云集东宫方可操作。自总集中抄录萧统圈定的数百篇作品的工作,一般文士均可胜任。

普通七年后,东宫文士如陆倕、到洽、明山宾、殷芸、张缅等先后去世,东宫人才大不如前。故遵奉“昭明太子十学士”编纂说者均十分看重东宫学士的多寡与《文选》的成书。何融《〈文选〉编撰时期及编者考略》一文首次考察了东宫学士比较繁盛的三个时期:天监六、七年间,天监十四年间,普通三、四年间。普通七年之后,东宫学士渐就凋零或离散。

“昭明太子十学士”编纂《文选》说与《文选》“不录存者”说的结合,成为上一个世纪现代《文选》学研究者综合诸因素考察《文选》成书时间的基本视角。

据《文选》“不录存者”之说与萧统的《答湘东王求文集及〈诗苑英华〉书》,《文选》成书当在普通三年至中大通三年萧统下世的九年间。再考虑“昭明太子十学士”编纂《文选》说,《文选》的编纂当在这九年中东宫学士最盛之时。普通三年至普通六年(525),东宫学士云集,人才济济,王规(492~536)、殷钧(484~532)、王锡(499~534)、张缅(490~531)、明山宾(443~527)及刘孝绰(481~539)、到洽(477~527)、王筠(481~549)、殷芸(471~529)均会聚东宫,最适合编纂《文选》。

到了普通六年刘孝绰就因到洽弹劾免官,普通八年出任湘东王萧绎咨议[1],中大通元年又以丁母忧去职守丧,中大通三年服阙,但萧统已于此年病逝。普通七年后,其他东宫文士如陆倕、到洽、明山宾、殷芸、张缅等先后去世,东宫人才大不如前。故普通三年至普通六年,为部分现代《文选》学研究者最为看好的编纂之时。普通七年(526)下世的陆倕入选《文选》,以《文选》入选作家卒年为研究视点的研究者只能认定陆倕是初选后的补入者。如果以《文选》所录作品的写作年代为研究视点,研究者则无须做解。因为陆倕虽卒于普通七年,但《石阙铭》与《新刻漏铭》的写作时间却早在天监六年与天监七年,因此,二铭入选,极其自然,并无任何反常。

(三)关于《文选·序》所透露的《文选》编纂时期萧统闲适愉快的心情

> 余监抚馀闲,居多暇日。历观文囿,泛览辞林,未尝不心游目想,移晷忘倦。自姬汉以来,眇焉悠邈,时更七代,数逾千祀。词人才子,则名溢于缥囊;飞文染翰,则卷盈乎缃帙。自非略其芜秽,集其清英,盖欲兼功太半,难矣。……若其赞论之综缉辞采,序述之错比文华,事出于沉思,义归乎翰藻,故与夫篇什,杂而集之。远自周室,迄于圣代,都为三十卷,名曰《文选》云耳。[2]

据此数句可知:

第一,《文选·序》只能是《文选》编纂完成后所作[3]。

第二,《文选·序》中"监抚馀闲"云云,表明《文选》的编纂必是天监十四年(515)"加元服""省万机"以后的事。

---

① 俞绍初《昭明太子萧统年谱》认为刘孝绰任湘东王咨议在普通八年,甚是。俞文载《郑州大学学报》2000年第3期;又载俞绍初:《昭明太子集校注》,中州古籍出版社2000年版。

② (梁)萧统编,(唐)李善注,(清)胡克家校刻:《文选》,中华书局1977年影印本,第1~2页。

③ 参力之:《关于〈文选〉的编者问题》,载《文学评论》1999年第1期。

第三,“余监抚馀闲,居多暇日,历观文囿,泛览辞林,未尝不心游目想,移晷忘倦”数句,表明萧统编纂《文选》之时及《文选》编纂完成后作序之时,心绪极佳。

(四)关于萧统之母丁贵嫔普通七年下世与腊鹅事件对萧统的影响

这是解读《文选》成书时间的两个重要因素,但研究者对此关注不够。

普通七年十一月,萧统母丁贵嫔亡故,萧统极为悲伤,“水浆不入口,每哭辄恸绝”,“腰带十围,至是减削过半”。悲伤之中萧统又轻信道士之言,在丁贵嫔墓侧埋下腊鹅等物以压不祥。后,腊鹅事发,梁武帝震怒,萧统大失梁武帝欢心,“惭慨”交并,又无以自明,心情极为压抑。丁贵嫔谢世与腊鹅事件对萧统打击极大,此后数年,萧统均在极度压抑中度过。中大通三年,寡欢而终。

这两个事件对研究《文选》成书时间至关重要,就在于普通七年十一月其母丁贵嫔亡故后萧统的心情始终未能好转,这种“惭慨”交并的心绪与《文选序》所描述的轻松闲适的心情大相径庭。

因此,自普通七年十一月丁贵嫔下世,极重亲情并备受猜忌的萧统已不大可能再有《文选序》所描述的那种轻松闲适的心情。故作于《文选》成书之后的《文选序》不大可能是普通七年十一月丁贵嫔下世后所作,而只能写于此前,《文选》的成书似亦在此之前。普通七年之所以成为《文选》成书研究的一个时间坐标,不是因为陆倕卒于此年,而是因为丁贵嫔卒于此年。因此,《文选》编纂的时间只能是普通七年之前。

(五)关于刘孝绰中大通元年以丁母忧去职守丧,中大通三年服阙

这是笃信刘孝绰为《文选》的实际编纂者的研究者必须顾及的重要因素,但鉴于本书第二章、第三章已论定《文选》是据挚虞《文章流别集》、李充《翰林论》、刘义庆《集林》等前贤总集二次选编的再选本,刘孝绰并非《文选》的实际编纂者,因此,研究《文选》成书时间当不必关注刘孝绰中大通元年至中大通三年丁母忧服阙一事。

二 研究《文选》成书时间的第二种思路是以《文选》收录作品的写作时间为线索

《文选序》在谈及《文选》次文类的编序时曾明言:“诗赋体既不一,又以类分。类分之中,各以时代相次。”①因此,《文选》次文类是“以时代相次”编排的。“以时代相次”的内涵当是作家、作品均“以时代相次”,故考察《文选》所录作品的时间本身即是题内之义。

何融的《〈文选〉编撰时期及编者考略》②这篇名文开创了考察《文选》所收作品写作年代的先例。他在排列《文选》所收梁代作家的卒年时,同时列出了《文选》中梁代作家任昉、丘迟、沈约、陆倕、刘峻、徐悱六人的十五篇作品的编年序列:

任昉七篇:《为范尚书让吏部封侯第一表》(天监元年)、《奉答七夕诗启》(天监元年或三年)、《出传舍哭范仆射》(天监二年)、《天监三年策秀才文》(天监三年)、《奏弹曹景宗》(天监三年)、《奏弹刘整》(天监三年)、《赠郭桐庐出溪口见侯诗》(天监六年)。

丘迟一篇:《与陈伯之书》(天监四年)。

陆倕两篇:《新刻漏铭》(天监六年)、《石阙铭》(天监七年)。

刘峻三篇:《广绝交论》(天监七年后)、《重答刘秣陵沼书》(天监?年)、《辨命论》(天监十五年后)。

徐悱一篇:《古意酬到长史溉登琅琊城诗》(天监十三年后)。

何融据刘峻《辨命论》的写作时间为天监十五年而认定《文选》编纂的时间是天监十五年之后。虽然何融关于刘峻《辨命论》的写作时间的判断有误,但是,何融此文的学术价值不菲。他开创了从《文选》所录作品的写作时间研究《文选》成书时间的新思路,给此后学者研究《文选》成书时间

① (梁)萧统编,(清)胡克家校刻:《文选》,中华书局 1977 年影印本,第 2 页下。

② 《国文月刊》1949 年 2 月第 76 期;又载《中外学者文选学论集》,中华书局 1998 年版。

以极大的启示。

从《文选》收录作品的写作年代研究《文选》成书时间的思路基于两点：

第一，梁代著名诗人何逊与卒于天监末或普通初的柳恽、吴均、王僧孺诸人，当时均极负盛名，且均卒于《文选》收录作家中卒年最晚的陆倕卒年之前，但都无作品入选。这显然非"不录存者"可解。因此，据窦常"不录存者"说而专注于《文选》所录作家卒年的研究就难以诠释何逊诸人未能入选《文选》的疑点。

第二，《文选》所录梁代作家十人的五十六篇（江淹《杂诗》三十首以一篇计——笔者）作品，多作于齐世，真正写于梁代的作品不过十馀篇。考察清楚这些作品的准确写作年代，即可为《文选》编纂时间确定一个上限。

在《文选》收录的十位梁代作家五十六篇作品中刘峻的《辨命论》《重答刘秣陵沼书》与《广绝交论》，徐悱的《古意酬到长史溉登琅琊城诗》，陆倕的《石阙铭》与《新刻漏铭》等三人六篇作品格外值得重视。因为此三人卒于普通年间，故其作入选被某些以《文选》所录作家卒年为切入点的研究者视为刘孝绰独擅编纂大权的重要依据。其实，《文选》选录作品的时间下限是以天监末年为准。刘峻《辨命论》写于天监初年至天监七年之间，《重答刘秣陵沼书》作于《辨命论》之后，天监七年赴荆州之前；《广绝交论》作于任昉死后不久，最晚亦当在天监十一年（512）左右。徐悱《古意酬到长史溉登琅琊城诗》可能作于天监十三年之前。陆倕《新刻漏铭》当作于天监六年夏以后，《石阙铭》当写于天监六年冬至天监七年到洽任中舍人之前。[①] 故刘峻、徐悱、陆倕等三人六篇作品均在《文选》收录的天监末年的下限以内。

由于窦常"不录存者"说、"昭明太子十学士"编纂说、刘孝绰独擅编务

---

① 参曹道衡：《〈文选〉中六篇作品的写作年代》，载《文学遗产》1996 年第 2 期；又载曹道衡：《汉魏六朝文学论集》，广西师范大学出版社 1999 年版。

说均不能成立，因此亦与《文选》成书时间研究无涉。影响《文选》成书时间研究的因素只有五项：

第一，《文选》所录作品的下限以天监末年为断；

第二，《文选序》反映出的萧统在《文选》编纂及编纂完成后轻松闲适的心情；

第三，《文选》为二次选编的再选本；

第四，《答湘东王求文集及〈诗苑英华〉书》透露的普通三年萧统尚无编纂《文选》之念；

第五，普通七年丁贵嫔下世与随后发生的腊鹅事件对此后数年萧统心绪的巨大负面影响。

故《文选》成书时间当在普通三年至普通七年十一月之间。其上限由《答湘东王求文集及〈诗苑英华〉书》确定，其下限由丁贵嫔去世、腊鹅事件后萧统的心情“惭慨”交并无法编纂且亦无法写出轻松闲适的《文选序》所决定。

笔者此说与遵奉“昭明太子十学士”之说的某些研究者的观点有相合之处。普通三年至普通七年之间为东宫学士最盛之时，普通七年之后东宫学士渐渐凋零，不可能再编纂《文选》；因此，遵奉“昭明太子十学士”说者认定《文选》编纂当在普通三年至普通七年之间。但是，笔者认定《文选》为据前贤总集二次选编的再选本，因此，东宫学士多寡与《文选》编纂无涉。相合，只是一种巧合，二说立论的根据相差甚远。

第六章
《文选》多录常用文体、历代名作说

《文选》是萧统据挚虞《文章流别集》、李充《翰林》、刘义庆《集林》等前贤总集进行二次选编的再选本。萧统在编纂《文选》时出于对前贤总集的巨大信任,在《文选》成书后并未如《文选序》所言,在次文类编序中按照作家卒年先后进行排列整合。因此,《文选》的成书并未有特别巨大的工作量。但是,这部并未耗去更多精力的总集却取得了巨大的成功,隋唐《文选》学的兴起即是明证。

魏晋南北朝编纂的总集相当丰富,但是,未有一部总集能够像《文选》那样受到后世极大关注的。《新唐书·艺文志(四)》著录的以注释、音义、续补诸项为内容的《文选》学著作有十三部:萧该《文选音》十卷,曹宪《文选音义》(卷亡),僧道淹《文选音义》十卷,康安国注《驳文选异议》二十卷,李善注《文选》六十卷,公孙罗注《文选》六十卷,又《音义》十卷,李善《文选辨惑》十卷,许淹《文选音》十卷,《五臣注文选》三十卷,孟利贞《续文选》十三卷,卜长福《续文选》三十卷,卜隐之《拟文选》三十卷。

《新唐书》"徐坚《文府》二十卷"下注:

> 开元中,诏张说括《文选》外文章,乃命坚与贺知章、赵冬曦分讨,

会诏促之，坚乃先集诗赋二韵为《文府》上之。馀不能就而罢。[①]

唐代开元年间曾有诏集《文选》以外的文章，实即为《文选》补遗。

从今传世文献看，唐代敦煌吐鲁番写本《文选》，保存于日本的唐代古钞本《文选》，唐代无名氏《文选注》与晚唐的《文选集注》，说明唐代《文选》学的内容已极为丰富。《文选》能备受隋、唐两代士林青睐，并演变成《文选》学，其重要原因之一是《文选》所收文体多为隋、唐两代通行而实用的文体，所收篇目又多是历代传诵的名篇，因此，《文选》遂成为隋、唐文士学习通行实用文体的最好范本。诸家注释蜂起，各种续作纷出，其因盖缘于此。

第一节 《文选》多录常用文体说

考察《文选》所收三十九种文体是否为通行实用文体的方法有二：一是考察《文选》所收文体是否为梁、陈、隋三朝的通行实用文体，二是考察《文选》所收文体是否为唐代的通行实用文体。

《隋书·经籍志》集部总集类著录了大量按文体编纂的总集，这些按文体编纂的总集应当是梁、陈、隋三朝流传最广的通行实用文体，考察《文选》所收文体是否为梁、陈、隋三朝通行实用文体的途径就是考察《隋书·经籍志》集部总集类著录的文体与《文选》分体的异同。

《旧唐书·经籍志》《新唐书·艺文志》一如《隋书·经籍志》亦著录了大量按文体编纂的总集，这些按文体编纂的总集亦当是唐代的通行实用文体，考察《文选》所收文体与两《唐志》集部总集类著录的唐代文体与《文选》分体的异同，亦可见出《文选》所收文体是否为唐代通行实用文体。

考察《文选》所收文体是否为唐代通行实用文体的另一方法，则是考

① （宋）欧阳修等撰：《新唐书》卷六十《艺文志》，中华书局 1975 年版，第 1622 页。

察宋初编纂的《文苑英华》的分体与《文选》分体的异同。

一 《隋书·经籍志》集部总集类著录的文体与《文选》所收文体的异同

《隋书·经籍志》著录的按文体编纂的赋体总集计有十四种之多：谢灵运《赋集》九十二卷，《赋集钞》一卷，后魏秘书丞崔浩《赋集》八十六卷，《续赋集》十九卷，梁武帝《历代赋》十卷，《皇德瑞应赋》一卷，《杂都赋》十一卷，《述征赋》一卷，《神雀赋》一卷，《杂赋注本》三卷，《献赋》十八卷，梁武帝《围棋赋》一卷，孙壑注《洛神赋》一卷，张君祖撰《枕赋》一卷。

《隋书·经籍志》著录的按文体编纂的诗体总集计有三十一种：谢灵运《诗集》五十卷，谢灵运《诗集钞》十卷，《古诗集》九卷，《六代诗集钞》四卷，谢灵运《诗英》九卷，《今诗英》八卷，梁昭明太子《古今诗苑英华》十九卷，《诗缵》十三卷，《众诗英华》一卷，《诗类》六卷，徐陵《玉台新咏》十卷，干宝《百志诗》九卷，《齐释奠会诗》十卷，《齐谯会诗》十七卷，《青溪诗》（齐谯会作）三十卷，《百国诗》四十三卷，《文林馆诗府》八卷，《古乐府》八卷，陈徐伯阳《文会诗》三卷，《五岳七星回文诗》一卷，《毛伯成诗》一卷，张朏《春秋宝藏诗》四卷，《江淹拟古》一卷，《乐府歌辞钞》一卷，《歌录》十卷，《古歌录钞》二卷，《晋歌章》八卷，《吴声歌辞曲》一卷，徐陵《陈郊庙歌辞》三卷，崔子发《乐府新歌》十卷，殷僧《乐府新歌》二卷。

赋与诗是《隋书·经籍志》总集类著录的诸文体中数量最多的两种文体，达四十五种之多，占《隋书·经籍志》著录的按文体编纂的总集数量的37%。这两种文体所收作品也是《文选》三十九体中所占分量最重的两种文体，约占《文选》总篇数的52%。

赋、诗二体之外，《隋书·经籍志》著录的按文体编纂的总集尚有：

1.封禅书两种：

《大隋封禅书》一卷，《上封禅书》二卷。

2.颂体一种：

晋凉王李暠《靖恭堂颂》一卷。

3.箴铭一种：

《古今箴铭集》十四卷。

4.诫八种：

《众贤诫集》十卷，《诸葛武侯诫》一卷，《女诫》一卷，曹大家《女诫》一卷，《女鉴》一卷，《女人训诫集》一卷，冯少胄《娣姒训》一卷，《贞顺志》一卷。

5.赞两种：

谢庄《赞集》五卷，《画赞》五卷。

6.七体三种：

谢灵运《七集》十卷，《七林》十卷，颜之推《七悟》一卷。

7.碑集三种：

《碑集》二十九卷，《杂碑集》二十九卷，《杂碑集》二十二卷。

8.设论集一种：

刘楷《设论集》二卷。

9.论集六种：

《论集》七十三卷，《杂论》十卷，宗岱《明真论》一卷，《东西晋兴亡论》一卷，《陶神论》五卷，《正流论》一卷。

10.连珠集三种：

《黄芳引连珠》一卷，《梁武帝连珠》一卷，《梁武帝制旨连珠》十卷。

11.杂文集一种：

《梁代杂文》三卷。

12.诏书集十九种：

宗幹《诏集区分》四十一卷，《魏朝杂诏》二卷，《录魏吴二志诏》二卷，《晋咸康诏》四卷，《晋朝杂诏》九卷，《录晋诏》十四卷，《晋义熙诏》十卷，《宋永初杂诏》十三卷，《宋孝建诏》一卷，《宋元嘉副诏》十五卷，《齐杂诏》

十卷,《齐中兴二年诏》三卷,《后魏诏集》十六卷,《后周杂诏》八卷,《杂诏》八卷,《杂赦书》六卷[1],《陈天嘉诏草》三卷,《皇朝诏集》九卷,《皇朝陈事诏》十三卷。

13.表集两种:

虞和《上法书表》一卷,《梁中书表》十一卷。

14.启事三种:

《山公启事》三卷,《范宁启事》三卷,《梁、魏、周、齐、陈皇朝聘使杂启》九卷。

15.书体五种:

王履《书集》八十八卷,《书林》十卷,《杂逸书》六卷,《后周与齐军国书》二卷,《高澄与侯景书》一卷。

16.策体三种:

殷仲堪《策集》一卷,《策集》六卷,《宋元嘉策秀文》十卷。

17.诽谐文两种:

《诽谐文》三卷,袁淑《诽谐文》十卷。

18.骚体:

《文选》骚体收录了屈原《离骚》《九歌》六首(《东皇太一》《云中君》《湘君》《湘夫人》《少司命》《山鬼》),《九章》的《涉江》《卜居》《渔父》,宋玉《九辩》和《招隐士》。《隋书·经籍志》将《文选》的"骚"体易名为"楚辞类"置于总集之首,与后代总集中以文体命名的总集分别著录,但二者只是名称不同,都收有屈原、宋玉诸作。因此,《文选》的"骚"体,《隋书·经籍志》实际并未遗漏。

综上,《隋书·经籍志》著录的以文体编纂的总集有骚、赋、诗、封禅书、颂、箴铭、诫、赞、七、碑、设论、论、连珠、杂文、诏书、表、启事、书、策、诽谐文二十种。

---

① "赦书"体与"诏"体相类,均为帝王常用文体,本书将二者归为一类,以便论述。

《文选》将司马相如《封禅文》作为"符命"体收录,与《隋书·经籍志》以"封禅书"著录全同。《文选》称之为"符命"是因为《文选》此类中除"封禅书"外尚有扬雄《剧秦美新》与班固《典引》,故易名为"符命"。

《隋书·经籍志》的"箴铭"体其实涵盖了《文选》收录的"箴""铭"二体。因此,《隋书·经籍志》著录的二十种文体实际涵盖了《文选》的二十一种文体。

《文选》"令"体仅收录《宣德皇后令》一篇。刘良注:"皇后、太子称令。令,命也。"①故"令"为"诏"体别类。

《文选》"教"体收录傅亮《为宋公修张良庙教》《为宋公修楚元王墓教》两篇。李善注:"蔡邕《独断》曰:诸侯言曰教。"②故"教"亦"诏"体别类。《隋书·经籍志》的"诏书"实已涵盖了《文选》的"令""教"二体。

如果这样统计,《隋书·经籍志》总集类中包含的文体实际涵盖了《文选》中的二十三种文体。

《隋书·经籍志》著录而《文选》未立类收录的仅有"诫""杂文""启事""诽谐文"四种文体。这四种文体,仅"诫"体在任昉《文章缘起》中有著录,其馀三体《文章缘起》亦未著录。这说明齐梁时代"杂文""启事""诽谐文"三体之名均未出现。《文心雕龙·杂文》篇论述了"对问""七发""连珠"三种文体,故刘勰的"杂文"即指这三种文体。《文选》第三十四卷、三十五卷采录七体,第四十五卷采录"对问""设论"二体,第五十五卷采录"连珠"体,因此,《文选》虽然没有使用"杂文"的体类名称,但实际上已选录了"杂文"体。因此,《隋志》著录而《文选》未立类采录的实际仅有"诫""启事""诽谐文"三体。

《隋书·经籍志》著录总集的目的是为"属辞之士以为覃奥而取则焉",也即为文人士子学习写作提供范文集,因此,《隋书·经籍志》著录的

① (梁)萧统编,(唐)六臣注:《文选》,中华书局1987年影印本,第670页上。

② (梁)萧统编,(唐)六臣注:《文选》,中华书局1987年影印本,第672页上。

以文体编纂的总集当属当时通行实用的文体。《隋书·经籍志》总集类著录的文体有二十种,这些文体自然是《隋书·经籍志》的作者认为可以成为"属辞之士""取则"的通行实用文体。但《隋书·经籍志》著录的这二十种文体有十七种与《文选》分体相同,《隋书·经籍志》著录而《文选》未立类的文体仅有三种,而且这还是齐、梁时代尚未产生的文体,这种高度雷同说明《文选》收录的文体绝大部分是自梁至唐初的通行实用文体。

二 《旧唐书·经籍志》集部总集类著录的文体与《文选》所收文体的异同

《旧唐书·经籍志》集部总集类著录以文体编纂的总集仍以诗赋为大宗,其中,赋体著录十六种:《宋明帝赋集》四十卷,《五都赋》五卷,卞铄《献赋集》十卷,司马相如《上林赋》一卷,曹大家注班固《幽通赋》一卷,项岱注《幽通赋》一卷,张衡《二京赋》二卷,薛综《二京赋音》二卷,《三都赋》三卷,左太冲《齐都赋》一卷,李轨《齐都赋音》一卷,褚令之《百赋音》一卷,郭微之《赋音》二卷,綦毋邃《三京赋音》一卷,李淳风注《颜之推稽圣赋》一卷,张庭芳注庾信《哀江南赋》一卷。

《旧唐书·经籍志》著录的诗体总集极多,达四十种(含乐府总集):《元嘉宴会游山诗集》五卷,颜峻《妇人诗集》二卷,干宝《百志诗集》五卷,崔光《百国诗集》二十九卷,应璩《百一诗集》八卷,李夔《百一诗集》二卷,《晋元氏宴会游集》四卷,《元嘉宴会游山诗集》五卷,颜延之《元嘉西池宴会诗集》三卷,《齐释奠会诗集》二十卷,徐伯阳《文会诗集》四卷,北齐后主《文林诗府》六卷,宋明帝《诗集新撰》三十卷,宋明帝《诗集》二十卷,《谢灵运诗集》五十卷,又《诗集钞》十卷,《诗英》十卷,刘和《诗集》二十卷,颜峻《诗集》一百卷、《诗例录》二卷,谢灵运《诗英》十卷,梁昭明太子《古今诗苑英华》二十卷,释惠静《续古今诗苑英华》二十卷,《诗林英选》十一卷,《诗缵》十二卷,《词英》八卷,徐陵《六代诗集钞》四卷,刘孝孙《古今类序诗苑》三十卷,郭瑜《古今诗类聚》七十九卷,《歌录集》八卷,《汉魏吴晋鼓吹曲》四卷,《乐府歌诗》十卷,荀勗《太乐杂歌词》三卷,《太乐歌词》二卷,《乐府歌词》十卷,《乐府歌诗》十卷,《三调相和歌词》三卷,谢灵运《新撰录乐府集》十一卷,谢灵运撰《回文诗集》一卷,徐陵《玉台新咏》十卷。

数量如此之大的各种诗歌总集,反映了唐代学习诗歌写作的巨大社会需求。诗赋两大类文体之外,《旧唐书·经籍志》著录的按文体编纂的总集尚有十七种:

1.楚辞四种(略而不述)。

2.诏体四种:

宋干《诏集区别》二十七卷,温彦博《古今诏集》三十卷,李义府《古今诏集》一百卷,薛尧《圣朝诏集》三十卷。

3.颂体三种:

《皇帝瑞应颂集》十卷,《木连理颂》二卷,李暠《靖恭堂颂》一卷。

4.论体三种:

殷仲堪《杂论》九十五卷,《吴国先贤赞论》三卷,释灵祐《陶神论》。

5.碑体两种:

《诸郡碑》一百六十六卷,《杂碑文集》二十卷。

6.设论体两种:

刘楷《设论集》三卷,谢灵运《设论集》五卷。

7.连珠体三种:

谢灵运《连珠集》五卷,梁武帝《制旨连珠》四卷,陆缅注《制旨连珠》十一卷。

8.赞体五种:

谢庄《赞集》五卷,《七国叙赞》十卷,贺氏《会稽先贤赞》四卷,贺氏《会稽太守像赞》二卷,孙夫人《列女传叙赞》一卷。

9.箴铭体两种:

张湛《古今箴铭集》十三卷。

10.书体两种：

王履《书集》八十卷，夏赤松《书林》六卷。

11.表体一种：

《梁中书表集》二百五十卷。

12.策体两种：

《宋元嘉策》五卷，谢灵运《策集》六卷。

13.七体两种：

卞氏《七林集》十二卷，颜之推《七悟集》一卷。

14.训诫体三种：

《众贤诫集》十五卷，徐湛之《妇人训诫集》十卷，《女训集》六卷。

15.启事体两种：

山涛《启事》十卷，《范宁启事》十卷。

16.荐文体一种：

《荐文集》七卷。

17.诽谐文体一种：

袁淑《诽谐文》十五卷。

《旧唐书·经籍志》著录的上述十九种以文体编纂的总集中，“箴铭”包括了《文选》中的“箴”“铭”两种文体，“策”包括了《文选》中的“文”（策秀才文），《新唐书·经籍志》之《类表》注：“亦名《表启集》。”可见，新旧《唐书·经籍志》中的“表”实涵盖了《文选》中的“启”，故《旧唐书·经籍志》著录的以文体编纂的十九种文体实际涵盖了《文选》中的二十一种文体。

《旧唐书·经籍志》著录而《文选》未立类收录的仅有“诫”“荐文”“启事”“诽谐文”四种文体。《文选》未立类的这四种文体，只有“诫”体为任昉《文章缘起》著录，其馀三体《文章缘起》均未著录。这说明齐、梁时代“荐文”“启事”“诽谐文”三体尚未出现，《文选》未著录这三种文体当属自然。

"诫""荐文""启事""诽谐文"四体虽然已成为唐代社会的通行实用文体,但都是《旧唐书·经籍志》著录的诸文体中的小类,凡是收录作品在百卷左右的大类,如"诏""论""碑""表"四体均不出《文选》分体的范围。

因此,《旧唐书·经籍志》总集类著录的按文体编纂的总集中,绝大多数文体为《文选》分体所收录,故《文选》立类的诸文体也是唐代的通行常用文体。

三 《新唐书·艺文志》集部总集类著录的文体与《文选》所收文体的同异

与《隋书·经籍志》《旧唐书·经籍志》一样,《新唐书·经籍志》中的赋体总集仍位列除楚辞之外的诸体之首,且达十七种之多:《宋明帝赋集》四十卷,《五都赋》五卷,卞铄《献赋集》十卷,司马相如《上林赋》一卷,曹大家注班固《幽通赋》一卷,项岱注《幽通赋》一卷,张衡《二京赋》二卷,薛综《二京赋音》二卷,《三都赋》三卷,左太冲《齐都赋》一卷,李轨《齐都赋音》一卷,褚令之《百赋音》一卷,郭微之《赋音》二卷,綦毋邃《三京赋音》一卷,李淳风注颜之推《稽圣赋》一卷,张庭芳注庾信《哀江南赋》一卷,崔令钦注《哀江南赋》一卷,

《新唐书·经籍志》所载唐代按文体编纂的诗体总集达八十一种:颜峻《妇人诗集》二卷,殷淳《妇人集》十卷,干宝《百志诗集》五卷,崔光《百国诗集》二十九卷,应璩《百一诗》八卷,李夔《百一诗集》二卷,《晋元正宴会诗集》四卷,颜延之《元嘉西池宴会诗集》三卷,《清溪集》三十卷,《齐释奠会诗集》二十卷,徐伯阳《文会诗集》四卷,《文林诗府》六卷,《新文要集》十卷,宋明帝《诗集新撰》三十卷,《诗集》二十卷,《谢灵运诗集》五十卷,又《诗集钞》十卷,《诗英》十卷,《回文诗集》一卷,《刘和诗集》二十卷,《颜峻诗集》一百卷,许竣《六代诗集钞》四卷,《诗林英选》十一卷,《诗缵》十二卷,《诗录》二十卷,徐陵《六代诗集钞》四卷,又《玉台新咏》十卷,僧惠净《续古今诗苑英华集》二十卷,刘孝孙《古今类聚诗苑》三十卷,《歌录

集》八卷,《朝英集》三卷(开元中张孝嵩出塞,张九龄、韩休、崔沔、王翰、胡皓、贺知章所撰送行歌诗),李康《玉台后集》十卷,元思敬《诗人秀句》二卷,孙季良《正声集》三卷,《珠英学士集》五卷(崔融集武后时修《三教珠英》学士李峤、张说等诗),《搜玉集》十卷,曹恩《起予集》五卷,元结《箧中集》一卷,《奇章集》四卷,《元嘉宴会游山诗集》五卷,柳玄《同题集》十卷,窦常《南薰集》三卷,殷璠《丹阳集》一卷,又《河岳英灵集》二卷,王起《文场秀句》一卷,姚合《极玄集》一卷,高仲武《中兴间气集》二卷,李戡《唐诗》三卷,顾陶唐《唐诗类选》二十卷,刘悚《乐府古题解》一卷,《李氏花萼集》二十卷,《韦氏兄弟集》二十卷,《窦氏联珠集》五卷,《集贤院壁记诗》二卷,《翰林歌词》一卷,《大历年浙东联唱集》二卷,《断金集》一卷(李逢吉、令狐楚唱和),《元白继和集》一卷(元稹、白居易),《三州唱和集》(元稹、白居易、崔玄亮),《刘白唱和集》三卷(刘禹锡、白居易),《汝洛集》一卷(裴度、刘禹锡唱和),《洛中集》七卷,《彭阳唱和集》三卷(令狐楚、刘禹锡),《吴蜀集》一卷(刘禹锡、李德裕唱和),裴均《寿阳唱咏集》十卷,又《渚宫唱和集》二十卷,《岘山唱咏集》八卷,《荆潭唱和集》一卷,《盛山唱和集》一卷,《荆夔唱和集》一卷,僧《广宜与令狐楚唱和集》一卷,《名公唱和集》二十二卷,《汉上题襟集》十卷(段成式、温庭筠、余知古),袁皓集《道林寺诗》二卷,《松陵集》十卷(皮日休、陆龟蒙唱和),《廖氏家集》一卷(廖光图,唐末人),卢瓌《杼情集》二卷,孟启《本事诗》一卷,刘松《宜阳集》六卷(松,袁州人。集其州天宝以后诗四百七十篇),蔡省风《瑶池新咏》二卷(集妇人诗),僧灵彻《酬唱集》十卷(大历至元和中名人)。

其他按文体编纂的总集尚有十九种:

1.楚辞体七种(下文不详述)。

2.诏体四种:

宗幹《诏集区别》二十七卷,温彦博《古今诏集》三十卷,李义府《古今诏集》一百卷,薛尧《圣朝诏集》三十卷。

3.颂体三种：

《皇帝瑞应颂集》十卷,《木连理颂》二卷,李翯《靖恭堂颂》一卷。

4.碑体两种：

《诸郡碑》一百六十六卷,《杂碑文集》二十卷。

5.论体两种：

殷仲堪《杂论》九十五卷,《吴国先贤赞论》三卷。

6.设论体两种：

刘楷《设论集》三卷,谢灵运《设论集》五卷。

7.连珠体四种：

谢灵运《连珠集》五卷,梁武帝《制旨连珠》四卷,陆缅注《制旨连珠》十一卷,康显《海藏连珠》三十卷。

8.赞体五种：

谢庄《赞集》五卷,《七国叙赞》十卷,贺氏《会稽先贤赞》四卷,贺氏《会稽太守像赞》二卷,孙夫人《列女传叙赞》一卷。

9.箴铭体四种：

张湛《古今箴铭集》十三卷,《梁大同古铭记》一卷,《杂诫箴》二十四卷,王方庆《王氏神道铭》二十卷。

10.书体两种：

王履《书集》八十卷,夏赤松《书林》六卷。

11.表体两种：

《梁中书表集》二百五十卷,《类表》五十卷(亦名《表启集》)。

12.策体六种：

《宋元嘉策》五卷,《宋伯宜策集》六卷,谢灵运《策集》六卷,周仁瞻《古今类聚策苑》十四卷,《五子策林》十卷(集许南容而下五人策问),《元和制策》三卷(元稹、独孤及、白居易)。

13.七体三种：

卞氏《七林集》十二卷,颜之推《七悟集》一卷,《七集》十卷。

14.哀策体一种：

李吉甫《国朝哀策文》四卷。

15.诫体三种：

《众贤诫集》十五卷，徐湛之《妇人训诫集》十卷，《女训集》六卷。

16.启事体两种：

山涛《启事》十卷，《范宁启事》十卷。

17.荐文体一种：

《荐文集》七卷。

18.诽谐文体一种：

袁淑《诽谐文》十五卷。

19.奏（含奏议）体两种：

吴兢《唐名臣奏》十卷，马揔《奏议集》三十卷。

上述二十一种文体，与《文选》分体相合者有十七种。《新唐书·经籍志》著录而《文选》未能立类的文体仅有“诫”“启事”“荐文”“诽谐文”“奏”五体，其中，“奏”是任昉《文章缘志》立类而《文选》没有立类的。《新唐书·经籍志》的“奏”体（含“奏议”）与《文选》中的“上书”“启”二体较近，故《新唐书·经籍志》著录的以文体编纂的总集实际上仅“诫”“启事”“荐文”“诽谐文”四种《文选》没有立类。如上文所言，《文选》未立类的这四种文体，仅“诫”体任昉《文章缘起》曾有著录，“启事”“荐文”“诽谐文”三体，齐、梁时期分体最为苛细的《文章缘起》都未收录，可见，这三种文体齐、梁时期并未形成。此益可见《文选》甄录众体，通行而实用。

四 《文苑英华》所收文体与《文选》所收文体的同异

宋人李昉等编纂的《文苑英华》，收录了赋、诗、歌行、杂文、中书制诰、翰林制诰、策问、策、判、表、笺、状、檄、露布、弹文、移文、启、书、疏、序、论、议、连珠、喻对、颂、赞、铭、箴、传、记、谥哀册文、谥议、诔、碑、志、墓表、行状、祭文等三十八种文体。由于《文苑英华》收录作品的90%是唐代作品，因此,该书所收文体应当是唐代的通行实用文体。但《文苑英华》编纂于宋初,是一部按文体分类收录作品的类书,故此书所收诸体不仅是唐代的通行实用文体,还应是宋初的通行实用文体。

《文苑英华》与《文选》有二十二种文体基本对应:赋、诗、表、笺、檄、弹文、移文、启、书、序、论、连珠、颂、赞、铭、箴、谥哀册文、诔、碑、墓表、行状、祭文。特别是哀悼体的诔、碑、墓表、行状、祭文,《隋书·经籍志》、两《唐书·经籍志》均极少著录这几种文体的总集,《文苑英华》的立类说明哀悼诸体是齐梁至宋初的通行实用文体。

"歌行"是唐代流行的新诗体,《文苑英华》将其单独立类,反映了唐代歌行体创作繁盛的现实,但它与《文选》中的"诗"当属一类。《文选》、《隋书·经籍志》、新旧《唐书·经籍志》十分看重的"诏",在《文苑英华》中分为"中书制诰"与"翰林制诰",这是唐代"诏"书或出自中书省或出自翰林院的现实反映。《文选》中的"文"原只收录"策秀才文",《文苑英华》将其分解为"策问"与"策"二体,这同样反映了唐代中叶至宋初重视"策问"与"策"的现实。《文苑英华》中的"谥哀册文",亦即《文选》中的"哀"。《文苑英华》立类而《文选》没有立类的文体仅有"判""状""露布""疏""议""喻对""传""记""谥议""志"十种。其中,"露布""议""传""记"四种文体任昉《文章缘起》曾经著录,但《文选》未能立类,其馀六种《文章缘起》皆未立类,可见南朝文论界尚无此数体,故《文选》不为之立体当属自然。

《文苑英华》是承继萧统《文选》编纂的类文类书。作为类书,该书将前人各体之作分类编纂,为文士提供学习写作的范本。自《文选》编纂至《文苑英华》编纂,其间历经四百六十馀年,但《文选》的立体分类与《文苑英华》的立体分类仍基本相同,这进一步说明《文选》立体分类的确是梁、陈至宋初的通行实用文体。

第二节 《文选》之赋多历代名作说

《文选》作为萧统据挚虞《文章流别集》、李充《翰林》、刘义庆《集林》等总集进行二次选编的再选本，所收作品多先士茂制，讽高历赏，久有定评之作。《文选》所选与沈约《宋书·谢灵运传论》、刘勰《文心》、锺嵘《诗品》诸作所论多有相同之处，此当人无异论、识鲜差池之故。现代《文选》学界谈论《文选》选录历代名作者众，而研究这一重要观点者寡。笔者今广集诸家文献①，分赋、诗、文三大类，详列萧统《文选》所录实历代名作。

一 先谈赋类

《文选》以赋类为首，赋类之中又厘为京都、郊祀等十类。其中，京都居《文选》赋之首，含孟坚《两都》，平子《二京》《南都》与太冲《三都》，在李善注六十卷本的《文选》中占有整整六卷之多，卷数、字数均占全部《文选》的十分之一多，可见其分量之重。

1.《三国志·魏志·国渊传》：

> 时有投书诽谤者，太祖疾之，欲必知其主。渊请留其本书，而不宣露。其书多引《二京赋》，渊敕功曹曰："此郡既大，今在都辇，而少学问者。其简开解年少，欲遣就师。"功曹差三人，临遣引见，训以："所学未及，《二京赋》，博物之书也，世人忽略，少有其师，可求能读者从受之。"又密喻旨。旬日得能读者，遂往受业。吏因请使作笺，比方其

① 本节资料以清人余萧客《文选纪闻》为基本依据，参考骆鸿凯《文选学·徵故》。骆氏自言辑录《徵故》的目的有三：一是有憾于《文选》未如挚虞《文章流别》与李充《翰林》，缺少"时流品藻""史臣论断"之文，李善注《文选》亦限于篇幅而未克骈罗；二是大量"艺苑珍谈""选楼故实"未得收录；三是余萧客的《文选纪闻》"贪多炫博有闻而不关《选》之病"。故骆氏"限断李唐，世取近古"，辑成此章。骆鸿凯《文选学·徵故》实据余萧客《文选纪闻》所撰。关于余萧客《文选纪闻》与骆鸿凯《文选学·徵故》的关系，因与本书关系较远，不述。

书,与投书人同手。收摄案问,具得情理。①

国渊为三国时人,深得曹操信任。曹操对投谤书者极为恼火,务要查明作者。国渊从谤书中得知草此谤书者熟精平子《二京赋》,便借此侦破谤书案。时国渊任魏郡太守。据《后汉书·郡国(二)》载,魏郡属冀州,故可知三国时代的冀州之地,《二京赋》仍作为汉大赋名作而深受士人重视。这是一个极为鲜见的借谤书作者熟谂《二京赋》而侦破谤书案的案例,不仅魏郡有熟知平子《二京》的学者,且国渊本人亦极熟谂张衡《二京》,否则,不可能采用此法侦破谤书案。

2.左思《〈三都赋〉序》:

然相如赋《上林》而引"卢橘夏熟",杨雄赋《甘泉》而陈"玉树青葱",班固赋《西都》而叹以出比目,张衡赋《西京》而述以游海若。……余既思摹《二京》而赋《三都》。②

从左思的自序可以见出,他对《上林》《甘泉》《两都》《二京》诸作皆极为熟知,且公认司马相如、扬雄、班固、张衡为汉赋的代表作家,扬、马、班、张之作亦为汉赋的典范之作,其赋《三都》乃为追摹扬、马、班、张诸赋。可见,西晋作家仍以扬、马、班、张诸家大赋为赋体的代表,必欲模仿而快之。

左思不仅在其《〈三都赋〉序》中对司马相如《上林赋》多所钦羡之词,在《咏史》八首其一中亦咏道:"著论准《过秦》,作赋拟《子虚》。"可见,在他的心目之中,相如《子虚》为汉赋典范。左思在中国古代文学史上一向以《咏史》八首与《三都赋》彪炳史册,他的传世名作《咏史》公开表明自己以司马相如的《子虚》(实即《子虚》《上林》诸赋,囿于诗歌字数的限定,无

① (晋)陈寿撰,(宋)裴松之注:《三国志·魏志·国渊传》,中华书局1964年版,第339~340页。

② (梁)萧统编,(清)胡克家校刻:《文选》,中华书局1977年影印本,第74页。

法逐一提及——笔者)为写作准的,司马相如在西晋作家心目中的崇高历史地位当毋庸置疑了。

3.葛洪《抱朴子·钧世篇》:

> 《毛诗》者,华彩之辞也,然不及《上林》《羽猎》《二京》《三都》之汪濊博富也。①

又《钧世篇》:

> 同说游猎,而《叔畋》《卢铃》之诗,何如相如之言《上林》乎?②

葛洪所云《叔畋》,当为《诗·郑风》之《叔于田》《大叔于田》;《卢铃》当为《诗·齐风·卢令》。葛氏所言,当为举一例馀,以《叔于田》《卢令》概指《毛诗》。《毛诗》自汉代之后,被视为经书,地位极高。但是,在葛洪眼中,其"汪濊博富"尚不及相如《上林》、子云《羽猎》、平子《二都》、太冲《三都》。这固然反映了晋代儒学地位的下降,同时亦说明晋人仍绝重扬、马、班、张诸家之赋。左思之赋《三都》,葛洪之论华彩,皆为明证。

4.稍晚于葛洪的东晋著名玄言诗人孙绰,亦为汉代大赋的推崇者之一。

《世说新语上卷下·文学第四》:

> 孙兴公云:"《三都》《二京》,五经鼓吹。"刘孝标注:"言此五赋是经典之羽翼。"③

---

① 杨明照:《抱朴子外篇校笺》(下),中华书局1991年版《新编诸子集成》,第70页。
② 杨明照:《抱朴子外篇校笺》(下),中华书局1991年版《新编诸子集成》,第75页。
③ 余嘉锡:《世说新语笺疏》,上海古籍出版社1993年版,第260页。

《晋书·孙绰传》:

> 绝重张衡、左思之赋,每云:"《三都》《二京》,《五经》之鼓吹也。"①
>
> 绰少以文才垂称,于时文士,绰为其冠。温、王、郗、庾诸公之薨,必须绰为碑文,然后刊石焉。②

孙绰是以文才著称的东晋诗人,其玄言诗创作虽不为学林认同,但其视《二京》《三都》为《五经》之羽翼,不可谓视之不高。尽管左思模拟扬、马、班、张而赋《三都》,葛洪亦盛赞扬、马、班、张而以为其高于《毛诗》,但是,个中未有一人如孙绰直言不讳地称《三都》《二京》为《五经》的羽翼。《五经》地位之高,在汉代莫有其比。但是,到了东晋,由于儒学自身地位的下降,学界对儒家《五经》的看法亦有了极大的变化。孙绰对《三都》《二京》的评论,实际上代表了时代的共论,只不过说得更为明晰而已。从汉世至魏、晋,学人重视京都大赋已经成为一种文学传统。这种文学传统既是时代之共论,亦是学林之共识。

5.《北齐书·阳斐传》载阳斐《答陆士佩书》:

> 相如壮《上林》之观,扬雄骋《羽猎》之辞。虽系以隮墙填堑,乱以收罝落网,而言无补于风规,只足昭其愆戾也。③

陆士佩致书阳斐,意在"欲因山即壑以为公家苑囿",阳斐不同意陆氏劳民伤财之举,故答书颇陈息民为要。今胡刻本《文选》卷三平子《东京赋》:

---

① (唐)房玄龄等撰:《晋书》卷五十六,中华书局1974年版,第1544页。
② (唐)房玄龄等撰:《晋书》卷五十六,中华书局1974年版,第1547页。
③ (唐)李百药撰:《北齐书》卷四十二,中华书局1972年版,第554页。

> 故相如壮《上林》之观，杨雄骋《羽猎》之辞。虽系以隤墙填堑，乱以收置解罘。卒无补于风规，只以昭其愆尤。①

阳斐《答陆士佩书》此数句全用平子《东京赋》之成句，足见阳斐对《东京赋》的熟谂。阳斐为北齐文人，孝静帝兴和（539～542）中，曾聘于梁。《北齐书》本传记其使梁归来作《答陆士佩书》。其时，昭明太子刚刚去世，《文选》虽已编成，但恐尚未流布北域，故阳斐对《东京赋》的熟谂当不致因萧统《文选》收录《东京赋》所致。且其书中明言者为相如《上林》与子云《羽猎》，但书中引语却为平子《东京》，可见，阳斐于汉代京都、畋猎诸赋皆极熟知。上文曾论及西晋、东晋文士对扬、马、班、张为代表的汉代大赋的赞许，是对汉代以来文学传统的继承。《北齐书·阳斐传》所载阳斐《答陆士佩书》则表现出对扬、马、班、张诸赋的高度认同，此可见北方士林对两汉文学传统的认同与南方士林并无二致。

6.《西京杂记》：

> 司马长卿赋，时人皆称典而丽，虽诗人之作不能加也。扬子云曰："长卿赋似不从人间来，其神化所至耶！"子云学相如为赋而弗逮，故雅服焉。②
>
> 司马相如为《上林子虚赋》，意思萧散，不复与外事相关。控引天地，错综古今。忽然如睡，焕然而兴，几百日而后成。③

司马相如是汉赋著名作家，前引左思、葛洪诸人皆十分钦仰长卿。但是，对司马相如的首肯并非始于魏、晋，早在汉世，班固写作《汉书》之时已

---

① （梁）萧统编，（清）胡克家校刻：《文选》，中华书局1977年影印本，第67页上。
② （晋）葛洪：《西京杂记》，中华书局1985年版，第307页。
③ （晋）葛洪：《西京杂记》，中华书局1985年版，第305页。

对司马相如的赋作给予了较高评价。《汉书·叙传》评述司马相如:“文艳用寡,子虚乌有。寓言淫丽,托讽终始。多识博物,有可观采。蔚为辞宗,赋颂之首。”[①]“子虚乌有”,为司马相如《子虚》《上林》赋的拟设人物,班固随手拈来,评述相如,足见孟坚于二赋之熟知。

7.《论衡·案书篇》:

> 今尚书郎班固,兰台令杨终、傅毅之徒,虽无篇章,赋颂纪奏,文辞斐炳。赋象屈原、贾生,奏象唐林、谷永,并比以观好,其美一也。[②]

东汉王充尚不辨屈原之骚与贾谊之赋的区别,但其看重屈骚、贾赋,足以证明屈原、贾谊之作是东汉公认的名作。

8.郦道元(466? ~527)的《水经注》。

该书是北朝散文名著,在“因水以记地,即地以存古”之时,对先秦汉魏晋南北朝的文学作品多所征引,其中不乏对《文选》所录作品的大量征引。郦道元《水经注》的写作时间不可确考,《文选》成书时间本书第五章已详论在普通三年(522)至普通七年(526)十一月之间,郦道元卒于萧统《文选》成书之后,故其《水经注》征引的大量文学典籍虽为《文选》收录,当非受《文选》传播的影响,而是受到整个两汉魏晋南北朝文学传统的影响所致。故考察《水经注》对两汉魏晋南北朝重要文学作品的征引,可以让我们了解两汉魏晋南北朝的文学传统,对我们今天认识萧统《文选》多收录历代文学名作是一重要参证。

但是,对于郦道元《水经注》中《江水注》引用《文选》诸作一事,还当另作具体分析。《水经注》江南诸水道皆郦道元参考晋宋地志所作,[③]晋宋

---

① (汉)班固撰,(唐)颜师古注:《汉书》卷一百,中华书局1964年版,第4255页。

② (东汉)王充:《论衡》,吉林大学出版社1992年影印《汉魏丛书》本,第887页。

③ 详见笔者《晋宋地记与山水散文》,载《文学遗产》1990年第1期;又见笔者《中国古代山水游记研究》,河南大学出版社1996年版。

地志的作者皆在萧统之前,故《水经注》引用萧统《文选》诸作,绝非受萧统《文选》影响,而是受整个魏晋南北朝文学传统的影响。因而,《水经注》对文学名著的征引,首先是晋宋地志作者对先秦两汉魏晋南北朝文学传统的继承,其次才是郦道元对先秦两汉魏晋南北朝文学传统的认同。

《水经·湘水注》:

> 湘水又北,汨水注之。水东出豫章艾县桓山,西南径吴昌县北,与纯水合。水源出其县东南纯山,西北流,又东径其县南,又北径其县故城下。县是吴主孙权立。纯水又右会汨水,汨水又西径罗县北,本罗子国也。故在襄阳宜城县西,楚文王移之于此。秦立长沙郡,因以为县,水亦谓之罗水。汨水又西径玉笥山。罗含《湘中记》云:屈潭之左有玉笥山。道士遗言,此福地也。一曰地脚山(会贞按:《方舆胜览》引甄烈《湘中记》,屈潭之左有玉笥山,屈平之放,栖于此而作《九歌》焉)。汨水又西为屈潭(会贞按:《汉志》罗县。师古引盛弘之《荆州记》,沿汨西北去县三十里,名为屈潭。《史记·屈原传·索隐》引作四十里,在今之湘阴县北),即汨罗渊也。屈原怀沙自沉于此,故渊潭以屈为名。昔贾谊、史迁皆尝径此,弭楫江波,投吊于渊。①

据《湘水注》这段长文,无论正文中所引罗含《湘中记》,抑或注文所引盛弘之《荆州记》,都记述了屈原沉江的屈潭。熊会贞的按语所引甄烈《湘中记》,不但记述了屈潭,而且点明屈原于此曾作《九歌》。可见,屈原及其所作,均为晋、宋地志作者所重视。

据张国淦《中国古代方志》考,罗含《湘中记》当为《湘中山水记》。罗含,字君章,《晋书》卷九十二《文苑》传中载其生平,但对其地志著作《湘中

① 杨守敬、熊会贞:《水经注疏》,科学出版社 1955 年影印本,第 38 卷,第 35 页。另见陈桥驿复校:《水经注疏》,江苏古籍出版社 1989 年版,第 3154~3155 页。

记》却一无所载。《宋史·艺文志(三)》载罗含《湘中山水记》三卷。丁国钧《补晋书艺文志(二)》,文廷式《补晋书艺文志(三)》,秦荣光《补晋书艺文志(二)》,黄逢元《补晋书艺文志(二)》,吴士鉴《补晋书艺文志(二)》,郑樵《通志·艺文略(四)》,陈振孙《直斋书录解题(八)》,《国史经籍志(三)》,均记载了罗含的《湘中山水记》。罗氏为东晋人,可见,东晋之时,屈原之作仍深受时人之重。萧统《文选》收录屈作数首,亦时代共论使之然。

庾敳生当西晋末年"八王之乱"之时,最终在石勒之乱中,与王衍等同被害。他的《意赋》充满了齐物一致之论,为贾谊《鹏鸟赋》之仿作。《晋书·庾敳传》:"敳见王室多难,终知婴祸,乃著《意赋》以豁情,犹贾谊之《服鸟》也。"①《服鸟》即《鹏鸟赋》。西晋之世,谈玄之风颇盛。《庄子》为当时流行的"三玄"之一,故《庄子》齐物一致之论颇为盛行。但庾敳衍贾谊《鹏鸟》之意而创作《意赋》,足见其对贾生才华之服膺,亦可见出贾生《鹏鸟赋》为西晋文士所熟谂。今胡刻本《文选》卷十三录贾谊《鹏鸟赋》,当非萧统一人之好,而是世人之共识。

张衡《西京赋》今载胡刻本《文选》卷二,为张衡大赋名作,亦为《文选》京都赋中仅亚于班固《两都》的名作,此赋为后世见引特夥。

《三国志·魏志·高堂隆传》:

迁侍中,犹领太史令。崇华殿灾,诏问隆:"此何咎?于礼,宁有祈禳之义乎?"隆对曰:"夫灾变之发,皆所以明教诫也,惟率礼修德,可以胜之。《易传》曰:'上不俭,下不节,孽火烧其室。'又曰:'君高其台,天火为灾。'此人君苟饰宫室,不知百姓空竭,故天应之以旱,火从高殿起也。上天降鉴,故谴告陛下;陛下宜增崇人道,以答天意。昔太戊有桑谷生于朝,武丁有雊雉登于鼎,皆闻灾恐惧,侧身修德,三年之

① (唐)房玄龄等撰:《晋书》卷五十,中华书局1974年版,第1395页。

> 后，远夷朝贡，故号曰中宗、高宗。此则前代之明鉴也。今案旧占，灾火之发，皆以台榭宫室为诫。然今宫室之所以充广者，实由宫人猥多之故。宜简留其淑懿，如周之制，罢省其余。此则祖己之所以训高宗，高宗之所以享远号也。"诏问隆："吾闻汉武帝时，柏梁灾而大起宫殿以厌之，其义云何？"隆对曰："臣闻《西京》曰：'柏梁既灾，越巫陈方。建章是经，以厌火祥。'乃夷越之巫所为，非圣贤之明训也。《五行志》曰：'柏梁灾，其后有江充巫蛊卫太子事。'如《志》之言，越巫建章无所厌也。孔子曰：'灾者修类应行，精祲相感，以戒人君。'是以圣主睹灾责躬，退而修德，以消复之。今宜罢散民役。宫室之制，务从约节，内足以待风雨，外足以讲礼仪。清埽所灾之处，不敢于此有所立作，萐莆、嘉禾必生此地，以报陛下虔恭之德。岂可疲民之力，竭民之财！实非所以致符瑞而怀远人也。"帝遂复崇华殿，时郡国有九龙见，故改曰九龙殿。①

建安十八年，曹操亲自启用高堂隆为丞相军议掾。高堂隆为官耿介，魏明帝青龙年间(233~237)，为大治宫殿而拟西取长安大钟，高堂隆即上疏劝阻。崇华殿遭火灾，高堂隆更借此进谏。虽然高堂隆的上疏充满了西汉神学目的论的精神，但他只是借此劝诫魏明帝。故《高堂隆传》史臣评曰："高堂隆学业修明，志在匡君，因变陈戒，发于恳诚，忠矣哉！"②魏明帝对高堂隆的进谏，尚存疑虑，故借汉代大修柏梁台以厌火灾之事应对高堂隆之谏，高堂隆借张平子《西京赋》之语，证明汉代柏梁之灾后，是越巫陈方，而非圣贤明训，其意仍在劝谏。高堂隆进谏称引《西京赋》，说明三国曹魏之世，张衡《西京赋》仍极为士林所重，以致高堂隆陈言进谏，言必称《西京》。

---

① （晋）陈寿撰，（宋）裴松之注：《三国志》卷二十五，中华书局1964年版，第709~710页。

② （晋）陈寿撰，（宋）裴松之注：《三国志》卷二十五，中华书局1964年版，第719页。

《南史·齐本纪(下)》:

> 三年,殿内火,合夕便发,其时帝犹未还,宫内诸房阁已闭。内人不得出,外人又不敢辄开,比及开,死者相枕。领军将军王莹率众救火,太极殿得全。内外叫呼,声动天地。帝三更中方还,先至东宫,虑有乱,不敢便入,参觇审无异,乃归。其后出游,火又烧璿仪、曜灵等十馀殿及柏寝,北至华林,西至秘阁,三千馀间皆尽。左右赵鬼能读《西京赋》,云:"柏梁既灾,建章是营。"于是大起诸殿,芳乐、芳德、仙华、大兴、含德、清曜、安寿等殿,又别为潘妃起神仙、永寿、玉寿三殿,皆匝饰以金璧。①

《南史》虽修于初唐,但所用史料皆取自前史。《南史》修纂时,萧子显(487~535)《齐书》早已流行,《南史》于其多有所取,子显生卒略早于萧统。《南史》此段所记,为齐东昏侯时事。东昏肆意出游,不理朝政,优宠潘妃,大修宫室,劳民伤财。东昏之暴,史书多有所载。其大修宫室,乃断章取义地引用张衡《西京赋》之论为其张目,极为荒唐,但东昏左右之赵鬼能诵,可见南齐之时,张平子《西京》仍为世人所重,其时,萧统《文选》尚未编纂。其书所引"柏梁既灾,建章是营"二句,出自《西京赋》"柏梁既灾,越巫陈方。建章是经,用厌火祥"。② 今本《三国志·魏志》所引《西京赋》与今胡刻本《文选》相合,《南史》所引《西京赋》与今本有异。但无论引文异同,南齐习诵《西京》,当无疑问。

《汉书·郊祀志注》颜师古注:

> 《三辅故事》云建章宫承露盘高二十丈,大七围,以铜为之,上有

---

① (唐)李延寿撰:《南史》卷五《齐本纪下》,中华书局 1975 年版,第 153 页。
② (梁)萧统编,(清)胡克家校刻:《文选》,中华书局 1977 年影印本,第 40 页下。

仙人掌承露，和玉屑饮之。盖张衡《西京赋》所云："立修茎之仙掌，承云表之清露。屑琼蕊以朝餐，必性命之可度"也。①

今胡刻本《文选》卷二《西京赋》："立修茎之仙掌，承云表之清露。屑琼蕊以朝飧，必性命之可度。"②

《水经·河水注（四）》：

历北出东崤，通谓之函谷关也。邃岸天高，空谷幽深，涧道之峡，车不方轨，号曰天险，故《西京赋》曰："岩险周固，衿带易守。"③

今胡刻本《文选》卷二《西京赋》"高祖创业"一段曰："岩险周固，衿带易守。"④

《水经·渭水注（下）》：

渭水又东北径渭城南，文颖以为故咸阳矣，秦孝公之所居离宫也。献公都栎阳，天雨金，周太史儋见献公曰："周故与秦国合而别，别五百岁复合，合七十岁而霸王出。"至孝公作咸阳，筑冀阙而徙都之。故《西京赋》曰："秦里其霸，实为咸阳。"⑤

今胡刻本张衡《西京赋》首"汉氏初都，在渭之涘"一段有"秦里其朔，寔为咸阳"二句。

《水经·河水注（四）》：

---

① （汉）班固撰，（唐）颜师古注：《汉书·郊祀志》，中华书局1964年版，第1220页。
② （梁）萧统编，（清）胡克家校刻：《文选》，中华书局1977年影印本，第42页上。
③ 杨守敬、熊会贞：《水经注疏》，科学出版社1955年影印本，第4卷，第40页。
④ （梁）萧统编，（清）胡克家校刻：《文选》，中华书局1977年影印本，第50页上。
⑤ 杨守敬、熊会贞：《水经注疏》，科学出版社1955年影印本，第19卷，第15页。

> 华岳本一山,当河。河水过而曲行,河神巨灵,手荡脚蹋,开而为两。今掌足之迹仍存,《循甲开山图》曰:有巨灵胡者,偏得坤元之道,能造山川,出江河。所谓"巨灵赑屃,首冠灵山"者也。常有好事之人,故升华岳而观厥迹焉。

杨守敬《水经注疏》在"'巨灵赑屃,首冠灵山'者也"句下注:"守敬按:二语出左思《吴都赋》,见《文选》,赑作屓。"①清末民初《选》学家李详曰:

> 巨灵赑屃,见《西京赋》。左思《吴都赋》:巨鳌赑屃,厥首冠灵山。善长本当引巨灵赑屃,厥迹犹存。而误引《吴都》。又改鳌为灵。当由熟于张、左之赋而互引不觉也。②

今按:平子《西京赋》:"巨灵赑屃,高掌远蹠,以流河曲,厥迹犹存。"③左思《吴都赋》:"巨鳌赑屃,首冠灵山。"李详之说,甚有见地。善长因熟谂平子《西都》与太冲《三都》,引文之际不觉互用,此之不觉更说明善长对二赋的熟悉,故此说较杨守敬说更切合善长原文。

《世说新语·容止篇》:

> 王丞相见卫洗马,曰:"居然有羸形,虽复终日调畅,若不堪罗绮。"④

刘孝标注引《西京赋》:"始徐进而羸形,似不任乎罗绮",以明"羸形"

---

① 杨守敬、熊会贞:《水经注疏》,科学出版社 1955 年影印本,第 4 卷,第 26 页。
② 骆鸿凯:《文选学》,中华书局 1989 年版,第 196 页。
③ (梁)萧统编,(清)胡克家校刻:《文选》,中华书局 1977 年影印本,第 34 页。
④ 余嘉锡:《世说新语笺疏》,上海古籍出版社 1993 年版,第 612 页。

“罗绮”二词之出典。今胡刻本《文选》卷二平子《西京赋》:“始徐进而羸形,似不任乎罗绮。”卫洗马,为卫玠。据刘孝标注引《玠别传》:“玠素抱羸疾。”可知,卫玠一向体形消瘦,故王导暗用平子《西京》之词形容卫玠的消瘦。但王导所用《西京赋》之词语,极为隐晦,非孝标所注,人几不察此为《西京》之语,此更可见王导对《西京》诸赋几近成诵,方能脱口而出。这反映出东晋士林仍盛传平子《西京赋》。

《水经·穀水注》:

> 穀水又南径平乐观东。李尤《平乐观赋》曰:“乃设平乐之显观,章秘伟之奇珍。”华峤《后汉书》曰:“灵帝于平乐观下起大坛,上建十二重五采华盖,高十丈。坛东北为小坛,复建九重华盖,高九丈。列奇兵骑士数万人,天子住大盖下。礼毕,天子躬擐甲胄,称无上将军,行阵三匝而还,设秘戏以示远人。”故《东京赋》曰:“其西则其平乐都场,示远之观,龙雀蟠蜿,天马半。”①

今胡刻本《文选》卷三平子《东京赋》曰:“其西则有平乐都场,示远之观。龙雀蟠蜿,天马半汉。”②疑杨守敬本《水经注疏》引平子《东京》而夺“汉”字。

又《水经·穀水注》:

> 山之东旧有九江,陆机《洛阳记》曰:“九江直作圆水,水中作圆坛三。破之,夹水得相径通。”《东京赋》曰:“濯龙芳林,九谷八溪,芙蓉覆水,秋兰被崖。”今也,山则块阜独立,江无复髣髴矣。③

---

① 杨守敬、熊会贞:《水经注疏》,科学出版社1955年影印本,第16卷,第45页。
② (梁)萧统编,(清)胡克家校刻:《文选》,中华书局1977年影印本,第56页上。
③ 杨守敬、熊会贞:《水经注疏》,科学出版社1955年影印本,第16卷,第21~22页。

今胡刻本《文选》卷三《东京赋》云:“濯龙芳林,九谷八溪,芙蓉覆水,秋兰被涯。”①

《水经·穀水注》:

> 穀水又东径宣阳门南,故小苑门也。皇都迁洛,移置于此,对阊阖门。南直洛水浮桁,故《东京赋》曰:“泝洛背河,左伊右瀍”者也。②

今胡刻本《文选》卷三张衡《东京赋》:“泝洛背河,左伊右瀍。”

又《水经·穀水注》:

> 洛阳诸宫名曰南宫,有謻台临照,《东京赋》曰:“其南则有謻门曲榭,邪阻城洫。”③

今胡刻本《文选·东京赋》云:“于南则前殿灵台,龢驩安福。謻门曲榭,邪阻城洫。”④《水经注》引用《东京赋》二句一无变化。

《水经·沔水注(中)》:

> 沔水又东径万山北。……山下水曲之隈,云汉女昔游处也。张衡《南都赋》曰:“游女弄珠于汉皋之曲。”汉皋即万山之异名也。⑤

今胡刻本《文选》卷四《南都赋》:“耕父扬光于清泠之渊,游女弄珠于汉皋之曲。”⑥

---

① (梁)萧统编,(清)胡克家校刻:《文选》,中华书局 1977 年影印本,第 55 页。
② 杨守敬、熊会贞:《水经注疏》,科学出版社 1955 年影印本,第 16 卷,第 47 页。
③ 杨守敬、熊会贞:《水经注疏》,科学出版社 1955 年影印本,第 16 卷,第 48 页。
④ (梁)萧统编,(清)胡克家校刻:《文选》,中华书局 1977 年影印本,第 55 页下。
⑤ 杨守敬、熊会贞:《水经注疏》,科学出版社 1955 年影印本,第 28 卷,第 18~19 页。
⑥ (梁)萧统编,(清)胡克家校刻:《文选》,中华书局 1977 年影印本,第 69 页上。

《水经·淯水注》:

又南径宛城东……淯水又屈而径其县南。故《南都赋》所言"淯水荡其胸"者也。①

今胡刻本《文选》卷四张衡《南都赋》云:"汤谷涌其后,淯水荡其胸。"

《水经·滍水注》:

又东,温泉水注之。水出北山阜,七泉奇发,炎热特甚,阚骃曰:县有汤水,可以疗疾矣。汤侧又有寒泉焉,地势不殊,而炎凉异致,虽隆火盛日,肃若冰谷矣。浑流同溪,南注滍水。又东径胡木山,东流又会温泉口,水出北山阜,炎势奇毒,痾疾之徒无能澡其冲漂救养者,咸云去汤十许步,别池然后可入。汤侧有石,铭云:"皇女汤可以疗万疾"者也。故杜彦达云:状如沸汤,可以熟米。饮之愈百病,道士清身沐浴,一日三饮,多少自在。四十日后,中身万病愈,三虫死。学道遭难逢危,终无悔心,可以牢神存志。即《南都赋》所谓"汤谷涌其后者"也。然宛县有紫山,山东有一水,东西五十里,南北二百步,湛然冲满,无所通会。冬夏常温,世亦谓之汤谷也。非鲁阳及南阳之县故也,张平子广言土地所苞,明非此矣。②

郦道元在此引用了南朝杜彦达之说,杜氏以为:"即《南都赋》所谓'汤谷涌其后'者也。"郦道元对此驳斥曰:"张平子广言土地所苞,明非此矣。"可见,郦氏对《南都赋》极为熟悉。

《水经·滍水注》:

---

① 杨守敬、熊会贞:《水经注疏》,科学出版社1955年影印本,第31卷,第20~21页。

② 杨守敬、熊会贞:《水经注疏》,科学出版社1955年影印本,第31卷,第2~3页。

> 尧之末孙刘累以龙食帝孔甲。孔甲又求之,不得,累惧而迁于鲁县,立尧祠于西山,谓之尧山,故张衡《南都赋》曰:"奉先帝而追孝,立唐祀于尧山。"①

今胡刻本《文选》卷四张平子《南都赋》:"奉先帝而追孝,立唐祀乎尧山。"②

《水经·滍水注》:

> 尧山在太和川太和城东北,滍水出焉。张衡《南都赋》曰:"其川渎,则滍、澧、藻、涢,发源岩穴,布濩漫汗,漭沆洋溢,总括急趋,箭驰风疾"者也。③

今胡刻本《文选·南都赋》:"尔其川渎,则滍、澧、藻、涢,发源岩穴,潜匿洞出,没滑瀎潏,布濩漫汗,漭沆洋溢,总括趋欱,箭驰风疾。"④善长所引,大体与《文选》相符。

《水经·沔水注》:

> 光武之秦丰,置酒极欢,张平子以为"真人南巡观旧里焉"。⑤

今胡刻本《文选》卷四张衡《南都赋》:"真人南巡,睹旧里焉。"⑥

严可均《全三国文》卷七十五杨泉《五湖赋序》:

---

① 杨守敬、熊会贞:《水经注疏》,科学出版社 1955 年影印本,第 31 卷,第 1 页。
② (梁)萧统编,(清)胡克家校刻:《文选》,中华书局 1977 年影印本,第 72 页下。
③ 杨守敬、熊会贞:《水经注疏》,科学出版社 1955 年影印本,第 31 卷,第 1~2 页。
④ (梁)萧统编,(清)胡克家校刻:《文选》,中华书局 1977 年影印本,第 70 页上。
⑤ 杨守敬、熊会贞:《水经注疏》,科学出版社 1955 年影印本,第 28 卷,第 32 页。
⑥ (梁)萧统编,(清)胡克家校刻:《文选》,中华书局 1977 年影印本,第 74 页上。

> 故梁山有奕奕之诗,云梦有子虚之赋。①

杨泉是三国末至晋初人,可见司马相如《子虚赋》至三国、西晋时仍为赋体名作。

《魏书·袁翻传》载《明堂辟雍议》:

> 张衡《东京赋》云:"乃营三宫,布教班常。复庙重屋,八达九房。"②此乃明堂之文也。而薛综注云:"房,室也。谓堂后有九室。"堂后九室之制,非巨异乎?③

今胡刻本《文选》卷三张衡《东京赋》:"乃营三宫,布教颁常。复庙重屋,八达九房。"除"班""颁"二字相通外,馀则全同。袁翻(476~528)是北魏作家、学者,其《明堂辟雍议》约作于正始初(504),绝在萧统《文选》编纂之前。袁翻对《东京赋》的熟谂相当惊人,但其对《东京赋》的熟谂并非因萧统《文选》所致,故可知平子《二京》在北魏相当流行。

《北史·高允传》:"允上《代都赋》,因以规讽,亦《二京》之流也。"④高允为北魏太武、文成时人,相当于南朝刘宋时期,其模仿《二京赋》作《代都赋》以讽谏,说明《二京赋》为北魏文士所重。

《世说新语·巧艺篇》(以下简称《世说》):

> 戴安道就范宣学,视范所为:范读书亦读书,范钞书亦钞书。唯独好画,范以为无用,不宜劳思于此。戴乃画《南都赋图》;范看毕咨嗟,

① (清)严可均校辑:《全上古三代秦汉三国六朝文·全三国文》卷七十五,中华书局1958年影印本,第1453页。

② (梁)萧统编,(清)胡克家校刻:《文选》,中华书局1977年影印本,第56页上。

③ (北齐)魏收撰:《魏书》卷六十九,中华书局1974年版,第1537页。

④ (唐)李延寿撰:《北史》卷三十一,中华书局1974年版,第1124页。

甚以为有益,始重画。①

戴逵(330? ~396),字安道,东晋书画家、散文家。《世说》此则可以见出东晋士林不仅诵读《南都赋》者极多,且有绘画《南都赋》者,此赋受晋人重视,当可由此窥知。

《宋书·乐志(一)》:

琴,马融《笛赋》云:"宓羲造琴。"……瑟,马融《笛赋》云:"神农造瑟。"……笛,案马融《长笛赋》,此器起近世,出于羌中。京房备其五音。又称丘仲工其事,不言仲所造。《风俗通》则曰:"丘仲造笛,武帝时人。"其后更有羌笛尔。三说不同,未详孰实。②

今胡刻本《文选》卷十八"音乐(下)"载马融《长笛赋》。可见,《宋书》的作者沈约十分熟悉《长笛赋》。沈约历宋、齐、梁三朝,卒于梁天监十二年(513),其时,萧统《文选》尚未编纂,故马融《长笛赋》亦为魏晋南朝的传世名作,非萧统《文选》收入方为世所重。

《晋书·张华传》:

初未知名,著《鷦鹩赋》以自寄。……陈留阮籍见之,叹曰:"王佐之才也!"由是声名始著。③

今胡刻本《文选》卷十三《鸟兽(上)》录张华此赋。张华声名雀起,缘于此赋,可见,此赋为晋代名赋。

陆士衡《〈遂志赋〉序》:

---

① 余嘉锡:《世说新语笺疏》,上海古籍出版社 1993 年版,第 718 页。
② (梁)沈约撰:《宋书》卷十九,中华书局 1974 年版,第 555~558 页。
③ (唐)房玄龄等撰:《晋书》卷三十六,中华书局 1974 年版,第 1069 页。

昔崔篆作诗，以明道述志，而冯衍又作《显志赋》，班固作《幽通赋》，皆相依仿焉。张衡《思玄》，蔡邕《玄表》，张叔《哀系》，此前世之可得言者也。崔氏简而有情，《显志》壮而泛滥，《哀系》俗而时靡，《玄表》雅而微素，《思玄》精练而和惠，欲丽前人，而优游清典，漏（疑当作“陋”——汪绍楹《艺文类聚》校语）《幽通》矣。①

崔篆为东汉初年辞赋家，王莽朝曾为建新大尹等职。后因耻于尝事莽朝，隐居不仕，临终作《慰志赋》以自悼。此赋载范晔《后汉书·崔骃传》，陆机所谓“昔崔篆作诗，以明道述志”云云，即指此而言。崔篆此赋为汉赋中较早的述志之作，故仿作者颇多，其中，班固《幽通》为时间较早而声名最著者。《文选》卷十四赋体“志”类载孟坚《幽通赋》与平子《思玄赋》《归田赋》。陆机《遂志赋》正为班氏《幽通》之仿作。故可知西晋之时，班固《幽通》仍广为流传。

《梁书·萧子显传》：

好学，工属文。尝著《鸿序赋》，尚书令沈约见而称曰：“可谓得明道之高致，盖《幽通》之流也。”②

今胡刻本《文选》卷十四载班孟坚《幽通赋》，沈约赞萧子显《鸿序赋》为班固《幽通赋》之流，不仅显示出萧子显文笔之高妙，且沈约对孟坚《幽通赋》的熟悉，亦尽显无疑。

《水经·河水注（五）》：

---

① 金涛声点校：《陆机集》，中华书局1982年版，第15页。

② （唐）姚思廉撰：《梁书》卷三十五，中华书局1973年版，第511页。

> 河水又东径旋门坂北,今成皋西大坂者也。升陟此坂而东趣成皋也。曹大家《东征赋》曰,“望河洛之文(当为“交”之讹——笔者)流,看成皋之旋门”也。①

今胡刻本《文选·东征赋》:“望河洛之交流兮,看成皋之旋门。”②善长不仅熟谂平子《西京》诸赋,于曹大家《东征赋》亦极为详熟。除上引《河水注》外,《济水注(二)》引《陈留风俗传》:

> 长垣县有蘧伯乡。有蘧亭、伯玉祠、伯玉冢。曹大家《东征赋》曰:“到长垣之境界兮,察农野之居民。睹蒲城之邱墟兮,民亦飨其邱坟。惟令德之不朽兮,身既没而名存。”③

今胡刻本《文选·东征赋》:

> 到长垣之境界,察农野之居民。睹蒲城之丘墟兮,生荆棘之榛榛。惕觉寤而顾问兮,想子路之威神。卫人嘉其勇义兮,讫于今而称云。蘧氏在城之东南兮,民亦尚其丘坟。唯令德为不朽兮,身既没而名存。④

郦道元所引者正是曹大家《东征赋》之文,可见,曹大家《东征赋》亦流播北魏。

《南史·庾登之传》:

---

① 杨守敬、熊会贞:《水经注疏》,科学出版社 1955 年影印本,第 5 卷,第 10~11 页。
② (梁)萧统编,(清)胡克家校刻:《文选》,中华书局 1977 年影印本,第 145 页上。
③ 杨守敬、熊会贞:《水经注疏》,科学出版社 1955 年影印本,第 8 卷,第 11 页。
④ (梁)萧统编,(清)胡克家校刻:《文选》,中华书局 1977 年影印本,第 145 页。

> 登之与(谢)晦俱曹氏壻,名位本同,一旦为之佐,意甚不惬。到厅笺唯言"即日恭到",初无感谢之言。每入觐见,备持箱囊几席之属,一物不具,则不肯坐。尝于晦坐诵(安仁)《西征赋》云:"生有修短之命,位有通塞之遇。"晦虽恨而常优容之。[①]

今胡刻本《文选·西征赋》:"生有修短之命,位有通塞之遇。"[②]庾登之十分熟悉安仁《西征赋》,故借《西征赋》之二句,宣泄内心之怨愤。

郦道元亦十分熟谂安仁《西征赋》,《水经注》中引用者非一。

《水经·穀水注》:

> 穀水又东径千秋亭南,其亭累石为垣,世谓之千秋城也。潘岳《西征赋》曰"亭有千秋之号,子无七旬之期",谓是亭也。[③]

今胡刻本《文选·西征赋》:"亭有千秋之号,子无七旬之期。"[④]

又《穀水注》:

> 巷渎口高三丈,谓之睪门桥。潘岳《西征赋》曰"秣马皋门",即此处也。[⑤]

今胡刻本《文选·西征赋》:"秣马皋门,税驾西周。"[⑥]

《水经·河水注(四)》:

---

① (唐)李延寿编,《南史》卷三十五,中华书局1975年版,第911页。
② (梁)萧统编,(清)胡克家校刻:《文选》,中华书局1977年影印本,第147页上。
③ 杨守敬、熊会贞:《水经注疏》第16卷,科学出版社1955年影印本,第3~4页。
④ (梁)萧统编,(清)胡克家校刻:《文选》,中华书局1977年影印本,第149页上。
⑤ 杨守敬、熊会贞:《水经注疏》第16卷,科学出版社1955年影印本,第17页。
⑥ (梁)萧统编,(清)胡克家校刻:《文选》,中华书局1977年影印本,第148页上。

> 汉武帝尝微行此亭，见馈亭长妻，故潘岳《西征赋》曰：长征客于柏谷，妻睹貌而献餐。谓此亭也。①

今胡刻本《文选》卷十潘岳《西征赋》："长傲宾于柏谷，妻睹貌而献餐。畴匹妇其已泰，胡厥夫之缪官！"②

《穀水注》：

> 穀水又东，俞随之水注之。《山海经》曰：平蓬山西十里曰廆山，其阳多㻬琈之玉，俞随之水出于其阴，北流注于穀，世谓之孝水也。潘岳《西征赋》曰：澡孝水以濯缨，嘉美名之在兹。③

今胡刻本《文选·西征赋》云："澡孝水而濯缨，嘉美名之在兹。"④

《水经·河水注(四)》：

> 橐水北流出谷，谓之漫涧矣，与安阳溪水合。水出石崤南，西径安阳城南，潘岳所谓"我徂安阳"也。西合漫涧水，水北有逆旅亭，谓之漫口客舍也。⑤

今胡刻本《文选》卷十潘岳《西征赋》："我徂安阳，言陟陕郛。"⑥

《水经·河水注(四)》：

> 河水又东得七里涧。涧在陕西七里，故因名焉。其水自南山通

---

① 杨守敬、熊会贞：《水经注疏》第4卷，科学出版社1955年影印本，第40页。

② （梁）萧统编，（清）胡克家校刻：《文选》，中华书局1977年影印本，第151页下。

③ 杨守敬、熊会贞：《水经注疏》第16卷，科学出版社1955年影印本，第8~9页。

④ （梁）萧统编，（清）胡克家校刻：《文选》，中华书局1977年影印本，第149页上。

⑤ 杨守敬、熊会贞：《水经注疏》第4卷，科学出版社1955年影印本，第50页。

⑥ （梁）萧统编，（清）胡克家校刻：《文选》，中华书局1977年影印本，第150页下。

河，亦谓之曹阳坑。是以《西征赋》曰：行于漫渎之口，憩于曹阳之墟。①

今胡刻本《文选·西征赋》："行乎漫渎之口，憩乎曹阳之墟。"②二句几乎全同，唯《水经注》所引之"于"，在今中华书局1977年影印本《文选》中作"乎"，而"于""乎"二字通。

《瀍水注》：

其水历梓泽东南流，水西有一原，其上平敞，古替亭之处也，即潘安仁《西征赋》所谓"越街邮"者也。杨守敬注："过街邮，见《汉书·五行志》。"③

胡刻本《文选·西征赋》："尔乃越平乐，过街邮。"④

《水经·河水注（四）》：

北径皇天原东。其西名桃原，古之桃林，周武王克殷休牛之地矣。《西征赋》曰："咸征名于桃源"者也。⑤

今胡刻本《文选·西征赋》："问休牛之故林，感徵名于桃园。"⑥杨守敬、熊会贞《水经注疏》载熊会贞按："其'咸'作'感'，则误。"

又《河水注（四）》：

---

① 杨守敬、熊会贞：《水经注疏》第4卷，科学出版社1955年影印本，第47页。
② （梁）萧统编，（清）胡克家校刻：《文选》，中华书局1977年影印本，第150页下。
③ 杨守敬、熊会贞：《水经注疏》第15卷，科学出版社1955年影印本，第55页。
④ （梁）萧统编，（清）胡克家校刻：《文选》，中华书局1977年影印本，第148页上。
⑤ 杨守敬、熊会贞：《水经注疏》第4卷，科学出版社1955年影印本，第33页。
⑥ （梁）萧统编，（清）胡克家校刻：《文选》，中华书局1977年影印本，第152页上。

> 说者咸云:汉武微行柏谷,遇辱窦门。又感其妻深识之馈,既返玉阶,厚赏赉焉。赐以河津,令其鬻渡,今窦津是也。故潘岳《西征赋》云:"酬匹妇其已泰,胡厥夫之谬官?"①

今胡刻本《文选·西征赋》云:"畴匹妇其已泰,胡厥夫之缪官!"②"缪""谬"二字通。

又《河水注(四)》:

> 河水自潼关东北流,水侧有长阪,谓之黄巷阪,傍绝涧。涉此阪以升潼关,所谓"溯黄巷以升潼"矣。③

今胡刻本《文选》卷十"纪行"类载潘岳《西征赋》:"发阌乡而警策,愬黄巷以济潼。"④"溯""愬"二字通。

刘琎为南齐著名学者刘瓛之弟,一向以方轨正直闻名于世。齐高帝萧道成即位的建元(479~482)初年,刘琎为萧道成第五子武陵王萧晔冠军征虏参军。萧晔与僚佐宴饮,亲自下手割鹅炙,刘琎以为不妥,于是进谏:"'应刃落俎,膳夫之事。殿下亲执鸾刀,下官未敢安席。'因起请退。"⑤事载《南齐书·刘琎传》。刘琎进谏语中的"应刃落俎"一句,实出于潘岳《西征赋》。今胡刻本《文选》卷十潘岳《西征赋》:"雍人缕切,鸾刀若飞。应刃落俎,靃靃霏霏。"⑥刘琎即席进谏,巧妙引用安仁《西征赋》之成句,益可知刘琎对《西征赋》的熟知。事出南齐,固在萧统之前,故知刘琎熟谂安仁《西征》,当非因萧统《文选》之故。

---

① 杨守敬、熊会贞:《水经注疏》第4卷,科学出版社1955年影印本,第45页。
② (梁)萧统编,(清)胡克家校刻:《文选》,中华书局1977年影印本,第151页下。
③ 杨守敬、熊会贞:《水经注疏》第4卷,科学出版社1955年影印本,第30页。
④ (梁)萧统编,(清)胡克家校刻:《文选》,中华书局1977年影印本,第152页上。
⑤ (梁)萧子显撰:《南齐书》卷三十九,中华书局1974年版,第680页。
⑥ (梁)萧统编,(清)胡克家校刻:《文选》,中华书局1977年影印本,第160页下。

《南齐书·文学·陆厥传》载陆厥《与沈约书》:

《长门》《上林》,殆非一家之赋,《洛神》《池雁》,便成二体之作。①

陆氏以为,司马相如《长门》《上林》二赋虽同出一人之手,但绝似二人之作。沈约《答陆厥书》:

以《洛神》比陈思他赋,有似异手之作。故知天机启,则律吕自调;六情滞,则音律顿舛也。②

陆厥以为:

一人之思,迟速天悬;一家之文,工拙壤隔。何独宫商律吕,必责其如一邪?③

其意在驳斥沈约《宋书·谢灵运传论》之言。沈约答书则再次强调"天机启则律吕自调",故二子见解虽不尽相同,但首肯子建之赋《洛神》,则一也。《文选》于子建诸赋,仅收录《洛神赋》一篇,读陆、沈之书,可知《洛神》确为世人公认的名作。子建虽有他赋,但与《洛神》相较,绝不可相类。《文选》选录《洛神赋》,当非昭明一人之见,而是时代公论。

萧绎《金楼子·说蕃篇》:

刘休元少好学,尝为《水仙赋》,当时以为不减《洛神》。④

---

① (梁)萧子显撰:《南齐书》卷五十二,中华书局 1974 年版,第 899 页。
② (梁)萧子显撰:《南齐书》卷五十二,中华书局 1974 年版,第 900 页。
③ (梁)萧子显撰:《南齐书》卷五十二,中华书局 1974 年版,第 899 页。
④ (梁)萧绎撰:《金楼子》卷三,中华书局 1985 年版,第 42 页。

可见，当时文人对曹植《洛神赋》以外的辞赋评价并不高。不仅后世陆厥、沈约持此观，萧统同胞之弟亦作此观，此亦可证《文选》仅录《洛神》一篇非萧统一人之见。

《水经·沮水注》：

> 沮水又南径楚昭王墓，东对麦城，故王仲宣之赋《登楼》云“西接昭邱”是也。①

今胡刻本《文选》第十一卷王粲《登楼赋》：“北弥陶牧，西接昭丘。华实蔽野，黍稷盈畴。”②

沈约《宋书·王华传》：

> 华每闲居讽咏，常诵王粲《登楼赋》曰：“冀王道之一平，假高衢而骋力。”出入逢羡之等，每切齿愤咤，叹曰：“当见太平时不？”③

宋武帝刘裕临终，遗诏尚书仆射傅亮、司空徐羡之、领军将军谢晦三人辅佐少帝刘义符。少帝即位之初，傅亮为中书监，徐羡之为司空，谢晦为领军将军。少帝景平二年五月，徐羡之、傅亮与檀道济、谢晦连手废帝为营阳王，六月杀营阳王，拥立宜阳王刘义隆即位，是为文帝。徐羡之、傅亮、谢晦因废立之事，在宋文帝刘义隆即位之初，握有实权。但是，刘义隆并不甘心做一个傀儡皇帝，故元嘉三年即诛徐羡之、傅亮，遂伐谢晦而杀之。王华痛恨徐羡之、傅亮、谢晦三人在文帝即位之初专柄弄权，必欲除之，故日夜与文帝刘义隆谋诛三人。正因为有此背景，王华每每诵读仲宣《登楼赋》

---

① 杨守敬、熊会贞：《水经注疏》，科学出版社1955年影印本，第32卷，第35页。
② （梁）萧统编，（清）胡克家校刻：《文选》，中华书局1977年影印本，第162页下。
③ （梁）沈约撰：《宋书》卷六十三，中华书局1974年版，第1677页。

“冀王道一平”二句，其实，正希冀诛徐、傅、谢三人以富贵。王华之咏，虽假仲宣之句以抒私怨，但亦可证仲宣《登楼》至南朝刘宋仍为名作而广为流布。今胡刻本《文选·登楼赋》：“冀王道之一平兮，假高衢而骋力。”①

潘岳《秋兴赋》为晋名作，为世人谂熟。《晋书·潘岳传》：

> 未几，（岳）选为长安令，作《西征赋》，述所经人物山水，文清旨诣，辞多不录。②

《世说新语·言语篇》：

> 桓玄既篡位，将改置直馆，问左右：“虎贲中郎省，应在何处？”有人答曰：“无省。”当时殊忤旨。问：“何以知无？”答曰：“潘岳《秋兴赋叙》曰：‘余兼虎贲中郎将，寓直散骑之省。’”玄咨嗟称善。③

今胡刻本《文选·秋兴赋序》：“以太尉掾兼虎贲中郎将，寓直于散骑之省。”④据李善注，应对潘岳《秋兴赋》者，为参军刘荀之。刘氏对潘岳《秋兴赋》相当熟悉，故能在桓玄询问之际，脱口而答。桓玄虽篡位于晋，但其亦为诗书之士，刘荀之的应答，固属巧妙，但桓玄对潘岳《西征赋》的熟谂与认同亦是刘荀之忤旨而能免遭其祸的重要原因。

今中华书局1977年影印胡刻本《文选》卷十六“志”类下潘岳《闲居赋》：“周文弱枝之枣，房陵朱仲之李。”李善注引《荆州记》：“房陵县有好枣，甚美，仙人朱仲来窃。大山肃亦称学问，读岳赋‘周文弱枝之枣’，为杖策之杖。”⑤据张国淦《中国古方志考》，《荆州记》有宋盛弘之、宋庾仲雍、

---

① （梁）萧统编，（清）胡克家校刻：《文选》，中华书局1977年影印本，第163页上。
② （唐）房玄龄等撰：《晋书》卷五十五，中华书局1974年版，第1504页。
③ 余嘉锡：《世说新语笺疏》，上海古籍出版社1993年版，第158页。
④ （梁）萧统编，（清）胡克家校刻：《文选》，中华书局1977年影印本，第192页上。
⑤ （梁）萧统编，（清）胡克家校刻：《文选》，中华书局1977年影印本，第226页下。

宋郭仲产、宋刘澄之及无名氏等五种。李善注此引《荆州记》为何人所著，李善未言，今亦无考。但是，无论李善注此引《荆州记》为何人所著，李善所引此条《荆州记》都明确记载了“读岳赋‘周文弱枝之枣’”之句，故南朝刘宋《荆州记》的作者对潘岳《闲居赋》非常熟悉，当是事实。此亦可证萧统《文选》所选潘岳《闲居赋》并非仅是昭明一人之好。

萧绎《金楼子·立言篇》：

> 潘岳赋云：太夫人御板舆，乘轻轩。柳垂阴，车结轨。或宴于林，或宴于沚。兄弟斑白，儿童稚齿。称福寿以献觞，咸一惧而一喜。嗟夫，天下之至乐，唯斯而已矣。①

今胡刻本《文选》卷十六潘岳《闲居赋》：

> 太夫人乃御版舆，升轻轩。远览王畿，近周家园。体以行和，药以劳宣。常膳载加，旧痾有痊。席长筵，列孙子。柳垂阴，车结轨。陆擿紫房，水挂赪鲤。或宴于林，或禊于汜。昆弟班白，儿童稚齿。称万寿以献觞，咸一惧而一喜。寿觞举，慈颜和。浮杯乐饮，丝竹骈罗。顿足起舞，抗音高歌。人生安乐，孰知其佗？②

萧绎化用潘岳《闲居赋》之言，编织成章。虽非照录原文，但化用之功，更非熟知《闲居赋》者莫能为。萧绎（508~555）为萧统之弟，其《金楼子》著于何时，今已不可考知。但其《金楼子·立言篇》化用潘岳《闲居赋》之语如同己出，令人惊讶。《闲居赋》本为魏晋名作，萧绎酷爱读书，自然早已熟知此赋，当非因萧统《文选》录入而熟知。

---

① （梁）萧绎撰：《金楼子》卷四，中华书局1985年版，第55~56页。

② （梁）萧统编，（清）胡克家校刻：《文选》，中华书局1977年影印本，第227页。

《水经·清水注》：

> 又径七贤祠东，左右筠篁列植，冬夏不变贞萋。步兵校尉陈留阮籍，中散大夫谯国嵇康，晋司徒河内山涛，司徒琅琊王戎，黄门郎河内向秀，建威参军沛国刘伶，始平太守阮咸等同居山阳，结自得之，由时人号之为竹林七贤。向子期所谓“山阳旧居”也。①

今胡刻本《文选》卷十六赋体“哀伤”类载向秀《思旧赋》：“济黄河以泛舟兮，经山阳之旧居。”②撰者因熟悉向秀《思旧赋》，故对赋中所言“山阳旧居”亦非常关注，可见向秀《思旧赋》为魏晋名作。

《世说新语·文学篇》：

> 孙兴公作《天台赋》成，以示范荣期，云：“卿试掷地，要作金石声。”范曰：“恐子之金石，非宫商中声。”然每至佳句，辄云：“应是我辈语。”

“然每至佳句”下刘孝标注云：“‘赤城霞起而建标，瀑布飞流而界道。’此赋之佳处。”③《晋书·孙绰传》：

> 尝作《天台山赋》，辞致甚工，初成，以示友人范荣期云：“卿试掷地，当作金石声也。”荣期曰：“恐此金石非中宫商。”然每至佳句，辄云：“应是我辈语。”④

---

① 杨守敬、熊会贞：《水经注疏》，科学出版社1955年影印本，第9卷，第7~8页。
② （梁）萧统编，（清）胡克家校刻：《文选》，中华书局1977年影印本，第229页下。
③ 余嘉锡：《世说新语笺疏》，上海古籍出版社1993年版，第267页。
④ （唐）房玄龄等撰：《晋书》卷五十六，中华书局1974年版，第1544页。

今胡刻本《文选》卷十一孙绰《游天台山赋》:“赤城霞起而建标,瀑布飞流以界道。”[①]刘孝标《〈世说新语〉注》以为“赤城”二句为赋之佳处,但据“每至佳处”句可知,此赋之佳处非一,“赤城”二句,当为孝标之识鉴。

《南齐书·乐志》:

> 永明六年,赤城山云雾开朗,见石桥瀑布,从来所罕睹也。山道士朱僧标以闻,上遣主书董仲民案视,以为神瑞。太乐令郑义泰案孙兴公赋造天台山伎,作莓苔石桥道士扪翠屏之状,寻又省焉。[②]

今胡刻本《文选》孙绰《游天台山赋》:“跨穹隆之悬磴,临万丈之绝冥。践莓苔之滑石,搏壁立之翠屏。”李善注:

> 莓苔,即石桥之苔也。翠屏,石桥之上石壁之名也。《异苑》曰:“天台山石有莓苔之险。”孔灵符《会稽记》曰:“赤城山上有石桥悬度,有石屏风横绝桥上,边有过径,才容数人。”[③]

永明六年,赤城山云开雾散,经年云雾环绕的石桥瀑布,显露人寰,为人间视为神瑞。太乐令郑义泰按照孙绰《天台山赋》对天台山的描写,创作了表演天台山的伎。此伎虽未上演,但足见孙兴公此赋影响之大。关于李善注中的“伎”当作何解,张衡《思玄赋》“辮贞亮以为鞶兮,杂伎艺以为珩”句下旧注:“手伎曰伎,体才曰艺。”[④]《文选》卷二十三谢朓《同谢咨议铜雀台诗》题下引《魏志》:

---

① (梁)萧统编,(清)胡克家校刻:《文选》,中华书局1977年影印本,第164页。
② (梁)萧子显撰:《南齐书》卷十一,中华书局1974年版,第195页。
③ (梁)萧统编,(清)胡克家校刻:《文选》,中华书局1977年影印本,第164页下。
④ (梁)萧统编,(清)胡克家校刻:《文选》,中华书局1977年影印本,第214页。

> 建安十五年冬，作铜雀台。魏武遗令曰：吾伎人皆著铜爵台，于台上施六尺床，繐帐，朝晡上脯糒之属。月朝十五日，辄向帐作伎，汝等时时登铜爵台，望吾西陵墓田。①

由此可知，伎是一种用手的动作进行的表演。

王文考《鲁灵光殿赋》为汉赋宫殿之名作，其流传盛况不亚于《两都》《二京》。《三国志·蜀志·刘琰传》：

> 车服饮食，号为侈靡，侍婢数十，皆能为声乐，又悉教诵读《鲁灵光殿赋》。②

刘琰家的侍婢数十悉教诵读《鲁灵光殿赋》，固然不无侈靡之嫌，但刘琰之家重王延寿此赋当可由此而窥一斑。

《世说新语·任诞篇》：

> 阮仲容（咸）先幸姑家鲜卑婢。及居母丧，姑当远移，初云当留婢，既发，定将去。仲容借客驴箸重服自追之，累骑而返。曰："人种不可失！"即遥集之母也。③

刘孝标注引《阮孚别传》：

> （阮）咸与姑书曰"胡婢遂生胡儿"。姑答书曰："《鲁灵光殿赋》曰：'胡人遥集于上楹'，可字曰遥集也。"④

---

① （梁）萧统编，（清）胡克家校刻：《文选》，中华书局1977年影印本，第333页上。

② （晋）陈寿撰，（宋）裴松之注：《三国志·蜀书》卷十，中华书局1964年版，第1001页。

③ 余嘉锡：《世说新语笺疏》，上海古籍出版社1993年版，第735页。

④ 余嘉锡：《世说新语笺疏》，上海古籍出版社1993年版，第734页。

是故,孚字遥集。《晋书·阮孚传》:

孚字遥集·其母,即胡婢也。孚之初生,其姑取王延寿《鲁灵光殿赋》曰“胡人遥集于上楹”而以字焉。①

《世说》所载,唐初修《晋书》时采入《阮孚传》,故《世说》与《晋书》本传所载基本相同,但阮孚之姑母熟悉王文考《鲁灵光殿赋》,脱口即能选句名字,令人惊叹。萧统《文选》选录此赋,当亦为世人共论如此。

葛洪《抱朴子·钧世篇》:

若夫俱论宫室,而奚斯“路寝”之颂,何如王生之赋《灵光》乎?②

据《毛诗正义》,鲁公子鱼字奚斯。《诗·鲁颂·閟宫》云:

徂来之松,新甫之柏,是断是度,是寻是尺。松桷有舄,路寝孔硕。新庙奕奕,奚斯所作。孔曼且硕,万民是若。③

《文选·两都赋序》:“故皋陶歌虞,奚斯颂鲁。”李善注:

《韩诗·鲁颂》曰:“新庙奕奕,奚斯所作。”薛君曰:“奚斯,鲁公子也。”言其新庙奕奕然盛,是诗,公子奚斯所作也。④

---

① (唐)房玄龄等撰:《晋书》卷四十九,中华书局1974年版,第1364页。

② 杨明照:《抱朴子外篇校笺》(下),中华书局1997年《新编诸子集成》本,第75页。

③ 《毛诗正义》卷二十,北京大学出版社2000年版,第1676页。

④ (梁)萧统编,(清)胡克家校刻:《文选》,中华书局1977年影印本,第22页上。

可见,在葛洪看来,尽管鲁公子所作《闷宫》盛称闷宫之庙,但与《鲁灵光殿赋》相较,远不及王延寿之作。《鲁灵光殿赋》在晋代文坛的地位可见一斑。

郦道元《水经·泗水注》:

孔庙东南五百步有双石阙,即灵光之南阙,北百馀步即灵光殿基。东西二十四丈,南北十二丈,高丈馀,东西廊庑别舍中间乃七百馀步。阙之东北有浴池,方四十许步,池中有钓台,方十步,台之基岸悉石也。遗基尚整,故王延寿曰"周行数里,仰不见日"者也。①

今《文选》卷十一王延寿《鲁灵光殿赋》:

千门相似,万户如一。岩突洞出,逶迤诘屈。周行数里,仰不见日。"②

王延寿此赋在北朝之流播由此可见一斑。

《晋书·陆机传》:

机天才秀逸,辞藻弘丽。张华尝谓之曰:"人之为文,常恨才少,而子更患其多。"弟云尝与书曰:"君苗见兄文,辄欲烧其笔砚。"后葛弘著书,称:"机文犹玄圃之积玉,无非夜光焉,五河之吐流,泉源如一焉。其弘丽妍赡,英锐漂逸,亦一代之绝乎!"其为人所推服如此。③

陆机的才华,为东晋葛洪盛称为"一代之绝",当是时代共识。萧统

① 杨守敬、熊会贞:《水经注疏》,科学出版社1955年影印本,第25卷,第14页。
② (梁)萧统编,(清)胡克家校刻:《文选》,中华书局1977年影印本,第171页下。
③ (唐)房玄龄等撰:《晋书》卷五十四,中华书局1974年版,第1480~1481页。

《文选》选录陆机之作最多,正是时代共识使然。

《晋书·文苑·左思传》:

> 及(《三都》)赋成,时人未之重。思自以其作不谢班、张,恐以人废言,安定皇甫谧有高誉,思造而示之。谧称善,为其赋序。张载为注《魏都》,刘逵注《吴》《蜀》而序之曰:"观中古以来为赋者多矣,相如《子虚》擅名于前,班固《两都》理胜其辞,张衡《二京》文过其意。至若此赋,拟议数家,傅辞会义,抑多精致,非夫研核者不能练其旨,非夫博物者不能统其异。世咸贵远而贱近,莫肯用心于明物。斯文吾有异焉,故聊以馀思为其引诂,亦犹胡广之于《官箴》,蔡邕之于《典引》也。"陈留卫权又为思赋作《略解》,序曰:"余观《三都》之赋,言不苟华,必经典要,品物殊类,禀之图籍;辞义瓌玮,良可贵也。有晋征士故太子中庶子安定皇甫谧,西州之逸士,耽籍乐道,高尚其事,览斯文而慷慨,为之都序。中书著作郎安平张载、中书郎济南刘逵,并以经学洽博,才章美茂,咸皆悦玩,为之训诂;其山川土域,草木鸟兽,奇怪珍异,佥皆研精所由,纷散其义矣。余嘉其文,不能默已,聊藉二子之遗忘,又为之《略解》,祇增烦重,览者阙焉。"自是之后,盛重于时,文多不载。司空张华见而叹曰:"班张之流也。使读之者尽而有馀,久而更新。"于是豪贵之家竞相传写,洛阳为之纸贵。初,陆机入洛,欲为此赋,闻思作之,抚掌而笑,与弟云书曰:"此间有伧父,欲作《三都赋》,须其成,当以覆酒瓮耳。"及思赋出,机绝叹伏,以为不能加也,遂辍笔焉。①

《晋书》虽为唐初房玄龄等奉敕所修,但所用史料皆出自唐修《晋书》之前的诸《晋书》,今传清人汤球《九家旧晋书辑本》可证。故《晋书》左思

① (唐)房玄龄等撰:《晋书》卷九十二,中华书局1974年版,第2376~2377页。

本传所载左思《三都赋》为世所重的盛况，当出自诸旧《晋书》所载，益可证在萧梁之前左思《三都赋》已久负盛名，《文选》选录此作，为时代共论，而非一人之见。

《世说新语·文学篇》：

> 左太冲作《三都赋》初成，时人互有讥訾，思意不惬。后示张公（张华——刘孝标注）。张曰："此《二京》可三，然君文未重于世，宜以经高名之士。"思乃询求于皇甫谧。谧见之嗟叹，遂为作《叙》。于是先相非贰者，莫不敛衽赞述焉。[①]

又《世说新语·文学篇》：

> 庾仲初作《扬都赋》成，以呈庾亮。亮以亲族之怀，大为其名价云："可三《二京》，四《三都》。"于此人人竞写，都下纸为之贵。谢太傅云："不得尔。此是屋下架屋耳，事事拟学，而不免俭狭。"[②]

庾亮因与庾阐的亲族关系而大肆称扬《扬都赋》为"三《二京》，四《三都》"；但是，庾亮的评语并未得到谢安的首肯，他批评庾阐《扬都赋》"屋下架屋"，"事事拟学，而不免俭狭"。可见，东晋时张衡《二京》与左思《三都》声名均极高。庾阐之作，若能与《二京》《三都》并论，自然为世所重。

皇甫谧《〈三都赋〉序》：

> 其中高者，至如相如《上林》、杨雄《甘泉》、班固《两都》、张衡《二京》、马融《广成》、王生《灵光》，初极宏侈之辞，终以约简之制，焕乎有

① 余嘉锡：《世说新语笺疏》，上海古籍出版社1993年版，第246~247页。

② 余嘉锡：《世说新语笺疏》，上海古籍出版社1993年版，第258页。

文，蔚尔鳞集，皆近代辞赋之伟也。①

皇甫谧为左思《三都赋》作序，据史传所载，乃受左思之请，但因左思此赋确为佳构，故皇甫谧盛称其作，比之为司马相如《上林赋》（实隐括《子虚赋》），扬雄《甘泉赋》，班固《两都赋》，张衡《二京赋》，马融《广成赋》与王延寿《鲁灵光殿赋》。皇甫谧所称举的诸名赋，唯马融《广成赋》未被《文选》收录，馀作皆入选，此绝非偶然，而是上述诸赋皆为两汉魏晋以来的传世名作，故皇甫谧为左思《三都赋》作序，方连带称许上述诸作。

至南朝，世人尚以年幼能诵读《三都赋》为聪颖。《周书·萧大圜传》云：

萧大圜，字仁显，梁简文帝之子也。幼而聪敏，神情俊悟。年四岁，能诵《三都赋》及《孝经》《论语》。②

萧大圜为萧统之侄，四岁能诵左思《三都赋》诸书被认为是幼而聪敏之标志，益可见左思《三都赋》为南朝士林所重。

《金楼子·后妃篇》：

梁宣修容本姓石，扬州会稽上虞人。……年数岁能诵《三都赋》。③

以上二例，可证梁代以年幼能诵左思《三都赋》为多才能文的标志，故萧大圜与梁宣修容年幼能诵左思《三都赋》不但受时人称道，且写入史书之中。

---

① （梁）萧统编，（清）胡克家校刻：《文选》，中华书局1977年影印本，第641页下。
② （唐）令狐德棻等撰：《周书》卷四十二，中华书局1974年版，第756页。
③ （梁）萧绎撰：《金楼子》卷二，中华书局1985年版，第24页。

郦道元《水经注》一如多引平子《二京》,对太冲《三都赋》亦多有引述。

《水经·沔水注》:

> 褒水又东南历小石门,门穿山通道,六丈有馀。刻石言汉明帝永平中司隶校尉犍为杨厥之所开。逮桓帝建和二年,汉中太守同郡王升,嘉厥开凿之功,琢石颂德,以为石牛道。……《蜀都蜀(当为“赋”——笔者)》曰“阻以石门”,其斯之谓也。①

今胡刻本《文选·蜀都赋》:“缘以剑阁,阻以石门。”②

《水经·沔水注(上)》:

> 褒水又东南得丙水口,水上承丙穴,穴出嘉鱼,常以三月出,十月入地。穴口广五六尺,去平地七八尺,有泉悬注,鱼自穴口下透入水。穴口向丙,故曰丙穴,下注褒水。故左思称:“嘉鱼出于丙穴,良木攒于褒谷”矣。③

又《水经·沔水注(上)》:

> 汉水又东径鳖池南鲸滩。鲸,大也。《蜀都赋》“流汉汤汤,惊浪雷奔。望之天回,即之云昏”者也。④

今胡刻本《文选》卷四《蜀都赋》:

① 杨守敬、熊会贞:《水经注疏》,科学出版社1955年影印本,第27卷,第10~11页。
② (梁)萧统编,(清)胡克家校刻:《文选》,中华书局1977年影印本,第76页上。
③ 杨守敬、熊会贞:《水经注疏》,科学出版社1955年影印本,第27卷,第4页。
④ 杨守敬、熊会贞:《水经注疏》,科学出版社1955年影印本,第27卷,第10页。

流汉汤汤，惊浪雷奔，望之天回，即之云昏。水物殊品，鳞介异族。或藏蛟螭，或隐碧玉。嘉鱼出于丙穴，良木攒于褒谷。[①]

《水经·江水注》云：

江水又历都安县，县有桃关、汉武帝祠，李冰作大堰于此。……《益州记》曰：江至都安，堰其右，捡其左，其正流遂东，郫江之右也。因山颓水，坐致竹木，以溉诸郡。又穿羊摩江、灌江，西于玉女房下白沙邮，作三石人立水中，刻要江神，水竭不至足，盛不没肩，是以蜀人羊（疑为“旱”之误——笔者）则藉以为溉，雨则不遏其流，故《记》曰："水旱从人，不知饥馑，沃野千里，世号陆海，谓之天府。"邮在堰上，俗谓之都安大堰，亦曰湔堰，又谓之金堤。左思《蜀都赋》云："西逾金堤"者也。[②]

今胡刻本《文选·蜀都赋》："西踰金堤，东越玉津。"[③]

《水经·浊漳水注》：

魏武王又堨漳水，回流东注，号天井堰。二十里中作十二墱，墱相去三百步，令互相灌注，一源分为十二流，皆悬水门。陆氏《邺中记》云：水所溉之处名曰晏陵泽。故左思赋《魏都》也谓"墱流十二，同源异口"者也。[④]

---

① （梁）萧统编，（清）胡克家校刻：《文选》，中华书局1977年影印本，第76页上。
② 杨守敬、熊会贞：《水经注疏》，科学出版社1955年影印本，第33卷，第9~10页。
③ （梁）萧统编，（清）胡克家校刻：《文选》，中华书局1977年影印本，第80页上。
④ 杨守敬、熊会贞：《水经注疏》，科学出版社1955年影印本，第10卷，第18~19页。

今《魏都赋》正作“墱流十二,同源异口”①。

又《浊漳水注》:

> 城之西北有三台,皆因城为之基。巍然崇举,其高若山,建安中魏武所起……中曰铜雀台……南则金凤台……北曰冰井台……左思《魏都赋》曰:“三台列峙而峥嵘”者也。②

今《文选·魏都赋》作“飞陛方辇而径西,三台列峙以峥嵘”③,与善长所引正合。

《南史·王俭传》:

> (齐高帝)时朝仪草创衣服制则,未有定准。俭议曰:“汉景六年,梁王入朝,中郎谒者金貂出入殿门。左思《魏都赋》云:‘蔼蔼列侍,金貂齐光。’此藩国侍臣有貂之明文。”④

今《魏都赋》作“蔼蔼列侍,金蜩齐光”,与《南史》所引相较,唯“蜩”作“貂”。胡刻本李善注谓:“金蜩,金蝉。蔡邕《独断》曰:‘侍中、常侍皆冠惠文,加貂附蝉。’”⑤王俭博学多识,精于典章仪制,熟谂《三都赋》,故其论藩中侍臣是否有貂时方能脱口举出左思《魏都赋》之例,以证其说。

杨衒之《洛阳伽蓝记》卷二城东景宁寺:

> 永安二年,萧衍遣主书陈庆之送北海入洛阳,僭帝位。庆之为侍

---

① (梁)萧统编,(清)胡克家校刻:《文选》,中华书局1977年影印本,第101页下。
② 杨守敬、熊会贞:《水经注疏》,科学出版社1955年影印本,第10卷,第21~23页。
③ (梁)萧统编,(清)胡克家校刻:《文选》,中华书局1977年影印本,第100页上。
④ (唐)李延寿撰:《南史》卷二十二,中华书局1975年版,第592页。
⑤ (梁)萧统编,(清)胡克家校刻:《文选》,中华书局1977年影印本,第99页下。

中。景仁在南之日,与庆之有旧,遂设酒引邀庆之过宅。司农卿萧彪、尚书右丞张嵩并在其座,彪亦是南人。唯有中大夫杨元慎、给事中大夫王眴是中原士族。庆之因醉谓萧张等曰:“魏朝甚盛,犹曰五胡,正朔相承,当在江左。秦朝玉玺,今在梁朝。”元慎正色曰:“江左假息,僻居一隅,地多湿垫,攒育虫蚁,疆土瘴疠,蛙黾共穴,人鸟同群。短发之君,无杼首之貌;文身之民,禀蕞陋之质。浮于三江,棹于五湖,礼乐所不沾,宪章弗能革。虽复秦馀汉罪,杂以华音,复闽楚难言,不可改变。”①

今胡刻本《文选》卷六左太冲《魏都赋》:

　　摧惟庸蜀与鸲鹊同窠,句吴与鼃黾同穴。一自以为禽鸟,一自以为鱼鳖。山阜猥集而踦岖,泉流进集而咉咽。隰壤瀸漏而沮洳,林薮石留而芜秽。穷岫泄云,日月恒翳,宅土熇暑,封疆障疠。蔡莽螫刺,昆虫毒噬。汉罪流御,秦馀徙帑。宵貌蕞陋,禀质遳脆。巷无杼首,里罕耆耋。②

细绎二文,杨元慎责难陈庆之语实化用太冲《魏都赋》之辞,其中,“汉罪”“秦馀”“杼首”“蕞陋”诸词皆运用妥帖,如同己出,此较整段引用更显出杨元慎对左思《魏都赋》之熟谂。

郭璞《江赋》的名气极大,流传极广。《晋书·郭璞传》:“著《江赋》,其辞甚伟,为世所称。”③可见,郭璞《江赋》盛名,非一人所左右。《水经注》江水诸注引用郭璞《江赋》之处极多。郦道元终生未至江南,其注所引资料皆出自晋宋诸地志,故郭璞《江赋》在南朝流播极广,善长屡引不绝,

① (北魏)杨衒之撰,周祖谟校释:《洛阳伽蓝记》,中华书局1963年版,第105~106页。
② (梁)萧统编,(清)胡克家校刻:《文选》,中华书局1977年影印本,第108~109页上。
③ (唐)房玄龄等撰:《晋书》卷七十二,中华书局1974年版,第1901页。

亦可见其十分欣赏。

《水经·江水注(一)》:

> 东北百四十里曰崃山,中江所出……崃山,邛崃山也,在汉嘉严道县,一曰新道。南山有九折坂,夏则凝冰,冬则毒寒,王阳按辔处也。平恒言:是中江所出矣。郭景纯《江赋》曰:"流二江于崌崃。"①

今胡刻本《文选》卷十二郭璞《江赋》:"源二分于崌崃,流九派乎浔阳。"②

《水经·江水注(二)》:

> 江大自此始也,《家语》曰:"江水至江津,非方舟避风,不可涉也。"故郭景纯云:"济江津以起涨。"言其深广也。③

今胡刻本《江赋》:"冲巫峡以迅激,跻江津而起涨。"④

《水经·江水注(一)》:

> 江水又东别为沱,开明之所凿也。郭景纯所谓"玉垒作东别之标"者也。⑤

今胡刻本《文选·江赋》:"峨眉为泉阳之揭,玉垒作东别之标。"⑥

《水经·江水注(二)》:

---

① 杨守敬、熊会贞:《水经注疏》,科学出版社1955年影印本,第33卷,第5~6页。
② (梁)萧统编,(清)胡克家校刻:《文选》,中华书局1977年影印本,第183页下。
③ 杨守敬、熊会贞:《水经注疏》,科学出版社1955年影印本,第34卷,第18页。
④ (梁)萧统编,(清)胡克家校刻:《文选》,中华书局1977年影印本,第183页下。
⑤ 杨守敬、熊会贞:《水经注疏》,科学出版社1955年影印本,第33卷,第8页。
⑥ (梁)萧统编,(清)胡克家校刻:《文选》,中华书局1977年影印本,第184页下。

江水又东历荆门虎牙之间。荆门在南，上合下开，阍彻山南，有门，像虎牙，在北。石壁色红，间有白文，类牙形，并以物像受名。此二山，楚之西塞也。水势急峻，故郭景纯《江赋》曰："虎牙桀竖以屹崒，荆门阙竦而磐礴。圆渊九回以悬腾，湓流雷响而电激"者也。①

今胡刻本《文选·江赋》与《水经注》所引四句全同。

《水经·江水注(二)》：

江水东径广溪峡，斯乃三峡之首也。……此峡多猨。猨不生北岸，非惟一处。或有取之放著北山中，初不闻声，将同狢兽渡汶而不生矣。其峡盖自昔禹凿以通江。郭景纯所谓"巴东之峡，夏后疏凿"者也。②

今胡刻本《文选》卷十二郭璞《江赋》："若乃巴东之峡，夏后疏凿。"③

《水经·沔水注》：

沔水又东得浐口，其水承大浐、马骨诸湖水，周三四百里。及其夏水来同，渺若沧海。洪潭巨浪，萦连江沔。故郭景纯《江赋》云："其旁则有朱浐丹漅"是也。④

今胡刻本《文选·江赋》："其旁则有云梦雷池，彭蠡青草，具区洮滆，朱浐丹漅。"⑤《沔水注》所引，节其大略耳。《初学记》卷七引盛弘之《荆州

① 杨守敬、熊会贞：《水经注疏》，科学出版社 1955 年影印本，第 34 卷，第 18 页。
② 杨守敬、熊会贞：《水经注疏》，科学出版社 1955 年影印本，第 33 卷，第 69 页。
③ (梁)萧统编，(清)胡克家校刻：《文选》，中华书局 1977 年影印本，第 184 页下。
④ 杨守敬、熊会贞：《水经注疏》，科学出版社 1955 年影印本，第 28 卷，第 54 页。
⑤ (梁)萧统编，(清)胡克家校刻：《文选》，中华书局 1977 年影印本，第 187～188 页。

记》曰:“云杜县左右有大浐、马骨等湖,夏水来则渺漭若海。”[①]郦道元江南诸水之注,如《江水注》《沔水注》等皆据江南地志所写,因善长引文常常不著原创者的姓名,故一般较难确切指出何者为引文。《沔水注》此条,因有《初学记》之引文,故可确指为刘宋时期盛弘之《荆州记》所写。《初学记》所引,例有节略,故今已无从得知盛弘之所记全文。盛弘之为刘宋时人,他对郭璞《江赋》的熟悉自然说明了当时《江赋》流传的盛况。萧统《文选》录其作入书,亦非一人之见。

《沔水注》:

故《吴记》曰:太湖有苞山,在国西百馀里。居者数百家,出弓弩材。旁有小山,山有石穴,南通洞庭,深远莫知所极。三苗之国,左洞庭,右彭蠡,今宫亭湖也。以太湖之洞庭对彭蠡,则左右可知也。余按二湖俱以洞庭为目者,亦分为左右也,但以趣瞩为方耳。既据三苗,宜以湘江为正,是以郭景纯之《江赋》云:“爰有包山洞庭,巴陵地道,潜达旁通,幽岫窈窕。”[②]

今胡刻本《文选·江赋》与《沔水注》所引郭璞《江赋》此四句全同。

《水经·湘水注》:

湖中有君山、编山。君山有石穴潜通吴之包山,郭景纯所谓“巴陵地道”者也。[③]

今胡刻本《文选·江赋》:“爰有包山洞庭,巴陵地道,潜逵旁通,幽岫

① (唐)徐坚等撰:《初学记》卷七,中华书局1962年版,第141页。

② 杨守敬、熊会贞:《水经注疏》,科学出版社1955年影印本,第29卷,第13~14页。

③ 杨守敬、熊会贞:《水经注疏》,科学出版社1955年影印本,第38卷,第39页。

窈窕。”①

《宋书·谢惠连传》:“(谢方明)子惠连幼而聪敏。”②《南史·谢惠连传》曰:

> 年十岁能属文,族兄灵运嘉赏之。……又为《雪赋》,以高丽见奇。灵运见其新文,每曰:“张华重生,不能易也。”③

谢灵运称美惠连,确有谀辞之嫌,但谢惠连《雪赋》为晋宋名作,当无疑义。

《水经注·睢水注》:

> 睢水又东径睢阳县故城南,周武王封微子启于宋,以嗣殷后,为宋都也。……秦始皇二十二年以为砀郡,汉高祖尝以沛公为砀郡长。天下既定,五年为梁国。文帝十二年封少子武为梁王,太后之爱子,景帝宠弟也。……今城东二十里有台,宽广而不甚极高,俗谓之平台。余按《汉书·梁孝王传》称王以功亲为大国,筑东苑,方三百里,广睢阳城七十里,大治宫室,为复道自宫连属于平台三十余里。复道自宫东出杨门之左,阳门即睢阳东门也。连属于平台则近矣,属之城隅则不能,是知平台不在城中也。梁王与邹、枚、司马相如之徒极游于其上,故齐随郡王山居亭,所谓西园多士,平台盛宾,邹马之客咸在。伐木之歌,屡陈是用,追芳昔娱,神游千古,故亦一时之盛事。谢氏赋《雪》亦曰:“梁王不悦,游于兔园。”今也歌堂沦宇,律管埋音,孤基块立,无复曩日之望矣。④

---

① (梁)萧统编,(清)胡克家校刻:《文选》,中华书局 1977 年影印本,第 188 页上。

② (梁)沈约撰:《宋书》卷五十三,中华书局 1974 年版,第 1524 页。

③ (唐)李延寿撰:《南史》卷十九,中华书局 1975 年版,第 537 页。

④ 杨守敬、熊会贞:《水经注疏》,科学出版社 1955 年影印本,第 24 卷,第 6~10 页。

今胡刻本《文选·雪赋》:“梁王不悦,游于兔园。”①

谢庄《月赋》,亦为名作。《南史·谢庄传》:

(谢)庄有口辩,孝武尝问颜延之曰:“谢希逸《月赋》何如?”答曰:“美则美矣,但庄始知‘隔千里兮共明月’。”帝召庄,以延之答语语之,庄应声曰:“延之作《秋胡诗》,始知‘生为久离别,没为长不归’。”帝拊掌竟日。②

今胡刻本《文选》卷十三载谢庄《月赋》:“美人迈兮音尘隔,隔千里兮共明月。”卷二十一“咏史”类载颜延之《秋胡诗》:“存为久离别,没为长不归。”孝武帝既欣赏谢庄《月赋》,亦赞赏颜延之《秋胡诗》,更欣赏谢、颜二人各以对方名作之名句作答,故孝武帝激赏久之。

《世说新语·赏誉篇》:

许玄度言:“《琴赋》所谓‘非至精者,不能与之析理’,刘尹其人;‘非渊静者,不能与之闲止’,简文其人。”③

刘孝标注:“嵇叔夜《琴赋》也。刘惔真长,丹阳尹。”④今胡刻本《文选》卷十八嵇叔夜《琴赋》:

非夫渊静者,不能与之闲止;非夫放达者,不能与之无吝;非夫至精者,不能与之析理也。⑤

① (梁)萧统编,(清)胡克家校刻:《文选》,中华书局1977年影印本,第194页上。
② (唐)李延寿撰:《南史》卷二十,中华书局1975年版,第554页。
③ 余嘉锡:《世说新语笺疏》,中华书局1993年版,第480页。
④ 余嘉锡:《世说新语笺疏》,中华书局1993年版,第479页。
⑤ (梁)萧统编,(清)胡克家校刻:《文选》,中华书局1977年影印本,第259页上。

许询为东晋著名玄言诗人，他对嵇康《琴赋》相当熟悉，以至于许氏能灵活自如地用《琴赋》之语评价刘惔与简文帝司马昱的为人。

第三节 《文选》之诗多历代名作说

《世说新语·文学篇》：

> 王孝伯在京行散，至其弟王睹户前，问："古诗中何句为最？"睹思未答。孝伯咏"所遇无故物，焉得不速老！"此句为佳。①

今《文选》第二十九所录《古诗十九首》的第十一首《回车驾言迈》："所遇无故物，焉得不速老？"魏晋时士人服用五石散以调理身体，兴奋神经，但服药后须外出散步，使药性散发，此称为行散，或行药。王恭服药行散，自然十分看重生命，故其对《古诗十九首》中"所遇无故物，焉得不速老"二句情有独钟，推之为《古诗十九首》之最。可知，魏晋士人对《古诗十九首》相当熟悉。另，《古诗十九首》为萧统辑录《文选》时所题之名，晋宋间人对萧统《文选》所题名的《古诗十九首》常称为《古诗》，此可从《世说新语·文学篇》得知。

《晋书·文苑传·郭澄之传》：

> 从裕北伐，既克长安，裕意更欲西伐，集僚属议之，多不同。次问澄之，澄之不答，西向诵王粲诗曰："南登霸陵岸，回首望长安。"裕便意定，谓澄之曰："当与卿共登霸陵岸耳。"②

---

① 余嘉锡：《世说新语笺疏》，中华书局 1993 年版，第 276 页。

② （唐）房玄龄等撰：《晋书》卷二十五，中华书局 1974 年版，第 2406 页。

今胡刻本《文选》卷二三载王粲《七哀诗》二首，其一“西京乱无象”末四句：“南登霸陵岸，回首望长安。悟彼下泉人，喟然伤心肝。”①

萧绎《金楼子·捷对篇》：

> 宋武帝登霸陵，乃眺西京。使傅亮等各咏古诗名句，亮诵王仲宣诗曰：“南登霸陵岸，回首望长安。”②

此二句见《文选》卷二十三“哀伤”类王粲《七哀诗》（其一）。义熙四年、十二年，刘裕曾两次北伐。义熙四年北伐，擒燕慕容超，后因卢循犯京师，故在平燕之后即班师南归。第二次义熙十二年八月北伐，十月众军至洛阳。义熙十三年八月，大破后秦姚泓，生擒并送斩建康。故有“既克长安”“乃眺西京”诸语。郭澄之，晋人；傅亮，南朝宋人。二人皆熟知仲宣《七哀诗》，故知仲宣《七哀诗》之盛名，当为两晋南朝作家之共识。

《南史·谢晦传》：

> 武帝闻咸阳沦没，欲复北伐，晦谏以士马疲怠，乃止。于是登城北望，慨然不悦，乃命群僚诵诗，晦咏王粲诗曰：“南登霸陵岸，回首望长安。悟彼下泉人，喟然伤心肝。”帝流涕不自胜。③

据《南史》谢晦本传，晦咏王粲《七哀诗》在永初二年（421）之前。文中提及的咸阳沦没，当为刘裕二次北伐以后之事。

《水经·澧水注》：

> 澧水又东径南安县南，晋太康元年分孱陵立，澹水注之。水上承

---

① （梁）萧统编，（清）胡克家校刻：《文选》，中华书局1977年影印本，第329页上。

② （梁）萧绎撰：《金楼子》卷五，中华书局1985年版，第87页。

③ （唐）李延寿撰：《南史》卷十九，中华书局1975年版，第522页。

> 澧水于作唐县,东径其县北,又东注于澧,谓之澹口。王仲宣《赠士孙文始诗》曰"悠悠澹澧"者也。①

今胡刻本《文选》卷二十三王粲《赠士孙文始》诗:"悠悠澹澧,郁彼唐林。"②

《晋书·谢安传》:

> 羊昙者,太山人,知名士也,为安所爱重。安薨后,辍乐弥年,行不由西州路。尝因石头大醉,扶路唱乐,不觉至州门。左右白曰:"此西州门。"昙悲感不已,以马策扣扉,诵曹子建诗曰:"生存华屋处,零落归山丘。"恸哭而去。③

今胡刻本《文选》卷二十七"乐府(上)"曹植《乐府四首·箜篌引》:"生存华屋处,零落归山丘。"羊昙生前为谢安所爱重,谢安卒后,他悲感不已,高咏子建"生存华屋处,零落归山丘"二句,以寄托哀思。但是,羊昙之所以能以曹植此诗寄托哀思,缘于他对子建此诗既十分熟悉,又十分欣赏。

《〈洛阳伽蓝记〉序》:

> (洛阳)西面有四门。……次北曰承明门。承明者,高祖所立,当金墉城前东西大道。迁京之始,宫阙未就,高祖住在金墉城。城西有王南寺,高祖数诣寺与沙门论议,故通此门,而未有名,世人谓之新门。时王公卿士常迎驾于新门,高祖谓御史中尉李彪曰:"曹植诗云:'谒帝承明庐',此门宜以承明为称。"遂名之。④

---

① 杨守敬、熊会贞:《水经注疏》,科学出版社1955年影印本,第37卷,第35页。

② (梁)萧统编,(清)胡克家校刻:《文选》,中华书局1977年影印本,第335页上。

③ (唐)房玄龄等撰:《晋书》卷七十九,中华书局1974年版,第2077页。

④ (北魏)杨衒之撰,周祖谟校释:《洛阳伽蓝记校释》,中华书局1963年版,第12~13页。

今胡刻本《文选》卷二十四曹植《赠白马王彪》诗:"谒帝承明庐,逝将归旧疆。"

北魏高祖孝文帝拓跋宏,于太和十七年(493)定迁都之计,冬十月幸金塘城,诏经始洛京。太和十九年(495)九月,六宫及文武尽迁洛阳。太和二十年,诏改姓为元氏,正式完成了全盘汉化的过程。杨衒之所记,正是北魏孝文帝迁洛初期之事。此时萧统《文选》尚未编纂,但喜爱中原汉族文化的北魏孝文帝拓跋宏已能出口背诵日后萧统《文选》所收录的曹植《赠白马王彪》诗,可见,即使在少数民族统治的北魏,少数民族出身的帝王亦极喜爱子建之作,尤其是《赠白马王彪》一诗。

《北史·东魏孝静帝纪》载东魏孝静帝逊位于齐时(550),

> 乃与夫人嫔以下诀,莫不欷歔掩涕。嫔赵国李氏诵陈思王诗云:"王其爱玉体,俱享黄发期。"皇后已下皆哭。①

李氏诵子建"王其爱玉体,俱享黄发期"二句,以此与孝静帝诀绝,极为惨痛恰切。孝静帝与诸嫔妃诀别后,至云龙门,"王公百僚衣冠拜谢,帝曰:'今日不减常道乡公、汉献帝。'"②可见,孝静帝深知此次禅位一如汉献帝与高贵乡公,故最终"遇酖而崩"。李氏对曹植诗《赠白马王彪》之熟悉,运用之恰当,皆可称道。

值得说明的是,东魏孝静帝逊位于齐之时,恰为梁简文帝萧纲大宝元年(550),此时,《文选》已经编成,萧统亦已去世。但是,笔者以为,《文选》刚刚编成之时,并未受到时人的特别厚遇,虽不乏流布北方之可能,但此种可能性不大。李氏对子建《赠白马王彪》的熟读只能认为是在未受萧统

---

① (唐)李延寿撰:《北史》卷五,中华书局1974年版,第179页。

② (唐)李延寿撰:《北史》卷五,中华书局1974年版,第197页。

《文选》影响的前提下产生的,此为萧统《文选》编纂之前北方流传曹植《赠白马王彪》诗的重要佐证。

应贞(? ~269)为魏晋间诗人、辞赋家。《文选》卷二十诗甲“公燕”类选录其《晋武帝华林园集诗》。泰始四年(258),晋武帝司马炎会群臣于华林园,宴射赋诗,应贞所作,辞义最佳。《晋书·文苑·应贞传》全录此诗四首,传末史臣曰:“应贞宴射之文,极形言之美,华林群藻罕或畴之。”①即指此。

今传《晋书》为唐初房乔、褚遂良等奉敕编撰。在此之前,已有东晋王隐《晋书》、东晋虞预《晋书》、朱凤《晋书》、东晋何法盛《晋中兴书》、宋谢灵运《晋书》、齐臧荣绪《晋书》等,凡二十二家。个中除臧荣绪《晋书》外,馀仅叙数帝或分叙西晋、东晋之事,而非完整史书。初唐,太宗既命众史臣修《梁书》《陈书》《北齐书》《周书》《隋书》等五史,旋又命房玄龄等重撰《晋书》。房氏以唐初尚完整保存之臧荣绪《晋书》为底本,参考“十八家晋书”(李世民《修晋书诏》,初唐尚存《晋书》之习称,非实指)与晋人文集撰编,原称《新晋书》,后臧荣绪《晋书》失传而省称为《晋书》。故《晋书》史臣之言,当非全为唐初史官之言,而是综合了诸家《晋书》的记载后所为。因此,应贞《晋武帝华林园集诗》的流传当是时代的选择,而非一人一书所能左右。

《世说新语·巧艺篇》:“顾长康道画:‘手挥五弦易,目送归鸿难。’”余嘉锡案:

> 《晋书·恺之传》云“恺之每重嵇康四言诗,因为之图”云云。《世说》不言作图,语意不明。②

---

① (唐)房玄龄等撰:《晋书》卷九十二,中华书局1974年版,第2406页。

② 余嘉锡:《世说新语笺疏》,上海古籍出版社1993年版,第721页。

《晋书·文苑·顾恺之传》:"恺之每重嵇康四言诗,因为之图,恒云:'手挥五弦易,目送归鸿难。'"①今胡刻本《文选》卷二十四嵇康《赠秀才入军五首》的第四首,有"目送归鸿,手挥五弦,俯仰自得,游心泰玄"数句。可见,嵇康《赠秀才入军五首》早已成为晋人名作,屡屡为人称道。顾恺之(349? ~410?),字长康,晋代著名画家,故对"手挥五弦"与"目送归鸿"的难易深有体会。

《晋书·阮籍传》:"作《咏怀诗》八十馀篇,为世所重。"②故知阮籍《咏怀》,早已为世所重。《文选》诗"咏怀"类录阮诗十七首,当亦为时代公论。

《水经·渭水注(下)》:

> 第三门,本名霸城门,王莽更名为仁寿门,无疆亭。民见门色青,又曰青城门,或曰青绮门,亦曰青门。门外旧出佳瓜。昔广陵人邵平为秦东陵侯,秦破,为布衣,种瓜此门,瓜美,故世谓之东陵瓜。是以阮籍《咏怀诗》曰:"昔闻东陵瓜,近在青门外。连畛拒阡陌,子母相钩带。"指谓此门也。③

杨守敬"畛"下注:"《文选》'畛'作'轸',误。"今胡刻本《文选》卷二十三"咏怀"类录阮籍《咏怀诗》十七首,第九首《昔闻东陵瓜》:"昔闻东陵瓜,近在青门外。连轸距阡陌,子母相拘带。""轸"字当从杨守敬说作"畛"。

《水经·榖水注》:

> 榖水又东屈南,径建春门石桥下,即上东门也。阮嗣宗《咏怀诗》

① (唐)房玄龄等撰:《晋书》卷九十二,中华书局1974年版,第2405页。
② (唐)房玄龄等撰:《晋书》卷四十九,中华书局1974年版,第1361页。
③ 杨守敬、熊会贞:《水经注疏》第19卷,科学出版社1955年影印本,第28页。

曰:“步出上东门”者也。①

《〈洛阳伽蓝记〉序》:

> 东面有三门。北头第一门曰建春门,汉曰上东门。阮籍诗曰:“步出上东门”,是也。魏晋曰建春门,高祖因而不改。②

今胡刻本《文选》卷二十三“咏怀”类录阮籍《咏怀诗》十七首,第十首《步出上东门》首二句即“步出上东门,北望首阳岑”。

《水经·淯水注》:

> 其水南流径鲁阳关,左右连山插汉,秀木干云,是以张景阳诗云“朝登鲁阳关,峡路峭且深”。③

今胡刻本《文选》卷二十九张景阳《杂诗》十首之六《朝登鲁阳关》:“朝登鲁阳关,狭路峭且深。”

左思是西晋太康年间的重要作家,《文选》不仅收录了他的京都大赋《三都赋》,而且收录了他的《咏史》八首与《招隐诗》,但是,一如《文选》收载的《三都赋》一样,《咏史》与《招隐诗》亦都是左思作品中的传世名作。《世说新语·任诞篇》:

> 王子猷居山阴,夜大雪,眠觉,开室,命酌酒,四望皎然。因起彷徨,咏左思《招隐诗》。④

---

① 杨守敬、熊会贞:《水经注疏》第16卷,科学出版社1955年影印本,第30页。

② (北魏)杨衒之撰,周祖谟校释:《洛阳伽蓝记校释》,中华书局1963年版,第9页。

③ 杨守敬、熊会贞:《水经注疏》,科学出版社1955年影印本,第31卷,第13页。

④ 余嘉锡:《世说新语笺疏》,上海古籍出版社1993年版,第759页。

今胡刻本《文选》卷二十二有左思《招隐诗》二首。王徽之,字子猷,王羲之第五子。生性傲诞,却服膺左思《招隐诗》。

昭明太子萧统亦十分欣赏左思《招隐诗》,据《梁书·昭明太子传》载:

> 性爱山水,于玄圃穿筑,更立亭馆,与朝士名素者游其中。尝泛舟后池,番禺侯轨盛称“此中宜奏女乐”。太子不答,咏左思《招隐诗》曰:“何必丝与竹,山水有清音。”侯惭而止。①

《北史·薛憕传》:

> 憕早丧父,家贫,躬耕以养祖母,有暇则览文籍。疏宕不拘,时人未之奇也。江表取人,多以世族。憕世无贵仕,解褐不过侍郎。既羁旅,不被擢用,常叹曰:“岂能五十年戴帻,死一校尉,低头倾首,俯仰而向人也!”常郁郁不得志,每在人间,辄陵架胜达,负才使气,未尝趋世禄之门。左中郎将京兆韦潜度谓曰:“君门地非下,身材不劣,何不弊裾数参吏部?”憕曰:“‘世胄蹑高位,英俊沉下僚。’古人以为叹息,窃所未能也。”潜度告人曰:“此年少实慷慨,但不遭时耳。”②

今胡刻本《文选》卷二十一“咏史”类左思《咏史》之二:“世胄蹑高位,英俊沉下僚。”③

薛憕为北朝魏周间人,虽其生卒年不详,但节闵帝普泰(531~532)年

① (唐)姚思廉撰:《梁书》卷八,中华书局1973年版,第168页。

② (唐)李延寿撰:《北史》卷三十六,中华书局1974年版,第1344~1345页。

③ (梁)萧统编,(清)胡克家校刻:《文选》卷二十,中华书局1977年影印本,第296页下。

间薛憕官给事中,加伏波将军。此时,薛憕已官居上位,不再有“世胄蹑高位,英俊沉下僚”之叹。故薛憕虽在魏文帝大统四年(538)尚为宣光、清徽二殿落成作颂,但其高吟左思《咏史》之时,大致当在节闵帝普泰年间之前,其时,昭明尚未下世,《文选》虽已编成,但流布北方为薛憕所重,恐不合事实,薛憕诵习左思《咏史》当另有传播途径。薛憕出身寒素,“世无贵仕”,不得重用。这与左思的经历极为相似,故左思“世胄蹑高位,英俊沉下僚”二句最能引起他的共鸣。可见,左思《咏史》在北朝亦深得寒族士人的激赏。

西晋太康作家群中,潘岳是重要作家,与陆机并称“潘陆”。安仁《射雉赋》《西征赋》《秋兴赋》《闲居赋》《笙赋》并载《文选》赋类,诗类载录亦极多。今胡刻本《文选》卷二十“祖饯”类《金谷集作诗》即为其名作之一。潘岳《金谷集作诗》李善注引石崇《金谷诗序》:

> 余以元康六年,从太仆卿出为使持节、监青徐诸军事。有别庐在河南县界金谷涧。时征西大将军祭酒王诩当还长安,余与众贤,共送涧中,赋诗以叙中怀。①

西晋金谷之聚与东晋兰亭之聚是晋代诗坛的两次盛会,潘岳此次金谷聚会诗曰:“投分寄石友,白首同所归。”自东汉以来,谶纬之学大盛,潘岳《金谷集诗》“白首同所归”句偶成其谶,故极出名,潘岳《金谷诗》亦为传世名作。

《世说新语·仇隟篇》:

> 孙秀既恨石崇不与绿珠,又憾潘岳昔遇之不以礼。后秀为中书

① (梁)萧统编,(清)胡克家校刻:《文选》卷二十一,中华书局1977年影印本,第296页下。

令,岳省内见之,因唤曰:“孙令,忆畴昔周旋不?”秀曰:“中心藏之,何日忘之?”岳于是始知必不免。后收石崇、欧阳坚石,同日收岳。石先送市,亦不相知。潘后至,石谓潘曰:“安仁,卿亦复尔邪?”潘曰:“可谓‘白首同所归’。”潘《金谷集诗》云:“投分寄石友,白首同所归。”乃成其谶。①

李善注“投分寄石友,白首同所归”二句时亦引《世说新语》此条记载。《晋书·潘岳传》所载略同:

初,芘为琅邪内史,孙秀为小史给岳,而狡黠自喜。岳恶其为人,数挞辱之,秀常衔忿。及赵王伦辅政,秀为中书令。岳于省内谓秀曰:“孙令犹忆畴昔周旋不?”答曰:“中心藏之,何日忘之。”岳于是自知不免。俄而秀遂诬岳及石崇、欧阳建谋奉淮南王允、齐王冏为乱,诛之,夷三族。岳将诣市,与母别曰:“负阿母!”初被收,俱不相知,石崇已送在市,岳后至,崇谓之曰:“安仁,卿亦复尔邪!”岳曰:“可谓白首同所归。”岳《金谷诗》云:“投分寄石友,白首同所归。”乃成其谶。②

郭璞(276~324)《游仙诗》于两晋之交,独步一时,深受时人推崇。《水经·汳水注》:

汳水又东径蒙县故城北,俗谓之小蒙城也。《西征记》城在汳水南十五六里,即庄周之本邑也。为蒙之漆园吏,郭景纯所谓“漆园有傲吏”者也。悼惠施之没,杜门于此邑矣。③

---

① 余嘉锡:《世说新语笺疏》,上海古籍出版社1993年版,第924页。
② (唐)房玄龄等撰:《晋书》卷五十五,中华书局1974年版,第1506~1507页。
③ 杨守敬、熊会贞:《水经注疏》,科学出版社1955年影印本,第23卷,第30~31页。

今胡刻本《文选》卷二十一郭景纯《游仙诗》七首的第一首《京华游侠窟》:"漆园有傲吏,莱氏有逸妻。"①

《梁书·王筠传》:

> 昭明太子爱文学士,常与筠及刘孝绰、陆倕、到洽、殷芸等游宴玄圃。太子独执筠袖,抚孝绰肩而言曰:"所谓'左把浮邱袖,右拍洪崖肩'。"其见重如此。②

萧统《文选》所收郭璞《游仙诗》第三首《翡翠戏兰苕》:"左挹浮丘袖,右拍洪崖肩。"③可见,昭明本人对郭璞《游仙诗》非常熟悉,十分赞赏。

《诗品》"中品·郭璞条":

> 宪章潘岳,文体相晖,彪炳可玩。始变乎中原平淡之体,故称中兴第一。《翰林》以为诗首。④

此条之《翰林》,当为李充《翰林》,李充《翰林》将郭璞《游仙诗》列为"诗首",可见其对此组诗评价极高。

沈约《宋书·谢灵运传论》:

> 子荆零雨之章,正长朔风之句,并直举胸情,非傍诗史,正以音律调韵,取高前式。⑤

《诗品》中品"魏尚书何晏、晋冯翊守孙楚、晋著作王赞、晋司徒掾张

① (梁)萧统编,(清)胡克家校刻:《文选》,中华书局 1977 年影印本,第 306 页下。

② (唐)姚思廉撰:《梁书》卷三十三,中华书局 1973 年版,第 485 页。

③ (梁)萧统编,(清)胡克家校刻:《文选》,中华书局 1977 年影印本,第 307 页上。

④ 曹旭:《诗品集注(增订本)》,上海古籍出版社 2011 年版,第 318~319 页。

⑤ (梁)沈约撰:《宋书》卷六十七,中华书局 1974 年版,第 1779 页。

翰、晋中书令潘尼”条：

子荆“零雨”之外，正长“朔风”之后，虽有累札，良亦无闻。①

今胡刻本《文选》卷二十九“杂诗”类录王赞（正长）《杂诗》：“朔风动秋草，边马有归心。”沈约《传论》“正长朔风之句”正是王赞（正长）《杂诗》的首句。沈约、锺嵘所称赏之诗，正是萧统《文选》所录之诗，此非萧统受沈约、锺嵘的影响，而是时代共论使之然。

《魏书·常景传》：

阿那瓌之还国也，境上迁延，仍陈窘乏。遣尚书左丞元孚奉诏振恤，阿那瓌执孚过柔玄，奔于漠北。遣尚书令李崇、御史中尉兼右仆射元纂追讨，不及。乃令景出塞，经瓮山，临瀚海，宣敕勒众而返。景经涉山水，怅然怀古，乃拟刘琨《扶风歌》十二首。②

今胡刻本《文选》卷二十八“杂歌”类载刘琨《扶风歌》。常景生卒不详，但柔然阿那瓌执尚书左丞元孚，魏使李崇、元纂追讨不及，常景拟刘琨《扶风歌》作诗的时间，当在孝昌（525～527）初年之前，此时正是《文选》编纂之时。可见，在《文选》编成流播北方之前，刘琨《扶风歌》已在北朝流行。

《世说新语·黜免篇》：

殷中军废后，恨简文曰：“上人著百尺楼上，儋梯将去。”

---

① 曹旭：《诗品集注（增订本）》，上海古籍出版社2011年版，第284页。

② （北齐）魏收撰：《魏书》卷八十二，中华书局1974年版，第1803～1804页。

刘孝标注：

> 《续晋阳秋》曰：浩虽废黜，夷神委命，雅咏不辍，虽家人不见其有流放之戚。外生韩伯始随至徙所，周年还都，浩素爱之，送至水侧，乃咏曹颜远诗曰："富贵它人合，贫贱亲戚离。"因泣下。其悲见于外者，唯此一事而已。则书空、去梯之言，未必皆实也。①

《晋书·殷浩传》：

> 浩甥韩伯，浩素赏爱之，随至徙所。经岁还都，浩送至渚侧，咏曹颜远诗云："富贵他人合，贫贱亲戚离。"因而泣下。②

今胡刻本《文选》卷二十九曹颜远(摅)《感旧诗》："富贵他人合，贫贱亲戚离。"

余嘉锡案：

> 韩伯家素贫窭(见《伯传》)，其母子初必依浩为生。浩以永和十年被废。伯从之经年，年已二十有四。其辞去还都，盖以浩在困顿中，不宜复累之。故浩有感于曹颜远之诗，以素爱之不忍别，因而自伤，非怨之也。③

曹摅，字颜远，其《感旧诗》载《文选》卷二十九"杂诗上"，此诗首二句为："富贵他人合，贫贱亲戚离。"

《世说新语·文学》注引檀道鸾《续晋阳秋》：

---

① 余嘉锡：《世说新语笺疏》，上海古籍出版社 1993 年版，第 867 页。

② (唐)房玄龄等撰：《晋书》卷七十七，中华书局 1974 年版，第 2407 页。

③ 余嘉锡：《世说新语笺疏》，上海古籍出版社 1993 年版，第 868 页。

> 正始中，王弼、何晏好《庄》《老》玄胜之谈，而世遂贵焉。至江左李充尤盛。故郭璞五言始会合道家之言而韵之。询及太原孙绰转相祖尚，又加以三世之辞，而《诗》《骚》之体尽矣。询、绰并为一时文宗，自此作者悉体之。至义熙中，谢混始改。①

沈约《宋书·谢灵运传论》：

> 自建武暨乎义熙，历载将百，虽缀响联辞，波属云委，莫不寄言上德，托意玄珠，遒丽之辞，无闻焉尔。仲文始革孙许之风，叔源大变太元之气。②

谢混，字叔源。沈约认为，谢混为改变东晋玄言诗风之第一人，为时代公论。可见，谢混《游西池》收载《文选》卷二十二"游览"类，当非萧统一人之见。

《南史·谢灵运传》：

> 文章之美，与颜延之为江左第一。纵横俊发过于延之，深密则不如也。……灵运诗书皆兼独绝，每文竟，手自写之，文帝称为二宝。③

谢灵运的文章盛名，由此可见。《南史》虽为唐人李延寿所作，但其基本材料仍是南朝史书，故不当视为唐人之见。萧统《文选》选录五十二首谢灵运诗，据诸家之冠，亦非萧统一人之见。

《南齐书·武陵王晔传》：

---

① 余嘉锡：《世说新语笺疏》，上海古籍出版社1993年版，第262页。

② （梁）沈约撰：《宋书》卷六十七，中华书局1974年版，第1778页。

③ （唐）李延寿撰：《南史》卷十九，中华书局1975年版，第538~539页。

(晔)与诸王共作短句,诗学谢灵运体,以呈上,报曰:"见汝二十字,诸儿作中最为优者。但康乐放荡,作体不辨有首尾,安仁、士衡深可宗尚,颜延之抑其次也。"①

南齐之时,谢灵运之诗已被人称为"谢灵运体",虽然齐高帝萧道成并不欣赏其体,但武陵王却喜学其体。《南史·颜延之传》的记载可证明谢灵运的文坛地位。只是,因此传为颜延之传,故对延之亦有评论:

延之与陈郡谢灵运俱以辞采齐名,而迟速悬绝。文帝尝各敕拟《乐府北上篇》,延之受诏便成,灵运久之乃就。延之尝问鲍照己与灵运优劣,照曰:"谢五言如初发芙蓉,自然可爱。君诗若铺锦列绣,亦雕缋满眼。"……是时议者以延之、灵运自潘岳、陆机之后,文士莫及,江右称潘、陆,江左称颜、谢焉。②

《宋书·乐志(一)》:

(元嘉)二十二年,南郊,始设登哥,诏御史中丞颜延之造哥诗,庙舞犹缺。"③

《宋书·乐志(二)》:

宋南郊雅乐登歌三篇,颜延之造。④

① (梁)萧子显撰:《南齐书》卷三十五,中华书局 1974 年版,第 624~625 页。
② (唐)李延寿撰:《南史》卷三十四,中华书局 1975 年版,第 881 页。
③ (梁)沈约撰:《宋书》卷十九,中华书局 1974 年版,第 541 页。
④ (梁)沈约撰:《宋书》卷二十,中华书局 1974 年版,第 568 页。

观此可知颜延之的诗名，早在其在世之日，已为世所公认。萧统编纂《文选》选录二十一首颜延之的诗，“公宴类”更以颜延之诗为首，亦属自然。

《南史·宋文帝诸子·刘铄传》：

> 少好学，有文才，未弱冠，《拟古》三十馀首，时人以为亚迹陆机。①

刘铄《拟古诗》，时人甚为推许。《文选》卷三十一“杂拟”类收录其《拟古二首》(《拟〈行行重行行〉》《拟〈明月何皎皎〉》)，当亦为遵从时人共论而已。

《金楼子·说蕃篇》：

> 刘休元……《拟古诗》，时人以为陆士衡之流。②

《文选》卷三十收录陆机《拟古诗十二首》，拟《古诗十九首》而作。刘铄之《拟古诗》为时人公认为陆机之流，可见其成就之高。

《南齐书·谢朓传》：

> 朓少好学，有美名，文章清丽……朓善草隶，长五言诗。沈约常云：“二百年来无此诗也。”敬皇后迁祔山陵，朓撰哀策文，齐世莫有及者。③

《颜氏家训·文章篇》：

---

① (唐)李延寿撰：《南史》卷十四，中华书局1975年版，第395页。
② (梁)萧绎撰：《金楼子》卷三，中华书局1985年版，第42页。
③ (梁)萧子显撰：《南齐书》卷四十七，中华书局1974年版，第825~826页。

刘孝绰当时既有重名，无所与让，唯服谢朓。常以朓诗置几案间，动静辄讽味。[①]

《颜氏家训·勉学篇》：

庄生有乘时鹊起之说，故谢朓诗曰："鹊起登吴台。"吾有一亲表作《七夕诗》云："今夜吴台鹊，亦共往填河。"……皆耳学之过也。[②]

《文选》收录谢朓之诗二十一首（每题以一首计——笔者），文二篇，其中即有《齐敬皇后哀册文》，《南史》本传所谓"齐世莫有及者"之作。《文选》卷三十录谢朓《和伏武昌登孙权故城》："鹊起登吴山，凤翔陵楚甸。"此即《颜氏家训·勉学篇》所言"鹊起登吴台"之句，颇疑《颜氏家训》误"山"为"台"。颜之推的《颜氏家训》成于隋文帝平陈之后，隋炀帝即位之前，故本文一般不取《颜氏家训》的材料以证明萧统《文选》所录乃历代名作，但本则似可例外。《文章篇》载刘孝绰唯服谢朓之事，当不应是颜之推杜撰，其取材当为萧梁记载。今虽不知其取材于何，但仍有重要参考价值，姑录以备考。

应璩（190~252）《百一诗》收入今《文选》第二十一卷。《百一诗》讥切时事，颇有世名。李充《翰林论》："应休琏五言诗，百数十篇，以风规治道，盖有诗人之旨焉。"[③]故知应氏《百一》早在东晋已入选李充的《翰林》，成为传世名篇。孙盛《晋阳秋》："应璩作五言诗百三十篇，言时事颇有补益，

---

① （北齐）颜之推撰，王利器集解：《颜氏家训集解》，上海古籍出版社 1980 年版，第 276 页。

② （北齐）颜之推撰，王利器集解：《颜氏家训集解》，上海古籍出版社 1980 年版，第 202 页。

③ （梁）萧统编，（清）胡克家校刻：《文选》，中华书局 1977 年影印本，第 305 页下。

世多传之。"[①]孙盛《晋阳秋》为唐修《晋书》之前的晋史之一,它对应璩《百一》诗的评价,亦可见出晋世对《百一》的重视。

《魏书·賨李雄传》:

(李寿)广修宫室,引水入城,务于奢侈,百姓疲于使役,民多嗟怨,思乱者十室而九。其尚书左仆射蔡兴直言切谏,寿以为谤讪,诛之。其臣龚壮作诗七首,托言应璩以讽寿。寿报曰:"省诗知意。若今人所作,贤哲之话言;古人所作,死鬼之常辞耳。"[②]

龚壮生卒年难以确考,但大致可知其为东晋十六国时人。他作诗七篇,托应璩以讽,故知其对应璩《百一》颇为熟谂。可见,即使在十六国的战乱时代,偏处巴蜀一隅的文士仍对应璩《百一》极为推崇。

江淹是南朝著名诗人、骈文家,《南齐书·谢论传》:

世祖尝问王俭,当今谁能为五言诗?俭对曰:"谢朏得父膏腴;江淹有意。"[③]

王俭是南齐政坛、文坛泰斗,所作《褚渊碑》尤为著名,为《文选》所收录。他对江淹甚为推许,可见江淹的诗歌为其所重。

《南史·江淹传》:

江淹……不事章句之学,留情于文章。……高帝让九锡及诸章表,皆淹制也。……淹少以文章显,晚节才思微退,云为宣城太守时罢归,始泊禅灵寺渚,夜梦一人自称张景阳,谓曰:"前以一匹锦相寄,今

① (梁)萧统编,(清)胡克家校刻:《文选》,中华书局1977年影印本,第305页下。
② (北齐)魏收撰:《魏书》卷九十六,中华书局1974年版,第2111~2112页。
③ (梁)萧子显撰:《南齐书》卷四十三,中华书局1974年版,第764页。

可见还。"淹探怀中得数尺与之,此人大恚曰:"那得割截都尽。"顾见邱迟谓曰:"馀此数尺既无所用,以遗君。"自尔淹文章踬矣。①

此虽颇有小说家演义之嫌,但论淹才尚不为过。江淹之诗,李善注《文选》收录有《杂体诗》三十首,前有《序》,但不全。

《四部丛刊》本《六臣注文选》载江淹《杂体诗序》:

夫楚谣汉风,既非一骨;魏制晋造,固亦二体。譬犹蓝朱成彩,杂错之变无穷,宫商为音,靡曼之态不极。故娥眉讵同貌,而俱动于魄;芳草宁共气,而皆悦于魂。不其然欤?至于世之诸贤,各滞所迷,莫不论甘则忌辛,好丹而非素,岂所谓通方广恕,好远兼爱者哉?及公幹、仲宣之论,家有曲直;安仁、士衡之评,人立矫抗,况复殊于此者乎?又贵远贱近,人之常情,重耳轻目,俗之恒弊。是以邯郸托曲于李奇,士季假论于嗣宗,此其效也。然五言之兴,谅非夐古。但关西、邺下,既已罕同,河外、江南,颇为异法。故玄黄经纬之辨,金碧沉浮之殊,仆以为亦合其美并善而已。今作三十首诗,斅其文体,虽不足品藻渊流,庶亦无乖商榷云尔。②

江淹所拟三十家,唯孙绰、许询、谢庄、汤惠休四人《文选》未录其诗,但谢庄《月赋》《宋孝武宣贵妃诔》,《文选》已录,孙绰亦录其名作《游天台山赋》。江淹所拟,不仅为两汉魏晋名家,且所拟为各家名作,如李陵《从军》,班婕妤《咏扇》,曹丕《游宴》,曹植《赠友》等。且江淹所拟诸作多可在《文选》中见其原型。

《南史·吉士瞻传》:

---

① (唐)李延寿撰:《南史》卷五十九,中华书局1975年版,第1447~1451页。

② (梁)萧统编,(唐)六臣注:《文选》,中华书局1985年影印本,第588页。

> 少有志气,不事生业。时征士吴苞见其姿容,劝以经学,因诵鲍照诗云:"竖儒守一经,未足识行藏。"拂衣不顾。[①]

今胡刻本《文选》卷三十一"杂拟(下)"江淹拟鲍照诗《鲍参军(戎行)》:"竖儒守一经,未足识行藏。"[②]故《南史》本传所载吉士瞻诵鲍照诗,实为诵江淹拟鲍照诗,此亦可见江淹《杂拟诗》名动江左。

沈约为宋齐梁三朝宿将,所倡"永明体"影响极大。《诗品》"沈诗任笔"之说盛赞沈约之诗可与任昉之文相颉颃。萧统《文选》选录梁代诗歌六人五十三篇,江淹居其首,但这是因为《杂体诗》三十首所占比重过大所致,故其作品数量并未代表其成就。沈约之诗入选十三首,但在《文选》诗体次文类中占"公宴""祖饯""游览""行旅""沈约"五类,江淹仅占"杂拟"一类,因此,《文选》收录的梁代作家中,采录诗歌门类最广的诗人是沈约。萧统的这种选编非个人之见,乃时代共论而致。

第四节 《文选》之文多历代名作说

屈原《离骚》诸作,自汉代以来已为名作。但是,《离骚》的流传,派分二途。刘安、司马迁、刘向、刘勰诸家,较为正确地评价了屈原《离骚》的价值,成为正确评价《离骚》之一支。《世说新语·任诞篇》王孝伯之语、《北史·魏卢元明传》则从另一脉肯定了《离骚》,使之成为名士风流的重要组成部分。虽然这种视《离骚》为名士风流的观点并未得到《离骚》的真精神,但是,它们同样为《离骚》的流播作出了贡献。

刘安率先作《离骚传》(又称《离骚赋》),见《汉纪·孝武纪》和高诱《〈淮南鸿烈解〉叙》,今虽失传,但《史记·屈原贾生列传》称颂《离骚》那

① (唐)李延寿撰:《南史》卷五十五,中华书局1975年版,第1363页。
② (梁)萧统编,(清)胡克家校刻:《文选》,中华书局1977年影印本,第454页下。

段名言当即《离骚传》之序文：

屈平疾王听之不聪也，谗谄之蔽明也，邪曲之害公也，方正之不容也，故忧愁幽思而作《离骚》。离骚者，犹离忧也。夫天者，人之始也；父母者，人之本也。人穷则反本，故劳苦倦极，未尝不呼叫天也；疾痛惨怛，未尝不呼父母也。屈平正道直行，竭忠尽智以事其君，谗人间之，可谓穷矣。信而见疑，忠而被谤，能无怨乎？屈平之作《离骚》，盖自怨生也。《国风》好色而不淫，《小雅》怨诽而不乱。若《离骚》者，可谓兼之矣。上称帝喾，下道齐桓，中述汤武，以刺世事。明道德之广崇，治乱之条贯，靡不毕见。其文约，其辞微，其志絜，其行廉，其称文小而其指极大，举类迩而见义远。其志絜，故其称物芳。其行廉，故死而不容自疏。濯淖污泥之中，蝉蜕于浊秽，以浮游尘埃之外，不获世之滋垢，皭然泥而不滓者也。推此志也，虽与日月争光可也。①

这段名文，不仅成为“离骚”二字最有权威性的阐释之一，而且成为今传世文献中推崇《离骚》的诸文献之首。刘勰《文心雕龙》将其写入《辨骚》之中：

昔汉武爱骚而淮南作传，以为：《国风》好色而不淫，《小雅》怨诽而不乱，若《离骚》者，可谓兼之。蝉蜕秽浊之中，浮游尘埃之外，皭然涅而不缁，虽与日月争光可也。②

刘向以屈原之作为主编辑《楚辞》，东汉王逸著《楚辞章句》。虽然班固对《离骚》并不推崇，所谓“班固以为露才扬己，忿怼沉江”，但两汉文坛

① （汉）司马迁撰：《史记》卷八十四，中华书局 1982 年第 2 版，第 2482 页。
② （梁）刘勰著，詹锳义证：《文心雕龙义证》，上海古籍出版社 1989 年版，第 136 页。

的主流当是首肯《离骚》的。

《史记·秦始皇本纪》裴骃《集解》引蔡邕《独断》:

> 朕,我也。古者上下共称之,贵贱不嫌,则可以同号之义也。皋陶与舜言"朕言惠,可底行"。屈原曰:"朕皇考。"至秦,然后天子独以为称。汉因而不改。①

屈原《离骚》:"帝高阳之苗裔兮,朕皇考曰伯庸。"蔡邕举《离骚》之例以明"朕"义为"我",其对《离骚》之谂熟自不待言。

《世说新语·任诞篇》:

> 王孝伯言:"名士不必须奇才,但使常得无事,痛饮酒,熟读《离骚》,便可称名士。"②

王恭,字孝伯。祖父蒙,晋司徒左长史;父蕴,晋镇军将军;皆有世誉。《世说新语·德行篇》刘孝标注引周祇《隆安记》谓恭清廉贵峻,志存格正。起家著作郎,历丹阳尹、中书令。出为五州都督、前将军,青、兖二州刺史,以身无长物闻名,后为司马道子所杀。余嘉锡《世说新语笺疏》案:

> 《赏誉篇》云:"王恭有清辞简旨,而读书少。"此言不必须奇才,但读《离骚》,皆所以自饰其短也。恭之败,正坐不读书。故虽有忧国之心,而卒为祸国之首,由其不学无术也。自恭有此说,而世之轻薄少年,略识之无,附庸风雅者,皆高自位置,纷纷自称名士。政使此辈车载斗量,亦复何益于天下哉?③

---

① (汉)司马迁撰:《史记》卷六,中华书局1982年第2版,第237页。
② 余嘉锡:《世说新语笺疏》,上海古籍出版社1993年版,第763页。
③ 余嘉锡:《世说新语笺疏》,上海古籍出版社1993年版,第763页。

余嘉锡的批评是正确的，但《离骚》之得名亦有此一途。萧统《文选》选录《离骚》，自当是时人共论。

《北史・魏卢元明传》：

> 少时，常从乡还洛，途遇相州刺史、中山王熙。熙，博识之士，见而叹曰："卢郎有此风神，唯须诵《离骚》，饮美酒，自为佳器。"①

可见，《离骚》在南北朝时期的南北两方俱为名作。

《水经・江水注（二）》"江水又东过秭归县之南"注：

> 袁山松曰：屈原有贤秭闻原放逐，亦来归，喻令自宽全。乡人冀其见从，因名曰秭归，即《离骚》所谓"女媭婵媛以詈余"也。②

今胡刻本《文选》卷三十二《离骚》："女媭之婵媛兮，申申其詈予。"

又同卷：

> 故《宜都记》曰："秭归，盖楚子熊绎之始国，而屈原之乡里也，原田宅于今具存。"指谓此地也。③

据《晋书》卷八十三《袁山松传》，山松，袁乔之孙，少有才名，博学有文章，著《后汉书》百篇。曾任吴郡太守，孙恩之乱，筑守沪渎，城陷被杀。另据《资治通鉴》，孙恩杀袁山松在隆安五年（401）五月。

丁国钧《补〈晋书・艺文志〉》（二）：

---

① （唐）李延寿撰：《北史》卷三十，中华书局1974年版，第1083页。

② 杨守敬、熊会贞：《水经注疏》，科学出版社1955年影印本，第34卷，第7页。

③ 杨守敬、熊会贞：《水经注疏》，科学出版社1955年影印本，第34卷，第8页。

> 《宜都山川记》，袁山松。谨按是书原本，《（北堂）书钞》《艺文类聚》《初学记》《（太平）御览》均引，或省作《宜都记》。盖山松曾守宜都（本传失载），此其在郡所著。《艺文类聚·啸类》载桓玄《与袁宜都书》，即山松。①

章宗源《隋书经籍志考证》（六）称："《宜都记》，卷亡，袁山松撰，不著录。"②文廷式《补〈晋书·艺文志〉》（三），秦荣光《补〈晋书·艺文志〉》（二），黄逢元《补〈晋书·艺文志〉》（二），吴士鉴《补〈晋书·艺文志〉》（二），所载略同。

按《晋书·地理志》（下），秭归原属荆州宜都郡，为蜀管辖。刘备死后，宜都、武陵、零陵、南郡四郡之地归吴，后孙休分宜都立建平郡。故《水经·江水注》此条虽未明言此据袁山松《宜都山川记》改写，但善长终生未至江南，此据袁《记》改写当无疑问。袁山松，为东晋中后期诗人、史学家，袁氏写至秭归，遂引《离骚》，且将"女嬃之婵媛兮，申申其詈予"二句压缩为"女嬃婵媛以詈余"。可见，东晋文人于屈原《离骚》仍相当熟知。

《水经·澧水注》：

> 澧水又东南注于沅水，曰澧口，盖其枝渎耳。《离骚》曰："沅有芷兮澧有兰。"③

今胡刻本《文选》卷三十二《九歌》的《湘夫人》："沅有芷兮澧有兰，思公子兮未敢言。"据此，"沅有芷兮澧有兰"之句，实非出自《离骚》，而出自

---

①　（清）丁国钧撰：《补晋书艺文志》卷二，中华书局1985年版，第75页。

②　（清）章宗源著：《隋书经籍志考证》卷六，见《二十五史补编》，开明书店1936年版，第4933页。

③　杨守敬、熊会贞：《水经注疏》，科学出版社1955年影印本，第37卷，第35页。

《九歌·湘夫人》。文中通称《九歌》为《离骚》，当为晋宋人之习称。

郭璞《山海经·中山经》注：

> 天地二女处江为神，即《列仙传》江妃二女。《离骚》《九歌》所谓湘夫人称帝子者是。说者皆以舜陟方而死，二妃从之，俱溺死湘江，号为湘夫人。按《九歌·湘君、湘夫人》自楚二神，江湘有夫人，犹河洛有宓妃。《礼记》曰："舜葬苍梧，二妃不从。"明二妃生不从征，死不从葬。《传》曰："生为上公，死为贵神。"湘川不及四渎，无秩于命祀，二女帝者之后，配灵神祇，无缘下降小水而为夫人。原其致误之由，由乎俱以帝女为名，名实相乱，莫矫其失。

此条所谓《离骚》《九歌》，所谓湘夫人云云，亦与上条同类，将《湘夫人》不细化称为《九歌》而统称之为《离骚》。

《南史·刘谅传》：

> 孝绰子谅字求信，小名春。少好学，有文才，尤悉晋代故事，时人号曰"皮里晋书"。位中书宣城王记室，为湘东王所善。王尝游江滨，叹秋望之美。谅对曰："今日可谓'帝子降于北渚'。"王有目疾，以为刺己，应曰："卿言'目眇眇以愁予'邪？"从此嫌之。①

今胡刻本《九歌·湘夫人》："帝子降兮北渚，目眇眇兮愁予。"刘谅为孝绰之子，孝绰卒于大同五年(539)，年五十九。湘东王萧绎，七岁封湘东王。刘谅与湘东王对白《湘夫人》之语时，当在《文选》编纂前后。二人的对白，可以见出屈原《湘夫人》诸作在梁朝流传之广。《南史》文中个别字与胡刻本所收略有差异，但不致影响整体结论。

---

① (唐)李延寿撰：《南史》卷三十九，中华书局1975年版，第1012~1013页。

《世说新语·豪爽篇》:

> 王司州在谢公坐,咏"入不言兮出不辞,乘回风兮载云旗。"语人云:"当尔时,觉一坐无人。"

刘孝标注:"《离骚》《九歌·少司命》之辞。"①今胡刻本《文选》卷三十三《九歌·少司命》:"入不言兮出不辞,乘回风兮载云旗。"此既可见南北朝人仍将屈原《九歌》统称之为《离骚》,又可见出以《离骚》为代表的屈原诸作在南朝士人中颇受重视。王司州,即王廙之子王胡之。胡之在谢安座上,高吟《九歌·少司命》"入不言兮出不辞,乘回风兮载云旗"二句,可见其对此二句的钟情。

《水经·沅水注》:

> 沅水东径辰阳县东南,东合辰水,水出县三山谷,东南流独母水注之。水源南山龙门山,历独母溪北入辰水。辰水径其县北,旧治在辰水之阳,故即名焉。《楚辞》所谓"夕宿辰阳"也。②

今胡刻本《文选》卷三十三《九章·涉江》:"朝发枉渚兮,夕宿辰阳。"

《世说新语·排调篇》:

> 王子猷诣谢公,谢曰:"云何七言诗?"子猷承问,答曰:"昂昂若千里之驹,泛泛若水中之凫。"

刘孝标注:"出《离骚》。"③今胡刻本《文选》卷三十三《卜居》:"宁昂

---

① 余嘉锡:《世说新语笺疏》,上海古籍出版社1993年版,第604页。

② 杨守敬、熊会贞:《水经注疏》,科学出版社1955年影印本,第37卷,第13页。

③ 余嘉锡:《世说新语笺疏》,上海古籍出版社1993年版,第811页。

昂若千里之驹乎？将汜汜若水中之凫乎？”《南史·袁昂传》：

> 昂本名千里，齐永明中，武帝谓曰：“昂昂千里之驹，在卿有之。今改卿名为昂，即字千里。”①

武帝，指齐武帝萧赜，萧赜引用《卜居》之语为袁昂改名，可知其对《卜居》极其熟悉。

《太平寰宇记》卷一百三十一引刘澄之《永初山水记》：

> 沔口，古文以为沧浪水，即屈原遇渔父所云“沧浪之水清兮”。②

今胡刻本《文选》卷三十三《渔父》：“沧浪之水清兮，可以濯我缨；沧浪之水浊兮，可以濯我足。”《永初山水记》，又作《永初山川古今记》，宋人刘澄之撰，清人王谟《汉唐地理书钞》共辑得五十五则，属晋宋地志总志类。刘澄之，生卒年不详。但此书既出刘宋作者之手，且其书名标为“永初”，而“永初”为宋武帝刘裕年号（420～422），可见，刘宋时代学人对屈原《渔父》相当熟悉。

潘岳《秋兴赋》：

> 善乎宋玉之言曰：“悲哉秋之为气也，萧瑟兮草木摇落而变衰，憀栗兮若在远行，登山临水送将归。”夫送归怀慕徒之恋兮，远行有羁旅之愤，临川感流以叹逝兮，登山怀远而悼近。彼四戚之疚心兮，遭一涂而难忍。嗟秋日之可哀兮，谅无愁而不尽。③

---

① （唐）李延寿撰：《南史》卷二十六，中华书局 1975 年版，第 709 页。

② （宋）乐史撰，王文慧等点校：《太平寰宇记》卷一百三十一，中华书局 2007 年版，第 2585 页。

③ （梁）萧统编，（清）胡克家校刻：《文选》，中华书局 1977 年影印本，第 192 页下。

潘岳《秋兴赋》为晋赋名作，故为今胡刻本《文选》卷十三“物色”类收录，而潘岳作《秋兴赋》又引宋玉《九辩》，并由此引发无端兴怀，可见，潘岳极为欣赏宋玉《九辩》。

《南史·范晔传》云：

> 上有白团扇甚佳，送晔令书出诗赋美句。晔受旨援笔而书曰：“去白日之炤炤，袭长夜之悠悠。”上循览凄然。①

范晔（398~446）因拥立刘义康谋逆之事而为宋文帝刘义隆下狱。刘义隆素重晔才，曾对晔多有护佑，但此次范晔参与的是不赦之罪，故赐扇而求佳句。“去白日之昭昭，袭长夜之悠悠”二句出自《文选》卷三十三宋玉《九辩》，晔援笔而书，不假思索，正说明对此二句极为熟悉。文帝之所以“循览凄然”而又不得不杀范晔，是因为他赞赏范晔所书宋玉《九辩》二句十分恰切地写出了此时此刻范晔的心情。

《三国志·吴书·阚泽传》：

> （孙）权尝问：“书传篇赋，何者为美？”泽欲讽喻以明治乱，因对“贾谊《过秦论》最善”，权览读焉。②

阚泽荐举《过秦论》，不无讽谏之意，但其熟知并赞赏此篇，亦为其因。左思《咏史》（其一）：“著论准《过秦》，作赋拟《子虚》。”《子虚》为司马相如大赋名作，以《子虚》与《过秦》对举，可见在左思心中《过秦论》的分量之重。范晔《狱中与诸甥侄书》：

---

① （唐）李延寿撰：《南史》卷三十三，中华书局 1975 年版，第 852 页。

② （晋）陈寿撰：《三国志》卷五十三，中华书局 1964 年版，第 1249 页。

> 吾杂传论,皆有精意深旨,既有裁味,故约其词句。至于《循吏》以下及《六夷》诸序论,笔势纵放,实天下之奇作。其中合者,往往不减《过秦》篇。尝共比方班氏所作,非但不愧之而已。①

范晔对其所作《后汉书》诸杂传论,一向极为自负,自比贾谊《过秦论》,可见在范晔心中《过秦论》的地位之高。

《水经·渐江水注》:

> 水流于两山之间,江川急浚,兼涛水昼夜再来,来应时刻,常以月晦及望尤大,至二月八月最高。峨峨二丈有馀,《吴越春秋》以为子胥、文种之神也。昔子胥亮("忠"字之讹——笔者)于吴,吴人怜之,立祠于江上,名曰胥山。《吴录》曰:"胥山在太湖边,去江不百里,故曰江上。"文种诚于越,而伏剑于山阴,越人哀之,葬于重山。文种既葬一年,子胥从海上负种,既去,游夫江海,故潮水之前扬波者伍子胥,后重水者大夫种。是以枚乘曰:"涛无记焉,然海水上潮,江水逆流,似神而非。"②

今胡刻本《文选》卷三十四枚乘《七发》云:

> 太子曰:"善。然则涛何气哉?"客曰:"不记也。然闻于师曰:似神而非者三:疾雷闻百里;江水逆流,海水上潮;山出内云,日夜不止。"③

可见,枚乘《七发》于晋宋之际仍为地志作者所熟谂,故为地志引用。

---

① (梁)沈约撰:《宋书》卷六十九,中华书局1974年版,第1830~1831页。
② 杨守敬、熊会贞:《水经注疏》,科学出版社1955年影印本,第40卷,第21页。
③ (梁)萧统编,(清)胡克家校刻:《文选》,中华书局1977年影印本,第483页上。

郦道元注《水经》，又将晋宋地志的这类记载转录于《水经注》中。因此，萧统《文选》收载《七发》，当亦为时代公论。

司马相如不仅以《子虚赋》《上林赋》等名传后世，他的《封禅书》亦为传世名作。今胡刻本《文选》卷四十八“符命”类载司马长卿《封禅书》。《史记·司马相如列传》：

> 相如既病免，家居茂陵。天子曰：“司马相如病甚，可往从悉取其书；若不然，后失之矣。”使所忠往，而相如已死，家无书。问其妻，对曰：“长卿固未尝有书也。时时著书，人又取去，即空居。长卿未死时，为一卷书，曰有使者来求书，奏之。无他书。”其遗札书言封禅事，奏所忠。忠奏其书，天子异之。①

《南齐书·王俭传》：

> 上曲宴群臣数人，各使效伎艺。褚渊弹琵琶，王僧虔弹琴，沈文季歌《子夜》，张敬儿舞，王敬则拍张。俭曰：“臣无所解，惟知诵书。”因跪上前诵相如《封禅书》。上笑曰：“此盛德之事，吾何以堪之。”②

王俭此举，自有阿谀之意，但相如《封禅书》的地位由此亦可见一斑。《南齐书·王融传》：

> 融少而神明警慧，博涉有文才。……（永明）九年，上幸芳林园，禊宴朝臣，使融为《曲水诗序》，文藻富丽，当世称之。……上以融才辩，十一年，使兼主客，接虏使房景高、宋弁。弁见融年少，问主客年

① （汉）司马迁撰：《史记》卷一百一十七，中华书局1982年第2版，第3063页。

② （梁）萧子显撰：《南齐书》卷二十三，中华书局1974年版，第435页。

几？融曰：“五十之年，久踰其半。”因问：“在朝闻主客作《曲水诗序》。”景高又云：“在北闻主客此制，胜于颜延年，实愿一见。”融乃示之。后日，宋弁于瑶池堂谓融曰：“昔观相如《封禅》，以知汉武之德；今览王生《诗序》，用见齐王之盛。”①

今胡刻本《文选》卷四十六“序下”收载王融之《三月三日曲水诗序》，从宋弁、房景高二人以司马相如《封禅书》比拟王融《三月三日曲水诗序》可知长卿《封禅书》的盛名。

司马相如不仅以《封禅书》闻名于世，其《难蜀父老》亦为名作。陈琳《为袁绍檄豫州》：

是以有非常之人，然后有非常之事；有非常之事，然后立非常之功。夫非常者，故非常人所拟也。②

《文选》卷四十四司马相如《难蜀父老》：

盖世必有非常之人，然后有非常之事；有非常之事，然后有非常之功。夫非常者，固常人之所异也。③

陈琳之檄，全袭相如，可见，此文三国时已为名篇。但，相如此语，似亦非独创。《文选》卷三十五汉武帝诏：“盖有非常之功，必待非常之人。”④可见此语在汉世为名言。

《汉书·东方朔传》在全文载录了东方朔《客难》与《非有先生论》二

① （梁）萧子显撰：《南齐书》卷四十七，中华书局1974年版，第817~822页。
② （梁）萧统撰，（清）胡克家校刻：《文选》，中华书局1977年影印本，第615~616页。
③ （梁）萧统撰，（清）胡克家校刻：《文选》，中华书局1977年影印本，第625页下。
④ （梁）萧统撰，（清）胡克家校刻：《文选》，中华书局1977年影印本，第499页上。

篇之后，曰："朔之文辞，(《客难》《非有先生论》)二篇最善。"①《文选》收录的东方朔之作恰是《答客难》与《非有先生论》二文。可见，昭明之选与班固之见不谋而合，是因为东方朔的这二篇作品的确为传世名作。

《世说新语·言语篇》：

> 刘琨虽隔阂寇戎，志存本朝，谓温峤曰："班彪识刘氏之复兴，马援知汉光之可辅。"②

胡刻本《文选》卷五十二班彪《王命论》："以为汉德承尧，有灵命之符，王者兴祚，非诈力所致。"③此即刘琨所言："班彪识刘氏之复兴。"

《梁书·萧子恪传》：

> 子恪与弟子范等，尝因事入谢，高祖在文德殿引见之，从容谓曰："我欲与卿兄弟有言。夫天下之宝，本是公器，非可力得。苟无运期，虽有项籍之力，终亦败亡。所以班彪《王命论》云：'所求不过一金，然终转死沟壑。'卿不应不读此书。"④

今胡刻本《文选》卷五十二班彪《王命论》：

> 夫饿馑流隶，饥寒道路，思有短褐之袭，檐石之蓄，所愿不过一金，终于转死沟壑。⑤

---

① (汉)班固撰，(唐)颜师古注：《汉书》卷六十五，中华书局1964年版，第2873页。
② 余嘉锡：《世说新语笺疏》，上海古籍出版社1993年版，第96页。
③ (刘宋)范晔撰：《后汉书》卷四十上，中华书局1973年版，第1324页。
④ (唐)姚思廉撰：《梁书》卷三十五，中华书局1973年版，第507~508页。
⑤ (梁)萧统编，(清)胡克家校刻：《文选》，中华书局1977年影印本，第718页。

《梁书》虽为初唐姚思廉所撰，但史料多出其父姚察之笔。寻绎本条所载之事，当为梁武帝建国初之事，梁武帝熟悉班彪《王命论》，绝非其子萧统编纂《文选》所致，故班彪《王命论》乃魏晋南北朝之名文，《文选》收载，正缘于此。

《宋书·宗室·刘义庆传》：

(义庆)又拟班固《典引》为《典叙》，以述皇代之美。①

今胡刻本《文选》卷四十八“符命”类载班固《典引》。刘义庆拟班氏《典引》以为《典叙》，可知班氏《典引》至刘宋时期仍为学习写作的典范。

《后汉书·姜肱传》注引谢承《后汉书》：

灵帝手笔下诏曰：“肱抗陵云之志，养浩然之气，以朕德薄，未肯降志。昔许由不屈，王道为化；夷、齐不挠，周德不亏。州郡以礼优顺，勿失其意。”②

今胡刻本《文选》卷四十五班固《答宾戏》：“是以仲尼抗浮云之志，孟轲养浩然之气，彼岂乐为迂阔哉？”③故灵帝诏书引用班固《答宾戏》之语，自非受萧统《文选》影响，实因班固《答宾戏》汉世以来代为名作。

《南史·王俭传》：

俭字仲宝，生而僧绰遇害，为叔父僧虔所养。数岁，袭爵豫宁县侯。拜受茅土，流涕呜咽。幼笃学，手不释卷。宾客或相称美，僧虔

① (梁)沈约撰：《宋书》卷五十一，中华书局1974年版，第1477页。
② (刘宋)范晔撰：《后汉书》卷五十三，中华书局1973年版，第1750页。
③ (梁)萧统编，(清)胡克家校刻：《文选》，中华书局1977年影印本，第634页下。

曰："我不患此儿无名，政恐名太盛耳。"乃手书崔子玉《座右铭》以贻之。①

今胡刻本《文选》卷五十六铭类载崔子玉《座右铭》。王俭为南齐重臣，其叔父王僧虔手书东汉作家崔瑗《座右铭》以贻之，可证至南朝宋、齐崔瑗《座右铭》仍广泛流传，其影响之巨当可由此窥之，萧统采入《文选》，良有以也。

胡刻本《文选》卷五十八、五十九凡收载碑文五篇，其中唯碑文大家蔡邕之作收载两篇，即《郭有道碑文》与《陈太丘碑文》，此二碑文皆魏晋南北朝历代习诵的名作。李充《起居诫》："中世蔡伯喈长于为碑。"②《后汉书·郭太传》：

明年春，（郭太）卒于家……同志者乃共刻石立碑，蔡邕为其文，既而谓涿鹿卢植曰："吾为碑铭多矣，皆有惭德，唯郭有道无愧色耳。"③

《世说新语·德行》注引《续汉书》：

及（林宗）卒，蔡伯喈为作碑，曰："吾为人作铭，未尝不有惭容，唯为郭有道碑颂无愧耳。"④

梁元帝《内典碑铭集林序》："唯伯喈作铭，林宗无愧。"蔡邕生平所撰碑文甚多，其中不乏请托之谀碑，真正自感无愧故人者唯《郭林宗碑》，此

① （唐）李延寿撰：《南史》卷二十二，中华书局 1975 年版，第 590 页。
② （唐）虞世南编撰：《北堂书钞》卷一百，中国书店 1989 年影印本，第 381 页。
③ （刘宋）范晔撰：《后汉书》卷六十八，中华书局 1973 年版，第 2227 页。
④ 余嘉锡：《世说新语笺疏》，上海古籍出版社 1993 年版，第 4 页。

可证蔡邕于《郭林宗碑》甚为自负。正因为此碑不仅文辞为碑体文之冠，而且是碑体文中少有的实录之文，所以深受后世褒奖而广为流布。《三国志·魏志·邓艾传》：

> 邓艾字士载，义阳棘阳人也。少孤，太祖破荆州，徙汝南，为农民养犊。年十二，随母至颍川，读故太丘长陈寔碑文，言“文为世范，行为士则”。艾遂自名范，字士则。后宗族有与同者，故改焉。①

今胡刻本《文选》卷五十八载蔡伯喈《陈太丘碑文》：“文为德表，范为士则，存诲没号，不亦宜乎！”②《邓艾传》所载与《文选》之《陈太丘碑文》的些许差异，当由传写所致。《南史·齐高帝诸子(上)·豫章文献王嶷传》：

> 群吏中南阳乐蔼、彭城刘绘、吴郡张稷，最被亲礼。蔼与竟陵王子良笺，欲率荆、江、湘三州僚吏建碑，托中书侍郎刘绘营办。蔼又与右率沈约书，请为文。约答曰：“郭有道汉末之匹夫，非蔡伯喈不足以偶三绝。谢安石素族之台辅，时无丽藻，迄乃有碑无文。况文献王冠冕彝伦，仪刑宇内，自非一代辞宗，难或与此。约闾闬鄙人，名不入第，欻酬今旨，便是以礼许人，闻命惭颜，已不觉汗之沾背也。”建武中，第二子子恪托约及太子詹事孔珪为文。③

沈约为宋、齐、梁三代文宗，但对于撰写豫章文献王碑文犹不敢应命，可见，在沈约心目中，蔡邕《郭有道碑》为碑文典范，“自非一代辞宗，难或与此”。此亦可见《郭有道碑》在南朝文人心目中的地位之重。《梁书·文学(下)·陆云公传》：

---

① (晋)陈寿撰：《三国志》卷二十八，中华书局1964年版，第775页。

② (梁)萧统编，(清)胡克家校刻：《文选》，中华书局1977年影印本，第802页下。

③ (唐)李延寿撰：《南史》卷四十二，中华书局1975年版，第1067页。

云公五岁诵《论语》《毛诗》,九岁读《汉书》,略能记忆。从祖倕、沛国刘显质问十事,云公对无所失,显叹异之。既长,好学有才思。州举秀才。累迁宣惠武陵王、平西湘东王行参军。云公先制《太伯庙碑》,吴兴太守张缵罢郡经途,读其文叹曰:“今之蔡伯喈也。”①

张缵为萧梁一代著名文士,其称陆云公为“今之蔡伯喈”,可见,在梁代文人心目之中,蔡邕的碑文是梁代碑文的楷模。

《太平御览》文部引殷芸(原作“洪”,误,据《隋书·经籍志》改——笔者)《小说》:

魏国初建,潘勖字符茂为策命文。自汉武已来,未有此制。勖乃依商周宪章唐虞辞义,温雅与典诰同,风于时,朝士皆莫能措一字。勖亡后,王仲宣擅名于当时,时人见此策美,或疑是仲宣所为,论者纷纭。及晋王为太傅,腊日大会宾客,勖子蒲时亦在焉。宣王谓之曰:“尊君作封魏君策,高妙信不可及,吾曾问仲宣,亦以为不如。”朝廷之士乃知勖作也。②

据此可知潘勖《册魏公九锡文》为时人所重,后世九锡文多以此作为范式。《文选》三十九种体中“册”体仅选此作,当非偶然。

《文选》卷四十收录陈琳《答东阿王笺》,卷四十一收录陈琳《为曹洪与魏文帝书》,卷四十四收录陈琳《为袁绍檄豫州》《檄吴将校部曲文》。但是,这种选录,并非萧统个人主观所为,而是继承了时代的公论。曹丕《与吴质书》:“孔璋章表殊健,微为繁富。”③《三国志·魏书·王粲传》注引

① (唐)姚思廉撰:《梁书》卷五十,中华书局1974年版,第724页。
② (宋)李昉等撰:《太平御览》卷五百九十三,中华书局1985年影印本,第2671页。
③ (梁)萧统编,(清)胡克家校刻:《文选》,中华书局1977年影印本,第591页下。

《典略》：

琳作诸书及檄，草成，呈太祖。太祖先苦头风，是日疾发，卧读琳所作，翕然而起曰："此愈我病。"数加厚赐。①

《典略》之言，不无夸大之嫌，但陈琳檄文之妙，当是时代共识，至于能否医治曹操头疼，另当别论。

《三国志·魏志·繁钦传》注引《典略》：

钦字休伯，以文才机辩，少得名于汝、颍。钦既长于书记，又善为诗赋。其所与太子书，记喉转意，率皆巧丽。②

魏文帝《答繁钦书》："披书欢笑，不能自胜，奇才妙伎，何其善也。"③今胡刻本《文选》第四十卷载繁伯休《与魏文帝笺》，昭明选此，当亦时代公论。

《南史·宋宗室·庐陵孝献王义真传》：

（义真）与陈郡谢灵运、琅邪颜延之、慧琳道人并周旋异常，云："得志日，以灵运、延之为宰相，慧琳道人为西豫州刺史。"徐羡之等嫌义真与灵运、延之昵狎过甚，使故吏范晏戒之。义真曰："灵运空疏，延之隘薄，魏文云'鲜能以名节自立'者。但性情所得，未能忘言于悟赏，故与游耳。"④

① （晋）陈寿撰：《三国志》卷二十一《魏书·王粲传》，中华书局1964年版，第601页。
② （晋）陈寿撰，《三国志》卷二十一《魏书·繁钦传》，中华书局1964年版，第603页。
③ （唐）欧阳询等：《艺文类聚》，上海古籍出版社1982年标点本，第778页。
④ （唐）李延寿撰：《南史》卷十三，中华书局1975年版，第365页。

今胡刻本《文选》卷四十二曹丕《与吴质书》:"观古今文人,类不护细行,鲜能以名节自立。"①卢陵王义真评价谢灵运、颜延之,脱口而出曹丕《与吴质书》"鲜能以名节自立"之语,可见他非常熟悉曹丕此文。

《南史·任昉传》:

(王俭)乃出自作文,令昉点正,昉因定数字。俭拊几叹曰:"后世谁知子定吾文!"其见知如此。②

今胡刻本《文选》卷四十二曹植《与杨德祖书》:

敬礼谓仆:卿何所疑难,文之佳恶,吾自得之,后世谁相知定吾文者邪?吾常叹此达言,以为美谈。③

王俭化用子建《与杨德祖书》此句,以表己之喟叹,自然显示王俭极熟知曹植《与杨德祖书》。

《水经·沔水注(中)》:

沔水又东径隆中,历孔明旧宅北。亮语刘禅云:"先帝三顾臣于草庐之中,咨臣以当世之事。"即此宅也。④

诸葛亮《出师表》为历代文人传诵的名作,郦道元《水经·沔水注(中)》因水即地,因地录文,当不为怪。反映了作者对诸葛亮此文的熟悉。《文选》卷三十七诸葛亮《出师表》云:"先帝不以臣卑鄙,猥自枉屈,三顾臣

① (梁)萧统编,(清)胡克家校刻:《文选》,中华书局1977年影印本,第591页下。
② (唐)李延寿撰:《南史》卷五十九,中华书局1975年版,第1452页。
③ (梁)萧统编,(清)胡克家校刻:《文选》,中华书局1977年影印本,第593页下。
④ 杨守敬、熊会贞:《水经注疏》,科学出版社1955年影印本。

于草庐之中,谘臣以当世之事。"[①]《文选》收载此表,反映出萧统选录《出师表》,乃从时代公议。

《晋书·曹志传》:

> (晋武)帝尝阅《六代论》,问志曰:"是卿先王所作邪?"志对曰:"先王有手所作目录,请归寻按。"还奏曰:"按录无此。"帝曰:"谁作?"志曰:"以臣所闻,是臣族父冏所作。以先王文高名著,欲令书传于后,是以假托。"帝曰:"古来亦多有是。"顾谓公卿曰:"父子证明,足以为审。自今以后可无复疑。"[②]

司马炎垂询《六代论》的作者究竟是何人,显示出他对该文的重视。曹冏《六代论》,论夏、商以来封建之制,以为前代之兴,在于强干弱枝,分封宗室,诸侯强大朝廷乃能巩固,而魏代以来,排斥宗族,招致大权旁落。晋武帝关注此文,虽不乏西晋建立之后大封同姓诸王以强干固本的大政,但亦说明《六代论》确为名作,影响甚大。

《世说新语·文学篇》:

> 旧云:王丞相(导)过江左,止道《声无哀乐》《养生》《言尽意》,三理而已。然宛转关生,无所不入。[③]

刘孝标注分别指出王导所论三理分别是:嵇康《声无哀乐论》,嵇康《养生论》与欧阳坚石《言尽意论》。据此可知,嵇康《声无哀乐论》《养生论》至典午南迁之后,仍相当盛行,昭明录入《文选》,笃时论矣。

《世说新语·文学篇》:

---

① (梁)萧统编,(清)胡克家校刻:《文选》,中华书局 1977 年影印本,第 517 页上。

② (唐)房玄龄等撰:《晋书》卷五十,中华书局 1974 年版,第 1390 页。

③ 余嘉锡:《世说新语笺疏》,上海古籍出版社 1993 年版,第 211 页。

> 魏朝封晋文王为公,备礼九锡,文王固让不受。公卿将校当诣府敦喻。司空郑冲驰遣信就阮籍求文。籍时在袁孝尼家,宿醉扶起,书札为之,无所点定,乃写付使。时人以为神笔。

刘孝标注引顾恺之《晋文章记》云:“阮籍《劝进》,落落有宏致,无转说徐而摄之也。”①今胡刻本《文选》卷四十阮籍《为郑冲劝晋王笺》,正是《世说》与顾恺之《晋文章记》所说的“劝进”之文。据《世说》《晋文章记》所载,此文在当时即为名文,为魏晋文士所传颂,《文选》收录,尊世公论。至于后世讥评此文“雅而不正”,则时过境迁,世移论变。如清人蔡示远《古文雅正》评:

> 潘勖九锡之文,阮籍劝进之笺,名教有乖而简牍并列,君子恒讥焉,是雅而不正也。②

清何琇《樵香小记》(下)“《文选》《文苑英华》”条:“《文选》录潘勖《魏公九锡文》、阮籍《劝进晋王笺》,是奖篡也。”③

《水经·河水注(二)》:

> 昔蒙恬为秦北逐戎人,开榆中地。案《地理志》金城郡之属县也。故徐广《史记音义》曰:“榆中,在金城,即阮嗣宗劝进文所谓‘榆中以南’者也。”④

---

① 余嘉锡:《世说新语笺疏》,上海古籍出版社1993年版,第245页。
② (清)永瑢等:《四库全书总目》,中华书局1965年版,第1732页。
③ (清)何琇撰:《樵香小记》卷下,中华书局1985年,第27页。
④ 杨守敬、熊会贞:《水经注疏》第2卷,科学出版社1955年影印本,第85页。

今胡刻本《文选》卷四十《为郑冲劝晋王笺》:“前者明公西征灵州,北临沙漠,榆中以西,望风震服,羌戎东驰,回首内向。”[①]疑《水经注》所引“榆中以南”当为“榆中以西”。徐广为晋宋之交的史学家,其著《史记音义》,必在萧统《文选》之前,故其引用阮籍《为郑冲劝晋王笺》当不致受萧统《文选》之影响,而是嗣宗此文名动后世,一直为人习诵。

张孟阳《剑阁铭》为《文选》卷五十六所收五篇铭文之一。《水经注》引此文者有二:

《水经·漾水注》:

> 又东南径小剑戍北,西去大剑三十里。连山绝险,飞阁通衢,故谓之剑阁也。张载铭曰:“一人守险,万夫趑趄。”信然。[②]

今胡刻本《文选》卷五十六张载《剑阁铭》:“一人荷戟,万夫趦趄。”《水经注》所引与《文选》之文略有差异。此二句之出名,当源自《文选》卷四十一陈琳《为曹洪与文帝书》:“一夫挥戟,万人不得进。”张载为西晋太康时期的重要作家之一,《水经注》引张载此二句,当为熟谂张载《剑阁铭》的结果。

《水经·河水注(四)》见引“秦得百二,并吞诸侯”[③]二句,出自张载《剑阁铭》。今胡刻本《文选》卷五十六张载《剑阁铭》:“秦得百二,并吞诸侯。齐得十二,田生献筹。”[④]

《水经·河水注(四)》:

> 昔老子西入关,尹喜望气于此。故赵至《与嵇茂齐书》曰:“李叟

① (梁)萧统编,(清)胡克家校刻:《文选》,中华书局1977年影印本,第568页下。
② 杨守敬、熊会贞:《水经注疏》第20卷,科学出版社1955年影印本,第31页。
③ 杨守敬、熊会贞:《水经注疏》第4卷,科学出版社1955年影印本,第30页。
④ (梁)萧统编,(清)胡克家校刻:《文选》,中华书局1977年影印本,第771页上。

入秦,及关而叹。”亦言《与嵇叔夜书》。①

今胡刻本《文选》卷四十三赵景真《与嵇茂齐》:“昔李叟入秦,及关而叹;梁生适越,登岳长谣。”②

《世说新语·文学篇》:“刘伶著《酒德颂》,意气所寄。”③可见刘伶《酒德颂》之盛名。《艺文类聚》卷七载有刘伶《北邙客舍诗》,可见,刘伶之作并非仅《酒德颂》一篇,但因《酒德颂》盛传于世,故为《文选》选录。《魏书·高允传》:

往昔有晋,士多失度,肆散诞以为不羁,纵长酣以为高达,调酒之颂,以相眩曜。④

《酒戒》所谓“调酒之颂,以相眩曜”者正谓刘伶《酒德颂》,故其虽对《酒德颂》颇不以为然,但正见出《酒德颂》影响之巨。

《水经·河水注(四)》:

河水又东径过平阴县北,《地理风俗记》曰:河南平阴县,故晋阳地也,阴戎之所居。又曰:在平城之南,故曰平阴也。三老董公说高祖处。陆机所谓“皤皤董叟,谟我平阴”者也。⑤

今胡刻本《文选》卷四十七陆机《汉高祖功臣颂》赞美建议刘邦为义帝举丧而争取民心的新城三老董公:“皤皤董叟,谋我平阴。三军缟素,天下

---

① 杨守敬、熊会贞:《水经注疏》第4卷,科学出版社1955年影印本,第44页。
② (梁)萧统编,(清)胡克家校刻:《文选》,中华书局1977年影印本,第606页下。
③ 余嘉锡:《世说新语笺疏》,上海古籍出版社1993年版,第250页。
④ (北齐)魏收撰:《魏书》卷四十八,中华书局1974年版,第1087~1088页。
⑤ 杨守敬、熊会贞:《水经注疏》第4卷,科学出版社1955年影印本,第70页。

归心。”①

又《水经·获水注》：

> 获水又东南，径下邑县故城北，楚考烈王灭鲁，顷公亡迁下邑。又楚汉彭城之战，吕后兄周军于下邑，高祖败，还从周军。子房肇损地之策，收垓下之师，陆机所谓“即[谋]（杨本夺字，当补——笔者）下邑”者也。②

今胡刻本《文选》卷四十七陆机《汉高祖功臣颂》赞美张良：

> 文成作师，通幽洞冥。永言配命，因心则灵。穷神观化，望影揣情。鬼无隐谋，物无遁形。武关是辟，鸿门是宁。随难荥阳，即谋下邑。③

《晋书·孙楚传》史官曰：

> 孙楚体英绚之姿，超然出类，见知武子，诚无愧色。览其贻皓之书，谅曩代之佳笔也。④

今胡刻本《文选》卷四十三载《为石仲容与孙皓书》，此即史官所云“谅曩代之佳笔也”。

《宋书·文元袁皇后传》：

---

① （梁）萧统编，（清）胡克家校刻：《文选》，中华书局1977年影印本，第667页上。
② 杨守敬、熊会贞：《水经注疏》第23卷，科学出版社1955年影印本，第38页。
③ （梁）萧统编，（清）胡克家校刻：《文选》，中华书局1977年影印本，第663页下。
④ （唐）房玄龄等撰：《晋书》卷五十六，中华书局1974年版，第1547页。

元嘉十七年,疾笃,上执手流涕问所欲言,后视上良久,乃引被覆面。崩于显阳殿,时年三十六。上甚相悼痛,诏前永嘉太守颜延之为哀策,文甚丽。其辞曰:……策既奏,上自益"抚存悼亡,感今怀昔"八字,以致其意焉。①

今胡刻本《文选》卷五十八颜延之《宋文皇帝元皇后哀策文》:"洒零玉墀,雨泗丹掖。抚存悼亡,感今怀昔。"②《南史·颜延之传》:"文章冠绝当时。"又云:

延之与陈郡谢灵运俱以辞采齐名,而迟速悬绝。文帝尝各敕拟乐府《北上篇》,延之受诏便成,灵运久之乃就。延之尝问鲍照己与灵运优劣,照曰:"谢五言如初发芙蓉,自然可爱。君诗若铺锦列绣,亦雕缋满眼。"延之每薄汤惠休诗,谓人曰:"惠休制作,委巷中歌谣耳,方当误后生。"是时议者以延之、灵运自潘岳、陆机之后,文士莫及。江右称潘陆,江左称颜谢焉。③

《宋书·傅亮传》:

亮博涉经史,尤善文词。……高祖登庸之始,文笔皆是记室参军滕演;北征广固,悉委长史王诞;自此后至于受命,表策文诰,皆亮辞也。④

《文选》收录的傅亮《为宋公修张良庙教》《修楚元王庙教》《为宋公至

① (梁)沈约撰:《宋书》卷四十一,中华书局1974年版,第1284~1285页。
② (梁)萧统编,(清)胡克家校刻:《文选》,中华书局1977年影印本,第798页。
③ (唐)李延寿撰:《南史》卷三十四,中华书局1975年版,第877~881页。
④ (梁)沈约撰:《宋书》卷四十三,中华书局1974年版,第1336~1337页。

洛阳谒五陵表》《为宋公求加赠刘前将军表》四文虽非宋武帝刘裕即位之后所作，但傅亮擅长诏命表令诸文体，当可自《宋书》本传知之，故《文选》录其文四篇自非萧统一人之见，而是历代公论。

《宋书·谢庄传》：

> 年七岁，能属文……（元嘉）二十九年，除太子中庶子。时南平王铄献赤鹦鹉，普诏群臣为赋。太子左卫率袁淑文冠当时，作赋毕，赍以示庄，庄赋亦竟，淑见而叹曰："江东无我，卿当独秀。我若无卿，亦一时之杰也。"遂隐其赋。①
>
> 前废帝即位，以为金紫光禄大夫。初，世祖宠姬殷贵妃薨，庄为诔曰："赞轨尧门。"引汉昭帝母赵婕妤尧母门事，废帝在东宫，衔之。至是遣人诘责庄曰："卿昔作殷贵妃诔，颇知有东宫不？"将诛之。或说帝曰："死是人之所同，政复一往之苦，不足为深困。庄少长富贵，今且系之尚方，使知天下苦剧，然后杀之未晚也。"帝然其言，系于左尚方。太宗定乱，得出。②

《南史·后妃传》（上）：

> 殷淑仪，南郡王义宣女也。丽色巧笑。义宣败后，帝密取之，宠冠后宫。假姓殷氏，左右宣泄者多死，故当时莫知所出。及薨，帝常思见之。……谢庄作哀策文奏之，帝卧览读，起坐流涕曰："不谓当今复有此才。"都下传写，纸墨为之贵。③

今胡刻本《文选》卷五十七载谢庄《宋孝武宣贵妃诔》，中有"翼训姒

---

① （梁）沈约撰：《宋书》卷八十五，中华书局1974年版，第2168~2168页。
② （梁）沈约撰：《宋书》卷八十五，中华书局1974年版，第2177页。
③ （唐）李延寿撰：《南史》卷十一，中华书局1975年版，第323~324页。

幄,赞轨尧门”之语。

《南齐书·王俭传》:

> 时大典将行,俭为佐命,礼仪诏策,皆出于俭。褚渊唯为禅诏文,使俭参治之。……俭寡嗜欲,唯以经国为务,车服尘素,家无遗财。手笔典裁,为当时所重。①

《梁书·止足·陶季直传》:

> 齐初,为尚书比部郎,时褚渊为尚书令,与季直素善,频以为司空司徒主簿,委以府事。渊卒,尚书令王俭以渊有至行,欲谥为文孝公,季直请曰:“文孝是司马道子谥,恐其人非具美,不如文简。”俭从之。季直又请俭为渊立碑,终始营护,甚有吏节,时人美之。②

褚渊于陶季直可谓有知遇之恩,季直请王俭为褚渊撰写碑文,可见王俭文名之盛。今胡刻本《文选》卷五十八“碑文(上)”载王俭《褚渊碑文》。王俭于南齐,极负盛名,《文选》所录,仅此一篇,从公论也。

任昉是《文选》中萧统最为看重的作家。如果从《文选》次文类入选作品所居次文类的类别考察,任昉均居诸家之冠。《文选》收录任昉作家品达九类十七篇之多,大大超出《文选》文类所录的全部作家。有些部类,如墓志,仅录任昉《刘先生夫人墓志》一篇。考以史实,此亦非萧统一人之见,而是时代之公论。《南史·任昉传》:

> (昉)八岁能属文。……(王)俭每见其文,必三复殷勤,以为当时

---

① (梁)萧子显撰:《南齐书》卷二十三,中华书局1974年版,第434~438页。

② (唐)姚思廉撰:《梁书》卷五十二,中华书局1973年版,第761页。

无辈。……乃出自作文,令昉点正。昉因定数字。俭拊几叹曰:“后世谁知子定吾文!”其见知如此。……时琅邪王融有才俊,自谓无对当时,见昉之文,怳然自失。……昉尤长为笔,颇慕傅亮,才思无穷。当时王公表奏无不请焉,昉起草即成,不加点窜。沈约一代辞宗,深所推挹。……梁台建,禅让文诰,多昉所具。……时人云“任笔沈诗”。昉闻甚以为病。晚节转好著诗,欲以倾沈。用事过多,属辞不得流便。自尔都下士子慕之,转为穿凿,于是有才尽之谈矣。①

沈约在《太常卿任昉墓志铭》称美任昉:

天才俊逸,文雅弘备。心为学府,辞同锦肆。含华振藻,郁焉高致。②

王僧孺《太常敬子任府君传》亦称:

辞赋极其清深,笔记尤尽典实。若问金石,似注河海。少孺速而未工,长卿工而未速,孟坚辞不逮理,平子意不及文,孔璋伤于健,仲宣病于弱。其有集论尚书,穷文质之敏,驻马停信,极亹亹之功,莫尚于斯焉。③

王融之作,《文选》收录了三篇,其中,《三月三日曲水诗序》久负盛名,萧子显《南齐书》称:

---

① (唐)李延寿撰:《南史》卷五十九,中华书局1975年版,第1452~1455页。

② (清)严可均校辑:《全上古三代秦汉三国六朝文》,《全梁文》卷三十,中华书局1985年影印本,第3129页。

③ (清)严可均校辑:《全上古三代秦汉三国六朝文》,《全梁文》卷五十二,中华书局1985年影印本,第3250页。

(武帝永明)九年,上幸芳林园禊宴朝臣,使融为《曲水诗序》,文藻富丽,当世称之。上以融才辩,十一年使兼主客,接虏使房景高、宋弁。弁见融年少,问主客年几?融曰:"五十之年,久踰其半。"因问:"在朝闻主客作《曲水诗序》。"景高又曰:"在北闻主客此制,胜于颜延年,实愿一见。"融乃示之。后日,宋弁于瑶池堂谓融曰:"昔观相如《封禅》,以知汉武之德;今览王生《诗序》,用见齐王之盛。"融曰:"皇家盛明,岂直比踪汉武;更惭鄙制,无以远匹相如。"①

王融《三月三日曲水诗序》名动北朝,为北使所美,故此篇采入《文选》显非萧统一人之见。

《南史·谢朓传》:"敬皇后迁祔山陵,朓撰哀策文,齐世莫有及者。"②今胡刻本《文选》卷五十八载谢朓《齐敬皇后哀策文》,此即"齐世莫有及者"也。

《梁书·文学上·丘迟传》:

迟八岁便属文……时劝进梁王及殊礼,皆迟文也。……时高祖著《连珠》,诏群臣继作者数十人,迟文最美。……(天监)四年,中军将军临川王宏北伐,迟为咨议参军,领记室。时陈伯之在北,与魏军来距。迟以书喻之,伯之遂降。③

今胡刻本《文选》卷四十三所载丘迟《与陈伯之书》即《梁书》本传所称举者。

《梁书·文学下·刘峻传》:

---

① (梁)萧子显撰:《南齐书》卷四十七,中华书局1974年版,第821~823页。
② (唐)李延寿撰:《南史》卷十九,中华书局1975年版,第533~534页。
③ (唐)姚思廉撰:《梁书》卷四十九,中华书局1973年版,第687页。

高祖招文学之士，有高才者，多被引进，擢以不次。峻率性而动，不能随众沉浮，高祖颇嫌之，故不任用。峻乃著《辨命论》以寄其怀……论成，中山刘沼致书以难之，凡再反，峻并为申析以答之。会沼卒，不见峻后报者，峻乃为书以序之曰："刘侯既有斯难，值余有天伦之戚，竟未之致也。寻而此君长逝，化为异物，绪言馀论，蕴而莫传。或有自其家得而示余者，悲其音徽未沫，而其人已亡；青简尚新，而宿草将列，泫然不知涕之无从。虽隙驷不留，尺波电谢，而秋菊春兰，英华靡绝，故存其梗概，更酬其旨。若使墨翟之言无爽，宣室之谈有征。冀东平之树，望咸阳而西靡；盖山之泉，闻弦歌而赴节。但悬剑空垄，有恨如何！"其论文多不载。①

又《梁书·文学下》姚察评曰：

刘氏之论，命之徒也。命也者，圣人罕言欤，就而必之，非经意也。②

今胡刻本《文选》卷四十三载《重答刘秣陵书》，与上文所引全同；卷五十四尚载刘峻《辨命论》。

《梁书·陆倕传》：

高祖雅爱倕才，乃敕撰《新漏刻铭》，其文甚美。迁太子中舍人，管东宫书记。又诏为《石阙铭记》，奏之。敕曰："太子中舍人陆倕所制《石阙铭》，辞义典雅，足为佳作。昔虞丘辨物，邯郸献赋，赏以金帛，前史美谈，可赐绢三十匹。"③

① （唐）姚思廉撰：《梁书》卷五十，中华书局 1973 年版，第 702~707 页。
② （唐）姚思廉撰：《梁书》卷五十，中华书局 1973 年版，第 728 页。
③ （唐）姚思廉撰：《梁书》卷二十七，中华书局 1973 年版，第 402~403 页。

今胡刻本《文选》卷五十六载陆佐公(倕)《石阙铭》《新刻漏铭》。《梁书》虽为唐人姚思廉所作,但其父姚察为梁、陈之际的史学家,故《梁书》对陆倕《石阙铭》《新刻漏铭》的称誉当为时人之论,二铭录入《文选》当非萧统一人之见。

总之,《文选》立体分类采用的是魏晋南北朝的通用文体,选录的多是魏晋南北朝公认的历代名作,因此,它成为后世文学习常用文体写作的重要范本。这是《文选》问世之后为广大士子喜爱的主要原因,亦是《文选》得以长期流传的根本原因。

第七章
《文选》与《文心雕龙》《文章流别集》《翰林》《集林》《杂体诗》《诗品》《宋书·谢灵运传论》《文章缘起》等相互关系研究

《文选》与刘勰《文心雕龙》、挚虞《文章流别集》、李充《翰林论》、刘义庆《集林》、江淹《杂体诗》、锺嵘《诗品》、沈约《宋书·谢灵运传论》及任昉《文章缘起》诸书的关系，是《文选》成书研究中的又一重大问题。

《文选》与《文心雕龙》的相互关系，最早受到《文选》研究者的关注。这一问题肇自清代孙梅的《四六丛话》，经黄侃、周贞亮、骆鸿凯阐发，成为《文选》成书研究中的一个引人注目的课题。现代《文选》学研究者关注《文选》与《文心雕龙》之间的联系原因有四：

一是由于刘勰曾任职萧统东宫，刘勰和萧统的交往虽不见史书记载，却给现代《文选》学研究者留下了诸多悬想；

二是《文心雕龙》成书于《文选》编纂之前，《文选》的成书是否受到《文心雕龙》的影响值得关注；

三是《文选》所选篇目与《文心雕龙》文体论在选文定篇上存在一定程度的雷同；

四是《文选》分体和《文心雕龙》文体论所论文体吻合程度较高。

所以，在《文选》成书与其他诸书的相互关系中，《文心雕龙》一书最早受到研究者的关注，对二者关系的研究亦较深入。

《文选》与挚虞《文章流别集》、李充《翰林论》、刘义庆《集林》的相互关系由笔者提出。笔者认为，《文选》既然是据挚虞《文章流别集》、李充《翰林论》、刘义庆《集林》二次选编而成，那么《文选》受到上述三书的影响是不言而喻的。

《文选》与江淹《拟古》诗的相互关系最早由大陆学者陈复兴提出①，台湾学者游志诚的《〈杂体诗〉在文学史上的意义》②肯定了陈复兴的观点，认为《文选》的诗类实多据江淹《杂体诗》的体目分类。

《文选》与《诗品》的相互关系最早由骆鸿凯《文选学》第九章之《导言十》③提出，王运熙在 20 世纪 60 年代有关萧统文学思想的讨论中作了详细的阐发④，使之成为《文选》成书研究中继《文选》与《文心雕龙》相互关系后又一受人注目的课题。日本学者清水在阐述《文选》的选录标准时亦认同《文选》的诗歌部分是按照锺嵘《诗品》选录的这一观点，从而强化了骆鸿凯、王运熙的论断。

《文选》与《宋书·谢灵运传论》的相互关系是清水凯夫提出的，清水凯夫认为，《文选》是根据《宋书·谢灵运传论》所论诗歌发展史的前半部分选择齐、梁以前有代表性的文人为支柱，根据后半部分的声调谐和创作理论选择齐、梁时代有代表性的文人为中心。简单地说，《文选》撰录诗的主要标准是《宋书·谢灵运传论》。⑤

---

① 《江文通〈杂体诗三十首〉与萧统的文学批评》，载赵福海主编：《文选学论集》，吉林文史出版社 1992 年版。

② 游志诚：《昭明文选学术论考》，台北学生书局 1996 年版。

③ 骆鸿凯：《文选学》，中华书局 1989 年版，第 332~334 页。

④ 《萧统的文学思想和〈文选〉》，载 1961 年 8 月 27 日《光明日报》；又载王运熙：《中国古代文论管窥》，齐鲁书社 1987 年版。

⑤ 《〈文选〉编辑的目的和撰（选）录标准》，载《学林》1984 年第 4 期；又载清水凯夫撰，韩基国译：《六朝文学论文集》，重庆出版社 1989 年版。

《文选》与任昉《文章缘起》的相互关系由王存信《试论〈文选〉的分类》[①]率先提出，台湾学者游志诚《论〈文选〉之难体》[②]在辨析《文选》与《文心雕龙》在文章分体的关系时指出：与其说《文选》与《文心雕龙》的分体相类，倒不如说《文选》的分体与《文章缘起》(《文章始》)的分体高度吻合。傅刚《昭明文选研究》下编第二章第二节《〈文选序〉对文体的认识》[③]亦认为《文选》受《文章缘起》的影响极大，并对此作了具体分析。

第一节 《文选》和《文心雕龙》

关于《文选》与《文心雕龙》的相互关系，现代《文选》学研究者讨论最多。其中，讨论得最为详细的是台湾学者齐益寿的《〈文心雕龙〉与〈文选〉在选文定篇及评文标准上的比较》[④]与日本学者清水凯夫的《〈文选〉与〈文心雕龙〉的相互关系》[⑤]《〈文心雕龙〉对〈文选〉的影响——关于散文的研讨》[⑥]《〈文选〉与〈文心雕龙〉的关系》[⑦]等三篇文章。

本章将在齐益寿、清水凯夫的研究基础之上，采用逐篇考察的方法，对《文心雕龙》文体论的二十篇作品与《文选》诸体逐一进行考察。

一 论《明诗》

《文心雕龙·明诗》篇是一篇诗史，重点是讲述诗体源流和诗歌发生

---

① 见《江苏教育学院学报》1992年第2期；又载赵福海主编《文选学论集》，吉林文史出版社1992年版。

② 游志诚：《昭明文选学术论考》，台北学生书局1996年版。

③ 傅刚：《〈昭明文选〉研究》，中国社会科学出版社2000年版。

④ 见《古典文学》第3期；又载《中外学者文选学论集》，中华书局1998年版。

⑤ 《古田教授退休纪念中国文学语言学论集》，1985年7月10日；又载清水凯夫撰，韩基国译：《六朝文学论文集》，重庆出版社1989年版。

⑥ 《学林》1985年1月30日第5期；又载清水凯夫撰，韩基国译：《六朝文学论文集》，重庆出版社1989年版。

⑦ 《立命馆文学》1987年3月第500期；又载清水凯夫撰，韩基国译：《六朝文学论文集》，重庆出版社1989年版。

发展的规律，并介绍了各个时期代表作家作品的成就。故与《文心雕龙》（下简称《文心》）文体论的大多数篇章不同，没有"选文以定篇"的具体内容。

《文选》和《文心·明诗》篇在作品层面的异同涉及诗和乐府的关系。《文选》的诗类包含了乐府，《文心》将诗与乐府划分为两体。《文心·明诗》篇仅论诗，另有《文心·乐府》篇专论乐府。因此，比较《文选》与《文心雕龙》的诗类异同，应剔除《文选》诗类中的乐府，只论诗体。《文心·明诗》篇所列举的篇目极少，只有刘彻《柏梁台》，韦孟《讽谏》，张衡《怨诗》及《仙诗缓歌》《古诗》，应璩《百一诗》，阮籍《咏怀》，郭璞《游仙诗》等，从《明诗》开列的少数作家作品看，刘彻《柏梁台》，张衡《怨诗》《仙诗缓歌》均未被《文选》采录，《文选》选录的恰是《文心·明诗》篇没有提及的张衡《四愁诗》。可见，仅从《明诗》篇论及的少数作品看，《文选》与《文心雕龙》已有相当的差距。

《文心·明诗》篇与《文选》诗在作家层面的异同，齐益寿作了翔实的比较：两书共列的作者是二十人，《文心雕龙》独列的作者仅有四人，《文选》独列的作者达四十一人。

真正表现刘勰与萧统诗歌发展观差异的是对诗歌史的看法。《文心·明诗》篇高度评价了建安诗坛，但《文选》只选录了四十九首建安诗歌。《文心·明诗》批评太康诗坛"采缛于正始，力柔于建安"，但《文选》却选录了九十二首太康诗歌。《文心·明诗》篇批评东晋诗是千篇一面的玄言诗，只有郭璞《游仙诗》最为卓异；《文选》选录了东晋十六首诗，其中，郭璞的七首、刘琨的三首、卢谌的五首、束皙的六首。《文心·明诗》篇评宋世诗坛是"俪采百字之偶，争价一句之奇，情必极貌以写物，辞必穷力而追新"；《文选》却选录了九十二首宋诗，居诸代之冠。

二　论《乐府》

刘勰《文心·乐府》篇与萧统《文选》的区别主要有三：

1.概念不同

刘勰论乐府重在音乐性，“子建、士衡，咸有佳篇，并无诏伶人，故事谢丝管”，①是慨叹曹植、陆机的佳作没有采入乐府配乐。但《文选》“乐府”类却采录了曹植《箜篌引》四首与陆机《猛虎行》等十七首，并将“挽歌”“杂歌”从“乐府”中剔除单列，这与《文心·乐府》篇重音乐性的观点亦不相同。

2.对具体作品的评价不同

《文心·乐府》篇主要论述乐府发展史，兼论少数作品，如曹操的《苦寒行》，曹丕的《燕歌行》，傅玄的《祠宣皇帝登歌》及《祠景皇帝登歌》，张华的《四厢乐歌》及《晋凯歌》，刘邦的《大风歌》，刘彻的《李夫人歌》等。刘勰批评曹操的《苦寒行》、曹丕的《燕歌行》“志不出于滔荡，辞不离于哀思”，但是，《文选》却将曹操《苦寒行》、曹丕《燕歌行》作为乐府诗的代表作加以选录。

3.二书独列的作家作品差距极大

《文心·乐府》篇独列的乐府诗作者有九人，其中，列出具体篇名的仅有三人四篇：刘邦的《大风歌》，刘彻的《李夫人歌》，叔孙通的《休成》《永安》；另有六人仅作了评论而未列出具体篇目：李延年、朱买臣、司马相如的乐府，仅称：“延年以曼声协律，朱马以骚体制歌。”②缪袭、傅玄、张华诸人之作，《乐府》亦未具列其篇名，而云：“缪袭所制，亦有可算焉。”③“逮于晋世，则傅玄晓音，创定雅歌，以咏祖宗；张华新篇，亦充庭《万》。”④

《文选》独列的乐府诗有十三人（《古乐府》按四人计——笔者）三十

① （梁）刘勰著，詹锳义证：《文心雕龙义证》卷二，上海古籍出版社1989年版，第259～260页。

② （梁）刘勰著，詹锳义证：《文心雕龙义证》卷二，上海古籍出版社1989年版，第235页。

③ （梁）刘勰著，詹锳义证：《文心雕龙义证》卷二，上海古籍出版社1989年版，第263页。

④ （梁）刘勰著，詹锳义证：《文心雕龙义证》卷二，上海古籍出版社1989年版，第246页。

八篇：《古乐府》的《饮马长城窟行》《君子行》《伤歌行》《长歌行》，班婕妤《怨歌行》，曹操《短歌行》，曹丕《善哉行》，曹植《箜篌引》《名都篇》《美女篇》《白马篇》，石崇《王明君辞》，陆机《猛虎行》《君子行》《从军行》《豫章行》《苦寒行》《饮马长城窟行》《门有车马客行》《君子有所思行》《齐讴行》《日出东南隅行》《长安有狭邪行》《前缓声歌》《长歌行》《吴趋行》《塘上行》《悲哉行》《短歌行》，谢灵运《会吟行》，鲍照《东武吟》《出自蓟北门行》《结客少年场行》《苦寒行》《白头吟》《放歌行》《升天行》，谢朓《鼓吹曲》。

其中，只有曹操《苦寒行》和曹丕《燕歌行》为二书共列的作品。

三　论《诠赋》

《文心·诠赋》篇是对赋体及其流变的解说。

关于《文心·诠赋》篇“选文以定篇”论及的作家作品与萧统《文选》的相互关系，齐益寿的论述最为翔实：

> 甲、《文心·诠赋篇》所列赋的作者二十一人，其中十四人与《文选》相同，七人为《文选》所无。《文选》所列赋的作者共三十一人，其中十四人同于《文心雕龙》，十七人为《文选》所无。因此，两书相同的作者不过十四人，而不同的作者则有二十四人之多。不同者为相同者的一点七倍。
>
> 乙、《文心·诠赋篇》所列二十一名作者之中，有十一人未列作品的篇名，但作了评论，所列出的篇名共十三篇，其中九篇同于《文选》，四篇为《文选》所无。《文选》所列三十一名作者，共选作品五十五篇，其中九篇同于《文心雕龙》，四十六篇为《文心雕龙》所无。
>
> 因此，两书赋作的篇目相同者仅九篇，不同者则达五十篇之多。

不同者为相同者的五点五倍。①

《文心·诠赋》篇列出了“辞赋之英杰”十家：

观夫荀结隐语，事数自环；宋发巧谈，实始淫丽。枚乘《菟园》，举要以会新；相如《上林》，繁类以成艳；贾谊《鵩鸟》，致辨于情理；子渊《洞箫》，穷变于声貌；孟坚《两都》，明绚以雅赡；张衡《二京》，迅发以宏富；子云《甘泉》，构深伟之风；延寿《灵光》，含飞动之势。凡此十家，并辞赋之英杰也。②

《文心·诠赋》篇特别褒奖的“辞赋之英杰”十家，历来为现代《文选》学家所重视，因为，十家之中除荀况外有九家是《文选》选录的作家；这九家之中有八篇作品被《文选》选录，但《文心·诠赋》篇特别称道枚乘的《菟园赋》未被选录，《文选》选录的是《七发》。

饶宗颐《文心雕龙探原·文心各篇之取材述略》对刘勰赋学观的源流进行了剖析：

桓谭《新论》有《道赋》篇（第十二）、《全汉文》辑存四条。如云："子云言能读千赋则善赋"，彦和引用之。皇甫谧《三都赋序》举相如、扬、班、张、马、王六家为赋之魁杰。彦和则益前此之荀、宋、枚、贾四家，进王褒而退季长，盖又合皇甫、挚虞之说折衷之。③

---

① （梁）刘勰著，詹锳义证：《文心雕龙义证》卷二，上海古籍出版社 1989 年版，第 269～311 页。

② （梁）刘勰著，詹锳义证：《文心雕龙义证》卷二，上海古籍出版社 1989 年版，第 289 页。

③ 饶宗颐：《〈文心雕龙〉探原》，见邝健行、关淑钿编：《香港中国古典文学研究论文选萃（1950～2000）·文学评论篇》，江苏古籍出版社 2003 年版，第 16 页。

可见,刘勰的赋学观并非空穴来风,而是对两汉以来的诸家赋学观点的继承与扬弃,特别是对皇甫谧、挚虞赋学观的继承与扬弃。现代《文选》学研究者关注《文心·诠赋》篇提出的“辞赋之英杰”十家,唯有荀况未能选入《文选》,其馀九家皆被《文选》载入。但是,饶宗颐的研究表明,所谓“辞赋之英杰”十家,是刘勰“合皇甫谧、挚虞之说折衷之”的结果,即刘勰在皇甫谧《三都赋序》提出的司马相如、扬雄、班固、张衡、马融、王延寿六家的基础上增加荀况、宋玉、枚乘、贾谊四家,并将马融换成王褒。萧统《文选》所录的九家之中,属于刘勰意见的仅有荀况、宋玉、枚乘、贾谊、王褒五家,萧统对刘勰增加的五家又删掉了荀况,只保存了宋玉、枚乘、贾谊、王褒四家。因此,《文选》如果参考《文心》选录了“辞赋之英杰”十家中的九家,实际上也只是采用了刘勰提出的四位作家和皇甫谧提出的五位作家。

四 论颂赞

1.关于颂体

《文心·颂赞》篇以咸墨《九韶》《六列》《六英》为颂体之始,继之者有周公的《时迈》,屈原《橘颂》,“秦政刻文”诸作,但是,这些作品是在叙述颂体发展史时提出的,并非作为“颂”体的选文定篇之作,故均不计入考察之列。班固的《窦将军北征颂》,傅毅的《窦将军北征颂》《西征颂》,刘勰认为其“变为序引”,“褒过而谬体”,显然是批评这三篇作品不合乎颂体的体例。《文心·颂赞》篇认为马融的《广成颂》《上林颂》是“弄文而失质”,违背了颂体的体制。因此,上述诸颂,不是刘勰“选文以定篇”肯定的颂体之作,不应当列入选文定篇之作进行考察。

《文心·颂赞》篇肯定的颂体之作只有六人六篇:班固《安丰戴侯颂》,傅毅《显宗颂》,史岑《和熹邓后颂》,崔瑗《南阳文学颂》,蔡邕《京兆樊惠渠颂》,曹植《皇太子生颂》。

《文选》独列的颂体之作有三人三篇:王褒《圣主得贤臣颂》,史岑《出师颂》和刘伶《酒德颂》。

《文选》和《文心》共列的颂体之作只有二人二篇:扬雄《赵充国颂》和陆机《汉高祖功臣颂》。

扬雄的《赵充国颂》是《文心·颂赞》篇高度肯定的四篇汉代颂文之一,也是《文选》与刘勰《文心》均高度认可的唯一一篇颂体文。陆机的《汉高祖功臣颂》虽然也是《文选》和《文心》的共有之作,但《文心》认为此作"褒贬杂居,固末代之讹体",并未完全肯定。

2.关于赞体

《文心·颂赞》篇有关赞的部分主要论述赞的体用及流变,并辨明颂、赞异同。其中,"益赞于禹,伊陟赞于巫咸"①,是作者论述赞体发展时的引述之言,与选文定篇之言不同,因此,这两篇作品均不列入考察视野之中。《文选》与《文心》赞体对应的是"赞"和"史述赞"。

《文心·颂赞》篇独列的赞体有两人两篇:司马相如《荆轲赞》和郭璞《尔雅图赞》。

《文选》独列的赞体有四人六篇:"赞"体采录夏侯湛《东方朔画赞》和袁宏《三国名臣赞》。"史述赞"采录班固的《汉书·述高纪第一》《述成纪第十》《述韩英彭卢吴传第四》与范晔的《后汉书·光武纪赞》。

《文选》和《文心》没有共有的赞体之作。

《文心·颂赞》篇首肯的仅有司马相如的《荆轲赞》与郭璞的《尔雅图赞》。但是,这两篇作品均未被《文选》采录。从选文定篇的角度观察,《文选》与《文心·颂赞》篇没有共同肯定的赞文。但是,《文选》与《文心》对"颂""赞"二体的理解多有相通之处。《颂赞》篇认为"颂""赞"二体相同之处甚多,故将"颂""赞"二体融为一篇论述。《文选》将"颂""赞"二体合为一卷(第四十七卷)选录,表明《文选》对"颂""赞"二体的解读与《文心》

---

① (梁)刘勰著,詹锳义证:《文心雕龙义证》卷二,上海古籍出版社 1989 年版,第 340 页。

相通。

五 论《祝盟》

《文选》未选录“祝”“盟”二体。

六 论《铭箴》

1.关于铭体

《文心·铭箴》篇所谓:“周勒肃慎之楛矢”,“吕望铭功于昆吾,仲山镂绩于庸器”,“魏颗纪勋于景钟,孔悝表勤于卫鼎”,[①]均是诠释“铭”的涵义时连带而及的,并非选文定篇之言。“飞廉有石椁之锡,灵公有夺里之谥”,刘勰讥之为“可怪”;“赵灵勒迹于番吾,秦昭刻博于华山”,刘勰讽之为“可笑”[②],故此数铭亦不是《文心》选文定篇之作。《铭箴》篇称曹丕《九宝铭》“器利辞钝”[③],显然非赞扬之语。上述诸篇由于非刘勰选文定篇之作,故不列入本章考察的范围。

《文心·铭箴》篇独列的铭文作品有:秦始皇《之罘西观铭》《之罘东观铭》,张昶《西岳华山堂阙碑铭》,蔡邕《桥玄黄钺铭》《朱公叔鼎铭》,冯衍杂器铭文,崔骃品物诸铭,李尤诸铭,曹丕《九宝铭》。其中,冯衍、崔骃、李尤三人,《文心·铭箴》篇未列其具体篇名,仅做了评论。

《文选》独列的铭文作品有两人三篇:崔瑗的《座右铭》与陆倕的《石阙铭》《新刻漏铭》。

《文心》和《文选》共列的铭文作品是班固的《封燕然山铭》与张载的《剑阁铭》。

---

① (梁)刘勰著,詹锳义证:《文心雕龙义证》卷三,上海古籍出版社 1989 年版,第 394 页。

② (梁)刘勰著,詹锳义证:《文心雕龙义证》卷三,上海古籍出版社 1989 年版,第 398 页。

③ (梁)刘勰著,詹锳义证:《文心雕龙义证》卷三,上海古籍出版社 1989 年版,第 407 页。

《文心·铭箴》篇称颂的优秀"铭"文作品是班固《封燕然山铭》、张昶《西岳华山堂阙碑铭》、蔡邕《桥玄黄钺铭》、张载《剑阁铭》,而《文选》仅采录了班固的《封燕然山铭》和张载的《剑阁铭》。因为《文心》评论作家限断刘宋以前,故梁代作家陆倕的《石阙铭》《新刻漏铭》自然不会被《文心》评论。但是,东汉作家崔瑗的《座右铭》、蔡邕的《桥玄黄钺铭》及张昶的《西岳华山堂阙碑铭》未被《文选》采录则显示出《文选》和《文心》对铭文代表作见解的歧异。

2.关于箴体

箴体中的《虞箴》是作者论述箴体起源时论及的,并非选文定篇之论。"魏绛讽君于后羿,楚子训民于在勤",[①]也是在论述箴体源流叙及的,亦非选文寂篇之论。潘勗《符节箴》、温峤《侍臣箴》、王济《国子箴》、潘尼《乘舆箴》、王朗《杂箴》,均为刘勰批评时提及的作品,而非选文定篇之作,故不列入考察范围之中。

《文心·铭箴》篇独列的箴体作品只有三人四篇:扬雄《十二州箴》《二十五官箴》、崔骃《百官箴》、胡广《百官箴》。

《文选》独列的箴体作品只有张华《女史箴》。

可见,《文心》与《文选》没有共有的箴文。

《文心·铭箴》篇高度褒奖的是扬雄的《十二州箴》和《二十五官箴》,刘勰称此二作是"追清风于前古,攀辛甲于后代者也",[②]但是,彦和如此称颂的扬雄二箴,《文选》并未采录,而选录了《文心·铭箴》篇丝毫没有提及的张华《女史箴》。这显示了《文选》和《文心》对箴文代表作的见解差异颇大。

---

① (梁)刘勰著,詹锳义证:《文心雕龙义证》卷三,上海古籍出版社1989年版,第413页。

② (梁)刘勰著,詹锳义证:《文心雕龙义证》卷三,上海古籍出版社1989年版,第414页。

七 论《诔碑》

1.关于诔体

刘勰讥扬雄《诔元后》是“文实烦秽”,《文心·诔碑》篇批评曹植《魏文帝诔》是“体实繁缓”,“其乖甚矣”;[①]故扬雄、曹植的诔文俱非刘勰《文心·诔碑》篇选文定篇之作,亦皆不计入本章的考察之列。

《文心·诔碑》篇独列的作者作品有八人三篇:鲁哀公《尼父诔》,柳下惠妻《柳下惠诔》,杜笃《吴汉诔》,傅毅之诔,《文心·诔碑》篇称其“文体伦序”。苏顺与崔瑗二人,《文心·诔碑》篇称其“辨絜相参”“序事如传,辞靡律调,固诔之才也”。崔骃、刘陶并称,《文心·诔碑》赞其“并得宪章,工在简要”。[②] 其中,傅毅、苏顺、崔瑗、崔骃、刘陶五人,《文心·诔碑》篇未列具体篇名。

《文选》独列的作者、作品有:曹植《王仲宣诔》,颜延之《阳给事诔》《陶征士诔》,谢庄《宋孝武宣贵妃诔》。其中,颜延之、谢庄为刘宋作家,非刘勰《文心雕龙》评论范围之内的作家,因此与《文选》不具备可比性,故不列入考察范围。

《文心·诔碑》篇与《文选》共列的作者仅有潘岳,但未列出潘岳诔文的具体作品,仅称其诔文“巧于序悲,易入新切”。[③]《文选》选录了潘岳的四篇诔文:《杨荆州诔》《杨仲武诔》《夏侯常侍诔》与《马汧督诔》。

综上可知,《文心·诔碑》篇论列的诔文作者为八人,其中只有曹植与潘岳二人与《文选》相同,六人为《文选》所无。《文选》所选诔文作者四人,其中二人同于《文心》,二人为《文心》所无。因此,二书相同的作者为二人,不同的作者为八人。

2.关于碑体

---

① (梁)刘勰著,詹锳义证:《文心雕龙义证》卷三,上海古籍出版社1989年版,第436页。

② (梁)刘勰著,詹锳义证:《文心雕龙义证》卷三,上海古籍出版社1989年版,第436页。

③ (梁)刘勰著,詹锳义证:《文心雕龙义证》卷三,上海古籍出版社1989年版,第436页。

《文心·诔碑》篇独列的作品有:蔡邕《杨赐碑》《周勰碑》《胡广碑》《胡硕碑》,孔融《卫尉张俭碑铭》,孙绰《温峤碑》《丞相王导碑》《太尉郗鉴碑》《太尉庾亮碑》《桓彝碑》。

《文选》独列的碑文有:王俭《褚渊碑文》,王巾《头陀寺碑文》,沈约《齐故安陆昭王碑文》。王俭、王巾、沈约均为齐梁作家,《文心》的评论限断东晋,故王俭、王巾、沈约均不具备可比性。

《文选》和《文心·诔碑》篇共列的碑文只有蔡邕《郭有道碑文》和《陈太丘碑文》,这两篇共有之作是历代公认的名作,二书的相同,只能是对文学传统的一种认可,并非说明《文选》参考了《文心》。

八 论《哀吊》

《文选》三十九体中和《哀吊》相对应的文体有"哀文""吊文"和"祭文"。詹锳《文心雕龙义证》认为:"《昭明文选》的'哀'类,'哀'上收潘岳《哀永逝文》,是伤妻之辞;'哀'下所收对皇后的两篇'哀策文',和刘勰所论似不属于一体。"[①]骆鸿凯《文选学·读选导言第九》所列《文选》与《文心》文体对照表,将《文选》第五十七卷的"哀文"和第六十卷的"吊文"与《文心·哀吊》篇相对应,周贞亮《文选学》上册第四章末附《文选》和《文心》文体对照表,将《文选》第五十七卷、五十八卷"哀文"、第六十卷"吊文""祭文"和《文心·哀吊》篇相对应。三者相较,周贞亮《文选学》的观点似更合理,本章从之。

《文心·哀吊》篇独列的哀文作品是六人五篇:刘彻《伤霍嬗诗》,崔瑗《汝阳主哀辞》,苏顺、张升哀辞《文心·哀吊》篇云:"苏顺、张升,并述哀文,虽发其精华,而未极其心实。"[②]徐幹《行女篇》,潘岳《金鹿哀辞》《为任

---

① (梁)刘勰著,詹锳义证:《文心雕龙义证》卷三,上海古籍出版社 1989 年版,第 464 页。

② (梁)刘勰著,詹锳义证:《文心雕龙义证》卷三,上海古籍出版社 1989 年版,第 470 页。

子咸妻作孤女泽兰哀辞》。其中，苏顺、张升二人《文心》未列具体篇名。

《文心·哀吊》篇独列的"吊文"有八人八篇：司马相如《吊二世》，扬雄《吊屈原文》，班彪《悼离骚》，蔡邕《吊屈原文》，胡广《吊夷齐文》，阮瑀《吊伯夷文》，王粲《吊夷齐文》，祢衡《吊张衡文》。

《文选》独列的"哀文"有三人三篇：潘岳《哀永逝文》，颜延之《宋文皇帝元皇后哀策文》，谢朓《齐敬皇后哀策文》。

《文选》"吊文"无独列作品，"祭文"独列的作品有三人三篇：谢惠连《祭古冢文》，颜延之《祭屈原文》，王僧达《祭颜光禄文》。

因为刘勰《文心》的评论不及宋、齐之作，故《文选》"哀文"类的颜延之《宋文皇帝元皇后哀策文》和谢朓《齐敬皇后哀策文》，"祭文"中的谢惠连《祭古冢文》、颜延之《祭屈原文》、王僧达《祭颜光禄文》均不计入考察二书异同之列。《文选》与《文心·哀吊》篇共有的作品只有两人两篇：贾谊《吊屈原文》和陆机《吊魏帝文》，而《文选》和《文心》"哀吊"体不同的两汉魏晋作家达十五人。

九　论《杂文》

《文心·杂文》篇包含了《文选》分别立体的"对问""七"和"连珠"三种文体。

1.关于"对问"

刘勰对曹植《客问》与庾敳《客咨》均持批评态度："陈思《客问》，辞高而理疏；庾敳《客咨》，意荣而文悴。"[①]故其非《文心》选文定篇之作，本章不将其列入考察比较二书异同之列。

《文心·杂文》篇独列的"对问"体作品有五人五篇：崔骃《达旨》，张衡《应间》，崔寔《答客讥》，蔡邕《释诲》，郭璞《客傲》。

---

① （梁）刘勰著，詹锳义证：《文心雕龙义证》卷三，上海古籍出版社1989年版，第505页。

《文选》无独选的作品。

《文选》和《杂文》“对问”体共列的作品有四人四篇:宋玉《对楚王问》、东方朔《答客难》、扬雄《解嘲》和班固《答宾戏》。

《文选》与《文心·杂文》篇“对问”体共有的作品仅有宋玉《对楚王问》。《文选》在“对问”之外,另立“设论”一体,采录东方朔《答客难》、扬雄《解嘲》和班固《答宾戏》。这三篇作品,《文心·杂文》篇均归为“对问”体,《文选》将其归入另立的体类“设论”之中,本书考察《文选》和《文心·杂文》篇在“对问”体上的异同,姑且将这三篇作品列入“对问”体之中。严格来讲,这三篇作品与宋玉《对楚王问》仍有区别。《文章辨体·序说》“问对”类称:“《文选》所录宋玉之于楚王,相如之于蜀父老,是所谓问对之辞。至若《答客难》《解嘲》《宾戏》等作,则皆设辞以自慰者焉。”①

在“对问”体中,刘勰对东方朔《答客难》、扬雄《解嘲》、班固《答宾戏》、崔骃《达旨》、张衡《应间》、崔寔《答客讥》、蔡邕《释诲》、郭璞《客傲》诸作,誉之为“属篇之高者也”,评价甚高。《文选》只采录了东方朔、扬雄、班固三人的代表作,对崔骃《达旨》、张衡《应间》、崔寔《答客讥》、蔡邕《释诲》、郭璞《客傲》诸篇俱未选录,显示出《文选》和《文心》在“对问”体代表作中既有相同的一面,又有相异的一面。

2.关于“七”体

《文心·杂文》篇对桓麟《七说》与左思《七讽》持批评态度:“自桓麟《七说》以下,左思《七讽》以上,枝附影从,十有馀家。或文丽而义暌,或理粹而辞驳。”②因其非《文心》选文定篇之作,故桓麟《七说》与左思《七讽》不列入本章考察二书异同的范围。

《文心·杂文》篇独列的作品有五人五篇:傅毅《七激》、崔骃《七依》、张

---

① (明)吴纳著、于北山校点,(明)徐师曾注、罗根泽校点:《文章辨体序论　文体明辨序论》,人民文学出版社1962年版,第49页。

② (梁)刘勰撰,詹锳义证:《文心雕龙义证》卷三,上海古籍出版社1989年版,第510页。

衡《七辨》、崔瑗《七厉》、王粲《七释》,《文选》独列的作品仅有张协《七命》一篇,因此,《文选》和《文心·杂文》篇相异的作品有六人六篇。《文选》和《文心·杂文》篇共有的作品为两人两篇:枚乘《七发》和曹植《七启》。

《文选》与《文心》对枚乘《七发》的高度肯定相当一致,但是,对于刘勰评价颇高的其他作家,《文选》只采录了曹植《七启》,对傅毅《七激》、崔骃《七依》、张衡《七辨》、崔瑗《七厉》、王粲《七释》诸作,均略而未录。相反,《文选》"七"体却采录了刘勰《文心》从未提及的张协《七命》,显示出萧统选文的独立性。

3.关于"连珠"

《文心·杂文》篇对杜笃、贾逵、刘珍、潘勗的"连珠"之作,均持否定态度:"杜笃、贾逵之曹,刘珍、潘勖之辈,欲穿明珠,多贯鱼目。可谓寿陵匍匐,非复邯郸之步;里丑捧心,不关西施之嚬矣。"①因此,本章不将上述诸作列入考察二书异同的范围之中。

《文心·杂文》篇独列的"连珠"体只有扬雄《连珠》,且评价亦颇高,可是《文选》却未选扬雄《连珠》。《文心·杂文》篇评价最高的连珠体作者是陆机,所谓"士衡运思,理新文敏;而裁章置句,广于旧篇",②即指陆机《演连珠》而言。《文选》采录陆机《演连珠》五十首,二书对陆机"连珠"体的认同可谓声磬同音,桴鼓相应。

十　论《谐隐》

"谐",即诙谐的小文章;"隐"为隐语,即谜语。《文选》没有"谐""隐"二体。

① (梁)刘勰撰,詹锳义证:《文心雕龙义证》卷三,上海古籍出版社1989年版,第515页。

② (梁)刘勰撰,詹锳义证:《文心雕龙义证》卷三,上海古籍出版社1989年版,第517页。

十一　论《史传》

《文选》不录史书,故无《史传》之文。

十二　论《诸子》

《文选》不录《诸子》,故无《诸子》之文。

十三　论《论说》

1.关于"论"体

《文心·论说》篇对张衡《讥世》、孔融《孝廉》、曹植《辨道》均持批评态度:"至如张衡《讥世》,韵似俳说;孔融《孝廉》,但谈嘲戏;曹植《辨道》,体同书抄;言不持正,论如其已。"①故上述诸篇明显非《论说》选文定篇之作,因而不列入本章考察二书异同的范围之中。

《文心·论说》篇独自论列的作品凡十人十篇:严尤《三将军论》,傅嘏《才性论》,王粲《去伐论》,嵇康《声无哀乐论》,夏侯玄《本无论》,王弼《易老略例》,何晏《道德论》,宋岱《周易论》,郭象《周易论》,王衍《难崇有论》,裴頠《崇有论》。

《文选》独自选录的作品凡九人十篇:贾谊《过秦论》,东方朔《非有先生论》,王褒《四子讲德论》,曹丕《典论·论文》,曹冏《六代论》,韦曜《博弈论》,嵇康《养生论》,陆机《五等诸侯论》,刘峻《辨命论》《广绝交论》。

《文心·论说》篇评述的作品与《文选》选录的"论"体之作,数量都相当可观;但是,二书共有的作品仅有班彪《王命论》、李康《运命论》和陆机《辨亡论》三人三篇。其中,陆机《辨亡论》还不是刘勰非常看重的作品:

---

① (梁)刘勰撰,詹锳义证:《文心雕龙义证》卷四,上海古籍出版社1989年版,第694页。

"陆机《辨亡》,效《过秦》而不及。"[①]《文心·论说》篇称为"论(体)之英"的六篇作品("详观兰石之《才性》,仲宣之《去伐》,叔夜之《辨声》,太初之《本无》,转嗣之《两例》,平叔之《二论》,并师心独见,锋颖精密,盖论之英也"[②]),萧统《文选》一篇未选。《文心·论说》篇誉为"独步当时"的宋岱、郭象、王衍、裴頠四人之作,《文选》亦一篇未选。嵇康是《文心》褒扬、《文选》选录的作家,但是,《文心》褒扬的是嵇康的《声无哀乐论》,《文选》所录的是《养生论》,人虽同而作品异。

《文心·论说》篇褒扬的"论"体作者十三人,其中,四人之作为《文选》收录,九人之作《文选》未收录。《文选》收录的作家十二人,其中四人为《文心·论说》篇评论,八人未被《文心·论说》篇论列。未被《文心·论说》篇评论的八人中,刘峻是齐梁作家,非《文心》评论的时代中,不当列入考察范围,故未被《文心雕龙》论列的作家为七人。因此,二书作者相同者为四人,相异者为十六人。

《文心·论说》篇推许的"论"体作品共十三篇,其中三篇与《文选》相同,十篇《文选》未采录。《文选》采录的作品共十三篇,其中三篇《文心》推许,十篇未推许。二书相同的作品仅三篇,相异的作品有二十篇。考虑到刘勰《文心》评论作家作品以东晋为限,南朝作家作品不在评论之列,故梁代刘峻的两篇作品可以不计入比较,即使如此,二书相异的作品尚有十八篇,相同的作品仍为三篇。

2.关于"说"体

《文心·论说》篇的"说"体,是《文选序》声明不予选录的"谋夫之话,辩士之端",所以,《文选》不录"说"体之文。但是,《文心·论说》篇的"说"体论及李斯《谏逐客书》和邹阳《上书吴王》《于狱中上书自明》,李斯

① (梁)刘勰撰,詹锳义证:《文心雕龙义证》卷四,上海古籍出版社1989年版,第687页。

② (梁)刘勰撰,詹锳义证:《文心雕龙义证》卷四,上海古籍出版社1989年版,第683页。

和邹阳的三篇作品与《文选》"上书"体相合,故暂入下文《文心·奏启》篇的论述之中,此处暂不予讨论。

十四 论《诏策》

《文心·诏策》篇主要论述"诏"体,附带论述了"戒""教""令"三体。《文选》和此篇相对应的是第三十五卷的"诏"。同卷的"令""教""文"三种文体,形式上均出于帝王之手,周贞亮《文选学》、骆鸿凯《文选学》均将此三体与《文心·诏策》篇相对应,本书从之。

《文心·诏策》篇批评刘秀的"诏赐邓禹""敕责侯霸",是"造次喜怒,时或偏滥……若斯之类,实乖宪章"。[①] 因此,刘秀这两篇诏书绝非《文心·诏策》篇的选文定篇之作,故不列入本章考察二书异同的范围之中。

《文心·诏策》篇独列的作家有六人:刘彻之作,未列篇名,《文心》仅云:"策封三王","制诰严助"。卫觊《禅诰》,刘放、张华之作,未列篇名,《文心》言:"互管斯任,施令发号,洋洋盈耳。"曹丕之作,未列篇名,但云:"魏文帝下诏,辞义多伟。"温峤之作,未列篇名,但曰:"晋氏中兴,唯明帝崇才,以温峤文清,故引入中书。"[②]

《文选》独列的作品有四人十六篇:刘彻《诏》《贤良诏》,任昉《宣德皇后令》,王融《永明九年策秀才文》五首、《永明十一年策秀才文》五首,任昉《天监三年策秀才文》三首。

《文心·诏策》篇与《文选》共同推许的作家只有刘彻和潘勖,但《文心·诏策》篇评论的刘彻诏书和《文选》收录的刘彻诏书并不相同,因此,《文心·诏策》篇与《文选》共同推许的作品仅有潘勖的《册魏公九锡

① (梁)刘勰撰,詹锳义证:《文心雕龙义证》卷四,上海古籍出版社 1989 年版,第 739~740 页。

② (梁)刘勰撰,詹锳义证:《文心雕龙义证》卷四,上海古籍出版社 1989 年版,第 736~743 页。

文》。

由于刘勰《文心》评论作家作品限断东晋，所以傅亮、王融、任昉均非刘勰评论之内的作家，在比较二书异同时应予摒除。在两汉魏晋作家、作品中，《文心》评论的作家有七人，其中唯有刘彻、潘勗与《文选》相同，其馀五人均与《文选》不同。《文心》评论的作品中，刘彻以四篇计（"策封三王"按三篇计，"制诰严助"以一篇计），卫觊《禅诰》一篇，刘放、张华因《文心》未列作品，每人暂按一篇计，潘勗以一篇计，曹丕亦按一篇计，温峤以一篇计，故《文心》论列的"诏"体作品最少应有十篇。其中，只有潘勗《册魏公九锡文》一篇和《文选》相同。《文选》收录的"诏"体三篇、"令"体一篇、"文"体十三篇，共计十七篇。其中，只有潘勗《册魏公九锡文》与《文心》相同，其馀十六篇皆不同。

《文心·诏策》篇评论的"戒"体，《文选》仅在《文选序》中提及"戒出于弼匡"，却没有为它立体分类，故毋庸比较。

《文心·诏策》篇论述的"教"体，刘勰称"王侯称教"。因此，《文心·诏策》篇论述的"教"体和《文选》的"教"体相同。《文心》褒扬的"教"体作家有四人：郑弘之作，《文心》未列具体作品，仅曰："昔郑弘之守南阳，条教为后所述，乃事绪明也。"孔融之作，《文心》未列具体作品，但曰："孔融之守北海，文教丽而罕施。"诸葛亮、庾翼之作，《文心》亦未列作品，只云："若诸葛孔明之详约，庾稚恭之明断，并理得而辞中，教之善也。"①

《文选》"教"体选录了傅亮《为宋公修张良庙教》和《为宋公修楚元王墓教》二文。

可见，《文心·诏策》篇评论了"教"体作家四人，《文选》选录了"教"体作家一人，二书评论、选录的作家完全不同，称举的作品亦完全不同。

《文心·诏策》篇论列的"命"体，《文选》未能立体分类，故不赘述。

---

① （梁）刘勰撰，詹锳义证：《文心雕龙义证》卷四，上海古籍出版社 1989 年版，第 754 页。

十五 论《檄移》

1.关于“檄”体

《文心》评论的“檄文”作者有三人:张仪檄文,《文心》未列具体篇名,仅曰:“张仪檄楚,书以尺二。”隗嚣檄文,《文心》未列具体篇名,仅云:“观隗嚣之檄亡新,布其三逆;文不雕饰,而辞切事明。陇右文士,得檄之体矣。”桓温檄文,未列具体篇名,《文心》称之为:“桓温檄胡,观衅尤切,并壮笔也(指与锺会《檄蜀文》并为壮笔——笔者)。”①

《文选》收载的作品有三人四篇:司马相如《喻巴蜀檄》,陈琳《为袁绍檄豫州》《檄吴将校部曲文》,锺会《檄蜀文》。

《文心》和《文选》同时推许的作品仅有陈琳《为袁绍檄豫州》和锺会《檄蜀文》。

《文心》评论的“檄”文作家五人,其中,两人与《文选》相同,三人相异。《文心》论列的作品如张仪、隗嚣、桓温俱按一篇计,共五篇,其中两篇与《文选》相同,三篇相异。《文选》选录的作家三人,两人与《文心》相同,一人相异。《文选》选录的作品四篇,两篇与《文心》相同,两篇相异。陈琳的《为袁绍檄豫州》和锺会的《檄蜀文》受到《文心》的高度评价,《文选》亦将其收录,表现出较高的趋同性。但是,司马相如的《喻巴蜀檄》为《文选》收录,但刘勰却没有评论司马相如的这篇名作。

2.关于“移”体

《文心·檄移》篇独列的“移文”有司马相如《难蜀父老》和陆机《移百官》。《文选》独列的仅有孔稚珪《北山移文》。《文心》和《文选》共同推许的仅有刘歆的《移书让太常博士》。

《文心》和《文选》在“移”体上都高度赞扬了刘歆的《移书让太常博

① (梁)刘勰撰,詹锳义证:《文心雕龙义证》卷四,上海古籍出版社1989年版,第766、773、778页。

士》,刘勰称此篇是"文移之首"。《文选》"移"体选文两篇,《北山移文》带有明显的戏谑性质,《移书让太常博士》才是唯一正格的移文,且《北山移文》为《文心》不予评论的南朝之作,不具备可比性。这显示了《文心》和《文选》趋同的一面。但是,《文心》称为"武移之要"的陆机《移百官》,《文选》却弃而未录,这又显示了《文心》和《文选》相异的一面。

司马相如《难蜀父老》一篇在《文心》和《文选》中的分体最值得玩味。《文心》认为:"移者,易也。移风易俗,令往而民随者也。相如之《难蜀老》,文晓而喻博,有移檄之骨焉。"明确将司马相如的《难蜀父老》划入"移文"中。刘勰之见,并非空穴来风,李充《翰林论》:"盟檄发于师旅,相如《喻蜀老》,可谓德音矣。"[①]李充亦将《难蜀父老》归入"檄"文。因此,刘勰对司马相如《难蜀父老》的分体,继承了李充《翰林》的分体。

刘盼遂《文选篇题考误》:"《难蜀父老》司马长卿。按《文选》无'难'之类,此篇仍当是檄文。宜依《史记》本传之次,依此文于前,《喻巴蜀檄》之后。此误或不出自昭明,殆钞胥所乱也。"[②]刘盼遂并不理解司马长卿《难蜀父老》之"难"体当应单独立类,故主张将现行目录加以修改,即将明显不应排在锺会《檄蜀文》之后的司马相如的《难蜀父老》提前至该卷首篇司马相如《喻巴蜀檄》之后,以解决第四十四卷作品排序有违《文选序》"类分之中各以时代相次"的失序问题。

依照《文选序》次文类以时代相次之观点铨衡《文选》,第四十四卷"檄"体中司马长卿《难蜀父老》的确不应当排在锺会《檄蜀文》之后。此卷录文有五:司马长卿《喻巴蜀檄》,陈孔璋《为袁绍檄豫州》《檄吴将校部曲》,锺士季《檄蜀文》与司马长卿《难蜀父老》。锺士季为三国魏人,司马长卿为西汉武帝时人,且此卷录司马长卿二文分置两处,《喻巴蜀檄》居全

---

① (宋)李昉等撰:《太平御览》卷五百九十七文部十三,中华书局1985年影印本,第1688页。

② 见《国学论丛》1928年版10月第1卷第4期;又载《中外学者文选学论集》,中华书局1998年版,第12页。

卷之首,《难蜀父老》列全卷之末,明显不合《文选序》次文之例。

台湾现代《文选》学家游志诚率先于"台湾成功大学魏晋南北朝文学与思想学术讨论会"上发表《论文选之〈难体〉》一文,后收入作者《昭明文选学术论考》①一书。傅刚继而发表《论〈文选〉"难"体》②,证成《文选》确有"难"体。如果《文选》立体确有"难"体,则"难"体仅收录司马相如《难蜀父老》一文,今存宋刻《文选》诸本(陈八郎本除外)第四十四卷作品编排失序的问题,即可迎刃而解。

《文选》将司马相如《难蜀父老》归入"难"体,是对李充《翰林论》、刘勰《文心·檄移》篇的一个反拨,是《文心》"檄移"和《文选》立体分类上的一处明显区别。

十六　论《封禅》

《文心·封禅》篇批评邯郸淳的《大魏受命述》:"攀响前声,风末力寡,辑韵成颂;虽文理顺序,而不能奋飞。"《文心·封禅》篇批评曹植《魏德论》:"假论客主,问答迂缓,且已千言,劳深勣寡,飙焰缺焉。"③因此,邯郸淳的《大魏受命述》与曹植的《魏德论》均非《文心·封禅》篇的选文定篇之作,故皆不计入考察二书异同之列。

《文心·封禅》篇独自论列的封禅文只有张纯的封禅文,但刘勰未著篇名,仅云:"及光武勒碑,则文自张纯,首胤典谟,末同祝辞,引《钩谶》,叙离合,计武功,述文德,事核理举,华不足而实有馀矣。"④评价甚高。

《文心·封禅》篇和《文选》共有的作品是司马相如《封禅文》、扬雄

① 见台湾学生书局1996年版,第141~178页。

② 见《浙江学刊》1996年第3期;本文主要观点、论据后收入作者《〈昭明文选〉研究》下编第二章第三节《〈文选〉的分类》。

③ (梁)刘勰撰,詹锳义证:《文心雕龙义证》卷五,上海古籍出版社1989年版,第814页。

④ (梁)刘勰撰,詹锳义证:《文心雕龙义证》卷五,上海古籍出版社1989年版,第806~807页。

《剧秦美新》和班固《典引》。

《文选》"符命"类收录的文章仅有司马相如《封禅文》、扬雄《剧秦美新》和班固《典引》三篇,而这三篇作品均在刘勰《文心·封禅》篇的称许之中,显示了《文选》和《文心》在对"封禅"文代表作的认同上有着较大的一致性。

十七 论《章表》

《文心·章表》篇单独论列的章表名家有六人:左雄之作,《文心》未列具体篇目,仅云:"左雄奏议,台阁为式。"胡广之作,《文心》未列篇目,仅曰"胡广章奏,天下第一"。[①] 陈琳之作与阮瑀并论,《文心》未列具体篇名,仅云:"琳、瑀章表,有誉当时;孔璋称健,则其标也。"[②]张华之作,《文心》未列篇目,称之为:"逮晋初笔札,则张华为儁,其三让公封,理周辞要,引义比事,必得其偶。"[③]此外尚有张骏《自序》。

《文心·章表》篇与《文选》共列的章表作家是六人六篇。其中,曹植之作,《文心》未列篇目,但云:"陈思之表,独冠群才。观其体赡而律调,辞清而志显,应物制巧,随变生趣,执辔有余,故能缓急应节矣。"[④]故暂按一篇计入。孔融《荐祢衡表》,诸葛亮《出师表》,羊祜《让开府表》,庾亮《让中书令表》,刘琨《劝进表》。

《文选》独列的章表作品有七人十二篇:李密《陈情表》,陆机《谢平原内史表》,张悛《为吴令谢询求为诸孙置守冢人表》,桓温《荐谯元彦表》,殷仲文《解尚书表》,傅亮《为宋公至洛阳谒五陵表》《为宋公求加赠刘前军

① (梁)刘勰撰,詹锳义证:《文心雕龙义证》卷五,上海古籍出版社 1989 年版,第 831 页。

② (梁)刘勰撰,詹锳义证:《文心雕龙义证》卷五,上海古籍出版社 1989 年版,第 834 页。

③ (梁)刘勰撰,詹锳义证:《文心雕龙义证》卷五,上海古籍出版社 1989 年版,第 838 页。

④ (梁)刘勰撰,詹锳义证:《文心雕龙义证》卷五,上海古籍出版社 1989 年版,第 834 页。

表》,任昉《为齐明帝让宣城郡公第一表》《为范尚书让吏部封侯第一表》《为萧扬州作荐士表》《为褚咨议蓁让代史袭封表》《为范始兴作求立太宰碑表》。

《文心》论列的章表作家有左雄、胡广、孔融、诸葛亮、陈琳、阮瑀、曹植、张华、羊祜、庾亮、刘琨、张骏十二人,《文选》选录的章表作家有孔融、诸葛亮、曹植、羊祜、李密、陆机、刘琨、张悛、庾亮、桓温、殷仲文、傅亮、任昉十三人。其中,任昉五表为《文选》看重,但任昉是齐、梁作家,不在刘勰《文心》评论的范围之内,故不具备可比性。真正显示《文心》和《文选》差别的应当是两汉魏晋作家的章表,因此,两书在"章表"体上具备可比性的是《文心》论列的十二人和《文选》采录的除任昉之外的十二人。其中,唯有孔融、诸葛亮、曹植、羊祜、庾亮、刘琨六人为二书共有,这显示出二书在章表体代表作家、代表作品上的差别不小。但是,孔融的《荐祢衡表》和诸葛亮的《出师表》被《文心》推许为章"表之英",在对章表英杰的认可上《文选》和《文心》又表现出高度的趋同性。可见,《文选》和《文心》的相同主要表现为对久经传诵的历代名作之上。

十八 论《奏启》

《文选》与《文心·奏启》篇对应的文体是"上书""启""弹事"三体,故对上书、启、弹事三体和《文心·奏启》篇的关系进行考察。《文心·论说》篇"说"体论及李斯《谏逐客书》和邹阳《上书吴王》《于狱中上书自明》,为全面考察《文选》和《文心》在奏启文中的异同,将其列入考察比较范围之中。

《文心·奏启》篇评论"奏"体文起源时,对王绾、李斯之奏,颇不以为然,即所谓:"观王绾之奏勋德,辞质而义近;李斯之奏骊山,事略而意诬;

政无膏润,形于篇章矣。”①因此,王绾、李斯之奏,显然非《文心·奏启》篇选文定篇之作,故不列入二书异同的比较之中。

《文心·奏启》篇评论了十九位作家的作品:西汉贾谊《论积贮疏》,晁错《言兵事疏》,匡衡《奏徙南北郊》,王吉《上宣帝疏言得失》,路温舒《尚德缓刑疏》,谷永《说成帝距绝祭祀方术》。东汉杨秉《因风灾上疏谏微行》,陈蕃、张衡、蔡邕之作,《文心》未列具体篇名,仅云:“陈蕃愤懑于尺一,骨鲠得焉;张衡指摘于史职,蔡邕诠列于朝仪,博雅明焉。”②魏代高堂隆、黄观、王朗、甄毅之作,《文心》未列具体篇名,但云:“若高堂天文,黄观教学,王朗节省,甄毅考课,亦尽节而知治矣。”晋代刘颂、温峤之奏,《文选》未列具体篇目,仅云:“刘颂殷勤于时务,温峤恳恻于费役,并体国之忠规矣。”③孔光之作,《文选》未列篇名,仅曰:“观孔光之奏董贤,则实其奸回。”傅咸、刘隗之作,《文选》未列篇目,曰:“傅咸坚实,而按辞坚深。刘隗切正,而劾文阔略。”④

《文选》“上书”“启”“弹事”三种次文类收载了七人十三篇作品:李斯《上书秦始皇》,邹阳《上书吴王》《于狱中上书自明》,司马相如《上书谏猎》,枚乘《上书谏吴王》《上书重谏吴王》,江淹《诣建平王上书》,任昉《奉答勅示七夕诗启》《为卞彬修卞忠贞墓启》《上萧太傅固辞夺礼启》《奏弹曹景宗》《奏弹刘整》,沈约《奏弹王源》。其中,江淹的一篇上书,任昉的三篇启、两篇弹事,沈约的一篇弹事,均为齐、梁作家之作,和《文心》不具备可比性,应略而不计。略去上述齐、梁作家后,能够和《文心》进行比较的《文选》作家仅有“上书”体的四人六篇。考虑到《文心·论说》篇“说”体

① (梁)刘勰撰,詹锳义证:《文心雕龙义证》卷五,上海古籍出版社 1989 年版,第 853 页。

② (梁)刘勰撰,詹锳义证:《文心雕龙义证》卷五,上海古籍出版社 1989 年版,第 857 页。

③ (梁)刘勰撰,詹锳义证:《文心雕龙义证》卷五,上海古籍出版社 1989 年版,第 859 页。

④ (梁)刘勰撰,詹锳义证:《文心雕龙义证》卷五,上海古籍出版社 1989 年版,第 865 页。

云:“范雎之言事,李斯之止逐客,并烦情入机,动言中务,虽批逆鳞,而功成合计合,此上书之善说也。至于邹阳之说吴梁,喻巧而理至,故虽危而无咎矣。”①其中,语及李斯《谏逐客书》和邹阳《上书吴王》《于狱中上书自明》。故《文选》“上书”和《文心》在“奏启”体上相同的唯李斯《谏逐客书》和邹阳《上书吴王》《于狱中上书自明》三篇。《文心·奏启》篇评论的十九位作家的作品,无一篇与《文选》收入的作品相同,相同的仅有《文心·论说》篇评论的两人三篇。

《文选》“上书”采录东晋之前的四位作家的六篇作品,有两人三篇与《文心》评论的作家、作品相同,尚有两人三篇未被《文心》所评论。

十九 论《议对》

《文选》无“议对”体,亦无与其对应的其他文体。

二十 论《书记》

李曰刚《文心雕龙斠诠》:“《文心》之‘书记’,相当于《昭明文选》三十九类中之‘笺’与‘书’。”依李氏之说,《文心·书记》篇与《文选》的“书”“笺”“奏记”三体对应,本文即以这三种文体和《文心·书记》篇作一对比考察。

《文心·书记》篇评论张敞之作,未列具体篇目,仅云:“张敞奏书于胶后。”考张敞奏书与“书”体有异,故张敞之作不列入本章考察二书异同的范围。

《文心·书记》篇独自评论的作家有十人:东方朔《难公孙书》,扬雄《答刘歆书》,崔瑗书札,未列篇名,《文心》但云:“逮后汉书记,则崔瑗尤

① (梁)刘勰撰,詹锳义证:《文心雕龙义证》卷四,上海古籍出版社1989年版,第715~717页。

善。”[①]陈遵、祢衡之书，未列篇名，《文心》称：“至如陈遵占辞，百封各意；祢衡代书，亲疏得宜。”[②]崔寔、黄香之作，未列篇目，《文心》云：“崔寔奏记于公府，则崇让之德音矣；黄香奏笺于江夏，亦肃恭之遗式矣。”[③]刘桢之作，未列篇目，云：“公幹笺记，丽而规益，子桓弗论，故世所共遗。”刘廙、陆机之作，《文心》未列篇名，仅云：“刘廙谢恩，喻切以至；陆机自理，情周而巧，笺之为善者也。”[④]

《文选》独自选录的作品有十人十七篇：李陵《答苏武书》，朱浮《为幽州牧与彭宠书》，杨修《答临淄侯》，繁钦《与魏文帝笺》，陈琳《为曹洪与魏文帝书》《答东阿王笺》，吴质《答魏太子笺》《在元城与魏太子笺》《答东阿王书》，曹丕《与朝歌令吴质书》《与吴质书》《与锺大理书》，曹植《与杨德祖书》《与吴季重书》，阮籍《为郑冲劝晋王笺》《奏记诣蒋公》，孙楚《为石仲容与孙皓书》。

在《文选》独载的作品中，谢朓、任昉、刘峻为齐、梁作家。《文心》的评论限断东晋，谢朓、任昉、刘峻之作与《文心》不具备可比性，故不予论列。

《文心·书记》篇独列的作品为十人十篇，《文选》独载的作品为十人十七篇，故《文选》和《文心》相异的作家为二十人，相异的作品为二十七篇。《文心·书记》篇与《文选》共列的作品仅有七人十篇：司马迁《报任安书》，杨恽《报孙会宗书》，孔融《论盛孝章书》，阮瑀《为曹公作书与孙权》，应璩《与满公琰书》《与侍郎曹长思书》《与广川长岑文瑜书》《与从弟君苗

① (梁)刘勰撰，詹锳义证：《文心雕龙义证》卷五，上海古籍出版社1989年版，第924页。

② (梁)刘勰撰，詹锳义证：《文心雕龙义证》卷五，上海古籍出版社1989年版，第929页。

③ (梁)刘勰撰，詹锳义证：《文心雕龙义证》卷五，上海古籍出版社1989年版，第936~937页。

④ (梁)刘勰撰，詹锳义证：《文心雕龙义证》卷五，上海古籍出版社1989年版，第939页。

胄书》[1],嵇康《与山巨源绝交书》,赵至《与嵇茂齐书》,因而《文选》和《文心》对"书记"体代表作品的认可有同有异。

综上可知,如果从《文选》选录的全部作品与《文心》评论的全部作品考察,《文选》和《文心》的相关度并非很高;如果从各种文体的代表作考察,《文选》和《文心》的相关度或高或低。

造成这种现象的原因主要有三:

第一,《文心》文体论诸篇旨在全面论述诸体,"原始以表末,释名以章义,选文以定篇,敷理以举统"。[2] 评论作品仅只是举例而已。

《文选》相当重视采录宋、齐、梁三代作品,有些文体(如令、文、启、弹事、墓志、行状、祭文等)采录的全部是宋、齐、梁作品,有些文体略去无法与《文心》相比较的宋、齐、梁作品后所馀汉、魏、晋作品较少。《文选》意在为后进英髦提供习作常见文体的范本,限于篇幅,除诗体外它未选录过多的作品。因此,《文心》评论的作家、作品和《文选》采录的汉、魏、晋作家、作品或彼多此少,或彼少此多,《文心》和《文选》从总体上看相关度不高正缘于此。

第二,刘勰评文提倡"雅丽",萧统论文重视"典丽",二人的文学观虽有保守和进化之别,但总体上却有相同之处,这是刘勰与萧统在历代名作的认同上存在雷同的思想基础。

第三,刘勰和萧统文学观尽管有相同但又有不少差异,因此对诸多作品的评价尚不尽相同。

---

① 《文心·书记》篇评论应璩之书记曰:"休琏好事,留意词翰。"未列应璩书札的具体篇目,故将《文选》所载应璩四书当作《文心·书记》篇评论之作。

② (梁)刘勰撰,詹锳义证:《文心雕龙义证》卷十,上海古籍出版社 1989 年版,第 1924 页。

第二节 《文选》和《文章流别集》《翰林》《集林》

《文选》作为以挚虞《文章流别集》①、李充《翰林》②、刘义庆《集林》为渊薮的二次选编本,它在诸多方面均受到上述三部总集的影响。

一 《文选》立体和《文章流别集》《翰林》《集林》的立体

全面考察《文选》立体和《文章流别集》《翰林》《集林》立体的异同,由于文献不足而无法进行。从今存佚文可知,《文章流别集》有赋、诗、颂、七、箴、铭、诔、哀辞、哀策、设论、碑、图谶诸体,《翰林》有赋、诗、赞、表、驳、论、奏议、盟檄诸体,《集林》采录诸体,今已无从考知。《文选》和上述三种总集采录的文体相比较,大同而小异,具体而言,《文选》无《文章流别集》的图谶,无《翰林》的驳、奏议。个别文体的名称亦有异,如《文章流别集》的"哀辞""哀策"二体,《文选》虽无此二体名,却有"吊文""祭文"诸体。《文心·颂赞》篇:"至相如属笔,始赞《荆轲》。及迁史固书,托赞褒贬。约文以总录,颂体以论辞;又纪传后评,亦同其名。而仲治《流别》,谬称为述,失之远矣。"③据此可知,《文选》中备受后人争议的"史述赞"一本,源自挚虞《文章流别集》。这是萧统《文选》立体分类受挚虞影响的力证。但是,《文选》亦未完全根据挚虞《文章流别集》而无改动,《文章流别集》中的"图谶"一体,《文选》即弃而未录。

二 《文选》和《文章流别论》《翰林论》对文体的认识

《文选》对文体的认识主要表现于《文选序》对文体的表述中。

---

① 本书视挚虞《文章流别集》为文章总集,《文章流别论》为附于总集中的文体论,《文章流别志》为附于总集中的作家小传。

② 本书视李充《翰林》为文章总集,《翰林论》为附于总集中的文体论。

③ (梁)刘勰撰,詹锳义证:《文心雕龙义证》卷二,上海古籍出版社 1989 年版,第 342 页。

1.关于赋

《文章流别论》:

赋者敷陈之称,古诗之流也。古之作诗者发乎情,止乎礼仪。情之发因辞以形之,礼义之旨须事以明之,故有赋焉。所以假象尽词,敷陈其志。前世为赋者有孙卿、屈原,尚颇有古诗之义,至宋玉则多淫浮之病矣。《楚辞》之赋,赋之善者也。故扬子称赋,莫深于《离骚》。贾谊之作,则屈原俦也。古诗之赋,以情义为主,以事类为佐。今之赋以事形为本,以义正为助。情义为主,则言省而文有例矣。事形为本,则言当而辞无常矣。文之烦省,辞之险易,盖由于此。夫假象过大,则与类相远。逸辞过壮,则与事相违。辩言过理,则与义相失。丽靡过美,则与情相悖。此四过者,所以背大体而害政教。是以司马迁割相如之浮说,扬雄疾辞人之赋丽以淫。①

《文选序》:

古诗之体,今则全取赋名。荀、宋表之于前,贾、马继之于末。自兹以降,源流寔繁。述邑居则有凭虚、亡是之作,戒畋游则有《长杨》《羽猎》之制。若其纪一事,咏一物,风云草木之兴,鱼虫禽兽之流,推而广之,不可胜载矣。②

黄侃《文心雕龙札记》:

观彦和此篇(《诠赋》——笔者),亦以丽词雅义,符采相胜,风归

① (清)严可均校辑:《全上古三代秦汉三国六朝文》《全齐文》卷七十七,中华书局1985年影印本,第1905页。

② (梁)萧统编,(清)胡克家校刻:《文选》,中华书局1977年影印本,第1页下。

> 丽则,辞翦美稗为要,盖与仲治同其意旨。[①]

由此可知,黄侃认为《文选序》对赋的认识和挚虞基本相同,但若仔细比较,挚虞对赋的评述实高于《文选序》和《文心·诠赋》篇对赋的认识,尤其是"四过"之论,是中国古代赋学理论的重要内容。

2.关于诗

《尚书·舜典》:"诗言志,歌永言。声依永,律和声。"[②]

《左传》襄公二十七年:"诗以言志。"[③]

《说文》:"诗,志也,从言,寺声。"[④]

《礼记·乐记》:"诗言其志也,歌咏其言也,舞动其容也。"[⑤]

《诗大序》:"诗者,志之所之也。在心为志,发言为诗。"[⑥]

《文章流别论》:"《书》云:'诗言志,歌永言。'言其志谓之诗。"[⑦]《文心·明诗》:

> 大舜言:"诗言志,歌永言。"圣谟所析,义已明矣。是以在心为志,发言为诗,舒文载实,其在兹乎。[⑧]

《文选序》:

> 诗者,盖志之所之也,情动于中而形于言。《关雎》《麟趾》,正始

---

① 黄侃:《文心雕龙札记》,华东师范大学出版社1997年版,第76页。

② (汉)孔安国传,(唐)孔颖达等疏:《尚书正义》,见《十三经注疏》,中华书局1982年影印本,第131页。

③ 杨伯峻编:《春秋古传注》(修订本),中华书局2005年版,第1135页。

④ (汉)许恢撰,(宋)徐铉校定:《说文解字》,中华书局1963年版,第51页。

⑤ 王云五、朱经农主编:《礼纪·乐记》,商务印书馆1947年版,第99页。

⑥ 《毛诗正义》,见《十三经注疏》,中华书局1982年影印本,第269页。

⑦ (清)严可均校辑:《全上古三代秦汉三国六朝文》,《全晋文》卷九十七,中华书局1985年影印本,第1905页。

⑧ (梁)刘勰撰,詹锳义证:《文心雕龙义证》卷二,上海古籍出版社1989年版,第171页。

之道著。桑间、濮上，亡国之音表。故风雅之道，粲然可观。又少则三言，多则九言，各体互兴，分镳并驱。①

先秦儒家典籍中有关诗言志的论断相当丰富，《文选序》有关诗的起源的见解不仅受到《文心》或《文章流别论》的影响，从本质上讲，《文章流别论》《文心》《文选序》均受到《尚书》《左传》《礼记》等儒家经典有关诗的起源说的影响。

3.关于颂

《释名·释言语》："颂，容也，叙说其成功之形容也。"②又《释典艺》："称颂成功谓之颂。"③

《文章流别论》：

> 王泽流而诗作，成功臻而颂兴，德勋立而铭著，嘉美终而诔集。……颂者，美盛德之形容。……颂，诗之美者也。古者圣帝明王功成治定而颂声兴，于是史录其篇，工歌其章，以奏于宗庙，告于鬼神，故颂之所美者，圣王之德也，则以为律吕。④

《文心·颂赞》："颂者，容也，所以美盛德而述形容也。"⑤

《文选序》："颂者，所以游扬德业，褒赞成功。"⑥

挚虞对"颂"体的阐释影响到刘勰和萧统，而挚虞之论又受到刘熙《释名》阐释的影响。

---

① （梁）萧统编，（清）胡克家校刻：《文选》，中华书局 1977 年影印本，第 1~2 页。

② （汉）刘熙撰：《释名》，中华书局 1985 年影印本，第 53 页。

③ （汉）刘熙撰：《释名》，中华书局 1985 年影印本，第 100 页。

④ （清）严可均校辑：《全上古三代秦汉三国六朝文》，《全晋文》卷七十七，中华书局 1985 年影印本，第 1905 页。

⑤ （梁）刘勰撰，詹锳义证：《文心雕龙义证》卷二，上海古籍出版社 1989 年版，第 171 页。

⑥ （梁）萧统编，（清）胡克家校刻：《文选》，中华书局 1977 年影印本，第 2 页上。

4.关于铭

《礼记正义·祭统》:

夫鼎有铭。铭者自名也,自名以称扬其先祖之美,而明著之后世者也。为先祖者,莫不有美焉,莫不有恶焉。铭之义称美而不称恶,此孝子孝孙之心也。唯贤者能之。铭者,论撰其先祖之有德善、功烈、勋劳、庆赏、声名,列于天下,而酌之祭器,自成其名焉,以祀其先祖者也。显扬先祖,所以崇孝也。身比焉,顺也。明示后世,教也。夫铭者,壹称而上下皆得焉耳矣。是故君子之观于铭也,既美其所称,又美其所为。为之者,明足以见之,仁足以与之,知足以利之,可谓贤矣。贤而勿伐,可谓恭矣。①

杜预《春秋左传集解》襄公十九年传载臧仲武谓季孙曰:

夫铭,天子令德,诸侯言时计功,大夫征伐。……且夫大伐小,取其所得以作彝器,铭其功烈以示子孙,昭明德而惩无礼也。②

挚虞《文章流别论》:

夫古之铭至约,今之铭至繁,亦有由也。质文时异,论既论则之矣。且上古之铭,铭于宗庙之碑。蔡邕为杨公为作碑,其文典正,末世之美者也。后世以来之器,铭之嘉者,有王莽《鼎铭》、崔瑗《杌铭》、朱公叔《鼎铭》、王粲《砚铭》,咸以表显公德。天子铭嘉量,诸侯大夫铭太常,勒钟鼎之义,所言虽殊,而令德一也。李尤为铭,自山河都邑,至

① 郑玄注,孔颖达疏:《礼记正义》,中华书局1982年影印《十三经注疏》本,第1606~1607页。

② 杜预:《春秋左传集解》,上海人民出版社1977年版,第954页。

于刀笔平契，无不有铭，而文多秽病，讨论润色，言可采录。①

《文心·铭箴》：

故铭者，名也，观器必也正名，审用贵乎盛德。盖臧武仲之论铭也，曰："天子令德，诸侯计功，大夫称伐。"②

《文选序》："铭则序事清润。"刘良注："铭则述其功美使可称名也。"③从刘良注可知《文选序》有关铭的阐释与《礼记》《左传》《文章流别论》一脉相承。

5.关于箴

杜预《春秋左传集解·襄公四年传》：

昔周辛甲之为大史也，命百官，官箴王阙。于《虞人之箴》曰：芒芒禹迹，画为九州。经启九道，民有寝庙，兽有茂草，各有攸处，德用不扰。在帝夷羿，冒于原兽，忘其国恤，而思其麀牡。武不可重，用不恢于夏家。兽臣司原，敢告仆夫。④

挚虞《文章流别论》：

扬雄依《虞箴》作《十二州官箴》而传于世，不具九官。崔氏累世弥缝其阙，胡公又以次其首目而为之解，署曰《百官箴》。

① （清）严可均校辑：《全上古三代秦汉三国六朝文》，《全晋文》卷七十七，中华书局1985年影印本，第1906页。

② （梁）刘勰撰，詹锳义证：《文心雕龙义证》，上海古籍出版社1989年版，第394页。

③ （梁）萧统编，（唐）六臣注：《文选》，中华书局1987年影印本，第3页上。

④ 杜预：《春秋左传集解》，上海人民出版社1977年版，第818页。

视史陈辞,官箴王阙。①

《文心·铭箴》:

箴者,针也。所以攻疾防患,喻针石也。斯文之兴,盛于三代。夏商二箴,余句颇存。及周之辛甲,《百官箴》缺,唯《虞箴》一篇,体义备焉。②

《文选序》:"箴兴于补阙。"③

刘勰、萧统对箴体的观点均来自挚虞,故《文心》与《文选》对箴体认识的相同,可能是共同祖述挚虞的结果,亦有可能是《文章流别论》《文心》《文选序》均源自《左传》之解。

6.关于戒

《翰林论》:"诫诰施于弼违。"④《文心》无"戒"体。《文选序》:"戒出于弼匡。"尽管《文选》没有选录"戒"体,但是,《文选》对"戒"体的认识深受李充《翰林论》的影响。

7.关于赞

《翰林论》:

容象图而赞立,宜使词简而义正。孔融之赞杨公,亦其义也。⑤

---

① (清)严可均校辑:《全上古三代秦汉三国六朝文》,《全晋文》卷七十七,中华书局1985年影印本,第1906页。

② (梁)刘勰撰,詹锳义证:《文心雕龙义证》卷三,上海古籍出版社1989年版,第409页。

③ (梁)萧统编,(清)胡克家校刻:《文选》,中华书局1977年影印本,第2页上。

④ (宋)李昉等撰:《太平御览》卷五百九十三,中华书局1985年影印本,第2671页。

⑤ (宋)李昉等撰:《太平御览》卷五百八十八,中华书局1985年影印本,第2649页。

《文心·颂赞》：

> 及景纯注《雅》，动植必赞，义兼美恶，亦犹颂之变耳。①

《玉海》引本句下注云："《隋志》郭璞《尔雅图赞》二卷。"②

郭璞注《雅》，其实是作《尔雅图赞》。

《文选序》："图像则赞兴。"③

李充《翰林论》关于赞体起源于画赞之说，影响了刘勰和萧统。萧统不仅在《文选序》中倡言"赞"起源于画赞，而且在《文选》赞体两篇作品中选录了夏侯湛的《东方朔画赞》。

三　《文选》选文定篇和《文章流别集》《翰林》《集林》的关系

《文选》是《文章流别集》《翰林》《集林》的二次选编本，因此，它在作品的选录方面应当受到《文章流别集》《翰林》《集林》的巨大影响。由于《文章流别集》《翰林》《集林》的散佚，我们今天已无法对上述三部总集的选篇和《文选》的选篇进行全面的比较，下文仅以《文章流别集》《翰林》少量佚文考察两书在选文定篇上的异同。

1.关于颂体

挚虞《文章流别论》：

> 昔班固为《安丰戴侯颂》，史岑为《出师颂》《和熹邓后颂》，与《鲁颂》体意相类，而文辞之异，古今之变也。杨雄《赵充国颂》，颂而似雅，傅毅《显宗颂》，文与《周颂》相似，而杂以风雅之意。若马融《广

---

① （梁）刘勰撰，詹锳义证：《文心雕龙义证》卷二，上海古籍出版社 1989 年版，第 347 页。

② （宋）王应麟：《玉海》卷六十二，广陵书社 2003 年影印本，第 1183 页。

③ （梁）萧统编，（清）胡克家校刻：《文选》，中华书局 1977 年影印本，第 2 页上。

成》《上林》之属，纯为今赋之体，而谓之颂，失之远矣。①

《文心・颂赞》：

若夫子云之表充国，孟坚之序戴侯，武仲之美显宗，史岑之述熹后，或拟《清庙》，或范《駉》《那》，虽浅深不同，详略各异，其褒德显容，典章一也。②

萧统《文选》颂体采录了王褒《圣主得贤臣颂》、杨雄《赵充国颂》、史岑《出师颂》、刘伶《酒德颂》和陆机《汉高祖功臣颂》。如果单纯比较刘勰《文心・颂赞》篇的选文定篇和《文选》"颂"体的选篇，萧统《文选》似乎深受《文心》的影响；但如果结合挚虞《文章流别论》之言，则并非如此。

因为刘勰《文心・颂赞》篇之论和萧统《文选》之选，均不全是个人之见。挚虞肯定的班固《安丰戴后颂》，《文选》虽未选但《文心》给予了极高评价；挚虞肯定的史岑《出师颂》，虽然《文心・颂赞》篇未予高评，而萧统《文选》却将其收入；史岑的《和熹邓后颂》，萧统《文选》未录，但刘勰《文心・颂赞》篇却列其为经典颂作之一；扬雄《赵充国颂》被刘勰列为汉代四篇经典颂文之一，同时萧统《文选》亦将其收入；傅毅《显宗颂》，萧统《文选》未录，而刘勰《文心・颂赞》篇却将其列为汉代四篇经典颂文之一。马融《广成》《上林》，挚虞批评其"纯为今赋之体，而谓之颂，失之远矣"③，刘勰《文心》批评其"弄文而失质"，萧统《文选》弃而不录。

这一事实至少说明在颂体中，挚虞的观点对刘勰《文心》和萧统《文选》均产生过重要影响。所以，刘勰《文心・颂赞》篇的选文定篇与萧统

① （宋）李昉等撰：《太平御览》卷五百八十八，中华书局1985年影印本，第2647页。

② （梁）刘勰撰，詹锳义证：《文心雕龙义证》卷二，上海古籍出版社1989年版，第324页。

③ （宋）李昉等撰：《太平御览》卷五百八十八，中华书局1985年影印本，第2647页。

《文选》选篇上的雷同，并非只有萧统受到刘勰《文心》影响的一面，尚有《文心》与《文选》同受挚虞影响的一面。

2.关于赞体

《文心·颂赞》：

> 至相如属笔，始赞《荆轲》。及迁史固书，托赞褒贬。约文以总录，颂体以论辞；又纪传后评，亦同其名。而仲洽《流别》，谬称为述，失之远矣。①

从刘勰《文心·颂赞》篇的批评可知，《文选》立体"史述赞"实据挚虞《文章流别集》。此体之立，备受后人批评，魏晋南北朝论述文体最为苛细的《文章缘起》尽管分体八十四类，亦无"史述赞"一体，但萧统《文选》立体"史述赞"亦有所本，而非杜撰，同时亦不尽受《文章缘起》的束缚。

3.关于碑体

《文心·诔碑》：

> 自后汉以来，碑碣云起；才锋所断，莫高蔡邕。观《杨赐》之碑，骨鲠《训》《典》，《陈》《郭》二文，句无择言；"周""胡"众碑，莫非清允。其叙事也该而要，其缀采也雅而泽。清词转而不穷，巧义出而卓立。察其为才，自然而至矣。②

在碑体文中，刘勰最为看重的作家是蔡邕，其次是孔融、孙绰。《文选》碑体首列蔡邕，并采录其碑文两篇，但这并不表明萧统《文选》深受刘

---

① (梁)刘勰撰，詹锳义证：《文心雕龙义证》卷二，上海古籍出版社 1989 年版，第 342 页。

② (梁)刘勰撰，詹锳义证：《文心雕龙义证》卷三，上海古籍出版社 1989 年版，第 450 页。

勰评文的影响。因为,蔡邕碑文之高,魏晋以来已成定论。

西晋挚虞《文章流别论》:“蔡邕为杨公作碑,其文典正,末世之美者也。”①

东晋李充《起居诫》:“中世蔡伯喈长于为碑。”②

沈约《答乐蔼书》:“郭有道汉末之匹夫,非蔡伯喈不足以偶三绝。”③

梁元帝《内典碑铭集林序》:“唯伯喈作铭,林宗无愧。”④

故《文选》采录蔡邕《郭有道碑文》和《陈太丘碑文》,主要是受到以挚虞《文章流别集》为代表的魏晋南北朝文学传统的影响,而不能简单地认为仅仅是受到刘勰《文心》的影响。《文心·诔碑》篇看好的另外两位作家孔融与孙绰,《文选》并未采录他们的碑文。

4.关于七体

曹植《七启序》:

> 昔枚乘作《七发》,傅毅作《七激》,张衡作《七辩》,崔骃作《七依》,辞各美丽,余有慕之焉。遂作《七启》,并命王粲作焉。⑤

傅玄《七谟序》:

> 昔枚乘作《七发》,而属文之士,若傅毅、刘广世、崔骃、李尤、桓麟、崔琦、刘梁之徒,承其流而作之者纷焉。《七激》《七兴》《七依》《七疑》《七说》《七蠲》《七举》之篇,通儒大才,马季长、张平子,亦引

① (宋)李昉等撰:《太平御览》卷五百九十,中华书局1985年影印本,第2657页。

② (唐)虞世南编撰:《北堂书钞》卷一百,中国书店1989年影印本,第381页。

③ (清)严可均校辑:《全上古三代秦汉三国六朝文》,《全梁文》卷二十八,中华书局1985年影印本,第3115页。

④ (清)严可均校辑:《全上古三代秦汉三国六朝文》,《全梁文》卷十七,中华书局1985年影印本,第3053页。

⑤ (梁)萧统编,(清)胡克家校刻:《文选》,中华书局1977年影印本,第484页上。

其源而广之。马作《七厉》，张造《七辩》，非张氏至思，比之《七激》，未为劣也。《七释》佥曰妙焉，吾无间矣。若《七激》《七依》之卓轹一技，《七辩》之缠绵精巧，《七启》之奔逸壮丽，《七释》之情密闲理，亦近代之所希也。①

《文章流别论》：

《七发》造于枚乘，借吴楚以为客主，先言出舆入辇蹷痿之损，深宫洞房寒暑之疾，靡曼美色晏安之毒，厚味暖服淫曜之害，宜听世之君子，要言妙道以疏神导体，蠲淹滞之累。既设此辞，以显明去就之路，而后说以色声逸游之乐。其说不入，乃陈圣人辨士讲论之娱，而霍然疾瘳。此固膏粱之常疾，以为匡劝。虽有甚泰之辞，而不没其讽喻之义也。其流遂广，其义遂变，率有辞人淫丽之尤矣。崔骃既作《七依》，而假非有先生之言曰：呜呼，扬雄有言，童子雕虫篆刻，俄而曰：壮夫不为也。孔子疾小言破道，斯文之族，岂不谓义不足而辨有余者乎。赋者将以讽，吾恐其不免于劝也。②

《文心·杂文》：

及枚乘摛艳，首制《七发》，腴辞云构，夸丽风骇。盖七窍所发，发乎嗜欲，始邪末正，所以戒膏粱之子也。……自《七发》以下，作者继踵。观枚氏首唱，信独拔而伟丽矣。及傅毅《七激》，会清要之工；崔骃《七依》，入博雅之巧；张衡《七辨》，结采绵靡；崔瑗《七厉》，植义纯

① （唐）欧阳询等撰：《艺文类聚》，上海古籍出版社 1965 年版，第 1020 页。
② （唐）欧阳询等撰：《艺文类聚》，上海古籍出版社 1965 年版，第 1020 页。

正;陈思《七启》,取美于宏壮;仲宣《七释》,致辨于事理。①

《文选》采录枚乘《七发》、曹植《七启》,应当说受到挚虞以来的世评的影响。挚虞之说亦非己见,而是受到曹植、傅玄以来世评的影响。唯独张协《七命》,诸书均无评,其入选《文选》或昭明之独见。

5.关于设论

挚虞《文章流别论》:

若《解嘲》之弘缓优大,《应宾》(即《答宾戏》——笔者)之渊懿温雅,《连旨》(当作《达旨》——笔者)之壮厉忼慨,《应间》之绸缪契阔,郁郁彬彬,靡有不长焉矣。②

《文心·杂文》又曰:

自《对问》已后,东方朔效而广之,名为《客难》;托古慰志,疏而有辨。扬雄《解嘲》,杂以谐谑,回环自释,颇亦为工。……班固《宾戏》,含懿采之华;崔骃《达旨》,吐典言之裁;张衡《应间》,密而兼雅;崔寔《答讥》,整而微质;蔡邕《释诲》,体奥而文炳;景纯《客傲》,情见而采蔚:虽迭相祖述,然属篇之高者也。③

萧统《文选》选录了东方朔《答客难》、扬雄《解嘲》和班固的《答宾戏》,这种选录与刘勰《文心·杂文》篇的评论大体吻合,这是刘勰、萧统均

① (梁)刘勰撰,詹锳义证:《文心雕龙义证》卷三,上海古籍出版社1989年版,第491~507页。

② (清)严可均校辑:《全上古三代秦汉三国六朝文》,《全晋文》卷七十七,中华书局1985年影印本,第1906页。

③ (梁)刘勰撰,詹锳义证:《文心雕龙义证》卷三,上海古籍出版社1989年版,第499~501页。

受挚虞《文章流别论》影响的结果。

6.关于论体

李充《翰林论》:"研核名理,而论难生焉。论贵于允理,不求支离。若嵇康之论成文美矣。"①

《文心雕龙·论说》:"详观兰石之《才性》,仲宣之《去伐》,叔夜之《辨声》,太初之《本玄》,辅嗣之两《例》,平叔之《二论》,并师心独见,锋颖精密,盖论之英也。"②

由此可知,至少嵇康的论体文已受到李充《翰林论》的高度重视。《文选》采录嵇康《养生论》,是遵从世评的结果。

7.关于难体

李充《翰林论》:"盟檄发于师旅,相如《喻蜀老》,可谓德音矣。"③

《文心·檄移》:"相如之《难蜀老》,文晓而喻博,有移檄之骨焉。"④

虽然笔者并不赞成将司马相如《难蜀父老》划为"移"类(如《文心》)或"檄"类(如《文章流别论》),但是,司马相如《难蜀父老》一文确为名作当无疑义。《文选》选录此篇,并非受《文心》的影响,而是《文选》和《文心》同受李充《翰林》的影响所致。

8.关于符命

李充《翰林论》曰:"扬子论秦之剧,称新之美,此乃计其胜负,比其优劣之义。"⑤

《文心·封禅》:

---

① (宋)李昉等撰:《太平御览》卷五百九十五,中华书局1985年影印本,第1678页。

② (梁)刘勰撰,詹锳义证:《文心雕龙义证》卷四,上海古籍出版社1989年版,第683页。

③ (宋)李昉等撰:《太平御览》卷五百九十七,中华书局1985年影印本,第1688页。

④ (梁)刘勰撰,詹锳义证:《文心雕龙义证》卷四,上海古籍出版社1989年版,第785~786页。

⑤ (梁)萧统编,(清)胡克家校刻:《文选》,中华书局1977年影印本,第678页下。

观相如《封禅》,蔚为唱首。尔其表权舆,序皇王,炳元符,镜鸿业,驱前古于当今之下,腾休明于列圣之上;歌之以祯瑞,赞之以介丘,绝笔兹文,固维新之作也。……及扬雄《剧秦》,班固《典引》,事非镌石,而体因纪禅。观《剧秦》为文,影写长卿,诡言遁辞,故兼包神怪;然骨制靡密,辞贯圆通,自称极思,无遗力矣。《典引》所叙,雅有懿采,历鉴前作,能执厥中,其致义会文,斐然馀巧。故称:"《封禅》靡而不典,《剧秦》典而不实",岂非追观易为明,循势易为力欤!①

司马相如《封禅文》、扬雄《剧秦美新》和班固《典引》在《封禅》篇中受到刘勰极高的评论,《文选》虽未像《文心·封禅》篇一样立类封禅,而是另立"符命"一体,并在"符命"体中收录了这三篇名作。表面看来,《文选》似乎受到《文心·封禅》篇的影响,实际上,至少扬雄的《剧秦美新》一文已选入《翰林》,并受到李充的佳评。

9.关于表体

李充《翰林论》:

表宜以远大为本,不以华藻为先。若曹子建之表,可谓成文矣。诸葛亮之表刘主,裴公之辞侍中,羊公之让开府,可谓德音矣。②

《文心·章表》:

至于文举之《荐祢衡》,气扬采飞;孔明之《辞后主》,志尽文畅:虽华实异旨,并表之英也。琳、瑀章表,有誉当时;孔璋称健,则其标也。陈思之表,独冠群才。观其体赡而律调,辞清而志显,应物制巧,随变

---

① (梁)刘勰撰,詹锳义证:《文心雕龙义证》卷五,上海古籍出版社1989年版,第804~809页。

② (宋)李昉等撰:《太平御览》卷五百九十四,中华书局1985年影印本,第2647页。

> 生趣；执辔有馀，故能缓急应节矣。逮晋初笔札，则张华为俊。其三让公封，理周辞要，引义比事，必得其偶；世珍《鹪鹩》，莫顾章表。及羊公之《辞开府》，有誉于前谈；庾公之《让中书》，信美于往载：序志联类，有文雅焉。刘琨《劝进》，张骏《自序》，文致耿介，并陈事之美表也。①

《文选》表体采录了曹植的《求自试表》和《求通亲亲表》，诸葛亮的《出师表》，羊祜的《让开府表》，庾亮②的《让中书令表》。这说明刘勰、萧统同受李充《翰林》的影响，而非《文选》受《文心》的影响。

关于刘勰、锺嵘在《文心》《诗品》的著述中受到挚虞《文章流别论》和李充《翰林论》影响一事，刘勰、锺嵘在《文心》和《诗品》均有明确记载：

《文心·才略》："挚虞述怀，必循规以温雅；其品藻流别，有条理焉。"③其品藻流别云云，足见刘勰《文心》确曾受惠于挚虞。

《文心·序志》：

> 详观近代之论文者多矣：至如魏文述《典》，陈思序《书》，应玚《文论》，陆机《文赋》，仲治《流别》，弘范《翰林》。各照隅隙，鲜观衢路：或臧否当时之才，或铨品前修之文，或泛举雅俗之旨，或撮题篇章之意。……魏典密而不周，陈书辩而无当，应论华而疏略，陆赋巧而碎乱，《流别》精而少功，《翰林》浅而寡要。……又君山、公干之徒，吉甫、士龙之辈，泛议文意，往往间出，并未能振叶以寻根，观澜而索源。

---

① （梁）刘勰撰，詹锳义证：《文心雕龙义证》卷五，上海古籍出版社1989年版，第834～839页。

② （宋）李昉等撰：《太平御览》卷五百九十四，中华书局1985年影印本，"文"部十为"裴公之辞侍中"句，疑其误"庾"为"裴"。

③ （梁）刘勰撰，詹锳义证：《文心雕龙义证》卷十，上海古籍出版社1989年版，第1815页。

不述先哲之诰,无益后生之虑。①

《诗品序(中)》:

陆机《文赋》,通而无贬;李充《翰林》,疏而不切;王微《鸿宝》,密而无裁;颜延论文,精而难晓;挚虞《文志》,详而博赡,颇曰知言:观斯数家,皆就谈文体,而不显优劣。②

第三节 《文选》和江淹《杂体诗》

江淹《杂体诗》和萧统《文选》的关系受到现代《文选》学研究者关注的原因有二:第一,江淹《杂体诗》所拟三十家诗人,《文选》采录其诗者达二十六家,唯孙绰、许询、谢庄、汤惠休四家之诗未被《文选》采录。第二,江淹《杂体诗》所拟诸家大多可在萧统《文选》中觅得其原作者之诗。

一 关于江淹《杂体诗》所拟三十家多数为《文选》采录的问题

辨明江淹《杂体诗》和萧统《文选》的关系,当首先辨明江淹《杂体诗》所拟三十家与《文选》的关系。江淹《杂体诗》所拟三十家有二十六家为萧统《文选》采录是一事实,但据此研究二者关系的关键是,萧统《文选》采录此二十六家是依据江淹《杂体诗》,抑或是江淹、萧统共同采纳了两汉魏晋南北朝文坛的世评?江淹《杂体诗》三十首的写作年代在建元末、永明

---

① (梁)刘勰撰,詹锳义证:《文心雕龙义证》卷十,上海古籍出版社1989年版,第1915~1923页。

② 曹旭:《诗品集注(增订本)》,上海古籍出版社2011年版,第236页。

初[①],故其当作于沈约《宋书·谢灵运传论》[②]、刘勰《文心》、锺嵘《诗品》之前。探讨魏晋南北朝文学批评界对江淹《杂体诗》所拟作家作品的评价,可以使我们对江淹所拟诸作有更清醒的认识。

1.《古离别》拟无名氏古诗

《文心·明诗》:

> 又《古诗》佳丽,或称枚叔,其《孤竹》一篇,则傅毅之词。比采而推,两汉之作乎?……观其结体散文,直而不野;婉转附物,怊怅切情:实五言之冠冕也。[③]

《诗品》列古诗为上品,称之为"惊心动魄""一字千金",可见,对古诗的高评是魏晋南北朝的公论。

2.《李都尉·从军》

《文心·明诗》:

> 汉初四言,韦孟首唱,匡谏之义,继轨周人。孝武爱文,《柏梁》列韵;严、马之徒,属辞无方。至成帝品录,三百馀篇;朝章国采,亦云周备。而辞人遗翰,莫见五言,所以李陵、班婕妤见疑于后代也。[④]

可见刘勰对李陵、班姬诗持怀疑态度。

---

① 参曹道衡:《江淹作品写作年代考》,载曹道衡《汉魏六朝文学论文集》,广西师范大学出版社1999年版。

② 沈约《宋书》于永明六年(488)完成纪传七十卷,故《谢灵运传论》当作于此年。《宋书》的最后定稿在齐明帝称帝后,或梁武帝即位(502)之后。

③ (梁)刘勰撰,詹锳义证:《文心雕龙义证》卷二,上海古籍出版社1989年版,第189~193页。

④ (梁)刘勰撰,詹锳义证:《文心雕龙义证》卷二,上海古籍出版社1989年版,第182~189页。

《诗品序》称：

从李都尉迄班婕妤，将百年间，有妇人焉，一人而已。[①]

锺嵘承认李陵、班姬诗，并将“汉都尉李陵诗”与“汉婕妤班姬诗”同时列为上品。

3.《班婕妤·团扇》

《文心》《诗品》之评详见上。

4.《魏文帝·游宴》

5.《陈思王·赠友》

6.《刘文学·感遇》

7.《王侍中·怀德》

这四首诗分拟曹丕、曹植、刘桢、王粲诸人。

沈约《宋书·谢灵运传论》：

至于建安，曹氏基命，二祖陈王，咸蓄盛藻。甫乃以情纬文，以文被质。……子建、仲宣以气质为体，并标能擅美，独映当时。[②]

《文心·明诗》：

文帝、陈思，纵辔以驰节；王、徐、应、刘，望路而争驱。并怜风月，狎池苑，述恩荣，叙酣宴，慷慨以任气，磊落以使才。[③]

---

① 曹旭：《诗品集注（增订本）》，上海古籍出版社2011年版，第14页。

② （梁）沈约撰：《宋书》卷六十七，中华书局1974年版，第1778页。

③ （梁）刘勰撰，詹锳义证：《文心雕龙义证》卷二，上海古籍出版社1989年版，第196页。

江淹所拟曹丕、曹植、刘桢、王粲四人,正是《文心·明诗》篇所评论的建安文学的代表作家,他们"怜风月,狎池苑,述恩荣,叙酣宴"之作,亦正是江淹《杂体诗》所拟的《游宴》《赠友》《感遇》《怀德》。

《诗品序》亦曰:

> 降及建安,曹公父子笃好斯文;平原兄弟郁为文栋;刘桢、王粲为其羽翼。①

8.《嵇中散·言志》

《文心·明诗》:"嵇志清峻。"《诗品》列嵇康为中品。

9.《阮步兵·咏怀》

《文心·明诗》篇云:"阮旨遥深",正谓阮籍《咏怀》。《诗品》列阮籍为上品,高评其作:

> 《咏怀》之作,可以陶性灵,发幽思。言在耳目之内,情寄八荒之表。洋洋乎会于《风》《雅》,使人忘其鄙近,自致远大。颇多感慨之词。厥旨渊放,归趣难求。②

10.《张司空·离情》

《诗品》列张华为中品,评曰:

> 虽名高曩代,而疏亮之士,犹恨其儿女情多,风云气少。谢康乐云:"张公虽复千篇,犹一体耳。"③

---

① 曹旭:《诗品集注(增订本)》,上海古籍出版社 2011 年版,第 20 页。
② 曹旭:《诗品集注(增订本)》,上海古籍出版社 2011 年版,第 150~151 页。
③ 曹旭:《诗品集注(增订本)》,上海古籍出版社 2011 年版,第 275 页。

所谓“儿女情多,风云气少”,正谓张华《情诗》。

11.《潘黄门·述哀》

刘良:“谓《悼妇》诗。”即拟《悼亡》诗。

沈约《宋书·谢灵运传论》已盛赞潘岳:“降及元康,潘陆特秀。”《诗品》列潘岳为上品,《文心·指瑕》亦云:“潘岳为才,善于哀文。”虽评其文,亦谓其诗。总之,潘岳善写哀情,古今同调。

12.《陆平原·羁宦》

沈约《宋书·谢灵运传论》盛赞陆机:“降及元康,潘陆特秀。”《诗品序》称陆机为太康之英,列其为上品。

13.《左记室·咏史》

《文心·才略》:

> 左思奇才,业深覃思,尽锐于《三都》,拔萃于《咏史》,无遗力矣。[①]

锺嵘《诗品序》将左思《咏史》列入“五言之警策者”中,称其为“篇章之珠泽,文彩之邓林”。

14.《张黄门·苦雨》

锺嵘《诗品》将张协诗列入上品,称其“巧构形似之言”,善于写景。《诗品序》亦将“景阳苦雨”列入“五言之警策者”之中,称其为“篇章之珠泽,文彩之邓林”。

15.《刘太尉·伤乱》

《诗品中》:

---

① (梁)刘勰撰,詹锳义证:《文心雕龙义证》卷十,上海古籍出版社 1989 年版,第 1810 页。

> 善为凄戾之词，自有清拔之气。琨既体良才，又罹厄运，故善叙丧乱，多感恨之词。①

又将“越石感乱”列入“五言之警策者”之中，称其为“篇章之珠泽，文彩之邓林”。②

16.《卢郎中·感交》

《诗品》将刘琨、卢谌并列，称其二人“善为凄戾之词，自有清拔之气”，并将刘琨、卢谌列入中品。

17.《郭弘农·游仙》

《诗品》将郭璞列为中品，称其为“中兴第一”，并引李充《翰林》，称郭璞为“诗首”。《诗品》称郭璞《游仙》诗：

> 《游仙》之作，辞多慷慨，乖远玄宗。而云“奈何虎豹姿”，又云“戢翼栖榛梗”，乃是坎壈咏怀，非列仙之趣也。③

18.《孙廷尉·杂述》

19.《许徵君·自序》

孙绰、许询二人是东晋玄言诗的代表作家，檀道鸾《续晋阳秋》、沈约《宋书·谢灵运传论》、刘勰《文心》、锺嵘《诗品》均对东晋玄言诗风和孙绰、许询二人持否定态度。江淹拟孙绰、许询之诗是将其视为一体而试图再现其独特风貌，其中自然有肯定之意，但是，江淹的肯定并不为后世批评界所认可。《文选》遵从批评界对孙绰、许询玄言诗的批评，未选孙绰、许询玄言诗。

---

① 曹旭：《诗品集注（增订本）》，上海古籍出版社 2011 年版，第 310 页。
② 曹旭：《诗品集注（增订本）》，上海古籍出版社 2011 年版，第 459 页。
③ 曹旭：《诗品集注（增订本）》，上海古籍出版社 2011 年版，第 319 页。

20.《殷东阳·兴瞩》

《文心·才略》:"殷仲文之孤兴,谢叔源之闲情。"赞扬殷仲文之诗写景有兴致。

21.《谢仆射·游览》

谢混是改变玄言诗风的作家,《诗品》列其为中品。《文心·才略》:

> 殷仲文之孤兴,谢叔源之闲情,并解散辞体,缥缈浮音;虽滔滔风流,而大浇文意。①

"孤兴"亦与写景相联系。

22.《陶徵君·田居》

《诗品》将陶渊明列为中品,称:

> 其源出于应璩,又协左思风力。文体省静,殆无长语。笃意真古,辞兴婉惬。每观其文,想其人德。世叹其质直。至如"欢言酌春酒""日暮天无云",风华清靡,岂直为田家语耶?古今隐逸诗人之宗也。②

23.《谢临川·游山》

《诗品》列谢灵运诗为上品,称其诗"尚巧似",即指其山水诗善刻画。

24.《颜特进·侍宴》

《诗品》列颜延之为中品。

25.《谢法曹·赠别》

《诗品》列其诗为下品,并称其"才思富捷"。

---

① (梁)刘勰撰,詹锳义证:《文心雕龙义证》卷十,上海古籍出版社1989年版,第1828页。

② 曹旭:《诗品集注(增订本)》,上海古籍出版社2011年版,第336~337页。

26.《王徵君·养疾》

《诗品》列王微为中品。

27.《袁太尉·从驾》

《诗品》列袁淑为中品。

28.《谢光禄·郊游》

《诗品》列谢庄为下品,称:

> 希逸诗,气候清雅,不逮于王袁。然兴属闲长,良无鄙促也。①

29.《鲍参军·戎行》

《诗品序》:

> 鲍照戍边,太冲《咏史》,颜延入洛,陶公咏贫之制,惠连《捣衣》之作:斯皆五言之警策者也。所谓篇章之珠泽,文彩之邓林。②

《诗品》列鲍照为中品。

30.《休上人·怨别》

《诗品》列其为下品,称:"惠休淫靡,情过其才。"③

综上可知,江淹《杂体诗》三十首所拟诸家,绝大多数为《文心》《诗品》所肯定,有些更为《宋书·谢灵运传论》所褒扬。由于《诗品》专论五言诗,《诗品》与江淹《杂体诗》相合者较《文心》更多。这种一致,主要是江淹、刘勰、锺嵘诸人对两汉魏晋南北朝重要诗人、代表作、主体风格等,有着大体一致的见解。当然,我们亦不能排除江淹对齐梁批评家刘勰、锺嵘的影响。萧统《文选》采录了江淹《杂体诗》所拟三十家中的大多数作家,采

---

① 曹旭:《诗品集注(增订本)》,上海古籍出版社 2011 年版,第 643 页。

② 曹旭:《诗品集注(增订本)》,上海古籍出版社 2011 年版,第 459 页。

③ 曹旭:《诗品集注(增订本)》,上海古籍出版社 2011 年版,第 560 页。

录了江淹《杂体诗》三十首所拟的多数作品，主要也是由于萧统和江淹有着大体一致的文学观。

二　在江淹《杂体诗》所拟三十家中，孙绰、许询、谢庄、汤惠休四人之诗未被《文选》采录，非常值得思索

1.孙绰、许询是公认的东晋玄言诗风的代表作家，而檀道鸾、沈约、刘勰、锺嵘、萧子显对东晋玄言诗风均有尖锐的批评

《世说新语·文学》注引檀道鸾《续晋阳秋》：

> 正始中，王弼、何晏好《庄》《老》玄胜之谈，而世遂贵焉。至江左李充尤盛。故郭璞五言始会合道家之言而韵之。询及太原孙绰转相祖尚，又加以三世之辞，而《诗》《骚》之体尽矣。询、绰并为一时文宗，自此学者悉体之。至义熙中，谢混始改。①

沈约《宋书·谢灵运传论》：

> 有晋中兴，玄风独振，为学穷于柱下，博物止乎七篇，驰骋文辞，义单乎此。自建武暨乎义熙，历载将百，虽缀响联辞，波属云委，莫不寄言上德，托意玄珠，遒丽之辞，无闻焉尔。仲文始革孙、许之风，叔源大变太元之气。②

刘勰《文心·明诗》：

> 江左篇制，溺乎玄风；嗤笑徇务之志，崇盛忘机之谈。袁、孙以下，

① 余嘉锡：《世说新语笺疏》，上海古籍出版社 1993 年版，第 262 页。

② （梁）沈约撰：《宋书》卷六十七，中华书局 1974 年版，第 1778 页。

虽各有雕采，而辞趣一揆，莫与争雄。①

锺嵘《诗品序》：

永嘉时，贵黄、老，稍尚虚谈。于时篇什，理过其辞，淡乎寡味。爰及江表，微波尚传：孙绰、许询、桓、庾诸公诗，皆平典似《道德论》。建安风力尽矣。②

《诗品》卷下评晋骠骑将军王济、征南将军杜预、廷尉孙绰、徵士许询诗：

永嘉以来，清虚在俗。王武子辈诗贵道家之言。爰洎江表，玄风尚备。真长、仲祖、桓、庾诸公犹相袭。世称孙、许，弥善恬淡之词。③

《南齐书·文学传论》：

江左风味，盛道家之言，郭璞举其灵变，许询极其名理，仲文玄气，犹不尽除。④

据上可知，否定以孙绰、许询代表的玄言诗风是整个南朝文学界、史学界、理论界的共识。江淹《杂体诗》拟孙绰、许询之诗是为了遍尝诸体，但萧统并未亦步亦趋地恪守江淹《杂体诗》的做法，而是采用多数人的观

---

① （梁）刘勰撰，詹锳义证：《文心雕龙义证》卷二，上海古籍出版社 1989 年版，第 204 页。

② 曹旭：《诗品集注（增订本）》，上海古籍出版社 2011 年版，第 28 页。

③ 曹旭：《诗品集注（增订本）》，上海古籍出版社 2011 年版，第 511 页。

④ （梁）萧子显撰：《南齐书》卷五十二，中华书局 1974 年版，第 908 页。

点,不录孙绰、许询之作入《文选》。

2.关于谢庄诗未能入选《文选》的问题

谢庄名世的原因之一是识音律。《诗品序》:

> 齐有王元长者,常谓余云:"宫商与二仪俱生,自古词人不知用之。唯颜宪子论文乃云'律吕音调',而其实大谬。唯见范晔、谢庄,颇识之耳。"常欲造《知音论》,未就而卒。①

范晔在《狱中与诸甥侄书》这篇名文中除了表白自己对声律的精通外,特别指出谢庄精通声律:

> 性别宫商,识清浊,斯自然也。观古今文人,多不全了此处,纵有会此者,不必从根本中来。言之皆有实证,非为空谈。年少中,谢庄最有其分,手笔差易,文不拘韵故也。②

《文镜秘府论》西卷引元氏之言,谈及谢庄回答何谓双声、叠韵一事,思维敏捷,应答如流。文笔之分以有韵无韵为分,盖始于声律论既兴之后。滥觞于范晔、谢庄,大兴于王融、谢朓、沈约。

谢庄名世的原因之二是善写诔文。《宋书·宗室·澄之传》:

> 澄之弟琨之,为竟陵王诞司空主簿,诞作乱,以为中兵参军,不就,絷系数十日,终不受,乃杀之。追赠黄门郎。诏吏部尚书谢庄为之诔。③

---

① 曹旭:《诗品集注(增订本)》,上海古籍出版社 2011 年版,第 448 页。

② (梁)沈约撰:《宋书》卷六十九,中华书局 1974 年版,第 1830 页。

③ (梁)沈约撰:《宋书》卷五十一,中华书局 1974 年版,第 1482~1483 页。

《南齐书·文学传论》：

孙绰之碑，嗣伯喈之后；谢庄之诔，起安仁之尘。①

《南史·后妃·孝武宣贵妃传》载：

（孝武宣贵妃卒）谢庄作哀策文奏之，帝卧览读，起坐流涕曰："不谓当今复有此才。"都下传写，纸墨为之贵。②

《艺文类聚》收载了谢庄《孝武帝哀策文》《皇太子妃哀策文》等哀文。因此，萧统《文选》诔体选载了谢庄的《宋孝武宣贵妃诔》。

谢庄还是大明、泰始时期文学殆同书抄的代表。《诗品序》：

夫属词比事，乃为通谈。若乃经国文符，应资博古；撰德驳奏，宜穷往烈。至乎吟咏情性，亦何贵于用事？"思君如流水"，既是即目；"高台多悲风"，亦唯所见；"清晨登陇首"，羌无故实；"明月照积雪"，讵出经史？观古今胜语，多非补假，皆由直寻。③

颜延、谢庄，尤为繁密，于时化之。故大明、泰始中，文章殆同书抄。近任昉、王元长等，词不贵奇，竞须新事。尔来作者，寖以成俗。遂乃句无虚语，语无虚字，拘挛补纳，蠹文已甚。但自然英旨，罕值其人。词既失高，则宜加事义。只谢天才，且表学问，亦一理乎！④

可见，谢庄之诗非其所长，《诗品》列其为下品，《文选》不录其诗，非一

① （梁）萧子显撰：《南齐书》卷五十二，中华书局1974年版，第908页。
② （唐）李延寿撰：《南史》卷十一，中华书局1975年版，第324页。
③ 曹旭：《诗品集注（增订本）》，上海古籍出版社2011年版，第220页。
④ 曹旭：《诗品集注（增订本）》，上海古籍出版社2011年版，第228页。

己之见。

3.关于汤惠休之诗未被《文选》采录的问题

锺嵘将汤惠休的诗列入《诗品》的下品,《南史·颜延之传》:

> 延之每薄汤惠休诗,谓人曰:"惠休制作,委巷中歌谣耳,方当误后生。"①

汤惠休的诗学江南民歌,所以颜延之讥其诗是"委巷中歌谣"。江淹拟作,是视汤惠休诗为诗中一体;《文选》不录,是因为萧统不以民歌为重。

可见,江淹《杂体诗》虽拟有孙绰、许询、谢庄、汤惠休四人,并非此四人诗作特佳。《文选》不录孙绰等四人,是因为他们的诗作世评不高。

三 关于江淹《杂体诗》和《文选》诗体次文类类目的关系

江淹《杂体诗》在所拟三十家诗人中的绝大多数诗人名下记下了他所概括的每位作家的类目:李都尉(从军),班婕妤(团扇),魏文帝(游宴),陈思王(赠友),刘文学(感遇),王侍中(怀德),嵇中散(言志),阮步兵(咏怀),张司空(离情),潘黄门(述哀),陈平原(羁宦),左记室(咏史),张黄门(苦雨),刘太尉(伤乱),卢郎中(感交),郭弘农(游仙),孙廷尉(杂述),许征君(自序),殷东阳(兴瞩),谢仆射(游览),陶征君(田居),谢临川(游山),颜特进(侍宴),谢法曹(赠别),王征君(养疾),袁太尉(从驾),谢光禄(郊游),鲍参军(戎行),休上人(怨别)。

应当说,除《古离别》一首未标类目外,江淹《杂体诗》三十首中的二十九首均标有类目。上述类目与《文选》诗二十四类类目完全相同的仅有四种:咏怀,咏史,游仙,游览。但是,"咏怀"系因阮籍《咏怀》诗立为类目,"咏史"系由左思《咏史》诗立为类目,"游仙"系由郭璞《游仙》诗立为类

---

① (唐)李延寿撰:《南史》卷三十四,中华书局1975年版,第881页。

目,这些类目并非江淹《杂体诗》所创,而且锺嵘《诗品》中已经出现。如"咏史"在《诗品序》和《诗品》的班固、左思、袁宏条中均已出现;"咏怀"在《诗品》的阮籍、郭璞条中已出现;"挽歌"在《诗品》的"晋中书张载、晋司隶傅玄、晋太仆傅咸、魏侍中缪袭、晋散骑常侍夏侯湛"条中也已出现。

《文选》立类如同魏晋南北朝文体分体立类一样,诸多类目均据篇名立体。如枚乘《七发》享有盛名,后世仿作者甚多,遂以"七"名类;阮籍以《咏怀》著名,故以"咏怀"名类;左思有《咏史》,故以"咏史"名类;郭璞《游仙》诗最为著名,故以"游仙"名类;"乐府"诗自两汉以来数量众多,故以"乐府"名类。这种类名,并非起源于江淹《杂体诗》。

《文选》的诗类亦多据篇名标类:束皙有《补亡诗》,故《文选》立类"补亡";谢灵运有《述祖德诗》,《文选》立类"述德";曹植、王粲、刘桢有《公宴诗》,《文选》立类"公宴";王粲、左思、张协、鲍照有《咏史诗》,《文选》立类"咏史";应璩有《百一诗》,《文选》立类"百一";何劭、郭璞有《游仙诗》,《文选》立类"游仙";王康琚有《反招隐诗》,《文选》立类"反招隐";阮籍有《咏怀诗》,《文选》立类"咏怀";缪袭、陆机、陶潜有《挽歌》,《文选》立类"挽歌";王粲、刘桢、曹丕、曹植、嵇康、傅玄、张华、何劭、王瓒、枣据、左思、张翰、张协、陶潜、王微有《杂诗》,《文选》立类"杂诗"。

"赠答"不是根据某人某作为《赠答》而立类,而是据《赠某某》《答某某》概括成"赠答"类。

"军戎""郊庙"是据王粲《从军诗》、颜延之《宋郊祀歌》略加变通而来;"杂拟"是据陆机《拟古诗》、张载《拟四愁诗》、陶潜《拟古诗》、谢灵运《拟魏太子邺中集》等作变通而来。

"游览""哀伤""行旅"等诗类,不是根据某人某作为"游览"而立类"游览""哀伤""行旅",而是根据某类诗作的共性概括而成。这种类目具有较强的概括性,但在《文选》中尚属少数。

江淹《杂体诗》和萧统《文选》真正相关之处是《杂体诗》所拟诗人多可在《文选》中寻觅到其原作。

《李都尉(陵)·从军》,刘良注:“此拟《携手上河梁》。”

《班婕妤·咏扇》,刘良注:“此拟《新裂齐纨素》。”

《魏文帝(曹丕)·游宴》,吕延济注:“此拟《芙蓉池作》。”

《陈思王(曹植)·赠友》,李周翰注:“拟赠丁仪、王粲等诗。”

《刘文学(桢)·感遇》,拟《赠从弟》。

《王侍中(粲)·怀德》,开头拟《七哀》(其一),结尾仿《公宴》。

《嵇中散(康)·言志》,拟《幽愤诗》。

《阮步兵(籍)·咏怀》,拟《咏怀》。

《张司空(华)·离情》,拟《情诗》五首。

《潘黄门(岳)·述哀》,刘良注:“谓《悼妇》诗。”即拟《悼亡》诗。

《陆平原(机)·羁宦》,拟《赴洛诗》《赴洛道中作》。

《左记室(思)·咏史》,拟《咏史》八首。

《张黄门(协)·苦雨》,拟《杂诗》十首。

《刘太尉(琨)·伤乱》,刘良注:“此拟《赠卢谌诗》。

《卢郎中(谌)·感交》,拟《赠刘琨》。

《郭弘农(璞)·游仙》,拟《游仙诗》。

《殷东阳(仲文)·兴瞩》,拟《南州桓公九井作》。

《谢仆射(混)·游览》,拟《游西池》。

《陶徵君(潜)·田居》,拟《归园田居》。

《谢临川(灵运)·游山》,拟其山水诗。

《颜特进(延之)·侍宴》,拟《车驾幸京口游蒜山作》《车驾幸京口三月三日侍游曲阿后湖》。

《谢法曹(惠连)·赠别》,拟《西陵遇风献康乐》。

《谢光禄(庄)·郊游》,拟《游豫章西观洪崖井》。

《鲍参军(昭)·戎行》,拟《代出自蓟北门行》。

《休上人(惠休)·怨别》,拟《怨诗行》。①

江淹《杂体诗》三十首所拟诸家,在《文选》中可明显找出原作的达二十五家之多,所拟乃一家之整体风格,难以遽断某首者仅有五家:《古离别》《孙廷尉(绰)·杂述》《许徵君(询)·自序》《王徵君(微)·养疾》《袁太尉(淑)·从驾》。

江淹《杂体诗》所拟三十家,是江淹心目中值得再现的三十种风格。这组杂拟诗名作所拟作家、作品与《文选》的高度雷同,主要是江淹和萧统都采纳了魏晋南北朝以来大多数人的共识。我们不能排除萧统《文选》受到江淹《杂体诗》影响的一面,因为江淹《杂体诗》亦是魏晋南北朝文学传统的重要组成部分,但是,这一面不应估计过高。

第四节 《文选》和《诗品》

《文选》和《诗品》的相互关系主要集中于两个方面:一是《诗品序》所述诗歌史与《文选》所录诗歌的相互关系;二是《诗品》所评作家、作品与《文选》所录作家、作品的相互关系。

一 《诗品序》所述诗歌史与《文选》所录诗歌的相互关系

1.关于两汉诗歌

考察《诗品序》所述诗歌史与《文选》所录诗歌的关系,焦点是对汉代有主名的五言诗诗人的认定。

魏晋南北朝对此一直存在着两种意见:第一种意见基本否定李陵及其五言诗,颜延之、刘勰持此论;第二种意见承认李陵及其五言诗,江淹、锺嵘持此论。江淹《杂体诗》拟汉代有主名诗人列有李陵、班姬,锺嵘亦承认

① 参见王运熙、杨明:《中国文学批评通史·魏晋南北朝文学批评史》,曹道衡:《〈文选〉与魏晋南北朝文学传统》,胡大雷:《文选诗研究》。

李陵诸诗。《诗品序》认定的有主名的汉代诗人有李陵、班婕妤、班固,但是班固《咏史》为锺嵘所批评,《诗品序》肯定的有主名的汉代诗人仅有李陵和班婕妤。《诗品序》:

> 逮汉李陵,始著五言之目矣。古诗眇邈,人世难详,推其文体,固是炎汉之制,非衰周之倡也。自王、杨、枚、马之徒,词赋竞爽,而吟咏靡闻。从李都尉迄班婕妤,将百年间,有妇人焉,一人而已。诗人之风,顿已缺丧。东京二百载中,惟有班固《咏史》,质木无文致。①

颜延之《庭诰》:"逮李陵众作,揔杂不类,元是假托,非尽陵制。"②《文心·明诗》:"辞人遗翰,莫见五言,所以李陵、班婕妤,见疑于后代也。"③《文选》选录苏李诗、班婕妤诗,与江淹、锺嵘等人的观点相合。班固《咏史》受到《诗品》的批评,亦不为《文选》所录,④显示了锺嵘与萧统的一致。

2.关于建安诗歌

《诗品序》:

> 降及建安,曹公父子,笃好斯文;平原兄弟,郁为文栋;刘桢、王粲为其羽翼。次有攀龙托凤,自致于属车者,盖将百计。彬彬之盛,大备于时矣。⑤

《文心·明诗》:

---

① 曹旭:《诗品集注(增订本)》,上海古籍出版社2011年版,第10~14页。

② (宋)李昉等撰:《太平御览》卷五百八十六,中华书局1985年影印本,第2640页。

③ (梁)刘勰撰,詹锳义证:《文心雕龙义证》卷二,上海古籍出版社1989年版,第185页。

④ 参见王运熙、杨明:《中国文学批评通史·魏晋南北朝文学批评史》第二编第四章,上海古籍出版社1996年版。

⑤ 曹旭:《诗品集注(增订本)》,上海古籍出版社2011年版,第20页。

暨建安之初，五言腾跃；文帝、陈思，纵辔以骋节；王、徐、应、刘，望路而争驱。并怜风月，狎池苑，述恩荣，叙酣宴，慷慨以任气，磊落以使才。造怀指事，不求纤密之巧；驱辞逐貌，唯取昭晰之能：此其所同也。①

刘勰、锺嵘都高度肯定了建安诗坛，肯定了曹操、曹丕、曹植、王粲、刘桢，《文选》选录曹操诗二首，曹丕诗五首，曹植诗二十五首，刘桢诗十首，王粲诗十三首，表现了萧统对建安诗坛相当关注。但是，对建安诗坛的重视是整个南朝文论家普遍的意见。沈约《宋书·谢灵运传论》亦持此论：

至于建安，曹氏基命，二祖陈王，咸蓄盛藻，甫乃以情纬文，以文被质。……子建、仲宣以气质为体，并标能擅美，独映当时。是以一世之士，各相慕习。②

只是萧统受南朝重骈骊文风的影响，对诗风古朴的曹操不甚重视，录其诗甚少。

3.关于正始诗歌

《文心·明诗》：

及正始明道，诗杂仙心，何晏之徒，率多浮浅。唯嵇志清峻，阮旨遥深，故能标焉。③

刘勰看重嵇康、阮籍，《诗品》列阮籍为上品，《文选》录阮籍《咏怀诗》

① （梁）刘勰撰，詹锳义证：《文心雕龙义证》卷二，上海古籍出版社 1989 年版，第 196 页。

② （梁）沈约撰：《宋书》卷六十七，中华书局 1974 年版，第 1778 页。

③ （梁）刘勰撰，詹锳义证：《文心雕龙义证》卷二，上海古籍出版社 1989 年版，第 199 页。

十七首。

4.关于太康诗歌

沈约《宋书·谢灵运传论》:

降及元康,潘、陆特秀,律异班、贾,体变曹、王,缛旨星稠,繁文绮合,缀平台之逸响,采南皮之高韵,遗风馀烈,事极江左。①

《诗品序》:

太康中,三张、二陆、两潘、一左,勃尔复兴,踵武前王,风流未沫,亦文章之中兴也。②

《文心·明诗》:

晋世群才,稍入轻绮。张、潘、左、陆,比肩诗衢。③

《文心·时序》:

然晋虽不文,人才实盛:茂先摇笔而散珠,太冲动墨而横锦,岳、湛曜联璧之华,机、云标二俊之采,应、傅、三张之徒,孙、挚、成公之属,并结藻清英,流韵绮靡。④

---

① (梁)沈约撰:《宋书》卷六十七,中华书局 1974 年版,第 1778 页。

② 曹旭:《诗品集注(增订本)》,上海古籍出版社 2011 年版,第 24~25 页。

③ (梁)刘勰撰,詹锳义证:《文心雕龙义证》卷二,上海古籍出版社 1989 年版,第 202 页。

④ (梁)刘勰撰,詹锳义证:《文心雕龙义证》卷九,上海古籍出版社 1989 年版,第1701~1702 页。

锺嵘、刘勰均肯定张茂先、潘岳、左思、陆机诸人,因此,对张、潘、左、陆的肯定是南朝的共识,《文选》采录太康诗篇最多的诗人是陆机(五十二首),其次是潘岳(十首)和左思(十一首),表现了萧统与南朝文坛对太康诗坛的共同肯定。

5.关于东晋诗歌

《诗品序》:

> 永嘉时,贵黄、老,稍尚虚谈。于时篇什,理过其辞,淡乎寡味。爰及江表,微波尚传:孙绰、许询、桓、庾诸公诗,皆平典似《道德论》。建安风力尽矣。①
>
> 先是郭景纯用隽上之才,变创其体;刘越石仗清刚之气,赞成厥美。然彼众我寡,未能动俗。②

檀道鸾《续晋阳秋》、沈约《宋书·谢灵运传论》、《文心雕龙·明诗》均对东晋诗坛的玄言诗风提出了尖锐的批评,《文选》不录孙绰、许询的玄言诗,是接受了整个南朝批评界对东晋玄言诗风的批评。《文选》采录郭璞的《游仙诗》亦是公论,李充《翰林》列郭璞为诗首,《诗品》列郭璞为中品,《文心·明诗》称郭璞"挺拔而为隽"。

6.关于刘宋诗歌

《诗品序》:

> 逮义熙中,谢益寿斐然继作。元嘉初,有谢灵运,才高词盛,富艳难踪,固已含跨刘、郭,淩轹潘、左。③

---

① 曹旭:《诗品集注(增订本)》,上海古籍出版社 2011 年版,第 28 页。
② 曹旭:《诗品集注(增订本)》,上海古籍出版社 2011 年版,第 34 页。
③ 曹旭:《诗品集注(增订本)》,上海古籍出版社 2011 年版,第 34 页。

《诗品》盛赞谢灵运,《文选》选录谢灵运诗篇四十首,仅次于陆机的五十二首。

《诗品》不仅历数各代诗坛,而且对汉魏诗坛作了总结:

> 故知陈思为建安之杰,公幹、仲宣为辅;陆机为太康之英,安仁、景阳为辅;谢客为元嘉之雄,颜延年为辅。斯皆五言之冠冕,文词之命世也。①

曹植、陆机、谢灵运在建安、太康、元嘉诗坛上历来与人并称为曹刘、潘陆、颜谢,将曹植、陆机、谢灵运称为"建安之杰""太康之英""元嘉之雄",置于领袖群伦的位置,是《诗品》的贡献。《文选》对曹植、陆机、谢灵运的诗作极为重视,录陆机诗五十二首,占《文选》的十种诗类;录谢灵运诗四十首,占《文选》的八种诗类;录曹植诗二十五首,占《文选》的八种诗类。《文选》虽然录江淹诗三十二首,但所占诗类仅三类,与曹植相距甚远。②因此,《文选》诗类真正受到重视的是曹植、陆机、谢灵运三人。《文选》既接受了魏晋以来的世评,又参考了《诗品》的评价。

二 《诗品》所评作家、作品与《文选》所录作家、作品的相互关系

1.关于《诗品》称举的代表性诗人及代表作

《诗品序》曾列举了二十二位诗人的代表作,并将其称为"五言之警策""篇章之珠泽,文彩之邓林",它们是:

> 陈思赠弟,仲宣《七哀》,公干思友,阮籍《咏怀》,少卿"双凫",叔夜"双鸾",茂先寒夕,平叔衣单,安仁倦暑,景阳苦雨,灵运《邺中》,士

---

① 曹旭:《诗品集注(增订本)》,上海古籍出版社 2011 年版,第 34 页。

② 参傅刚:《〈昭明文选〉研究》下编第四章第二节,中国社会科学出版社 2000 年版。

衡《拟古》,越石感乱,景纯咏仙,王微风月,谢客山泉,叔源离宴,鲍照戍边,太冲《咏史》,颜延入洛,陶公咏贫之制,惠连《捣衣》之作:斯皆五言之警策者也。所谓篇章之珠泽,文彩之邓林。①

上述二十二位作家的诗歌代表作,有十八首为《文选》收录,未被《文选》采录的诗歌仅有"叔夜'双鸾'""平叔衣单""王微风月""叔源离宴"四篇,未被《文选》采录的诗人仅王微一人。可见,萧统与锺嵘对魏、晋、宋三世代表性诗人及其代表作的见解十分相近。②

2.关于《诗品》所品诗人与《文选》的关系

《诗品》列为上品的是古诗,班婕妤、曹植、刘桢、王粲、阮籍、陆机、潘岳、张协、左思、谢灵运,上述十家,《文选》全部选入。以《文选》二十四种次文类中各类入选诗歌数量的多寡、全部作品入选数量的多寡、作家所居类别分布数量的多寡三项指标综合考察后的排序是:陆机、谢灵运、曹植、颜延之、鲍照、潘岳、左思。③《诗品》称之为"元嘉之雄""太康之英""建安之杰"的谢灵运、陆机、曹植,正好居于三甲。沈约《宋书·谢灵运传论》称"子建、仲宣以气质为体,并标能擅美,独映当时","降及元康,潘、陆特秀","爰逮宋氏,颜、谢腾声",可见沈约特别推崇建安文坛的曹植、王粲,太康、元康诗坛的潘岳、陆机,元嘉诗坛的谢灵运、颜延之。沈约特别推崇的上述六家,除颜延之排在中品外,其馀五家均在《诗品》的上品之列,当非偶然。这是整个南朝文学界的共识。

《诗品》列为下品者凡七十二人,《文选》只选录了十一人十五首诗:曹操《短歌行》《苦寒行》,欧阳建《临终诗》,应玚《侍五官中郎将建章台集诗》,枣据《杂诗》,张载《七哀诗》二首、《拟四愁诗》,傅玄《杂诗》,傅咸《赠

① 曹旭:《诗品集注(增订本)》,上海古籍出版社2011年版,第459页。

② 参胡大雷:《文选诗研究》"综论《〈文选〉诗类别之种种情况》一一",广西师范大学出版社2000年版。

③ 参傅刚:《〈昭明文选〉研究》下编第四章第二节,中国社会科学出版社2000年版。

何劭王济》，缪袭《挽歌》，殷仲文《南州桓公九井作》，刘铄《拟古诗》二首，虞羲《咏霍将军北伐》。其馀六十二人均未录其诗。可见，锺嵘列为下品的诗人，《文选》亦多未选。

在《诗品》下品中引人注目的有两位诗人，一是王融，二是刘绘。刘绘是萧统最为赏识的东宫文士刘孝绰的父亲，但是，《诗品》列其为下品，《文选》不录其诗，应当说此例可证刘孝绰并未实操选务。王融是"竟陵八友"之一，亦是"永明体"的代表作家，但是，《诗品》列其诗为下品，称"元长、士章，并有盛才，词美英净。至于五言之作，几乎尺有所短。譬应变将略，非武侯所长，未足以贬卧龙"①。《文选》仅选录王融的《策秀才文》和《三月三日曲水诗序》，不选其诗，与锺嵘《诗品》同其所见。

3.关于《诗品序》所举诗例与《文选》的相互关系

《诗品序》曾举四例说明作诗不假典实之妙：

> 至乎吟咏情性，亦何贵于用事？"思君如流水"，既是即目；"高台多悲风"，亦唯所见；"清晨登陇首"，羌无故实；"明月照积雪"，讵出经史？观古今胜语，多非补假，皆由直寻。②

其中，"高台多悲风"出自《文选》卷二十九曹植《杂诗六首》第一首。其馀三例，均不是出自《文选》所录诗篇。

《诗品序》：

> 尝试言之：古曰诗颂，皆被之金竹，故非调五音，无以谐会。若"置酒高殿上""明月照高楼"，为韵之首。故三祖之词，文或不工，而韵入歌唱。此重音韵之义也，与世之言宫商异矣。今既不备于管弦，

---

① 曹旭：《诗品集注（增订本）》，上海古籍出版社 2011 年版，第 604~605 页。

② 曹旭：《诗品集注（增订本）》，上海古籍出版社 2011 年版，第 220 页。

亦何取于声律耶?①

“置酒高堂上”出自《文选》卷二十七曹植《箜篌引》,原句作“置酒高殿上”,“高堂”为“高殿”之误。“明月照高楼”出自《文选》卷二十三曹植《七哀诗》。此处所举二例,均为《文选》收录的诗篇。

故《诗品序》褒扬的诗例有一半为《文选》收录。

第五节 《文选》和《宋书·谢灵运传论》

沈约的《宋书·谢灵运传论》是魏晋南北朝一篇重要的史学批评,同时亦是一篇重要的文学批评。《宋书·谢灵运传论》最突出的有两点:一是明晰的文学史观,二是声律论。

沈约的《宋书·谢灵运传论》是中国文学批评史上第一篇具有明确文学史观的重要文章。在《宋书·谢灵运传论》之前,虽然曹植的《七启序》、皇甫谧的《三都赋序》亦都曾评论过各代作家作品,但均局限于一种文体之中,曹植只评“七”体,皇甫谧仅评赋体,只有沈约的《宋书·谢灵运传论》开始对历代文学家予以全面评述。沈约在《宋书·谢灵运传论》中做了佳评的先秦至齐梁文学史的重要作家有:先秦文学的屈原、宋玉,两汉文学的贾谊、司马相如、王褒、刘向、扬雄、班固、崔骃、蔡邕、张衡,建安文学的曹操、曹丕、曹植、王粲,西晋的潘岳、陆机,改变东晋孙绰、许询玄言诗风的殷仲文、谢混,刘宋文学的颜延之、谢灵运。

《宋书·谢灵运传论》给予佳评的历代文学家中唯有崔骃之作未录入《文选》,《文选》虽未选孙绰的玄言诗,但选录了这位“一代文宗”的《游天台山赋》。其馀诸家,《文选》均选录了他们的作品。

与江淹的《杂体诗》三十首相比,被《宋书·谢灵运传论》高评的屈原、

① 曹旭:《诗品集注(增订本)》,上海古籍出版社2011年版,第442页。

宋玉、贾谊、司马相如、王褒、刘向、扬雄、班固、崔骃、蔡邕、张衡诸人,均为辞赋作家,不具备与江淹《杂体诗》的可比性。三曹、王粲、潘岳、陆机、殷仲文、谢混、颜延之、谢灵运诸人,唯有曹操未被江淹《杂体诗》所拟。可见,沈约《宋书·谢灵运传论》与江淹《杂体诗》有着较高的相关度。

声律论是沈约《宋书·谢灵运传论》评论历代作家的一个重要标准。沈约在《宋书·谢灵运传论》中举出了四位作家的四篇符合声律的诗篇:曹植的《赠丁仪王粲》,王粲的《七哀诗》,孙楚的《征西官属送于陟阳侯作诗》,王赞的《杂诗》。沈约明确指出这四首诗是"先士茂制,讽高历赏"之作。

这四首诗中有三首后来为锺嵘《诗品》点评。《诗品》"何晏、孙楚、王赞、张翰、潘尼"条:

> 平叔"鸿雁"之篇,风规见矣。子荆"零雨"之外,正长"朔风"之后,虽有累札,良亦无闻。季鹰"黄华"之唱,正叔"绿蘩",虽不具美,而文彩高丽:并得虬龙片甲,凤凰一毛。事同驳圣,宜居中品。①

锺嵘在此褒扬的"子荆'零雨'""正长'朔风'"指的正是孙楚的《征西官属送于陟阳侯作诗》和王赞的《杂诗》。王粲《七哀》被《诗品序》誉之为"五言之警策""篇章之珠泽,文彩之邓林"。

虽然曹植《赠丁仪王粲》诗未被《诗品》点评,但是,沈约在《宋书·谢灵运传论》中从声律论的角度明确赞扬的四首诗,竟有三首为不赞成声律论的锺嵘给予佳评,这一事实充分说明沈约和锺嵘对"先士茂制,讽高历赏"之作确有共识,这就是魏晋南北朝的文学传统。

萧统《文选》完全收录了沈约在《宋书·谢灵运传论》中表扬的这四首诗,主要是因为萧统和沈约、锺嵘对世评较多的历代名作亦有共识。虽然

---

① 曹旭:《诗品集注(增订本)》,上海古籍出版社2011年版,第284页。

我们不能完全排除萧统受到《宋书·谢灵运传论》《诗品》影响的一面，但是，这一影响是相当有限的。沈约与王融、谢朓俱善，他们均是“永明体”的始创者，但是，沈约的《伤王融》绝口不提其文学成就，《伤谢朓》则赞其诗才“调与金石谐，思逐清云上”。《诗品》称王融：“至于五言之作，几乎尺有所短。譬应变将略，非武侯所长，未足以贬卧龙。”①显然认为其乏作诗之才。《文选》采录王融的《策秀才文》和《三月三日曲水诗序》而不录其诗，无他，遵从世评而已。王融是刘孝绰的舅舅，亦是最早欣赏刘孝绰之人，但《文选》在选录王融的作品时仍然遵从了时代的公论。② 可见，萧统《文选》的选文定篇非从私好而从公论。

沈约的《宋书·谢灵运传论》对东晋玄言诗风提出了严厉的批评。而沈约之前的檀道鸾《续晋阳秋》，沈约之后的刘勰《文心雕龙》、锺嵘《诗品》亦均有几乎一致的严厉批评。

其后，萧子显的《南齐书·文学传论》亦云：

> 江左风味，盛道家之言，郭璞举其灵变，许询极其名理，仲文玄气，犹不尽除。③

《文选》不采录东晋玄言诗，无他，亦遵世评而已。

第六节 《文选》和任昉《文章缘起》

魏晋南北朝是文体辨析的重要时期，文章家以总集编纂体现其文体观，批评家或专论文体，或间论文体。任昉的《文章缘起》属于批评家专论

① 曹旭：《诗品集注（增订本）》，上海古籍出版社 2011 年版，第 604~605 页。

② 参曹道衡：《〈文选〉对魏晋以来文学传统的继承和发展》，载《文学遗产》2000 年第 1 期。

③ （梁）萧子显撰：《南齐书》卷五十二，中华书局 1974 年版，第 908 页。

文体的集大成之作。

任昉《文章缘起》受到现代《文选》学界重视的原因有二：一是《文章缘起》的分体基本上囊括了《文选》的分体；二是《文选序》论及文体的内容与《文章缘起》关系密切。①

任昉《文章缘起》论述了八十四种文体，是迄今传世魏晋南北朝文献中收录文体最多的一部著作：

> 三言诗，四言诗，五言诗，六言寺，七言诗，九言诗，赋，歌，离骚，诏，策文，表，让表，上书，书，对贤良策，上疏，启，奏记，笺，谢恩，令，奏，驳，论，议，反骚，弹文，荐，教，封事，白事，移书，铭，箴，封禅书，赞，颂，序，引，志录，记，碑，碣，诰，誓，露布，檄，明文，乐府，对问，传，上章，解嘲，训，辞，旨，劝进，喻难，诫，吊文，告，传赞，谒文，祈文，祝文，行状，哀策，哀颂，墓志，诔，悲文，祭文，哀词，挽词，七发，离合诗，连珠，篇，歌诗，遗，图，势，约。②

由于《文章缘起》收文体众多，《文选》的三十九种文体大多数为《文章缘起》所囊括应当不足为怪。《文选》将《文章缘起》的“解嘲”改为“设论”，二者相较，《文选》部分摆脱了以扬雄《解嘲》篇名名体的做法，而是具有了一定的概括性。将“封禅文”改为“符命”，亦系据《文选》选篇所做的修正。这与魏晋南北朝多据作品篇名立体的做法相比是一种进步。

《文选》中唯一论述文体的文字是《文选序》。《文选序》：“又少则三字，多则九言，各体互兴，分镳并驱。”五臣吕向注引《文始》：“三字起夏侯湛，九言出高贵乡公。”③《文始》即《文章始》《文章缘起》。故知萧统对三

---

① 参傅刚：《〈昭明文选〉研究》第二章第二节，中国社会科学出版社2000年版，第181~184页。

② 参见（梁）任昉撰，（明）陈懋仁注：《文章缘起》，商务印书馆1939年版。

③ （梁）萧统编，（唐）六臣注：《文选》，中华书局1987年影印本，第3页上。

言、九言的理解与任昉吻合。对四言、五言的体认,萧统云:“退傅有在邹之作,降将著河梁之篇,四言、五言区以别矣。”①任昉在《文章缘起》中正好以韦孟《诗楚夷王戊诗》作为四言的起源,以李陵《与苏武诗》作为五言的起源。前文曾谈到《文选序》论述文体时对挚虞《文章流别论》、李充《翰林论》的继承,《文章缘起》与《文选序》的关系亦如是。

综观上文可知,《文选》成书与刘勰《文心雕龙》、挚虞《文章流别集》、李充《翰林》、刘义庆《集林》、锺嵘《诗品》、沈约《宋书·谢灵运传论》、江淹《杂体诗》三十首、任昉《文章缘起》诸书的关系都有可供研究者评点的共性之处。这是因为,《文选》作为一部据前贤总集选录常用文体、历代名作的再选本,多采纳了文学界的共识。这种共性主要是都接受了自两汉至齐梁的文学传统,这是主导方面。另一方面,诸书的见解也接受了魏晋南北朝的文学传统,从这个意义上讲,《文选》在接受魏晋南北朝文学传统时亦接受了刘勰《文心雕龙》、挚虞《文章流别集》、李充《翰林》、刘义庆《集林》、锺嵘《诗品》、沈约《宋书·谢灵运传论》、江淹《杂体诗》三十首、任昉《文章缘起》诸书的影响。但是,《文选》在继承魏晋南北朝文学传统的同时,亦有编纂者个人的独到之处。《文选》是继承传统和时有创新相互结合的产物。

《文心·序志》:

> 及其品列成文,有同乎旧谈者,非雷同也,势自不可异也。有异乎前论者,非苟异也,理自不可同也。②

《文选》与《文心雕龙》诸书的关系,亦如刘勰所言。

---

① (梁)萧统编,(唐)六臣注:《文选》,中华书局1987年影印本,第2~3页。

② (梁)刘勰撰,詹锳义证:《文心雕龙义证》卷十,上海古籍出版社1989年版,第1933页。

第八章
《文选》出现的理论意义

第一节　两晋文学总集的编纂体例

中国文学总集的编纂始于西晋。挚虞编纂的六十卷的《文章流别集》被《隋书·经籍志》断为中国总集之首：

> 总集者，以建安之后，辞赋转繁，众家之集，日以滋广，晋代挚虞，苦览者之劳倦，于是采擿孔翠，芟剪繁芜，自诗赋下，各为条贯，合而编之，谓为《流别》。是后文集总钞，作者继轨，属辞之士，以为覃奥，而取则焉。①

《隋书·经籍志》的这一观点亦得到《四库全书总目》的认可：

> 文籍日兴，散无统纪，于是总集作焉。一则网罗放佚，使零章残

① （唐）魏徵等撰：《隋书》卷三十五，中华书局1982年标点本，第1089~1090页。

什,并有所归;一则删汰繁芜,使莠稗咸除,菁华毕出。是固文章之衡鉴,著作之渊薮矣。《三百篇》既列为经,王逸所哀又仅《楚辞》一家,故体例所成,以挚虞《流别》为始。其书虽佚,其论尚散见《艺文类聚》中,盖分体编录者也。①

虽然今之学者因杜预《善文》早于挚虞《文章流别集》,未必全信《隋书·经籍志》之言,但荟萃各体文章,加以删汰别裁,且附以系统评论的大规模总集,自当首推《文章流别集》。

《晋书·挚虞传》:

虞撰《文章志》四卷……又撰古文章,类聚区分为三十卷,名曰《流别集》,各为之论,辞理惬当,为世所重。②

《晋书》挚虞本传所谓"类聚区分",当即《四库全书总目》所谓"分体编录";本传所谓"各为之论",即对各种文体的论述,今传挚虞《文章流别集》中有关赋、诗、颂、七、箴、铭、诔、哀辞、哀策、设论、碑各体的论述可证。

《隋志》著录挚虞《文章流别集》四十一卷(小注:梁六十卷,志二卷,论二卷),《文章流别志、论》二卷。《隋志》这种分别著录《文章流别集》与《文章流别志、论》的做法引起了后代学者的争论,《文章流别集》与《文章流别志、论》二者的关系即成为论争的一个焦点。学界或认为挚虞《文章流别集》附有志、论,另有《文章志》四卷;或认为《文章志》即《文章流别集》所附的"志"。笔者认为:第一,《文章流别集》首先是一部文章③总集,因此,选录作品当为此书的主体。虽其书早已失传,但从《文选》李善注中尚可窥知其收录作品之一二。张衡《南都赋》题下李善注说明挚虞《文章

① (清)永瑢:《四库全书总目》卷一百八十六,中华书局1965年版,第1685页。

② (唐)房玄龄等撰:《晋书》卷五十一,中华书局1982年标点本,第1427页。

③ 本书采用大文学概念,视"文章"为文学作品。

流别集》载有张衡《南都赋》,班彪《北征赋》题下李善注说明挚虞《文章流别集》收录有班彪《北征赋》,班昭《东征赋》题下李善注说明挚虞《文章流别集》选录了曹大家《东征赋》,张衡《思玄赋》题下李善注说明此赋载挚虞《文章流别集》。第二,《文章流别论》的主要内容为辨析文体。挚虞重点辨析的文体有颂、赋、诗,其他尚有七、箴、铭、哀辞、碑等。严可均《全晋文》卷七十七收录了《文章流别论》的十二则佚文,均为文体之论。第三,《文章流别论》尚载有祖述创作缘由与评论作家作品之文。

严可均辑录的《文章流别论》有缺漏,《文选》中今存有《文章流别论》的二则佚文,一为卷九班叔皮《北征赋》题下李善注:"《流别论》曰:更始时,班彪避难凉州,发长安,至安定,作《北征赋》也。"[①]二为同卷曹大家《东征赋》题下注:"《流别论》曰:发洛至陈留,述所经历也。"[②]观此二则佚文,皆祖述创作缘由、介绍作品主旨之言。

《古文苑》章樵注中亦存有挚虞《文章流别论》的二则佚文。一为卷七王粲《羽猎赋》题下章樵注引《文章流别论》:

> 挚虞《文章流别论》云:建安中,魏文帝从武帝出猎,赋,命陈琳、王粲、应玚、刘桢并作。琳为《武猎》,粲为《羽猎》,玚为《西狩》,桢为《大阅》。凡此各有所长,粲其最也。[③]

此条记载不仅祖述创作缘由,而且评述诸家作品优劣。

二为卷八王粲《思亲为潘文则作》题下注引:

> 挚虞《文章流别》云王粲所与蔡子笃及文叔良、士孙文始、杨德祖

---

① (梁)萧统编,(清)胡克家校刻:《文选》,中华书局 1977 年影印本,第 142 页下。

② (梁)萧统编,(清)胡克家校刻:《文选》,中华书局 1977 年影印本,第 144 页下。

③ (宋)章樵注:《古文苑》,中华书局《四部丛刊初编》本,第 54 页。

诗，及所为潘文则作《思亲诗》，其文当而整，皆近乎雅矣。[①]

此则记载亦评述了诸家之作的优劣得失。

对于《文章流别论》的文学批评内容，刘师培《中古文学史》第四课评曰：

> 其著为一书者，则有挚虞《文章流别论》二卷，今群书所引尚十余则（见严辑《全晋文》），于诗、赋、箴、铭、哀、词、颂、七杂文之属，溯其起源，考其正变，以明古今各体之异同，于诸家撰作之得失，亦多评品，集古今论文之大成。[②]

刘氏之言，重点评述了挚虞《文章流别论》文学批评（文体论与作品论）的性质。而《文章流别集》与《文章流别志、论》本为一体，后来《文章流别志、论》亦有单行。

因此，融文学作品与文学批评于一体是挚虞《文章流别集》的重要特点，这也是早期中国文学总集的主要特点（文学作品与文学批评合二为一）。《隋志》总集类著录了不少文学批评著作，如刘勰《文心雕龙》与锺嵘《诗评》（即《诗品》）。中国文学批评史的研究者曾指出，两《唐志》将刘勰《文心雕龙》、锺嵘《诗品》单列为"文史类"，远比《隋志》将二书统归入总集类更科学。《隋志》的著录，反映了魏晋南北朝时期文学批评的非自觉状态，同时亦反映出魏晋南北朝时期文学本身的非自觉状态。

在文章总集编纂中记载所收作品的创作缘由确为挚虞首创，但这一体例或许曾受到别集编纂的影响。《文选》中曹大家《东征赋》题下李善注除引挚虞《文章流别论》外，尚引述了下列一段文字："《大家集》曰：子榖为

① （宋）章樵注：《古文苑》，中华书局《四部丛刊初编》本，第 62 页。
② 刘师培：《中国中古文学史讲义》，人民文学出版社 1957 年版，第 68～69 页。

陈留长，大家随至官，作《东征赋》。”①可见，在初唐李善见到的《曹大家集》中，存有介绍作品创作缘由的文字。这令人推测在挚虞《文章流别集》出现之前的魏晋南北朝作家别集于作品题目下加注了有关作品创作背景的文字。

继挚虞《文章流别集》之后的文学总集首推李充《翰林》。《翰林》全书亦已佚，《隋志》著录此书的小注曰“梁五十四卷”。据此推测，李充的《翰林》当亦为集文学作品与文学批评于一体的文章总集。否则，《翰林》若为单纯的论文之作，其篇幅当不至达五十四卷之多。

严可均《全晋文》卷五十三辑有《翰林论》八条，骆鸿凯《文选学》从《文选》的《海赋》《百一诗》《剧秦美新》三篇中又辑得三条。在此十一条《翰林》佚文中，辨析文体者达七条之多，如：“盟檄发于师旅，相如《喻蜀父老》可谓德音矣。”②

作为文学总集，李充《翰林》的主体仍然是文学作品，如《文选》卷一二木华《海赋》“品物类生，何有何无”句李善注：

> 李尤（当为充——笔者）《翰林论》曰：木氏《海赋》，壮则壮矣，然首尾负揭，状若文章，亦将由未成而然也。③

可见，《翰林》选录了木华《海赋》，并有评论。

《文选》卷二一应璩《百一诗》题下注：

> 李充《翰林论》曰：应休琏五言诗百数十篇，以风规治道，盖有诗

---

① （梁）萧统编，（清）胡克家校刻：《文选》，中华书局 1977 年影印本，第 144 页下。

② （宋）李昉等：《太平御览》，中华书局 1985 年影印本，第 2688 页。

③ （梁）萧统编，（清）胡克家校刻：《文选》，中华书局 1977 年影印本，第 183 页上。今按：李尤，东汉辞赋家，生平载《后汉书·文苑传》。李尤从未有论述文体、汇集作品的《翰林论》，此当误“充”为“尤”。

人之旨焉。①

可见,李充《翰林论》选录了应璩《百一诗》,并对《百一诗》诗旨有评论。

《文选》卷四八扬雄《剧秦美新》题下注:

> 李充《翰林论》曰:扬子论秦之剧,称新之美,此乃计其胜负,比其优劣之义。②

据李善此注,李充《翰林论》当选录了扬雄的《剧秦美新》一文,亦有评论。

上述三条,当属作家作品评论;《翰林论》另载有李充论"文"一条。可见,李充《翰林》是继挚虞《文章流别集》之后集文学作品与文学批评于一体的又一文章总集。

中国早期文章总集集文学批评与文学作品于一体的编纂体例,得到今人的高度认同。骆鸿凯《文选学》曾专设"徵故"一章。此章在骆氏湖南大学的《文选学讲义》中尚未写,但中华书局 1937 年出版时已列为第七章。骆氏在《文选学 · 徵故》中论及该章的写作目的时曰:"萧《选》一书,缀集虽善,而志论俱阙,美犹有憾。"可见,骆鸿凯以为:萧统《文选》未能如挚虞《文章流别集》与李充《翰林》一样将分体选录的作品与评论作家作品、介绍作家的文字汇于一书之中,故作"徵故"一章以补其阙。

第二节 南朝文学总集的编纂体例

挚虞《文章流别集》与李充《翰林》之后可供今人考察早期总集编纂体

---

① (梁)萧统编,(清)胡克家校刻:《文选》,中华书局 1977 年影印本,第 305 页下。

② (梁)萧统编,(清)胡克家校刻:《文选》,中华书局 1977 年影印本,第 678 页下。

例者当属刘宋时期刘义庆的《集林》。

《隋书·经籍志四》:"《集林》一百八十一卷,宋临川王刘义庆撰。梁二百卷。"[①]新旧《唐书·经籍志》均载刘义庆《集林》二百卷。至宋,这一重要文章总集已失传,故《宋史·经籍志》无载。今胡克家本《文选》,尚存有刘义庆《集林》的史料三则,可使我们得以窥知《集林》的编纂体例。

其一,卷二十四嵇叔夜《赠秀才入军》诗题下李善注:"刘义庆《集林》曰:嵇熹,字公穆,举秀才。"[②]

其二,卷四十七史孝山《出师颂》,在作者史孝山下李善注:

> 范晔《后汉书》曰:"王莽末,沛国史岑,字孝山,以文章显。"《文章志》及《集林》《今书七志》并同,皆载岑《出师颂》,而《流别集》及《集林》又载岑《和熹邓后颂并序》。计莽之末,以讫和熹,百有馀年。又《东观汉记》,东平王苍上《光武中兴颂》,明帝问校书郎此与谁等,对云前世史岑之比。斯则莽末之史岑,明帝之时已云前世,不得为和熹之颂明矣。然盖有二史岑,字子孝者仕王莽之末,字孝山者当和熹之际,但书典散亡,未详孝山爵里,诸家遂以孝山之文,载於子孝之集,非也。骘则邓后之兄,元舅则骘也。[③]

其三,卷五十三李萧远《运命论》题下李善注:

> 《集林》曰:李康,字萧远,中山人也。性介立,不能和俗。著《游山九吟》,魏明帝异其文,遂起家为寻阳长,政有美绩,病卒。[④]

---

① (唐)魏徵等撰:《隋书》卷三十五,中华书局1982年标点本,第1082页。
② (梁)萧统编,(清)胡克家校刻:《文选》,中华书局1977年影印本,第342页上。
③ (梁)萧统编,(清)胡克家校刻:《文选》,中华书局1977年影印本,第661页上。
④ (梁)萧统编,(清)胡克家校刻:《文选》,中华书局1977年影印本,第730页上。

上述三则文献的共性是记录作家小传。据此可推测，刘义庆《集林》附有作家的简单传记。受传世文献的制约，今已无从得知刘义庆《集林》是否有评论作家作品的文字，但载有作家小传却有文献可征。

据上述三则文献李善注，刘义庆《集林》当载有嵇康《赠秀才入军》诗，史孝山《出师颂》《和熹邓后颂》，李康《运命论》等作品。所以，作为文学总集，刘义庆二百卷《集林》的主体仍应是作品荟萃。西晋挚虞开创的集文学作品与文学批评于一体的总集编纂体例，至刘宋时期的《集林》已发生了某些变化，即由重视文体论转变为重视作家小传。

萧统《文选》卷二二王康琚《反招隐》诗于作者名下李善注：

> 《古今诗英华》题云："晋王康琚，然爵里未详也。"①

这一文献证明《古今诗苑英华》一书于作者名下注有作者小传，即《古今诗苑英华》这一文学总集亦继承了刘义庆《集林》写作作家小传的编纂体例。

第三节　《文选》出现的理论意义

萧统的《文选》却一改既往，对西晋挚虞《文章流别集》开创的总集编纂体例进行了整合，删除了本属于文学批评范畴的文体辨析、作家小传、作品品评等内容，只保留了纯粹的作品。《文选》所创立的这一新的总集编纂体例，意味着文学总集的编纂者已经意识到文学总集与文学批评著作的区别。换言之，《文选》出现的理论意义在于它较早地将文学总集与文学批评著作区别开来。初唐史臣撰写《隋书·经籍志》时，将《文心雕龙》《诗评》（《诗品》）等文学批评著作置于《文章流别集》《集林》等文学

① （梁）萧统编，（清）胡克家校刻：《文选》，中华书局1977年影印本，第310页下。

总集之中，表现出初唐史学家对文学总集与文学批评著作二者的区别尚不甚明了，亦说明《文章流别集》所含有的文体论内容与《文心雕龙》文体论的内容确有相同之处。初唐史学家对文学总集与文学批评著作的混淆，进一步说明了萧统《文选》编纂在体例上的进步。

魏晋南北朝混淆文学总集与文学批评著作的现象并非总集编纂者所独有，文论家对此亦不甚明了。

以锺嵘《诗品》为例，《诗品》中沈约条："约所著既多，今翦除淫杂，收其精要，允为中品之第矣。"①《诗品序》又曰："嵘今所录，止乎五言，虽然网罗今古，词人殆集。"②此皆表明锺嵘《诗品》原来曾选录了若干作品。日本学者青木正儿《中国文学概说》推测："锺嵘原来别有所编之总集，《诗品》一定是那书的附录。恰与《文章流别论》《翰林论》等之情形相同。"③如果此论成立，则证明魏晋南北朝的文论家亦不了解文学作品总集与文学批评著作二者之间的区别。锺嵘《诗品》的撰写年代略早于萧统《文选》，因此，萧统《文选》明确区分文学批评和文学作品在文学批评史上的意义极为重大。

宋文帝立儒、玄、文、史四馆表明人们意识到文学与史学、经学的区别，这是魏晋南北朝时期文学走向独立的标志之一；但是，这一进步尚限于文学与其外部诸学科的区别。文笔说、声律说的兴盛表明人们意识到纯文学与大文学的区别，这亦是魏晋南北朝时期文学走向独立的标志之一，只是这一进步凸现了文学内部的分野。《文选》摒弃文学批评专注于文学作品，表明编纂者进一步意识到文学与文学批评的区别，同样是魏晋南北朝时期文学走向独立的标志之一，但是，这一进步更多地表现为纯文学内部创作与批评的关系上，因此，它的理论意义更为巨大。

---

① 曹旭：《诗品集注（增订本）》，上海古籍出版社 2011 年版，第 426 页。

② 曹旭：《诗品集注（增订本）》，上海古籍出版社 2011 年版，第 243 页。

③ ［日］青木正儿著，隋树森译：《中国文学概论》，重庆出版社 1982 年版，第 165 页。

参考书目

1.(汉)司马迁撰:《史记》,中华书局1975年点校本。

2.(汉)班固撰:《汉书》,中华书局1983年点校本。

3.(南朝宋)范晔撰:《后汉书》,中华书局1965年点校本。

4.(晋)陈寿撰:《三国志》,中华书局1982年点校本。

5.(唐)房玄龄等撰:《晋书》,中华书局1982年点校本。

6.(梁)沈约撰:《宋书》,中华书局1982年点校本。

7.(梁)萧子显撰:《南齐书》,中华书局1983年点校本。

8.(唐)姚思廉撰:《梁书》,中华书局1982年点校本。

9.(唐)姚思廉撰:《陈书》,中华书局1982年点校本。

10.(唐)李延寿撰:《南史》,中华书局1984年点校本。

11.(北齐)魏收撰:《魏书》,中华书局1987年点校本。

12.(唐)李百药撰:《北齐书》,中华书局1987年点校本。

13.(唐)令狐德棻等撰:《周书》,中华书局1987年点校本。

14.(唐)魏徵等撰:《隋书》,中华书局1987年点校本。

15.(唐)李延寿撰:《北史》,中华书局1987年点校本。

16.饶宗颐辑:《敦煌吐鲁番本文选》,中华书局2000年版。

17.周勋初辑:《唐钞文选集注汇存》,上海古籍出版社2000年版。

18.(梁)萧统编,(唐)李善、五臣注:《文选》,南宋绍兴三十二年赣州州学刻宋元明递修本,北京国家图书馆藏。

19.(梁)萧统编,(唐)李善等注:《六臣注文选》,南宋建州本(《四部丛刊》影印本),浙江古籍出版社1999年版。

20.(梁)萧统编,(唐)李善注,(清)胡克家校刻:《文选》,中华书局1977年影印本。

21.章宗源撰:《隋书经籍志考证》,中华书局1955年版《二十五史补编本》。

22.(清)姚振宗撰:《隋书经籍志考证》,中华书局1985年版《二十五史补编》本。

23.(唐)虞世南编:《北堂书抄》,中国书店1989年影印本。

24.(唐)欧阳询等编:《艺文类聚》,上海古籍出版社1965年版。

25.徐坚等编:《初学记》,中华书局1985年版。

26.(宋)李昉等编:《太平御览》,中华书局1985年影印本。

27.(宋)吴棫撰:《宋本韵补》,中华书局1987年影印本。

28.(梁)萧绎撰:《金楼子》,商务印书馆1935年版《丛书集成》初编本。

29.[日]释空海撰,王利器校注:《文镜秘府论校注》,中国社会科学出版社1983年版。

30.(宋)邵思撰:《姓解》,商务印书馆1935年版《丛书集成》初编本。

31.郦道元注,杨守敬、熊会贞疏:《水经注疏》,科学出版社1955年版。

32.(梁)刘勰撰,詹锳义证:《文心雕龙义证》,上海古籍出版社1989年版。

33.孙梅撰:《四六丛话》,光绪七年吴下重刊本。

34.(清)何焯撰:《义门读书记》,中华书局 1987 年版。

35.《四库全书总目》,中华书局 1963 年版。

36.严可均编:《全上古三代秦汉三国六朝文》,中华书局 1985 年影印本。

37.曹旭集注:《诗品集注》,上海古籍出版社 1994 年版。

38.曹旭撰:《诗品研究》,上海古籍出版社 1998 年版。

39.张伯伟撰:《诗品研究》,南京大学出版社 1993 年版。

40.高步瀛撰:《文选李注义疏》,中华书局 1985 年版。

41.黄侃平点,黄焯编次:《文选平点》,上海古籍出版社 1985 年版。

42.黄季刚著:《文选黄氏学》,台湾文史哲出版社 1970 年版。

43.周贞亮撰:《文选学》,国立武汉大学 1931 年版。

44.骆鸿凯撰:《文选学》,中华书局 1989 年版。

45.钱锺书著:《管锥编》,中华书局 1979 年版。

46.屈守元撰:《昭明文选杂述及讲读》,天津古籍出版社 1988 年版。

47.屈守元撰:《文选导读》,巴蜀书社 1993 年版。

48.余嘉锡疏:《世说新语笺疏》,上海古籍出版社 1993 年版。

49.杨明照撰:《抱朴子外篇校笺》,中华书局 1997 年版《新编诸子集成》本。

50.曹道衡、沈玉成编著:《南北朝文学史》,人民文学出版社 1993 年版。

51.曹道衡、刘跃进著:《南北朝文学编年史》,人民文学出版社 2000 年版。

52.曹道衡著:《中古文学史论文集》,中华书局 1986 年版。

53.曹道衡著:《中古文学史论文集续编》,文津出版社 1994 年版。

54.曹道衡著:《魏晋南北朝文学史论文集》,广西师范大学出版社 1999 年版。

55.曹道衡著:《南朝文学与北朝文学研究》,江苏古籍出版社 1998 年版。

56.曹道衡、傅刚著:《萧统评传》,南京大学出版社 2001 年版。

57.游志诚著:《昭明文选学术论考》,台湾学生书局 1996 年版。。

58.穆克宏著:《昭明文选研究》,人民文学出版社 1998 年版。

59.俞绍初著:《昭明太子集校注》,中州古籍出版社 2001 年版。

60.梁章钜撰,穆克宏点校:《文选旁证》,福建人民出版社 2000 年版。

61.王运熙、杨明著:《中国文学批评通史》(魏晋南北朝卷),上海古籍出版社 1996 年版。

62.傅刚著:《〈昭明文选〉研究》,中国社会科学出版社 2000 年版。

63.傅刚著:《文选版本研究》,北京大学出版社 2000 年版。

64.顾农著:《文选与文心》,贵州人民出版社 1998 年版。

65.胡大雷著:《文选诗研究》,广西师范大学出版社 2000 年版。

66.[日]冈村繁著:《文选之研究》,上海古籍出版社 2002 年版。

67.赵福海等编:《昭明文选研究论文集》,吉林文史出版社 1988 年版。

68.赵福海主编:《文选学论集》,时代文艺出版社 1992 年版。

69.《文选学新论》,中州古籍出版社 1997 年版。

70.赵福海等主编:《〈昭明文选〉与中国传统文化》,吉林文史出版社 2001 年版。

71.俞绍初、许逸民主编:《中外学者文选学论集》,中华书局 1998 年版。

72.俞绍初、许逸民主编:《中外学者文选学论著索引》,中华书局 1998 年版。

73.[日]清水凯夫撰,韩基国译:《六朝文学论文集》,重庆出版社 1989 年版。

74.[日]清水凯夫撰,周文海编译:《清水凯夫〈诗品〉〈文选〉论文集》,首都师范大学出版社 1995 年版。

75.［日］青木正儿著，隋树森译：《中国文学概论》，重庆出版社 1982 年版。

76.曹道衡：《〈文选〉对汉魏晋文学传统的继承》，《文学遗产》2000 年第 1 期。

77.曹道衡：《试论〈文选〉对作家顺序的编排》，《文学遗产》2003 年第 2 期。

78.力之：《关于〈文选〉的编者问题》，《文学评论》2002 年第 2 期。

后　记

《〈文选〉成书研究》是笔者《文选》研究的第二部著作。此书的写作，开始于撰写《现代〈文选〉学史》一书之时。有关《文选》研究学术史的写作，使我对现代《文选》学研究的现状有了较全面的认识，亦使我发现了其中的一些问题，《文选》成书研究即是这类问题之一。

本书的写作最初有两个动因：一是在撰写《现代〈文选〉学史》时发现了一些含有非逻辑推理的文章，二是研读《文选》文本时发现了诸多可以证明《文选》为再选本的内证。于是产生了一些单篇论文，如《文学评论》2004 年第 3 期的《〈文选〉次文类编序研究》，《文学遗产》2003 年第 3 期的《〈文选〉成书考辨》，《中国典籍与文化论丛》第七辑的《先唐学士考》等。本书就是在上述诸篇论文的基础之上扩展而成的。

本书的写作得到曹道衡先生的多方支持，曹先生在《文学遗产》2003 年第 2 期《试论〈文选〉对作家顺序的编排》一文中肯定了本书核心文章《〈文选〉成书考辨》的主要观点：

这就不能不使人想到另一个问题，即《文选》是据前人所编总集再加编选而成的问题。此说发自日本学者冈村繁先生，我国学者如王立群先生亦主此说。笔者认为王先生在《〈文选〉成书考辨》中提出的说法是有道理的，因为从李善注看来，《文选》所载作品，其文字与李善所见作家本集已有不少不同，很有可能《文选》所录并非采自本集而取自当时的一些选本。

曹先生并慨然为本书作序。

王运熙先生于2002年10月镇江“第五届国际《文选》学学术研讨会”上对笔者的现代《文选》学史研究给予了诸多肯定，并亲自审阅全书，为本书作序。

广西师范大学力之先生一向关心笔者的研究，《文学遗产》2003年第3期《〈文选〉成书考辨》与《文学评论》2004年第3期《〈文选〉次文类编序研究》发表后，均亲自打来长时间电话，热情鼓励，并指出不足。

开封市文联林奎成先生通读了全书，并提出了许多修改意见，纠正了本书的一些疏误。

上述前辈学者与诸同仁的鼓励、帮助，给了笔者极大的支持。河南省教育厅将此课题列为2003年重点科研项目，河南大学、河南大学文学院对本书的出版给予了一如既往的大力支持，商务印书馆王齐女士为本书的立项、出版付出了巨大努力，在此一并致谢。

王立群

2004年4月于河南大学

跋

《〈文选〉成书研究》即将再版,但是,为本书作序的两位前贤曹道衡先生与王运熙先生都已经故去。追忆与两位先贤相处的那些岁月,不胜嘘唏:时间都跑到哪里去了?

这部旧作是我《文选》研究的第二部著作,中心议题只有一个:《文选》到底是怎么编纂的?

这一问题,在国际《文选》学界着实火了一把。

20 世纪 80 年代,伴随着改革开放,日本学者的《文选》研究开始进入中国大陆。日本学者清水凯夫的"新文选学"迅速在中国大陆流行。清水先生的"新文选学"的核心观点是:《文选》真正的编纂者是刘孝绰。这番雷人之语立即激起千层巨浪。当时中国大陆的不少《文选》学研究者都将清水的观点奉为真经,"清水"冲击波激荡着整个大陆《文选》学界。这一热潮于 1995 年郑州大学主办的"《文选》学国际研讨会"达到了顶峰。清水的发言,对清水的盛誉,成为该届《文选》学国际研讨会的大热点。

看看拙作《现代〈文选〉学史》(中国社会科学出版社 2003 年版)一书,即可知道清水的观点在当时的中国大陆学人中多么有市场。

当然,反对者亦不乏其人。早在 1993 年,顾农在《与清水凯夫论文选的编者问题》(《齐鲁学刊》1993 年第 1 期)已经批评了清水的观点。

1999 年力之在《文学评论》该年第 1 期发表《关于文选的编者问题》,再次批驳了清水的观点。力之明确指出《文选》是昭明太子萧统一人编纂的:"他完全可以凭借一己之力编撰《文选》,他是依靠前人的帮助来完成这项伟大工程的。"所谓"前人的帮助"则是此前挚虞的《文章流别集》。力之在后来的系列文章中坚持了自己的观点。尽管他的观点是正确的,但是,力之仅仅是提出了一种推论,尚未从《文选》自身寻找萧统是如何利用"前人的帮助"而得以完成的。

当时,不少中国大陆学人对清水的观点表达不同意见时亦受到清水凯夫的影响。如秦跃宇《〈诗苑英华〉与〈文章英华〉——也论〈文选〉的编者问题》(《山东师范大学学报》2000 年第 5 期)、《刘孝绰与〈文选〉研究》(《重庆师范学院学报》2003 年第 1 期)。

笔者此间发表了《或然与必然——关于文选研究的断想》(《河南大学学报》1997 年第 6 期)、《〈文选〉成书研究中的逻辑误区》(《周口师范学院学报》2003 年第 3 期)、《〈文选〉成书时间研究》(《河南大学学报》2004 年第 3 期)等系列文章。这组文章的主要观点是:"在《文选》编纂研究中,学界特别重视帝王、诸王在历史上编纂典籍的情况,或以此证明帝王、诸王编书仅挂其名,不操实际编务;或以此证明帝王、诸王编书并未窃他人之成果而自署其名。二者持论相反,其实,二者的逻辑思维并无二致,皆视或然性因果为必然性因果。因为,无论历史上的帝王、诸王编纂典籍是否署名,其实,都与《文选》的编纂无必然性联系。即使将研究更深入到萧统的著作中去,论证出萧统的某些著作,如《古今诗苑英华》为刘孝绰编,亦不能必然地断言《文选》亦为刘孝绰所编。因为,二者同样不具备必然性。”

对于这场中日学者的论战,《文学遗产》没有置身事外。《文学遗产》2003 年第 1 期发表了笔者的《〈文选〉成书考辨》,该文是此期有关《文选》成书研究中一篇用功较深的文章。该文列举了大量《文选》内证,说明《文选》为再选本而非初选本。关于《文选》是再选本的观点虽非本人首创,但是,列举大量例证证明《文选》是再选本则是笔者本文的用力之处。

第一,《文选》中不少作品据其注文可知已为晋人挚虞《文章流别集》、李充《翰林论》与宋人刘义庆《集林》所选。

第二,《文选》中尚有部分作品的篇题与其别集之篇名有别,此当为《文选》据总集选入而非据作者别集选录之力证。

第三,《文选》中某些作品在原作家别集中本有序文,但是,《文选》收录此类作品时未收原序。

第四,按《文选序》“类分之中,各以时代相次”之言,《文选》中作品排列顺序当依作者卒年为序。但是,今本《文选》编次中尚有少数作品顺序误倒。

通过《文选》自身的大量内证,《文选》中绝大多数作品是从前人已经编纂的总集中选录的事实得到了认定。如此,熟悉前代文章的萧统即可凭借前人的总集编纂《文选》,一部再选本的工作量无论如何繁重也远远低于初选本。如果《文选》从前代总集选录名作的编纂过程得到认可,那么,《文选》的编纂者、《文选》的编纂时间等一系列问题亦都将得到相当程度的解决。

十年回首,再看此作,强调《文选》为再选本说仍有其很大的合理性。当然,《文选》除了多数篇目选自前代总集外,还有部分篇章是选录的其他名篇。《文选》当是再选本与初选本的合编。

《文选》编纂研究是《文选》研究中的一个重大课题,不管《文选》研究者或有意或无意忽略之,但它注定是不可回避的。

对这桩公案的探索,历史自有公论!

感谢我的博士生钱振宇为此书再版认真核对原文所付出的艰苦劳动。

王立群

2015 年 2 月于河南大学